SANGRE EN EL TÁMESIS

SANGRE EN EL TÁMESIS

Anne Perry

Traducción de Borja Folch

GRUPO ZETA

Barcelona • Madrid • Bogotá • Buenos Aires • Caracas • México D.F. • Miami • Montevideo • Santiago de Chile

Título original: *Blood on the Water*
Traducción: Borja Folch
1.ª edición: mayo de 2016

© 2014 Anne Perry
© Ediciones B, S. A., 2016
   Consejo de Ciento, 425-427 - 08009 Barcelona (España)
   www.edicionesb.com

Printed in Spain
ISBN: 978-84-666-5875-1
DL B 7476-2016

Impreso por Unigraf S.L.
Avda. Cámara de la Industria n.º 38,
Pol. Ind. Arroyomolinos n.º 1
28938 - Móstoles, Madrid

A Victoria Zackheim,
por su indefectible amistad

1

Monk se echó hacia atrás, apoyándose un momento en el remo, y dirigió la vista a las aguas del Pool de Londres. Había barcos anclados de todos los países del mundo, el viento del crepúsculo balanceaba las luces de fondeo. El sol estaba bajo en el cielo de primeros de verano, teñido de intenso rojo por la parte de poniente.

Detrás de él, al otro remo, Orme también descansaba. Era un hombre taciturno que había trabajado toda su vida en el río.

—Bonita vista, ¿eh, señor? —dijo, arrugando con satisfacción su rostro curtido—. Apuesto a que no hay nada igual en todo el mundo.

Monk sonrió. Tratándose de Orme, aquello era un derroche de emotividad.

—Creo que lleva usted razón —convino Monk.

Volvieron a agacharse sobre sus remos al unísono. Había una embarcación de recreo a unos cien metros de su popa. Los faroles brillaban a lo largo de todas las cubiertas y podían oír la música y las risas, incluso desde aquella distancia. El barco probablemente había estado fuera la mayor parte del día, tal vez llegando hasta Gravesend, ya en el estuario. El tiempo era perfecto para hacerlo.

Unos jóvenes jugaban, peleando en broma; demasiado cerca de la baranda, pensó Monk. La corriente del Támesis era engañosamente rápida y el agua, asquerosa. Había un par de barcas en las cercanías, una de ellas a pocos metros.

Un hombre gritaba y agitaba los brazos, corriendo hacia la baranda como si fuese a tirarse al agua.

De súbito se produjo un tremendo estallido y una inmensa llamarada se alzó en la proa. Restos de la nave salieron disparados por el aire y la columna de luz fue cegadora. Monk se agachó instintivamente para resguardarse de la onda expansiva, y trozos de madera y metal cayeron en torno a él y a Orme con un ruido ensordecedor. Como un solo hombre, agarraron los remos y se esforzaron en estabilizar la lancha en la turbulencia causada por el barco siniestrado.

Parecía que hubiese cuerpos por doquier, personas revolviéndose en el agua, gritando por encima del estruendo.

Monk se quedó sin habla, sentía tal opresión en el pecho que apenas podía respirar. Él y Orme dieron media vuelta a la patrullera biplaza de la policía y clavaron los remos bien hondo en una carrera hacia la pesadilla, con las espaldas inclinadas, los músculos tensos, ajenos a cualquier cosa que no fuese el horror.

La oscuridad regresó cuando el agua engulló el boquete de la proa y, con las enormes palas todavía girando, el barco entero se sumergió bajo la superficie.

En cuestión de minutos alcanzaron el primer cuerpo: un hombre que flotaba boca arriba, con los ojos abiertos y ciegos. Intentaron rescatarlo hasta que se dieron cuenta de que había perdido ambas piernas, convertidas en sanguinolentos muñones medio oscurecidos por la inmundicia. Nada podían hacer por él. A Monk se le hizo un nudo en el estómago al soltar el cadáver para que cayera de nuevo al agua.

La segunda víctima fue una mujer, sus amplias faldas ya se habían empapado y tiraban de ella hacia abajo. Fueron precisas toda la fuerza de Monk y la muy considerable destreza de Orme para subirla a bordo, manteniendo la lancha estable. La mujer apenas estaba consciente pero, con tanta gente hundiéndose tan deprisa, no había tiempo para detenerse a reanimarla. Lo único que podían hacer era colocarla boca abajo con el mayor cuidado, de modo que el agua que vomitara no la ahogase.

Trabajaron conjuntamente, agachándose, jalando, evitando que la lancha se volcara con el balanceo y el cabeceo que provocaban sus movimientos, y agarrando manos desesperadas, rostros blancos vueltos hacia arriba en la oscuridad. Pocos sabían nadar y se estaban quedando sin fuerzas. Monk les tendía los brazos y notaba dedos como de hierro que se clavaban en su carne mientras los subía a bordo.

Tanto él como Orme estaban calados hasta los huesos, con los músculos doloridos y los brazos magullados. El corazón de Monk le latía en la garganta como si fuese a asfixiarlo. No podía hacer lo suficiente, no daba abasto.

Apenas habían transcurrido minutos desde la explosión cuando lo que quedaba del barco se deslizó hacia las oscuras profundidades del río y desapareció. Solo quedaron los gritos, los restos de la explosión y los cuerpos; algunos inmóviles, otros todavía luchando por mantenerse a flote.

Se aproximaron otras barcas. Había un transbordador a menos de doce metros de ellos. Una luz iluminó por un instante el nombre pintado en la popa y un dibujo que había encima, luego giró en redondo cuando los hombres que iban a bordo sacaron otro cuerpo del agua. Una gabarra iba virando lentamente, arrastrada por la corriente a medida que se acercaba, y el gabarrero se agachaba y alargaba los brazos para ayudar a los que tenía más cerca. Un pequeño carguero de carbón estaba tirando por la borda cualquier cosa a la que quienes estaban en el agua pudieran aferrarse antes de que la ropa que los aprisionaba los arrastrara, todavía gritando, hacia el fondo.

Monk y Orme sacaron del agua a seis personas agotadas, todas las que se atrevían a llevar. Asqueados y amargados, tuvieron que apartar a golpes a otras cuyo peso hubiese hundido la lancha. Monk tuvo que obligar a un hombre a soltar la regala con la pala de su remo, golpeándolo en la cabeza. Su peso los habría ahogado a todos.

Remaron hacia la orilla, oyendo las repetidas expresiones de agradecimiento de los supervivientes que, apiñados en el casco de la barca, trataban de ayudarse unos a otros, sosteniendo derechos a quienes estaban casi inconscientes. En la ribera había hombres que se metían en el agua hasta donde podían, atados entre sí, adentrándose en el cauce del río para recoger a los náufragos.

Monk y Orme regresaron de inmediato hacia la oscuridad casi absoluta, ahora dirigidos tanto por los gritos como por lo que veían. Sacaron a más personas del agua y las condujeron a tierra firme.

Monk perdió la noción del tiempo. Estaba calado hasta los huesos y con tanto frío que no paraba de tiritar, sin embargo él y Orme no podían darse por vencidos. Si todavía quedaba aunque solo fuese una persona milagrosamente viva en aquellas aguas negras, tenían que ir en su busca.

Todos los efectivos de la Policía Fluvial estaban allí, y otros muchos hombres se les unieron, movidos por el horror y la aflicción. En la orilla había hileras de personas haciendo lo que podían. Unos ponían tazones de té caliente con whisky en manos congeladas, ayudando a los rescatados a sujetarlos y beber. Otros repartían mantas; algunos incluso habían traído ropa seca de sus propios armarios.

La luna estaba alta en el cielo cuando Monk y Orme amarraron la lancha y subieron cansinamente la escalera desde el río hasta el muelle, reconociendo con una mirada que habían hecho todo lo posible. El viento había arreciado y cortaba como una guadaña a través de la explanada que se abría ante la comisaría de Wapping, donde tenían su cuartel general.

Monk se arrebujó con el abrigo instintivamente, pero fue un gesto inútil dado que todo lo que llevaba puesto estaba chorreando. Avivó el paso. Cansado como estaba, el frío era peor. Casi no notaba los pies y le dolían todos los huesos. Tenía las palmas de las manos llenas de ampollas y, por tanto, apenas podía moverlas.

Llegó a la puerta con Orme pisándole los talones. Dentro, la estufa de leña estaba encendida. El aire caliente fue una bendición.

El solícito sargento Jackson acudió a su encuentro de inmediato, atendiendo primero a Monk, tal como exigía el rango.

—Más vale que se quite la ropa, señor. Tenemos mucha de repuesto en los armarios. No será de su gusto, señor, siendo como es usted un poco dandi. Pero ahora lo único que importa es que esté seca, o pillará un resfriado de muerte. Con su permiso, señor, ¡tiene un aspecto infernal!

Monk tiritaba tanto que los dientes le castañeteaban sin que pudiera impedirlo.

—¡Creía que en el infierno hacía calor! —dijo, intentando sonreír.

—No, señor, es frío y húmedo. Pregunte a cualquier marinero y verá lo que le dice —contestó Jackson. Se volvió hacia Orme—. Usted también, señor Orme. Su aspecto no es mucho mejor. Cuando salgan les tendré a punto un tazón de té bien caliente con un chorrito de whisky.

—Que sea un buen chorro, por favor —dijo Monk. Quería que el fuego del alcohol disminuyera el horror de su fuero interno, la pena, lo culpable que se sentía por aquellos a quienes no había salvado. Se sentó y dejó que el alivio se adueñara de él, borrando todo lo demás por un instante, como una manta que lo envolviera.

Jackson no respondió. Había pasado toda su vida en el río, igual que Orme. Había visto otras tragedias antes, pero ninguna comparable con aquella. Había estado toda la noche organizando a los hombres, las barcas y cualquier clase de transporte para llevar a los supervivientes a lugares caldeados donde pudieran asistirlos, contestando a preguntas desesperadas tan bien como podía.

Al cabo de veinte minutos, después de secarse con la toalla con tanta fuerza que le dolió, con ropa limpia y seca pero todavía consciente de tener el hedor del río pegado en la piel y el pelo, Monk se sentó cerca de la estufa y bebió un sorbo de té. Todavía estaba caliente, y al menos la mitad era whisky. Orme ocupaba una silla a su lado, y Jackson estaba agobiando con sus atenciones a otro hombre que acababa de entrar.

—Esa explosión —dijo Orme con gravedad, haciendo una mueca al quemarse la lengua con el té—. No ha podido ser la caldera. Por su ubicación. La explosión ha sido en la proa, bien lejos de los motores. Así pues, ¿qué diablos ha sido?

—No veo que haya podido ser un accidente —convino Monk—. Eso solo nos deja el sabotaje.

Orme frunció el ceño.

—¿Por qué, señor? ¿Qué clase de loco haría explotar un barco de recreo? No tiene sentido.

Monk reflexionó un momento. Estaba agotado. Pocas ideas tenían lógica. ¿Por qué iba nadie a hundir deliberadamente una embarcación de recreo? No había un cargamento que robar o destruir, solo personas que matar. ¿Por animosidad con los propietarios del barco? ¿Rivalidad o venganza por un tema de negocios? ¿O contra un grupo de invitados a bordo? ¿Era un asunto político? ¿O incluso un demencial acto de guerra por parte de una potencia extranjera? ¿Anarquistas?

—Alguien que odia Gran Bretaña —dijo Monk finalmente—. Hay unos cuantos de esos.

Se terminó el té y se levantó, dio un traspié pero enseguida recuperó el equilibrio.

La puerta se abrió de golpe y entró Hooper. Era un hombre alto y ágil, e iba derramando agua a cada paso, igual que ellos antes. Tenía el rostro demacrado por la aflicción. Se dobló en una silla mientras Jackson se levantaba para servirle un té.

—Será mejor que vayamos a hablar con los supervivientes —dijo Monk en voz baja a Orme—. Alguien tiene que haber visto algo. —Apoyó una mano en la espalda de Hooper un momento. Entre ellos no eran precisas las palabras—. La gran pregunta es: quienquiera que lo haya hecho, ¿ha escapado, o tenía intención de hundirse con el barco?

Orme dejó su tazón.

—Dios nos asista, realmente nos enfrentamos a un loco, ¿verdad?

Monk no se molestó en contestar. Salió a la noche, y el frío le azotó de nuevo el rostro después del calor del interior. En el cielo despejado, la luz de la luna pintaba un camino de plata a través del río, en cuya superficie flotaban los oscuros restos del naufragio. Se estremeció al pensar que las barcas que aún no habían regresado ya solo estarían recogiendo cadáveres, aunque los muertos, en su mayoría, estarían atrapados en el barco embarrancado en el fango del lecho del río.

Mientras cruzaba la explanada en dirección al muelle pensó en lo que debía hacer y sintió una gran aprensión. Pero era una parte ineludible de su trabajo. Era el comandante de la Policía Fluvial del Támesis. Cualquier crimen acaecido en el río era responsabilidad suya, y aquel era el peor incidente del que se tenía memoria. Sin duda había habido cerca de doscientas personas a bordo del barco. Habría un sinfín de dolientes. En aquellos momentos, la tragedia parecía un puro caos, un sinsentido. ¿Por dónde podía comenzar?

Uno de sus hombres se dirigió a él en la oscuridad. Monk casi no podía verle el rostro pero su voz, cuando habló, sonó ronca, a duras penas controlada.

—Según parece hemos salvado a unas treinta personas. A la mayoría la hemos dejado aquí, en la ribera norte. —Tosió, con la garganta tensa—. Los hemos metido donde hemos podido. Si quiere, puede comenzar por ese almacén de allí abajo, el de Stillman. Hay muchos supervivientes y están haciendo sitio para más. Toda clase de gente ha acudido con mantas, ropa, té, whisky, cualquier cosa útil. —Volvió a toser—. He mandado a media docena al hospital, pero no creo que salgan de esta. Aunque no te ahogues, el agua del río es como un veneno.

—Gracias, Coleman.

Monk asintió con la cabeza y siguió adelante. El almacén estaba cerca. Debía dejar las emociones a un lado y concentrarse en las preguntas que tenía que hacer y en las respuestas que necesitaba que le dieran para empezar a dar algún tipo de sentido a todo aquello.

Se abrió camino entre las cajas, barriles y fardos que había en el patio del almacén. Subió los peldaños hasta las grietas de luz que se veían en torno a la puerta.

El interior estaba iluminado con linternas de ojo de buey. Había una docena aproximada de personas tendidas en el suelo, envueltas en mantas. Varias mujeres las atendían con bebidas calientes y toallas, en algunos casos frotándoles los brazos y las piernas, hablándoles en todo momento con delicadeza. Solo un par de ellas levantaron la vista cuando Monk entró. No parecía policía; estaba exhausto, sin afeitar y vestido con ropa de barquero que no era de su talla.

—Monk —se presentó a la primera mujer que le pareció que no estaba herida. Llevaba una pila de toallas y vendas—. Policía Fluvial. Tengo que averiguar qué ha sucedido. ¿Con cuál de estas personas puedo hablar? —preguntó.

—¿Tiene que ser ahora? —respondió la mujer bruscamente. Tenía el rostro macilento por el cansancio, los ojos enrojecidos. Había manchas de tierra y sangre en la parte delantera de su vestido.

—Sí —contestó Monk en voz baja—. Antes de que lo olviden.

Otra mujer, de más edad, se puso de pie después de haber ayudado a un hombre a tomar una bebida caliente. Era de constitución robusta, llevaba ropa tan gastada que en algunas partes estaba descolorida. A la luz amarilla de la linterna, su rostro sugería no solo agotamiento sino indignación.

—¡Yo nunca lo olvidaré! —dijo entre dientes—. ¿Quiere que lo revivan el resto de su vida?

—Ninguno de nosotros lo olvidará —le contestó Monk—, pero no ha sido un accidente. Tengo que averiguar quién es el responsable de esta atrocidad.

—¡Encuentre al constructor del barco! —replicó la mujer

con resentimiento, dándole la espalda para volverse hacia un hombre que llevaba un brazo roto en cabestrillo.

Monk le puso una mano en el brazo, agarrándola con firmeza. Notó que la mujer se ponía tensa y que intentaba zafarse de él.

—Ha sido una explosión —dijo Monk entre dientes—. La proa entera estalló, abriendo un agujero por el que podría pasar un carruaje con un tiro de cuatro caballos.

La mujer se volvió hacia él, con los ojos como platos.

—¿Quién se lo ha dicho?

—Nadie. Estaba en el río, a un centenar de metros. Lo he visto con mis propios ojos.

La mujer se santiguó, como para conjurar un mal inconcebible.

—No lo entretenga mucho —fue lo único que dijo, echando un vistazo al hombre que tenía el brazo roto—. Hay que entablillar eso y vendarlo.

Poco a poco, Monk fue de un rescatado al siguiente, ayudando a las mujeres a sostenerlos erguidos, a mantenerlos tapados con las mantas. Rellenó tazas y tazones de té con tanto whisky como osó agregarle, obteniendo vacilantes relatos de lo poco que sabían. Había pocos hechos, lo único que quedaba claro era que no había habido advertencia ni voz de alarma. En un momento dado estaban riendo y hablando, escuchando música, contemplando las luces de la orilla, flirteando, contando chistes. De pronto hubo un ruido ensordecedor. Algunos se encontraron en el agua casi de inmediato. Otros recordaban haber corrido en medio de la confusión de la cubierta y saltado cuando pareció que el barco entero los iba a tirar.

Casi todos tenían ganas de contar cómo los habían rescatado, la desesperación cuando los cubría el agua, la sensación de alivio cuando unas manos les agarraban las suyas, casi arrancándoles los brazos de cuajo, y tiraban de ellos hacia arriba, jadeantes y tratando de dar las gracias tartamudeando. Otros se habían aferrado a restos del naufragio durante lo que les pareció una eternidad hasta que una gabarra o un transbordador había efectuado su tercer o cuarto viaje de rescate.

Un hombre con la camisa rota se vino abajo y lloró. Había estado en cubierta con su esposa. La primera sacudida de la explosión los había separado y no había vuelto a verla. Monk quiso darle esperanza, pero incluso antes de abrir la boca se dio cuenta de lo trilladas que serían sus palabras. Daría la impresión de no haberse percatado del verdadero alcance de aquella calamidad. ¿Cómo se habría sentido si se hubiese tratado de su esposa?

Su primer pensamiento fue que si su esposa, Hester, se hubiese ahogado, él habría deseado ahogarse también. ¿Melodramático? No podía imaginar siquiera no volver a verla ni a tocarla, no poder hablar con ella, oír sus pasos en la casa. No volver a compartir algo con ella.

Tomó la mano del hombre, agarrándolo como si también él se estuviese ahogando.

Todos los supervivientes con los que habló eran hombres, con una excepción. No era la mayor fuerza física lo que había salvado a más hombres que mujeres. Era la absoluta incapacidad de las mujeres para liberarse de las pesadas faldas mojadas que se enredaban en torno a ellas.

En todos los casos la historia era la misma. Todo discurría con perfecta normalidad y de repente, sin previo aviso, la devastadora explosión en la proa, la brusca inclinación de la cubierta, los gritos y lloros, el rugido del agua al entrar en el casco. Y después la oscuridad y el frío. En cuestión de minutos el barco había desaparecido y no había más que restos del naufragio y gente luchando por su vida en el agua, pidiendo socorro a voz en cuello. Los recuerdos eran del terror que lo llenaba todo, y del frío imperante.

Al amanecer ya no quedaba nada que preguntar, nada que escuchar. Monk regresó a la comisaría de Wapping para echarse un breve sueñecito de un par de horas antes de empezar otra vez. Y debía enviar un mensaje a Hester para decirle que había resultado ileso.

Encontró a Orme de pie ante la panzuda estufa, calentándose como si también él acabara de llegar. Se enderezó en cuanto entró Monk, y se corrió un poco hacia un lado para hacerle sitio.

—¿Ha averiguado algo útil? —preguntó Monk.

Orme se arrebujó más con su chaqueta, cuyo cuello le tapaba las orejas.

—No, señor, nada que no fuese previsible; pobres diablos. Todos en cubierta cuando explotó. Todos coinciden en que la explosión fue en la proa, que saltó por los aires. Pero eso ya lo sabíamos. El agua entró a raudales.

—¿Nadie vio a alguien que se comportara de manera extraña? —insistió Monk. No miraba a Orme a la cara. No quería ver el sentimiento que pudiera reflejar. Hacía solo dos días había estado celebrando el nacimiento de su primera nieta, deseoso de compartir su felicidad con todo el mundo. Ahora su voz era ronca, como si le doliera la garganta.

—No, señor. Estaban muy entretenidos pasándolo bien, bailando, bromeando, haciendo lo que la gente hace en un crucero.

Respiró profundamente. Tenía la voz tomada por algún recuerdo doloroso, tal vez el de una mujer que había amado.

—¿Nadie que estuviera bajo cubierta? —preguntó Monk. Debían seguir hablando; el silencio era peor.

—Yo no he encontrado a nadie —contestó Orme—. Celebraban alguna clase de fiesta. Solo invitados especiales. El mejor champaña y comida de lujo. —Apretó los labios—. Tendremos la lista completa cuando se haga de día. Será un mal asunto.

—Lo sé. Échese una cabezada de un par de horas. Necesitaremos tener la mente despejada cuando tengamos que sacar el barco del agua. Nunca he levantado uno tan grande. ¿Cómo lo hacen?

—¿El qué?

—Subir el barco naufragado —contestó Monk—. No podemos dejarlo ahí abajo. ¡Cuando menos lo esperemos, alguien se enredará o chocará con él y también se hundirá!

—Me encargaré de ello, señor. Conocemos constructores

que tienen tractores. Será lento, pero lo sacaremos. —Orme adoptó un aire pensativo—. Pero se moverá todo lo que haya dentro. Quizá perdamos muchos cadáveres. Y tiene que haber más de ciento cincuenta atrapados bajo cubierta. Habría que darles digna sepultura...

Monk recordó otro caso que había tenido años atrás, antes de incorporarse a la Policía Fluvial. El horror de aquel trabajo subacuático a ciegas le puso la piel de gallina, pero no podía eludirlo.

—Tal vez antes de moverlo tengamos que alquilar uno de esos trajes de buzo y bajar a echar un vistazo.

Orme lo miró fijamente, con cara de susto.

Monk sonrió y torció los labios.

—Ya lo hice una vez. Bajaré mientras usted busca a alguien que lo saque del agua. Hay que inspeccionarlo antes de que todo se mueva.

—Sí, señor —dijo Orme con voz ronca—. Supongo que sí.

Monk se despertó despacio, con dolor de cabeza. Recobró la conciencia como si ascendiera de una gran profundidad. Por un momento se quedó confundido. La luz le dolía en los ojos. Estaba en su despacho de la comisaría. Se incorporó, con todo el cuerpo dolorido, y el recuerdo lo acometió como una corriente de resaca, trayendo consigo todo el miedo y la aflicción de los que había sido testigo.

El sargento Jackson le pasó una taza de té, caliente y demasiado cargado. De todos modos bebió un sorbo, luego dio un mordisco al grueso cuscurro de pan que le ofreció. Miró a su alrededor. El sol entraba a raudales por las ventanas. Podría haber sido verano.

De pronto se sobresaltó al caer en la cuenta de que era entrada la mañana, ni mucho menos tan temprano como había tenido intención de levantarse.

—¿Qué hora es? —inquirió, poniéndose de pie entumecido,

con daño en todas y cada una de las articulaciones. Se tambaleó un instante, con el equilibrio inestable. Estaba tan cansado que tenía la sensación de tener arenilla en los ojos.

—Hora de salir con los buzos, señor, si todavía quiere hacerlo —contestó Jackson. Era joven, solo llevaba un año en el río y veía a Monk como un héroe.

Monk gruñó, pasándose las manos por el pelo y por la barba sin afeitar. No había tiempo para pensar en su aspecto.

—Sí. Claro —convino. Mejor no pensar en ello, no darse siquiera tiempo para pensar en ello, arriesgándose a perder el coraje. La última cosa que deseaba hacer en este mundo era meterse dentro de uno de aquellos pesados y poco manejables trajes con los pies lastrados, y que luego alguien le cubriera la cabeza con el casco provisto de una visera de vidrio. Lo atornillarían para que respirase por un tubo, una cuerda de salvamento de la que dependería su existencia. Un enredo, un nudo, y se asfixiaría, o, si se cortaba, se ahogaría. No debía pensar en ello. Debía controlar su mente, no imaginar siquiera la oscuridad y el frío, el pánico cuando la tensión le cerrara la garganta.

Casi doscientas personas habían fallecido. Dejando aparte a sus familias, merecían que se les hiciera justicia, que se supiera qué les había ocurrido. Quién lo había provocado y por qué.

Se lavó la cara deprisa, bebió el resto del té y se terminó el pan. Estaba recién hecho y muy sabroso. No recordaba la última vez que había comido caliente.

Después salió a la explanada soleada y se dirigió a la escalera que bajaba desde el borde del muelle hasta el río. Los peldaños eran de piedra, corrían paralelos al muro, y muchos de ellos estaban bastante por debajo de la rápida corriente de la marea entrante, ocultos hasta la próxima bajamar. Atracada contra ellos estaba la barca que lo llevaría río abajo hasta el lugar donde aguardarían anclados mientras él saltaba por la borda con el traje de buzo y caminaba por el lecho del río hasta el naufragio.

Naturalmente, no se sumergiría solo en el río. Nadie buceaba sin ir con alguien más que vigilara, ayudara, te liberara si enganchabas restos del buque siniestrado con la tubería del aire o, igual de espantoso, si te quedabas inmovilizado. Tales cosas eran pesadillas que procuraba mantener apartadas de su imaginación.

Oyó los gritos de los hombres, los saludos. Contestó y acto seguido olvidó lo que había dicho.

Pasó por todos los procedimientos como si estuviera soñando. Nadie se permitía conversaciones innecesarias. Estaban concentrados en el asunto que los ocupaba. Escuchó sus instrucciones mientras el viento gélido procedente del agua le escocía en la piel, y asintió cuando le dijeron paso a paso qué iban a hacer exactamente. No les explicó lo que quería ver.

Aunque pareciera mentira, en torno a ellos todo era exactamente igual que siempre. Hileras de gabarras, cargadas a tope con toda suerte de mercancías, pasaban por delante de ellos, remontando el curso del Támesis con la marea. Transbordadores abarrotados iban y venían de una orilla a la otra. Había muchos mercantes pequeños y barcos de pasajeros, pero ninguno había salido por placer aquella mañana. Solo vio uno o dos trozos de madera del naufragio flotando lentamente río arriba. Habría muchos más río abajo, esparciéndose más cada vez.

Cogieron velocidad al separarse de la orilla. El equipo de buceo ya estaba dispuesto. Echarían el ancla a poca distancia de donde se había hundido el barco, y luego se pondrían los pesados y aparentemente engorrosos trajes y bajarían. Los probarían una vez más, y después ya no habría manera de evitar lo inevitable.

Monk contemplaba el agua. Era de un marrón turbio, nada que ver con el mar vislumbrado en los retazos de recuerdo que de vez en cuando le acudían a la mente, una visión nítida pero fugaz que se desvanecía al instante. Justo después de la guerra de Crimea, doce años antes, había sufrido un grave accidente de carruaje que lo había dejado inconsciente. Cuando volvió en sí, su memoria había sido borrada. Ni siquiera había reconocido su propio rostro en un espejo.

Con el tiempo había recuperado fragmentos, como si se tratara de un cuadro pintado sobre una superficie frágil que se hubiese roto en mil pedazos. Algunos eran agudos y dolorosos, atisbos de un yo que no le gustaba. Otros eran buenos: momentos perdidos de la infancia, como aquellos recuerdos que ahora tenía del mar y de las barcas del lejano norte, en la costa de Northumberland. Nunca los había vuelto a ver vinculados a una vida completa que tuviera sentido.

Había aprendido a vivir con su pérdida de memoria y a reinventarse a sí mismo. Se preguntó si le habría sido posible hacerlo sin Hester. Su fe en él había sido el acicate para juntar las piezas, para seguir trabajando en ello incluso cuando la imagen resultante resultaba fea y llena de zonas oscuras, tan opaca como el agua que ahora hendía la proa de la barca. ¿En qué medida dependía que alguien confiara en ti, para tener el coraje de ser consciente? ¿Quién poseía la fuerza necesaria para hacerlo a ciegas y a solas?

Por más que ahora lo asustara pensar en meterse en esa agua y moverse penosamente a través de la penumbra del fango del río hasta llegar al naufragio, tenía que hacerlo. Hester creía en él y él jamás traicionaría esa fe.

Habían llegado. Alcanzaba a ver a los hombres en la orilla y distinguió la forma de las máquinas que sacarían lentamente lo que quedara del barco hasta donde pudiera ser examinado y donde dejara de suponer un peligro para el tráfico fluvial.

Era hora de prestar atención a la tarea, de escuchar, de ponerse el traje y dejar que atornillaran el cristal delante de su cara, y después salir de la barca y bajar mientras las aguas se cerraban sobre su cabeza. Tanto su vida como la de su compañero de buceo podían depender de que recordara sus palabras con toda exactitud.

Obedientemente, se metió dentro del traje. Ya lo había hecho en la imaginación tan vívidamente que ahora que era real parecía un ensayo mental más. Solo cuando sintió el frío del río y el peso de sus botas tirando hacia abajo, sus sentidos sufrieron una súbita reacción que ninguna pesadilla podría igualar.

La oscuridad fue casi inmediata. En torno a él todo era marrón, opresivo, a un mismo tiempo arremolinado e informe. El foco de su casco parecía absurdamente débil, de modo que era como si fuese a la deriva sumergido en lodo. De pronto sus pies llegaron al fondo y tuvo la sensación de que se hundían, como si hubiese aterrizado en un suelo de fango, no de piedras. Se esforzó por mantener el equilibrio, extendiendo los brazos como un funámbulo sobre la cuerda floja.

Movió la cabeza para ver si el foco iluminaba algo. Notó que le tocaban el brazo, y ahí tenía a otra figura grotesca a su lado, moviéndose con pesadez y con la cabeza dentro de una esfera, igual que él. El otro buzo señaló hacia delante. Torpemente, Monk obedeció.

Tardó solo unos instantes en ver los bordes irregulares del casco roto en la penumbra. Era un agujero enorme, como un edificio de tres plantas o las fauces de un pez gigantesco. Donde debería haber estado la proa, no había nada. En ese momento Monk habría dado cualquier cosa por retroceder y salir de nuevo al aire y la luz, casi cualquier cosa, pero no la confianza en sí mismo.

Respiró profundamente el aire que le llegaba a través de aquella tubería tan frágil, y siguió caminando.

Ya había visualizado previamente lo que vería, pero nada lo había preparado para confrontar la realidad. El barco se había torcido. Los suelos estaban en ángulos extraños. En algunos sitios las puertas colgaban abiertas. En otros estaban cerradas a cal y canto. Había remolinos de corriente donde la marea se encañonaba de manera poco natural. Monk perdió el equilibrio más de una vez y se dio cuenta, con una sensación rayana en el pánico, de lo fácil que sería caerse y quedar enredado en sus propias cuerdas y tuberías.

Había cadáveres por doquier, algunos tendidos en las cubiertas, algunos apilados unos sobre otros. Varios estaban atascados en los umbrales de las puertas como si hubiesen intentado escapar corriendo a la vez, y les había costado la vida a todos. Unos pocos diseminados por ahí, mayormente mujeres con las faldas flotando en torno a ellas, iban a la deriva con la corriente, chocando a ciegas contra las paredes inclinadas. A la luz del foco de Monk, la palidez de la muerte daba un aspecto fantasmagórico a sus rostros.

¿Había algo que sirviera para demostrar lo que había ocurrido? ¿Para implicar a alguien? La explosión había dejado toda la parte delantera del barco abierta de par en par al río, inundando las cubiertas y arrastrando a los pasajeros de vuelta a la prisión de las habitaciones inferiores. Los únicos que habían tenido alguna oportunidad de escapar eran los que iban en la cubierta superior. Los que estaban en la fiesta, vestidos con sus mejores galas, copas de champaña en mano, probablemente murieron antes de que la nave se hundiera hasta el fondo. ¿Había sido por azar o intencionado?

Sacarían los cuerpos, los identificarían cuando fuese posible y les darían digna sepultura. Varios se perderían en el mismo acto de halar del barco. Muchos ya habían desaparecido y aparecerían en las orillas durante los días y semanas venideros. Algunos tal vez nunca los encontrarían, arrastrados al mar, o enganchados para siempre en los desechos de los canales más profundos, donde finalmente los engulliría el barro.

Monk avanzaba con mucho cuidado, tentando el suelo antes de dar un paso, y se acercó tanto como se atrevió a la proa. En una ocasión patinó y el otro buzo tuvo que sujetarlo. El corazón le palpitó y se obligó a dominar su respiración para no asfixiarse. ¿Qué esperaba encontrar? Solo la confirmación de lo que ya sabía. La explosión la había causado algo colocado en la proa deliberadamente. No había fuegos ni calderas en ningún lugar cercano al origen de la destrucción.

Indicó a su compañero que ya podían regresar. Tuvo que esforzarse para no apresurarse mientras retrocedía camino de la luz y, finalmente, ascender al aire y el día. Cuando llegó a la superficie lo subieron a la cubierta de la barca, y manos impacientes desatornillaron la visera de cristal. Respiró el aire limpio con agradecidas bocanadas. Cuando le quitaron el casco, la amplitud del cielo podría haber sido el mismísimo paraíso. Pese a todo el horror de lo que había visto, estaba sonriendo, tragando saliva, casi con ganas de reír.

—¿Ha visto suficiente, señor? —preguntó su compañero de expedición, saliendo trabajosamente de su traje de buzo.

—Sí. —Monk se obligó a volver al presente—. Sí, gracias. Les diremos que comiencen a sacarlo.

Apartó los cadáveres de su mente y se concentró en la estructura del barco, el agujero que había donde antes estaba la proa. Todos los explosivos debían haber estado allí. Pensándolo fríamente, era el lugar perfecto para ponerlos. Allí no había nada valioso o peligroso y, por tanto, tampoco había motivo para que hubiera algún tripulante de guardia. No había riesgo de que la carga se encendiera por accidente. No había sido solo un acto deliberado sino también ingenioso y muy bien planeado.

Ahora bien, ¿por qué?

La euforia de haber salido a la superficie se le pasó y Monk se encontró con que volvía a dominarlo el enojo. Dio las gracias al buzo y a la tripulación y pidió que lo dejaran en tierra, en la escalera más cercana. Fue al encuentro de Orme, que estaba con el capataz de la cuadrilla que iba a sacar el buque naufragado. Orme se veía exhausto, con el rostro pálido, y el gris de la barba sin afeitar acentuaba su aire alicaído. Pero, como siempre, se mantenía erguido, con los ojos entornados contra la luz, enrojecidos por la fatiga.

—Volaron la proa, tal como pensábamos —dijo Monk en voz baja—. Un trabajo bastante limpio. No he visto que hubiera otros daños. La gente quedó atrapada en las cubiertas inferiores. No tuvieron una sola posibilidad.

Orme asintió pero no dijo nada. Era un hombre que nunca hablaba en vano.

—Tardaremos un buen rato en sacarlo —dijo el capataz con gravedad, saludando a Monk con un ademán—. Sacaremos los cuerpos que podamos. Seguro que perderemos algunos porque dentro todo se moverá. Enviaremos hombres en busca de los otros. Ustedes solo tienen que atrapar a los cabrones que han hecho esto.

—Lo haremos —contestó Monk, sabiendo con una aterradora sensación de futilidad que se trataba de una promesa que quizá no podría cumplir.

Se quedó un momento observando, después asintió con la cabeza a Orme y se volvió para marcharse. No debería haber dicho que tendrían éxito, ¿pero de qué otro modo cabía reaccionar ante semejante atrocidad? ¿Diciendo que lo intentarían? Parecería que lo considerase normal, tan solo un caso más. Y no lo era. Unas ciento ochenta personas completamente inocentes se habían ahogado en las oscuras y sucias aguas del Támesis. A algunas quizá nunca las encontrarían para que sus familiares pudieran enterrarlas. ¿Y para qué? ¿A qué fin podía servir? ¿Para suscitar la ira contra un grupo determinado? ¿Un país? ¿Un cártel financiero o político? ¿Intereses comerciales, tal vez el nuevo canal a través de Egipto, que uniría el Mediterráneo con el Mar Rojo y pondría fin a la carrera de los grandes clíperes con las primeras cosechas de té de Oriente?

¡Entonces era que alguien había cobrado por hacerlo! ¿Un fanático dispuesto a hundirse con el barco? Poco probable. Querría sobrevivir y gastarse el dinero. Aunque, por supuesto, eso no significaba que se hubiese quedado en Londres ni en ningún otro lugar cercano al Támesis.

Sin embargo, existían vías por las que buscar a esa persona. Había distribuidores especializados en explosivos, como la nitroglicerina. Los aficionados no la manipulaban; era demasiado volátil. Siempre había alguien que había oído o visto algo y se le podía presionar.

Monk cruzó la explanada en dirección a la calle. A su alrededor había almacenes, grúas, estibadores comenzando la jornada laboral. Estaban en mayo y el sol ya brillaba. En seis semanas sería el día más largo del año.

Una de las primeras cosas que buscar era la oportunidad. ¿Quién había tenido ocasión de poner explosivos en la proa del barco? ¿O los medios? La nitroglicerina era el explosivo más común, pero desde hacía uno o dos años también existía el nuevo invento sueco de la dinamita. Era fácil de transportar y necesitaba un detonador, de modo que era menos propensa a los accidentes. Unos cuantos cartuchos podían volar casi cualquier cosa por completo.

¿Pero por qué? Ahí residía la mayor dificultad, y quizá la clave. Además de los medios y la oportunidad, debía averiguar el motivo por el que quienquiera que fuese había pagado a alguien para que cometiera semejante brutalidad. ¿Qué necesidad era tan perentoria y tan terrible? Faltó poco para que chocara con el hombre que venía hacia él. Se paró en seco.

—Perdón —dijo—. No miraba por dónde iba.

Se hizo a un lado pero el hombre no se movió. En cambio, tendió la mano como para presentarse.

Monk no estaba de humor para conversar pero, tras echar un vistazo al rostro del desconocido, pensó que le resultaba vagamente familiar, como si hubiesen coincidido casualmente en alguna ocasión. Tenía unos rasgos afables, casi delicados, y un aire de considerable gravedad. Tal vez había perdido a un ser querido en el desastre. Merecía urbanidad, como mínimo.

—¿Monk? —preguntó el hombre, pero en un tono de voz que daba a entender que lo conocía.

Monk se obligó a mostrarse receptivo. Estaba agotado, con frío por la inmersión y con el corazón roto por lo que había visto. No recordaba cuándo había comido por última vez, salvo por el cuscurro de pan.

—¿Sí? —dijo con toda calma, mirando al hombre a los ojos y viendo sufrimiento en ellos, aunque no parecía ser un dolor de carácter personal.

—John Lydiate —contestó el hombre.

Monk se sorprendió. De pronto se acordó de él. Sir John era comisario de la Policía Metropolitana de Londres. ¿Tan pronto había ido hasta allí para informarse sobre cómo progresaba el caso?

—Buenos días, señor —respondió Monk—. Disculpe que no lo reconociera. Acabo de subir del naufragio.

No pudo terminar la frase apropiadamente. Su agotamiento físico, incluso su horror, eran irrelevantes ante semejante pérdida.

Lydiate miró hacia las máquinas, que ahora estaban comenzando a tirar del casco del barco hundido. Sus ojos traslucían confusión.

—¿Buceando? —preguntó con curiosidad—. Lo habremos subido en cuestión de horas.

—Era preciso que lo viera antes de que todo se mueva al sacarlo del agua —explicó Monk—. Colocaron explosivos en la proa. Saltó por los aires. Se hundió en menos de cinco minutos.

Había tenido intención de controlarse, de decirlo objetivamente, pero la voz le tembló al rememorar la oscuridad que sobrevino cuando el barco se sumergió y se apagaron las luces, y luego los gritos, la gente a quien no pudo ayudar.

Lydiate estaba pálido. Tal vez él también había pasado la noche en vela, aunque no en el río.

—¿Usted lo vio? —preguntó.

—Estaba en el agua, a unos cien metros —contestó Monk.

—¡Dios bendito! —dijo Lydiate en voz baja. Fue una plegaria, no una blasfemia—. Lo siento.

Monk lo miró. Le pareció raro que le dijera eso.

—Es una atrocidad —prosiguió Lydiate, ahora ligeramente ruborizado—. Según parece había bastantes personalidades a bordo, extranjeros. El gobierno ha... —Titubeó y volvió a comenzar—. Ha dicho que debido a las repercusiones internacionales es preciso que se vea que hacemos todo lo que podemos. Me han puesto a cargo de la investigación. Puede abandonar el caso; regrese a sus responsabilidades normales en el río.

Monk se quedó estupefacto. No era posible que hubiese oído

bien lo que Lydiate había dicho. Estaba demasiado cansado para verle alguna lógica.

—¡Ocurrió en el río! —dijo bruscamente—. ¡El maldito naufragio está en el río ahora mismo!

Extendió los brazos hacia las cadenas medio sumergidas que chorreaban mientras se movían centímetro a centímetro, tirando del barco hundido.

—Lo sé —convino Lydiate—. No obstante, queda relevado del mando. Órdenes del Home Office.* Lo siento.

Monk comenzó a hablar, pero entonces se dio cuenta de que no tenía nada que decir. La decisión era paralizante y absurda pero también irrefutable. Si el gobierno había tomado aquella decisión por razones políticas, aunque fuese una idiotez injusta e interesada, carecía de sentido discutir. Y Lydiate era quien menos culpa tenía.

—Le pasaré un informe escrito de lo que vi —dijo Monk, con la voz áspera como si tuviera inflamada la garganta—. Lo que ahora encuentren ya lo verá usted mismo. Supongo que querrá hablar con los agentes que interrogaron a la gente que había en la orilla... y con los supervivientes.

—Váyase a casa, coma algo... y duerma un poco —dijo Lydiate con tristeza. Su turbación era claramente profunda y no fue capaz de añadir nada más.

Monk asintió con la cabeza a modo de despedida y subió por la rampa hasta la calle. Apenas veía los edificios y la muchedumbre que lo rodeaban. Su amargura se fue convirtiendo en ira ciega en su fuero interno. Aquello era su río, su trabajo y su responsabilidad. Las personas que habían matado habían estado a su cargo, y ahora le impedían mantener su promesa de averiguar la verdad y conseguir que se hiciera justicia.

* Ministerio del Interior del Reino Unido.

2

Hester oyó la explosión desde su casa en Paradise Place, que quedaba a menos de medio kilómetro de la orilla sur del río, a la altura de la comisaría de Wapping. Como todos los demás vecinos de la pequeña calle, salió de inmediato y miró por encima de los tejados de Greenwich y la oscura extensión del río hacia el Pool de Londres. Las llamas eran de un naranja brillante, lo iluminaron todo en torno a ellas durante unos segundos, feroces y terribles; de pronto desaparecieron y, desde lo alto de la calle, todo quedó en silencio.

La mujer de la casa de al lado se quedó paralizada, con un trapo en las manos y el rostro crispado por el horror. Más abajo, donde la calle torcía hacia Union Road, había dos hombres, también inmóviles, hombro con hombro, mirando hacia el río. Entonces un chico vino corriendo cuesta arriba por el adoquinado, gritando algo.

Hester se dio cuenta de que tenía a Scuff a su lado y que ni siquiera había oído sus pasos en la acera. Ahora tenía dieciséis años, era más alto que ella e irreconocible como el pilluelo del que ella y Monk se habían hecho amigos cuando él tenía, según su propia estimación, unos once años. A la sazón era estrecho de hombros, más menudo de lo normal y alarmantemente espabilado. Los niños no sobrevivían por su cuenta en los muelles de Londres si no lo eran. Era discutible si ellos lo habían adoptado a él o si él los había adoptado a ellos. No era un asunto que se comentara, pero se aceptaba tácitamente que su estancia en el hogar de los Monk se había vuelto permanente.

Scuff le tocó la mano.

—¿Qué ha pasado? —preguntó con voz ronca.

Hester no vaciló en rodearlo con un brazo.

—No lo sé. Una explosión muy grande y un incendio que enseguida se ha apagado por completo.

—Un barco —dijo Scuff—. Se habrá hundido como una piedra. Monk no... estaría...

El miedo le quebró la voz.

—No, claro que no —respondió Hester con firmeza—. La policía tiene barcas de remos; esas no explotan. Pero estará yendo hacia allí. Seguro que no volveremos a verlo hasta mañana.

—¿Estás segura?

—No, en absoluto.

Hester nunca le había mentido. Scuff era demasiado realista para haberla creído si lo hubiese intentado. Tal vez si lo hubiese conocido desde que era un bebé habría habido una época en la que solo le habría ofrecido consuelo, dejando la realidad para más tarde. Pero cuando se conocieron era un superviviente. Su confianza en ellos había aumentado poco a poco y debían conservarla con sinceridad, por más demoledora que pudiera ser la verdad.

—Iré a ver... —comenzó Scuff.

—Ni hablar —repuso Hester—. Tú te quedas aquí. Yo bajaré al embarcadero y preguntaré. Tengo derecho a saber qué ha ocurrido y, créeme, no me conformaré con respuestas tranquilizadoras. Regresaré y te lo explicaré. ¿Me prometes que te quedarás aquí? —Se volvió hacia él—. Lo digo en serio, Scuff. Necesito poder confiar en ti. Y si hay malas noticias, necesitaré que me ayudes.

Scuff abrió los ojos y aguantó la respiración, mirándola con cara de comprender.

—Sí... —asintió con la cabeza—. Me quedaré aquí, lo prometo. Pero... luego volverás, ¿verdad?

—Claro que sí, en cuanto me entere de algo. Te lo prometo.

Scuff suspiró.

—De acuerdo, pues.

Hester regresó poco antes de la medianoche.

Scuff dormía delante del rescoldo de la chimenea pero se despertó en cuanto ella entró en la habitación, con el rostro transido de miedo.

—Monk está bien —dijo de inmediato—. Ha sido un barco de recreo el que se ha hundido. Casi todos los pasajeros han muerto. —Entró y se sentó en la butaca de enfrente. A la tenue luz de la lámpara de gas Scuff tenía una apariencia frágil y terriblemente vulnerable, como cualquier niño recién despertado.

»La Policía Fluvial estará trabajando toda la noche, procurando rescatar a tantos como puedan —prosiguió Hester—. Me figuro que por la mañana todavía estarán investigando lo que ha ocurrido. Tendremos que aguardar. ¿Te apetece beber algo caliente antes de meterte en la cama? A mí sí. Ya sé que estamos en mayo, pero ahí fuera sigue haciendo un frío espantoso.

Scuff se encogió de hombros.

—¿Entonces Monk está bien?

—Sí. Cuando llegue a casa estará cansado y con frío, pero sano y salvo; sí.

El rostro de Scuff reflejó su gran alivio.

—Bien. ¿Podemos tomar un poco de cacao?

—Buena idea —convino Hester—. Claro que podemos.

—No voy a ir al colegio hasta que vuelva... —dijo Scuff. Hizo que pareciera una afirmación, pero en sus ojos había una pregunta, y miró con inquietud a Hester para juzgar su reacción.

Hester deseaba ceder, y la pizca de incertidumbre que la desazonaba se lo puso fácil.

—Por esta vez, pase —dijo Hester.

Scuff sonrió pero no abusó de su buena suerte.

—¿Preparo yo el cacao? —se ofreció—. El fogón está caliente.

—Gracias —aceptó Hester, siguiéndolo por el pasillo hasta la cocina. Por un momento la abrumó una oleada de emoción. Amaba a aquel chiquillo mucho más de lo que había creído posible. Era un pilluelo de los muelles y, sin embargo, Hester entendía cómo pensaba. Veía en sus gestos una extraña mezcla con los suyos, y ahora, mientras maduraba, cada vez se asemejaba más a Monk. ¿Era posible que los lazos del amor fuesen tan poderosos como los de la sangre?

Monk llegó a media mañana. Hester lo había estado aguardando junto a la ventana. Todavía llevaba puesta la ropa que le habían prestado en la comisaría. Se movía con rigidez, tenía el rostro ceniciento a causa del cansancio y a cada pocos pasos se subía los pantalones que le resbalaban de la cintura.

Hester se encontró con él en la entrada y, tras mirarlo un momento a los ojos, lo rodeó con los brazos sin decir palabra. Monk se puso tenso un instante como si fuera demasiado sensible para aguantar el contacto físico. Luego se relajó y sus brazos estrecharon a Hester hasta que ella tuvo que morderse el labio para no gemir ante la fuerza de su apretón.

Transcurrió un rato antes de que Hester lo mirara a la cara, echándose solo unos centímetros hacia atrás. Podría haberle preguntado cómo estaba, pero las palabras no bastaban para describir lo que ella sabía que sin duda habría visto. Por eso levantó una mano, le acarició una mejilla con dulzura y esbozó una sonrisa.

—Como mínimo ciento ochenta muertos. —Monk dijo la cifra que volvía inalterable la enormidad del suceso—. Alguien lo hizo a propósito, puso explosivos en la proa y los hizo explotar. Al sumergirme...

Hester se quedó helada.

—¿Sumergirte?

—Traje de buzo —explicó Monk—. Ya lo he hecho otras veces. La mayoría sigue allí abajo, atrapada. No tuvieron oportunidad de salvarse, ni siquiera una.

Las preguntas se agolpaban en la mente de Hester, aunque ninguna sería apropiada hacerla en aquel momento. Era probable que Monk todavía no supiera las respuestas. Lo más perentorio que necesitaba su marido era comodidad, calor, alimento y dormir tanto como pudiera.

—¿De cuánto tiempo dispones antes de que tengas que reincorporarte?

Había algo en su rostro que Hester no lograba descifrar, una ira, una aflicción que se fueron adueñando de él hasta que tuvo todo el cuerpo tenso.

—¿William? —dijo Hester enseguida—. ¿Qué ocurre? ¿No puedes quedarte?

Tomó aire para argüir que debía descansar, pero su mirada la detuvo.

—Puedo quedarme el tiempo que quiera —dijo Monk bruscamente, con la voz tomada—. Han apartado del caso a la Policía Fluvial. Ha muerto demasiada gente importante. Se lo han pasado al comisario Lydiate.

Todo tipo de protestas hicieron hervir en cólera a Hester. Era una decisión ridícula y totalmente injusta. Quien la hubiese tomado era un incompetente. Pero ninguna de sus objeciones cambiaría las cosas. Años antes, cuando había sido enfermera del ejército en Crimea, había combatido ferozmente contra la injusticia, la vanidad y la ofuscada estupidez. De vez en cuando había ganado en el campo de batalla, donde la muerte era una realidad. Pero una vez de vuelta en Inglaterra fue como querer escribir en la arena. El peso y las complejidades del poder borraban sus esfuerzos como una ola de la marea creciente.

Hester tardó unos segundos en contestar, aunque sabía que Monk estaba aguardando. Finalmente retrocedió un poco.

—Qué mala suerte para Lydiate —dijo en voz baja, midiendo sus palabras como lo haría con la presión de un vendaje en una herida abierta—. Estará como un pez fuera del agua porque no conoce suficientemente el río para encargarse de esto. Aunque me pregunto si alguien puede hacerlo. Va a ser un embrollo tremendo. Ahora mismo todos estamos aturdidos por la impresión, todavía intentamos asimilar que haya sucedido de verdad. Pero la ira no tardará en llegar. La gente querrá echarle la culpa a alguien. Enojarse es mucho más fácil que enfrentarse a la pérdida. Exigirán respuestas. Los periódicos no darán tregua. ¿Por qué ocurrió? ¿Por qué nadie lo impidió? ¿Por qué la policía no ha atrapado al responsable? Haga lo que haga Lydiate, nunca será suficiente.

Sonrió desolada, y prosiguió en voz aún más baja.

—Es decir, suponiendo que él pueda hacer algo. Nada devolverá la vida a esas personas. Querrán ahorcar a alguien aunque no sea el verdadero culpable. Es una explosión emocional con la mecha ya encendida. Si atrapan a alguien, todo el mundo se sentirá menos impotente. Habrá toda clase de teorías demenciales, rumores, miedos. Es una ocasión perfecta para la venganza. Menuda estupidez haberte apartado del caso. Eres la única persona que podría haber sido capaz de resolverlo; aunque, si nos ponemos realistas, quizá nadie pueda...

Monk soltó aire con un prolongado suspiro. La voz le tembló un poco.

—¡Tendrían que haberme permitido intentarlo! ¡Las víctimas lo merecen! Prometí... —Pestañeó apretando los ojos—. Hester, hablé con los supervivientes, todos acurrucados, maltrechos, helados y anonadados por el sentimiento de pérdida. Un hombre estaba en el barco con su hija, que acababa de recobrarse de una larga enfermedad. Lo estaban celebrando. En un momento dado estaba riendo y acto seguido había desaparecido. —Se le quebró la voz—. Le prometí que descubriría quién había hecho esto...

—Lo entiendo —susurró Hester—. También yo he hecho promesas que no he podido mantener. Sé cuánto duele...

—¿En serio? —inquirió Monk, con la voz tensa por el dolor.

Recuerdos de los campos de batalla acudieron de nuevo a la mente de Hester, empapados de olor a sangre, hombres cuyas vidas se derramaban, tiñendo de escarlata el suelo ante sus ojos.

—Prometí a soldados que los salvaría y no pude...

Monk dio un desgarrado grito ahogado.

—¡Oh, Hester! Perdona...

Sus brazos volvieron a estrecharla y se demoró un poco antes de soltarla. Solo entonces se percató de que Scuff estaba en el umbral, pálido pero con una tímida sonrisa.

—¿Estás bien? —preguntó Scuff inquieto—. ¿Quieres una taza de té o alguna otra cosa?

—Sí —contestó Monk de inmediato—. Sí, por favor. Oye, ¿qué estás haciendo aquí a estas horas? Deberías estar en el colegio. ¿Haciendo novillos otra vez?

—No podía irme sin saber que estabas bien —respondió Scuff.

—Serás...

—¿No iba a dejar sola a Hester, no?

Scuff lo fulminó con la mirada. Luego tragó saliva y dio media vuelta para ir a preparar el té.

Hester se echó a reír un tanto nerviosamente, procurando que la risa no se convirtiera en llanto.

En cuanto se hubo tomado el té, Scuff se marchó de Paradise Place pero no fue al colegio. En realidad no había dicho que fuera a hacerlo, al menos no explícitamente, aunque sabía que tanto Hester como Monk habían supuesto que eso era lo que iba a hacer.

Sin embargo, aquel no era un momento para ir a aprender cosas en libros, por más importantes que pudieran ser algún día. Ahora mismo debía regresar al río. Un imbécil con la camisa limpia y un traje de lana había quitado a Monk su derecho a trabajar en aquel caso tan trascendente, ocurrido no solo en el río sino para ser exactos dentro de él. ¡De hecho, debajo de él! Patrullar el río era trabajo de Monk. Policía fluvial, eso era lo que era. No tenían derecho a hacerle esto por más que Hester dijera, para consolarlo, que era un caso peliagudo que quizá nadie podría resolver. Monk era capaz de hacer muchas cosas que otras personas no eran capaces de hacer. Hester no quería verlo dolido, cosa que estaba muy bien, salvo que la vida no era así. Todas esas personas estaban muertas y debajo del agua, deseara lo que desease cualquiera. Era una infamia y había que aclararla y castigar al culpable, castigarlo de verdad, como por ejemplo, ahorcándolo.

Y también se trataba del río de Scuff. Había nacido a orillas del Támesis y crecido viéndolo, oyéndolo y sintiendo su humedad toda la vida. Mientras dormía, oía las sirenas de niebla resonando a lo lejos y el chapaleteo de la marea. Casi todos los tesoros de su infancia habían surgido de sus profundidades, por no mencionar los trozos de carbón, metal, porcelana, incluso madera de vez en cuando, que había vendido para alimentarse. ¿Cómo iba a conocer el río un policía corriente de Londres, apegado a la tierra, o a preocuparse por él como lo hacían Scuff y Monk?

Primero iría al lugar donde estaban sacando el barco del agua, pero discretamente, sin hablar con nadie que pudiera conocerlo. Aquello no debía llegar a oídos de Monk, lo cual significaba que Scuff también debía mantenerse alejado del señor Orme. Aunque Orme habría estado con Monk, y por tanto también habría pasado la noche en vela. Scuff estaría a salvo durante un rato.

Bajó con brío hasta el transbordador y usó parte de sus ahorros para pagar el pasaje hasta la otra orilla. Subió la escalera de Wapping Stairs, manteniendo el rostro vuelto para no ser identificado desde la comisaría. Recorrió tan aprisa como pudo la ribera hasta la dársena donde sabía, por el piloto del transbordador, que estaban varando el barco de recreo. Intentó imaginar la fuerza que habría que emplear y el tipo de máquinas que serían necesarias. Y cadenas. ¡Más valía que fuesen buenas! Si una se rompía podía segar la cabeza de media docena de hombres que estuvieran demasiado cerca. ¡Se negó a pensarlo siquiera!

Avanzó sin tropiezos, acostumbrado a pasar desapercibido. No quedaba muy lejos, a menos de un par de kilómetros. Había montones de gente observando. ¿Qué esperaban ver? ¿Un barco roto y gran cantidad de cadáveres? Se los veía acurrucados, pese a que hacía una soleada mañana de mayo. ¡Cualquiera hubiese dicho que estaban en invierno! Quizás estaban allí porque habían perdido a alguien que amaban y sentían que debían presenciar cómo sacaban el barco del río, por una especie de respeto, como estar al pie de la sepultura en un funeral. A Scuff no le gustaban los funerales. Tampoco tenía ganas de ver los cuerpos atrapados en el barco. Ya había visto ahogados. Era algo horrible... hinchados hasta deformarse, y blanduchos.

Ahora bien, si pretendía llegar a ser policía igual que Monk, mejor que se fuese acostumbrando. ¡Incluso Hester era capaz de mirar cadáveres! Aunque, por otra parte, Hester era capaz de hacer muchas cosas que la mayoría de la gente era incapaz de hacer. Debería pensar un poco más sobre las mujeres. Entender unas cuantas cosas. Pero no ahora. Ahora necesitaba hacer algo útil que pudiera ayudar a resolver aquel crimen.

Se situó al lado de un hombre y una mujer que iban muy bien vestidos. Estaban pálidos y tan arrimados el uno al otro como podían. ¿Qué podía decirles que no sonara estúpido o cruel? Nadie iba a salir con vida del naufragio. ¿Acaso esperaban un milagro? No podían ser tan tontos, ¿verdad?

Se oyó un grito en la orilla. Entonces, ante sus ojos, apareció la chimenea del barco en la superficie del agua. Todo el mundo se calló. El silencio era tal que alcanzaban a oír el agua que salía a borbotones por los costados.

Sin sopesar sus palabras, Scuff se volvió hacia aquel caballero.

—No debería mirar esto, señor. Si ha perdido a alguien, no hay ninguna necesidad de que lo vea.

Se calló de golpe. Estaba fuera de lugar. No tenía derecho a hablar. No le habían preguntado.

El hombre se volvió hacia él sorprendido, como si no hubiese reparado en su presencia.

—Tienes razón —dijo en voz baja—. Y quizá tú tampoco deberías. ¿Perdiste a alguien en el naufragio, chaval?

—No. Mi papá está en la Policía Fluvial. Trabajó toda la noche intentando salvar gente, y ahora le han quitado el caso de las manos. Se lo han dado a la policía de tierra.

Scuff hablaba con amargura, pero no lo podía evitar.

El hombre estrechó con el brazo a la mujer que tenía al lado.

—Tienes razón. Aquí no podemos hacer nada. Vamos, Jenny. No mires. Recuérdalo tal como era. El chaval lleva razón. —Miró a Scuff otra vez—. ¿Tu papá te ha enviado para que luego vayas a informarlo?

—¡No, señor! ¡Cree que estoy en el colegio! Pero tenía que hacer algo. Esto no está bien. Es nuestro río. ¿Qué clase de crucero era, señor? ¿Qué clase de gente iba a bordo?

El hombre comenzó a alejarse del lugar donde había estado hasta entonces. Seguía rodeando con el brazo a la mujer, pero su mirada incluía a Scuff.

—Solo un crucero de placer —contestó—. El *Princess Mary*. Zarpó del puente de Westminster, bajó hasta Gravesend y después regresó. Un viaje caro debido a la fiesta. Comida muy buena, montones de champaña y ese tipo de cosas. Solo... solo era un grupo de personas pasándolo bien. —De pronto la ira le crispó el semblante—. ¿Qué clase de loco querría hacer daño a esa gente? ¿Por qué, santo cielo?

—Albert... —La mujer apretó la mano de su marido, arrastrándolo del brazo hacia ella—. El chico no lo sabe. Nadie lo sabe. Es una locura... Las locuras no tienen sentido.

A Scuff le habría gustado decir algo que la hiciera sentirse mejor. ¿Qué habría dicho Hester?

—No impedirán que demos lo mejor de nosotros mismos —le dijo.

El hombre lo miró fijamente, pero la mujer de repente sonrió. Su rostro cambió por completo.

—Trataré de recordarlo —prometió.

Scuff correspondió a su sonrisa, luego los dejó y comenzó a abrirse camino río abajo, hacia el tramo que conocía mejor. Tenía que encontrar a alguno de los chicos que conocía antes de irse a vivir a casa de Hester y Monk. Eran el tipo de gente que jamás le diría algo a la policía, ya se tratase de la Policía Fluvial o de la ordinaria. Si el *Princess Mary* había zarpado de Westminster Bridge, salvo si era una de las personas que iba en el crucero, quienquiera que hiciera estallar el barco había subido a bordo antes de que partiera. Lo más probable era que fuese un maletero o un criado de alguna clase, lo que Monk llamaba «personas invisibles». Pero Scuff conocía a mendigos, vendedores ambulantes, ladronzuelos, gente de los márgenes de la sociedad que veían a todo el mundo.

Le llevó casi toda la mañana encontrar a los más apropiados. Las cosas habían cambiado mucho más de lo que había previsto. Sus colegas se habían hecho mayores, algunos se habían marchado, tal vez haciéndose a la mar. Otros habían muerto. Nadie daba muestras de conocerlo, y no conocía a ninguno de los rapiñadores, los chicos de la calle que se adentraban en el río durante la bajamar para recuperar materiales diversos que vender. ¡Y todos se veían tan pequeños! En realidad no se había detenido a pensarlo hasta entonces, pero al recordar cuántos pantalones nuevos le había comprado Hester, se dio cuenta de que probablemente había crecido unos veinte centímetros en los últimos años.

De pronto se sintió incómodo. Aquellos chicos también tendrían que haber crecido, y no lo habían hecho. Vio a uno sin calcetines y con botas disparejas, tal como había ido él en su día. Estuvo a punto de hablar con él pero cambió de parecer, preso de una súbita timidez; no, era más que eso, era culpabilidad. Podría dar unos peniques a aquel chico para que se comprara una empanada y una taza de té, pero ¿y todos los demás? Scuff ahora comía bastante bien cada vez que quería. ¿Por qué ellos no? Él no había sido diferente a ellos.

Se alejó a lo largo de la ribera. El viento que le azotaba el rostro olía a sal y a pescado y a la fetidez del barro del río. Pasó una hilera de gabarras; el lanchero mantenía el equilibrio sin esfuerzo pese al movimiento.

Scuff no sabía cómo debía sentirse. ¿Cómo era posible que unos cuantos años lo convirtieran en una persona distinta? No podía culparse a la gente por ser diferente, por no comprender. No podían evitarlo.

Poco más allá de la escalera de New Crane Stairs, ya en la dársena de West India Dock, encontró a un chico que conocía de antes. Era más alto y pesado que entonces, pero su pelo alborotado seguía siendo idéntico. Estaba de pie ante un montón de escombros. Había destellos de metal y latón, posiblemente restos que merecía la pena rescatar.

—Hola, Mucker —dijo Scuff jovialmente—. Espera, que te echo una mano.

Cargó parte del peso de lo que Mucker estaba llevando y faltó poco para que le fallaran las piernas. Era más alto y fuerte que antes, pero ya no estaba acostumbrado al trabajo que requería esfuerzo físico.

Mucker se sobresaltó.

—¿Quién demonios eres?

—Scuff. ¿No te acuerdas de mí?

—¿Scuff? —Mucker torció su rostro franco con incredulidad—. ¡Sí, hombre! ¡Scuff era un renacuajo un palmo más bajo que tú! Se escabullía como una anguila, pero... —Miró a Scuff con los ojos entornados—. ¿Qué te ha pasado? ¿Alguien te ha alargado las piernas?

—Sí, algo por el estilo —respondió Scuff, apoyando un pie en un madero—. Quiero hablar contigo. Te invito a una buena empanada y una taza de té.

—¿Con qué? —preguntó Mucker con recelo. Luego echó un segundo vistazo a la chaqueta y los pantalones de Scuff y decidió que posiblemente andaba metido en algo bueno—. Vale, como quieras. Pero yo no delato a nadie.

—¿Conoces a alguien que se ahogara en el barco que explotó ayer? —preguntó Scuff con fingida indiferencia.

Mucker arqueó sus pobladas cejas.

—¡Caray! No. ¿Tú sí? Has trepado en el mundo, ¿verdad? ¡Todos eran gente bien!

—¿Los tripulantes también? —preguntó Scuff secamente.

—No, claro que no. —Mucker se paró en seco—. ¿Por qué quieres saberlo? ¿A ti qué te importa?

Scuff estaba preparado para aquello. Sonrió.

—Me voy abriendo camino —contestó—. Nunca me chivaría de un amigo, ni de ahora ni de antes. Pero digo yo que alguien que haya hecho explotar un barco con doscientas personas que simplemente estaban pasándolo bien no puede ser amigo de nadie en nuestro río. ¿Tú lo serías?

Mucker no vaciló ni un instante.

—No. Es malo para todos. ¿Y tú qué piensas hacer al respecto, eh?

—El barco recogió a toda esa gente en el puente de Westminster. ¿De dónde venía? ¿Quién subió a bordo con el explosivo y lo puso en la proa?

—¿Cómo sabes que fue en la proa? —preguntó Mucker al instante.

—Porque conozco a alguien que estaba en el río y lo vio estallar. Además, tiene su lógica. Se hundió por la proa, con la popa intacta. Ahora lo están sacando del agua.

Levantó el brazo en dirección al lugar donde lo estaban haciendo.

—¿Cuánto vale? —preguntó Mucker sin rodeos—. ¿Más que una taza de té?

—Hacer la vista gorda de vez en cuando, cuando lo necesites —contestó Scuff sin titubeos. Aquella también la había visto venir.

Mucker sonrió de oreja a oreja.

—Siempre pensé que eras un cabroncete —dijo Mucker alegremente—. De acuerdo; trato hecho. Vuelve mañana.

Reanudó su tarea con desdén y siguió revisando su hallazgo.

Scuff en ningún momento había pensado que averiguaría lo suficiente en un día. Tendría que saltarse el colegio el día siguiente y tal vez el otro también. Dio una palmada en el hombro a Mucker para sellar el trato. Lo prometido era deuda. Quizá tendría que pedir dinero a Hester para comprar más empanadas, pero de eso se encargaría solo si era imprescindible.

La siguiente persona que buscó fue un gabarrero con quien solía tratar cuando era rapiñador. Una vez más, transcurrió un rato antes de que el hombre lo reconociera, y Scuff tuvo que morderse la lengua para no disculparse por su buena suerte. Alegó el mismo motivo para querer saber más acerca del naufragio del *Princess Mary*.

—Vendrán al río a interrogar a todo quisqui —dijo, no sin razón—. Si se les ocurre.

El gabarrero estaba ocupado ayustando cabos. Sus dedos nudosos sostenían el brillante punzón que iba metiendo y sacando de los chicotes casi como si la tarea no requiriera pensar. Scuff había visto a ancianas tejiendo de la misma manera.

—A la Policía Fluvial se le ocurrirá —dijo el gabarrero, torciendo el gesto—. Meten sus puñeteras narices en todo. Aun así, según el viejo Sawyer, que tiene por lo menos noventa años, solía ser mucho peor antes de que vinieran.

Scuff se quedó perplejo.

—¿A cuándo se refiere?

El gabarrero sonrió.

—Todavía no habías nacido, hijo. En la década de 1790, o por ahí. Cuando los franceses andaban cortándose la cabeza unos a otros. Ya te digo, tiene más de noventa. Dice que entonces el río era el peor lugar del mundo. Piratas por todas partes. Asesinar era tan común como ahora lo es robar. Y robar era tan común como respirar. A ver, dime, ¿qué es lo que quieres?

—¿Es posible que alguien cogiera el explosivo y lo pusiera en el barco mientras estaba en el agua? —preguntó Scuff—. ¿De noche, por ejemplo? ¿O tuvo que ser mientras estaba amarrado en alguna parte? ¿Como en Gravesend o en el puente de Westminster?

—¿Estás diciendo que tal vez lo hizo uno de nosotros?

El rostro del gabarrero se endureció, sus ojos reflejaron enojo.

—¡No, ni mucho menos! —replicó Scuff—. ¿Por quién me ha tomado? Eso ya lo sé. Y seguramente la Policía Fluvial también lo sabe. ¡Pero ellos no llevan el caso! ¡Se lo han quitado para dárselo a la policía regular de tierra, que no se entera de nada!

El gabarrero lo fulminó con la mirada, con el punzón suspendido un momento entre dos puntadas.

—¿Y eso cómo lo sabes? —inquirió. No obstante, Scuff había ganado toda su atención.

—Sé muchas cosas —contestó Scuff, haciéndose el misterioso—. Y cuanto antes resolvamos esto, antes se largarán los polis regulares de nuestro río y volveremos a tener a los nuestros, con los que sabemos cómo tratar.

—¡Menudo cabroncete astuto estás hecho! —dijo el gabarrero con sentimiento. Volvió a mirar a Scuff de arriba abajo, esta vez fijándose más en su ropa y, concretamente, en sus botas.

Scuff tuvo ganas de decirle que no las había pagado él mismo, pero eso hubiese echado por tierra el respeto que necesitaba inspirar, de modo que sonrió y no dijo nada.

Continuó investigando todo el día, buscando a personas que había conocido, fuese directamente o de oídas. Visitó a un perista opulento, un traficante de mercancía robada, especializado en artículos pequeños y valiosos: joyas, tallas de marfil, retratos en miniatura y otras cosas fáciles de esconder que valían un montón de dinero. Ya habían aflorado unos cuantos objetos, robados a los cadáveres que la marea había dejado en la orilla. Scuff pensaba que robar a los muertos era una vileza, pero también sabía qué eran el hambre, el frío, el miedo y la soledad, y todavía los odiaba más. Su experiencia le hacía refrenarse a la hora de juzgar, de modo que no le costaba demasiado disimular su repugnancia. Por un lado era como ser un animal carroñero; por otro, los muertos ya no necesitaban sus tesoros y, para los vivos, a veces suponían la diferencia entre sobrevivir y morir.

Tenía que llegar a casa antes de la hora de cenar, pero no porque no pudiera pasar una noche sin comer. Podía, y lo había hecho más a menudo de lo que ahora quería recordar. Pero si llegaba tarde, Hester querría saber dónde había estado y él tendría que pensar una muy buena explicación. No sabía cómo lo hacía, pero a Hester se le daba molestamente bien saber cuándo Scuff tergiversaba la verdad más de la cuenta. Era capaz de hacer que le doliera; por más poderosa que fuese la razón, tenía que ser un poco inventivo. Y eso lo incomodaba más de lo que nunca había imaginado.

Por consiguiente, gastó otros dos peniques en cruzar el río para poder subir a la colina de Paradise Place no mucho más tarde de cuando lo habría hecho si regresara del colegio.

¿Había conseguido algo? Posiblemente no. Había hecho muchas preguntas tratando de averiguar dónde podría haber subido a bordo el hombre de los explosivos, y se había enterado de que habría sido casi imposible en algún punto de la primera mitad del viaje, en parte porque era de día y hacer algo inusual suponía arriesgarse a ser visto.

Los explosivos podían haberlos cargado en Gravesend. Ahora bien, ¿cómo iba a averiguar si había sido así? Gravesend estaba a kilómetros de distancia río abajo, en el estuario que se abría hacia el mar.

Las piernas le dolían mientras subía la cuesta desde el embarcadero del transbordador. Había perdido la costumbre de estar de pie todo el día. Quizás estuviera aprendiendo toda suerte de cosas que eran interesantes, y probablemente inútiles, pero también se estaba ablandando.

Se cruzó con una señora mayor que conocía y le sonrió. La mujer frunció los labios y negó con la cabeza, pero le dio las buenas noches.

—Buenas noches, señora —contestó Scuff educadamente. Ya estaba casi en casa.

¿Quién haría algo tan horrible como hacer explotar un barco lleno de gente que ni siquiera conocía, y de tal manera que casi todos se ahogaran? ¿Por qué? ¿Sabía que eso era lo que pasaría? ¡Por supuesto! Si pones explosivos en la proa de un barco, cualquier idiota sabe que se hundirá. Y cualquier idiota sabe que la gente que esté bajo cubierta se ahogará porque no habrá manera de que salga a tiempo.

Se paró en seco, como si hubiese chocado con una pared. ¡Ya lo tenía! ¡Poco importaba dónde había subido a bordo el terrorista! Cualquier lugar serviría. ¡Lo que importaba más que cualquier otra cosa era dónde había abandonado la nave! Seguro que sabía cuándo iba a explotar. Era una manera espantosa de morir, ¡se habría largado antes de la explosión! ¿Adónde? ¿Y cómo? Nadie saltaba al río y nadaba. Aparte del hecho de que casi nadie sabía nadar, el agua era tan inmunda que te envenenaba.

¿Y nadar hacia dónde? Estaban en medio del flujo de la marea entrante. Y la marea del Támesis era rápida y fuerte. Le estaría bien empleado que no lo supiera y se hubiese ahogado. Pero eso no respondería ninguna pregunta.

Habría otras embarcaciones: transbordadores, gabarras, grandes buques entrando para atracar en el Pool de Londres. Se veían unos a otros porque llevaban luces de navegación; era obligatorio. Así lo dictaba la ley del mar. ¡Pero un nadador, no! A un nadador podían arrollarlo, podía quedar atrapado en la estela o, peor todavía, enganchado en las palas o las hélices y acabar hecho trizas. Scuff se estremeció al pensarlo y notó que se le debilitaban las piernas como si fueran a fallarle.

Apartó todo aquello de su cabeza y se dio prisa en llegar a casa. Deseaba luces, calor, personas, aunque lo reprendieran por llegar tarde. Era estupendo que te quisieran.

—Llegas tarde —dijo Hester en cuanto entró por la puerta—. ¿Estás bien?

Tal vez debería mostrarse arrepentido, hubiese sido más sensato, pero no podía borrar la inmensa sonrisa que llevaba pintada en el rostro.

—Sí... Estoy en casa. —Vio la irritación que traslucían los ojos de Hester y no supo muy bien a qué se debía—. Y tengo hambre —agregó.

Monk entró momentos después y solo habló de los asuntos habituales del río. Ni siquiera mencionó el *Princess Mary*, de modo que Scuff pensó que mejor sería que tampoco lo mencionara él. Hester no aludió a la tardanza de Scuff, y el chico estuvo tan agradecido que prefirió no arriesgar nada y disfrutar de la buena comida en un confortable silencio. No se permitió pensar en quienes estarían durmiendo en los muelles, tal como antaño lo había hecho él.

3

Monk intentaba trabajar como de costumbre y para ello apartaba la atrocidad del barco de recreo hasta un rincón de su mente. A veces lo conseguía durante media jornada, pero siempre surgía algo que se lo recordaba. La gente hablaba de la tragedia. Había especulaciones en los periódicos, en los carteles pegados en todas las paredes y farolas, en los folletos que pasaban de mano en mano. Aun adentrados en el mes de junio, cada pleamar todavía depositaba restos del naufragio en la orilla: trozos de madera, muebles rotos, cojines empapados y jirones de tela. En el meandro de Isle of Dogs habían aparecido tres cadáveres más. Un paño mortuorio se cernía sobre todas las cosas a pesar del sol y, poco a poco, se iba oscureciendo, dando paso a la ira.

Monk veía a la Policía Metropolitana en las riberas, en los muelles, a veces incluso en el propio río, hablando con lancheros y gabarreros. No los envidiaba. Al principio resultaban molestos, eran intrusos en territorio ajeno. Ahora les echaban la culpa porque al parecer no tenían ni idea de a quién estaban dando caza, como tampoco de por qué había ocurrido la tragedia.

¿Quién haría algo semejante? La mente de Monk rebosaba de posibilidades. Le resultaba imposible creer que los piratas o ladrones habituales del río pudieran hacer algo tan extremo. Atraería sobre ellos una atención que no deseaban en absoluto. Sin embargo, desde la revolución que había barrido Europa veinte años antes, en 1848, Londres estaba llena de refugiados:

bien personas que huían de la persecución que trajo aparejada la represión de la revuelta, bien personas que simplemente buscaban una vida diferente y mejor. De vez en cuando las antiguas discrepancias daban pie a estallidos de violencia entre un grupo y otro. El cambio social, la superpoblación, una lengua y costumbres desconocidas asustaban a la gente.

Y no obstante, observando desde el muelle el tráfico del río, oyendo los consabidos gritos y golpes metálicos de los hombres que trabajaban en sus distintos oficios, Monk no podía creer que un inmigrante cometiera semejante atrocidad. Aparte de la inmoralidad que presuponía, carecería de sentido. Lo único que querían los inmigrantes era un poco de espacio y la oportunidad de ganarse la vida.

La rapidez con que habían despachado a Monk y designado a Lydiate olía a razones políticas. ¿Significaba eso enormes cantidades de dinero? Los barcos iban y venían del Pool de Londres a todos los países de la Tierra. La carga comprendía cosas tan pequeñas como los diamantes y tan grandes como vigas de madera.

¿La tragedia podía guardar relación con el contrabando? El *Princess Mary* había ido hasta Gravesend. ¿Era posible que allí se hubiese encontrado con un mercante de cabotaje? Las distintas posibilidades atestaban su mente. ¿Artículos de contrabando hundidos adrede para luego robarlos? ¿Por quién? ¿Piratas? ¿Rapiñadores? ¿Peones corruptos o incluso policías?

¿A Lydiate se le ocurriría planteárselo siquiera?

¿Acaso Monk debía sugerírselo?

¿O Lydiate ya sabía lo que había detrás del atentado, y en efecto era un asunto político? ¿Tal vez relacionado con el transporte marítimo?

Fuera cual fuese el motivo, tenía que ser muy poderoso para que alguien cometiera un crimen tan horrible.

Años atrás el propio Monk había trabajado en la Policía Metropolitana. Que hubiese dimitido o lo hubieran despedido todavía era discutible. La pelea finalmente había alcanzado un punto crítico tan iracundo que ambas partes podrían haber reivindicado la victoria. A principios de su carrera Monk había trabajado junto a un hombre llamado Runcorn, y habían confiado el uno en el otro. Después, el carácter lúgubre de Monk había sacado lo peor de Runcorn. La amistad se trocó primero en rivalidad, después en algo cercano al odio.

La gota que colmó el vaso fue el ascenso que convirtió a Runcorn en superior directo de Monk. Runcorn era un hombre de natural obediente, leal, poco imaginativo y a menudo pretencioso. Teniendo en cuenta todo esto, resultó sorprendente lo mucho que tardó en despedir a Monk. Sucedió precisamente en el mismo instante en que Monk había perdido los estribos por completo y dimitido.

Durante algún tiempo Monk trabajó como detective privado, pero aquella vida era peligrosa e irregular. Cuando le ofrecieron el puesto de comandante de la Policía Fluvial del Támesis, aun gustándole más bien poco la responsabilidad y la disciplina inherentes al cargo, había aceptado. Comandar hombres le había enseñado mucho, había dado una lección de humildad a su arrogancia y le había despertado un inesperado sentimiento de lealtad. Incluso había encontrado, para su asombro, una especie de amistad con Runcorn, que se había sosegado mucho desde su inesperado matrimonio con una mujer a quien había considerado inalcanzable.

Ahora, al final de la jornada en el río, Monk se encontró con que había terminado su trabajo un poco más temprano que de costumbre. Obedeciendo a un impulso, tomó un coche de punto hasta la comisaría de Runcorn en Blackheath y pidió verle.

Tuvo que aguardar en torno a un cuarto de hora hasta que Runcorn regresó de un mandado, pero lo hizo con paciencia. Reconoció los andares más bien pesados de Runcorn en la escalera y se dio cuenta de que esperaba el encuentro con gusto, cosa que no habría podido siquiera imaginar cinco años antes.

Runcorn entró en el despacho sonriendo y le tendió la mano. Era un hombre corpulento, alto y robusto, con un rostro ovalado y abundante pelo gris rizado.

Monk se levantó y estrechó la mano de Runcorn. El apretón expresó elocuentemente la extraña mezcla de recuerdo y mutuo entendimiento que los unía.

Sin preguntar a Monk cómo lo prefería, Runcorn pidió dos tazones de té. Después indicó la silla con un ademán para que Monk volviera a sentarse. Se quitó la chaqueta y se sentó a su vez, cruzando las piernas para ponerse cómodo. Aguardó a que Monk expusiera el motivo de su visita.

—Había supuesto que tendría que aguardar más rato —comentó Monk—. ¿O están en otra cosa ahora mismo?

Sabía que no tendría que decir a Runcorn qué caso era el que le interesaba.

Runcorn suspiró.

—Otra cosa —admitió—. Una estúpida reyerta con arma blanca en un callejón. Por suerte no lo acusarán de homicidio. Parece una idiotez, ¿verdad? ¡Palabras! Un tipo con el vocabulario de un cerdo te insulta, y te arriesgas a pasar el resto de tu vida en prisión, picando piedra, solo por haber querido desquitarte. Y estamos sacando ciento ochenta cadáveres del río; ¿y para qué?

—¿Ni idea, todavía? —preguntó Monk.

Runcorn suspiró y abrió la puerta cuando un agente llegó con el té. Le cogió la bandeja, le dio las gracias y volvió a cerrar la puerta. Pasó uno de los tazones a Monk.

—Elija lo que quiera. Robo, pero no había nada que robar que no hubiesen podido llevarse más eficazmente media docena de carteristas, para luego venderlo sin que nadie se enterase. ¿Algún tipo de fraude? —Frunció los labios—. No se me ocurre cuál. ¿Extorsión? «¿Paga o hundiré tu barco?» Estaríamos al tanto si hubiera alguien que hiciera esas cosas a ese nivel. A mí me da que es una venganza. —La expresión de Runcorn era triste, y su enojo inequívoco—. Dios sabe por qué.

Monk permaneció un momento pensando. Se trataba de una conclusión que hubiese preferido no sacar, pero era la única que tenía lógica.

—¿Alguna idea sobre la autoría? —dijo en voz alta—. ¿Por qué hacer algo así si luego no reivindican el atentado? ¿Es satisfactoria la venganza si la víctima no sabe que has sido tú?

—No lo sé —respondió Runcorn—. Nunca he odiado tanto a nadie. —De pronto los ojos le brillaron mucho y esbozó una sonrisa—. Al menos, últimamente...

Monk se rio. Era la primera vez que lo hacía desde que se hundiera el barco. Era un signo de la paz que reinaba entre ellos que Runcorn pudiera aludir a su pasado en común. Ya no había necesidad de sortear su antigua enemistad con desazón, como si fuese un trozo de hielo fino en un estanque que todavía era probable que se agrietara.

—Podría ser mucha gente —prosiguió Runcorn—. Siempre hay algo cociéndose entre los irlandeses, pero nada especial en este momento, al menos nada que quepa relacionar con esto. En todas partes se habla mucho de los cambios que habrá en el comercio, con este nuevo canal que están construyendo entre el Mediterráneo y el Mar Rojo.

—¿No odiarían a los franceses si fuese por eso? —preguntó Monk—. Fue idea de Lesseps, no nuestra. Nosotros nos sumamos después.

Runcorn se encogió de hombros consternado.

—No estoy seguro de que la razón tenga mucho que ver con eso. Tenemos a un montón de hombres trabajando allí.

—¿Pero qué relación puede tener eso con la gente que disfrutaba de un crucero por el Támesis? —preguntó Monk.

—No lo sé —contestó Runcorn tristemente—. Pero había toda clase de peces gordos en la lista de pasajeros. Inversores con dinero para dar y regalar. Al menos eso fue lo que me dijo lord Ossett, el asesor del gobierno para el Home Office y el Foreign Office.* No solo británicos sino también europeos, de Oriente Medio y americanos.

—¿De esto es de lo que va?

---

* Ministerio de Asuntos Exteriores británico.

Monk comenzó a ver un panorama mucho más feo y complicado del que había supuesto en un principio. Había contado con que fuese un incidente aislado, pero tal vez no lo era. Tal vez debería estar agradecido de que hubiesen endilgado a Lydiate la responsabilidad de resolverlo y prevenir nuevos ataques. Si lo que Runcorn estaba dando a entender era verdad, aquello realmente no era un crimen del río. El hecho de que el primer golpe hubiese tenido lugar allí podía ser fortuito.

Como si le leyera el pensamiento, Runcorn continuó hablando.

—¿Ha visto los periódicos? Gritan tan alto que nos están estorbando. Se presenta toda clase de gente para contarnos cosas sin importancia, y quienes podrían saber algo relevante están tan asustados que se esconden, mienten, nos cuentan lo que creen que queremos oír. No se figura cuántos enanos negros y tuertos hay en los muelles de Londres...

—¿Qué? —dijo Monk con incredulidad. Entonces reparó en la expresión de Runcorn y lo entendió—. Monstruos... cualquiera menos nosotros —dijo, recostándose en la silla otra vez—. ¿Alguna esperanza real?

Había aprendido a no presionar a Runcorn pidiéndole información abiertamente.

Runcorn suspiró.

—Alguna. Hemos hablado con un montón de personas en ambas márgenes del río. Podríamos estar acercándonos a quienes lo hicieron de facto, pero si solo pusieron los explosivos a bordo, que por cierto estamos seguros de que eran cartuchos de esa nueva dinamita sueca, seguimos sin saber por qué, o, más importante aún, quién está detrás del atentado. Podría guardar relación con el canal de Suez, pero no acabo de ver por qué. Aunque en el puerto de Londres concurren intereses de todas las naciones de la tierra.

Por primera vez Monk se percató de la tensión en la voz de Runcorn. La disimulaba tras su semblante, salvo por la palidez del cansancio, pero tenía la garganta seca y eso no podía ocultarlo. Monk sabía cómo era que las exigencias de tus superiores asustados te retumbaran en los oídos todo el día. Te sentías acosado. Era demasiado fácil cometer errores, decir a tus superiores cualquier cosa para que te dejaran en paz. Todos los hombres se estaban esforzando al máximo, simplemente no había mucho a lo que agarrarse. Todo dependía de la suerte, de hacer la pregunta adecuada en el momento adecuado.

—Llámeme si puedo ayudar —dijo impulsivamente—. No tiene por qué ser oficial.

Runcorn asintió con la cabeza.

—Lo haré, si se me ocurre algo. No quiero desacatar a Ossett. Es un tipo bastante aceptable, pero está empeñado en hacer las cosas a su manera. Me figuro que mucha gente de más arriba lo estará presionando.

Hester caminaba con brío por Portpool Lane hacia el apiñado grupo de casas interconectadas que antaño habían sido un próspero burdel dirigido por un tal Squeaky Robinson. Unos años atrás, en la exitosa conclusión de un caso, Oliver Rathbone había engañado a Squeaky y a sus discretos patrocinadores para desposeerlo del lugar. Varias personas habían terminado en la cárcel, pero Squeaky había permanecido allí, no como propietario o director, sino como contable de peculiar talento.

La propiedad, tras algunos cambios, se había convertido en una clínica para prostitutas enfermas o heridas. Hester, con su experiencia de enfermera militar en la guerra de Crimea, llevaba las riendas de la institución. Se las había arreglado para contar con la asistencia profesional de un par de médicos que dedicaban al centro parte de su tiempo sin cobrar. Los fondos para el mantenimiento cotidiano del establecimiento los obtenían distintas voluntarias: damas caritativas que estaban dispuestas a pedir ayuda a sus amistades, a sus conocidos e incluso a desconocidos.

Margaret Ballinger, después esposa de Oliver Rathbone y

ahora su ex esposa, había sido una de las mejores recaudadoras de fondos. A Hester la llenaba de tristeza que Margaret ya no colaborara con la clínica. No obstante, su relación con Margaret ya había sufrido daños irreparables tras la tragedia que había golpeado a la familia de Margaret, debido a la manera en que ella había reaccionado.

Cuando Hester entró por la puerta a la habitación convertida en recepción, la recibió Claudine Burroughs, una mujer de mediana edad, de semblante poco agraciado pero notable carácter. Su éxito en la clínica le había dado más libertad en un matrimonio restrictivo, y las amistades que se había granjeado a cierto coste la enriquecían en múltiples aspectos. Su rostro se iluminó al ver a Hester.

—¿Cómo está? —preguntó afectuosamente—. La hemos extrañado desde ese espantoso suceso en el río.

Miró a Hester de arriba abajo, estimando si realmente estaba bien, al margen de lo que pudiera decir.

Hester correspondió a su sonrisa.

—Me siento completamente inútil —contestó con la franqueza que se permitía emplear con Claudine desde hacía ya bastante tiempo. Se conocían y se llevaban bien. Habían compartido triunfos y desastres tanto en la clínica como fuera, cuando se habían visto atraídas por asuntos en los que inevitablemente se implicaban. Atendían a las pacientes, a veces incluso las curaban, pero la misma naturaleza de su empeño significaba que llegaban tarde a todas las batallas contra la muerte, y que muy a menudo las perdían. Lo único que podían proporcionar era paz y un poco de dignidad, amabilidad durante los últimos días de la vida de una mujer, y la certeza de que no estaba sola.

Claudine frunció el ceño.

—Venga a tomar un té. Las cuentas están hechas y estamos en bastante buena forma. No he preguntado al señor Robinson de dónde procedían nuestros últimos fondos. No sé si usted querrá saberlo...

Su expresión reflejaba su errática opinión y relación con

Squeaky. Al principio se habían despreciado mutuamente. Él era un renegado respecto a todo: detestaba la ley y era poco considerado con las mujeres, particularmente con la variedad envarada, poco agraciada, de mediana edad y refinada; rasgos que Claudine encarnaba a la perfección.

Ella, por su parte, lo consideraba taimado, despreciable y personalmente repulsivo. La experiencia les había enseñado a los dos sus respectivos errores. La tolerancia se había convertido muy paulatinamente en algo que casi se asemejaba al afecto. Todavía era demasiado delicado para darlo por sentado.

—Gracias —dijo Hester secamente—. Con los problemas que tengo ya no puedo ir a solicitar favores. Echo de menos la ayuda de Margaret en la financiación.

—Se refiere a lady Rathbone... —dijo Claudine con una leve aspereza. Era sumamente leal con las personas a las que había ofrecido su amistad, y consideraba que Margaret los había traicionado a todos.

Fueron al almacén de Claudine, ahora también su despacho, donde Ruby estaba contando vendas, botellas de medicina y paquetes de polvos de diversos tipos. La muchacha sonrió a Hester con timidez.

Claudine le preguntó si tendría la bondad de llevarles un té y Ruby se marchó a prepararlo, aliviada por no tener que pensar en números delante de sus superiores.

—Está mejorando —dijo Claudine en cuanto la puerta se cerró—. No comete muchas equivocaciones, aunque en realidad todavía no ha captado la diferencia entre el tres y el cinco.

Hester sonrió. El viaje con Ruby había sido largo y tortuoso, pero los éxitos eran gozosos.

—¿Cómo está el señor Monk? —preguntó Claudine con una repentina expresión de gravedad—. No sé si estar furiosa porque lo han apartado de la investigación o aliviada de que no puedan culparlo si no atrapan a nadie. Pienso que es la única persona que podría haber tenido una oportunidad.

—Así es como me siento yo exactamente —respondió Hester—. Me confunde y me enojo conmigo misma porque no deja de haber un cierto grado de egoísmo. Solo debería preocuparme la verdad. Murieron ciento setenta y nueve personas. —Se negó a visualizarlo mentalmente; era una imagen horrible—. ¿Cómo es posible odiar tanto que puedas llegar a hacer algo semejante? Puedo entender la ira, pero esto no.

—Una o dos mujeres que conocemos iban a bordo —dijo Claudine en voz baja.

Hester se alarmó.

—¿Que conocemos? ¿Se refiere a donantes de la clínica?

—No, me refiero a pacientes que hemos tenido —contestó Claudine, con una sonrisa irónica ante la confusión de Hester—. Era una embarcación de recreo en la que se celebraba una gran fiesta. Según parece, planeada desde hacía cierto tiempo. Había toda clase de personas, varias de ellas muy ricas y aficionadas a pasarlo bien. Y me han llegado rumores de que se esperaba que asistiera un buen puñado de militares, solteros y sin compromiso.

No entró en detalles sobre lo que quería decir; era evidente.

—Oh. Lo siento —dijo Hester enseguida. Y lo dijo en serio. No puedes cuidar de alguien y verle sufrir lo indecible sin sentir un poco de lástima. Cualquier clase de juicio resultaba irrelevante frente a la realidad última de la vida.

Por descontado, la noticia no tendría que haberla pillado por sorpresa, habida cuenta de quienes componían su clientela.

—¿Cómo lo sabe?

—Por Kate Sawbridge —contestó Claudine—. ¿La conoce? Una muchacha grandota con una abundante melena rubia. Dijo que Jilly Ford se lo había contado, en concreto lo de los soldados, y deseaba que la llamaran. Según ella, podría haber sido divertido, y la paga era buena. Quizá con una propina aparte. Dijo que Jilly se daba ínfulas. —De pronto su expresión se ensombreció, desapareciendo toda su momentánea ligereza—. Pobrecita...

Hester pensó en Monk, recordando el día en que llegó a casa

después de estar sacando cadáveres del río toda la noche y de haber buceado para ver a los que habían quedado atrapados en el barco naufragado antes de que lo sacaran del agua. Debía parecer un campo de batalla submarino. Ya había visto suficientes en tierra. En su momento pensó que con el tiempo los olvidaría, pero no era así.

Se obligó a regresar al presente y a las cosas prácticas.

—Es posible que Kate sepa más cosas, si tanto se habló de la fiesta —sugirió Hester—. Habrá otras chicas que quisieron ir y no fueron. O cuyas amigas sí fueron. Veamos qué dicen los chismes. Podría haber fragmentos que, si los juntamos, cobren algún sentido provechoso.

—Por supuesto —respondió Claudine de inmediato—. Me figuro que reuniremos unas cuantas sandeces, ilusiones, cuentas pendientes o saldadas, pero lo aclararemos.

A Monk le frustraba no poder hacer algo para ayudar. Y todavía estaba enojado por la ofensa a la Policía Fluvial. Hablaba a sus hombres más a menudo, alentándolos, a veces incluso elogiándolos. No era una actitud propia de él, y sabía que les estaba diciendo lo que a su juicio deberían haberles dicho las autoridades. Se habían ganado mayor consideración de la que les transmitían.

Dirigiéndose río arriba desde Wapping hacia Westminster, se encontró hundiendo el remo en el agua y arrojando todo su peso sobre la pala, obligando a que Orme también remara con más brío del habitual. Su mente rebosaba preguntas acerca de quién había puesto la dinamita y por qué. El robo que estaba investigando apenas rozaba su pensamiento.

¿Tenía razón Runcorn y se trataba de un asunto político? Personalmente, todavía veía probable que fuese un caso de contrabando a lo grande. Había mucho dinero en juego, una fortuna, si un cargamento realmente grande sorteaba todas las barreras. ¿Y si fuese algo que ya hubiese sido robado? ¡El hundimiento del barco quizá no solo llevaría las mercancías, fueran las que fuesen, más allá de la aduana, también podría convencer al propietario de que se habían destruido, perdido para siempre!

¿Se les ocurriría plantearse algo así a los hombres de Lydiate? ¿O a quién preguntar, para averiguarlo?

Pensamientos más sombríos se adueñaban de su mente. ¿Había indicios de corrupción, y por eso habían excluido a la Policía Fluvial de la investigación? ¡Él y sus hombres conocían a los funcionarios del río, a los aduaneros! Sería mucho más difícil engañarlos con una maraña de mentiras. Hundió el remo con fuerza. La lancha dio un giro brusco porque Orme no estaba preparado para un acelerón sin previo aviso.

Monk debía disculparse. Más aún: debería medir mejor sus paladas.

Hacía un día radiante, con ráfagas frías que empujaban las ondas primero hacia un lado y luego hacia el otro.

Remaban en silencio entre el acostumbrado tráfico fluvial de lanchas, transbordadores, gabarras cargadas a tope y cargueros con el casco hundido hasta la borda. Aún se veían muy pocas embarcaciones de recreo, pese a que el tiempo iba mejorando continuamente.

Cruzó un par de miradas con Orme y constató que estaba enfrascado en los mismos pensamientos. Vio la ira reprimida del rostro curtido de Orme como un reflejo de la suya. Aquella exclusión era un insulto para todo el cuerpo. Poco importaba que el caso fuese difícil, políticamente delicado, que fuese una tragedia y, en ocasiones, incluso peligroso. Quizá nadie lo resolvería del todo. Pero aquel era su río, su terreno.

Viraron hacia la ribera y se arrimaron a la orilla poco antes del puente de Westminster. De allí era de donde zarpaban casi todos los barcos de recreo para dirigirse río arriba, hacia Kew Gardens, Lambeth Palace y las islitas, o río abajo, pasando por el Pool de Londres, la Torre, Isle of Dogs, el Greenwich Royal Naval College y, finalmente, Gravesend y el amplio estuario que se abría hacia el mar.

Amarraron en un santiamén y subieron al muelle. Daba gusto estar de pie después de remar largo rato.

Orme negó con la cabeza. Entornó los ojos para protegerlos del sol, y eso que se había calado bien la gorra que siempre llevaba.

—Aquí cualquiera podría embarcar o desembarcar —dijo impasible—. Lo único que necesitas es un chaquetón de marinero y una gorra para pasar desapercibido. Ni siquiera sabemos a quién buscamos. ¡Podría ser cualquiera! Un barquero, un peón, un turista o incluso un caballero. O un soldado de permiso.

—Tuvieron que comprobar su identidad cuando embarcó —contestó Monk—. O era invitado o era tripulante.

—Tripulante —dijo Orme en voz baja—. Los invitados serían gente conocida, y los supervivientes hablarían. Era un riesgo que el terrorista no querría correr.

—Me pregunto si se les ha ocurrido comprobar si algún invitado desembarcó de nuevo antes de que el barco zarpara —pensó Monk en voz alta.

Orme sonrió, apretando los labios.

—No tiene muy buen concepto de ellos, que digamos.

—No me gustaría tener que revisar esa lista de invitados buscando al que hizo estallar la bomba —respondió Monk—. Tendrán que hacerlo, no vaya a ser que se les pase algo por alto. Aunque, según parece, hay mucho dinero, poder y privilegios de por medio, personas que consideran que no tienen por qué dar cuenta de nada a la policía.

Orme lo miró con ojos como platos.

—De acuerdo —convino Monk—. ¡Si tienen dos dedos de frente, Lydiate se asegurará bien de que no se les pase por alto! Me pregunto a quién pagaron para que hiciera la vista gorda... y qué pensaba que estaba ocurriendo.

—Los compañeros de tierra estarán haciendo de tripas corazón —señaló Orme. Se volvió lentamente, mirando los cobertizos y las taquillas, los torniquetes de entrada y las zonas dispuestas para que los pasajeros aguardasen de manera ordenada, sin desparramarse por la calle de encima.

En aquel rincón el viento había amainado. Los veleros pequeños apenas se movían, sus cascos y sus velas fláccidas se reflejaban en el agua. Había pocos sonidos aparte del ligero borboteo de la marea y algún que otro grito esporádico.

Una hilera de gabarras ascendía lentamente aguas arriba, y sus lancheros, en las popas, mantenían el equilibrio haciendo extraños movimientos, en apariencia torpes. Un transbordador zigzagueaba entre el tráfico y finalmente atracó suavemente junto a una escalera que quedaba unos veinte metros río abajo.

—Claro que la bomba pudo haber subido a bordo con el servicio de banquetes —prosiguió Monk—. Orme, ¿quiénes son las personas invisibles?

Orme lo miró desconcertado.

—¿Cómo dice?

—¿Quiénes son las personas invisibles? —repitió Monk—. Las que siempre están ahí y por tanto en realidad no las vemos. Como los carteros, los recaderos, los conductores de coches de punto, las sirvientas que salen a sacudir alfombras o a buscar agua o carbón.

Orme lo miró fijamente.

—Pues la misma clase de gente —dijo muy despacio—. Hombres que llenan y vacían cosas, que limpian, que nos llevan en sus coches en tierra o en sus barcas por el río. Los que investigan el bombardeo son hombres de tierra firme. No pensarán en esto. —Había enojo en su voz. No era que deseara el caso, pero era su deber, su obligación—. ¿Va a decírselo? —preguntó.

Monk vaciló, no en cuanto a cuál era la respuesta apropiada, sino solo para retrasar el momento de admitirla.

Orme aguardaba en silencio, como tan a menudo hacía, igual que un barco aguarda la marea.

Monk estaba recordando el río de noche, las luces del barco de recreo, después el estrépito del estallido y los gritos, y luego, en cuestión de minutos, la oscuridad que envolvió la noche al irse el barco a pique. Tuvo que apartar de su mente a la gente que habían intentado ayudar y no pudieron porque su barca ya estaba demasiado llena, demasiado lejos, demasiado tarde.

—Sí, por supuesto que lo haré —le dijo a Orme. Al volverse y echar a andar por el embarcadero de madera en dirección a la calle, vio que un sargento de policía iba a su encuentro.

El sargento se detuvo delante de ellos, miró a Orme y después a Monk.

—Disculpe, señor —dijo, a todas luces violentado—. Sé que es de la Policía Fluvial, pero esta zona sigue estando restringida, salvo que tenga un motivo para estar aquí. Nadie ha atracado en las dos últimas horas, se lo puedo jurar.

Monk lo miró. El sargento tendría unos treinta años, iba bien afeitado, estaba inquieto y, en aquel momento, cohibido.

—¿A quién ha visto? —preguntó Monk amablemente.

El sargento miró en derredor.

—A nadie, señor. ¿A quién busca?

—¿Quién es ese de allí?

Monk señaló con un ademán un transbordador que largaba amarras y zarpaba hacia el sur.

—Nadie, señor, es el transbordador que habitualmente para en esas escaleras.

—¿Y allí?

Monk señaló otra vez, a unos metros de la orilla.

—Un lanchero, señor. Está subiendo con la marea. Acaba de virar. Habrá tenido que aguardar para no tener que bregar contra la corriente.

—Exacto —convino Monk—. El río está lleno de personas invisibles como estas. Van y vienen sin que las veamos, excepto si hacen algo desusado. ¿Su comandante es tan observador como usted? ¿Se fijaría en alguien diferente, un desconocido que fuese a contracorriente? ¿O quizás a favor de la corriente, sin ser en absoluto distinguible?

El sargento palideció a la luz de última hora de la tarde. Tragó saliva.

—No lo sé, señor. ¿Cree que pudo ser un lanchero o... alguien por el estilo?

—Bueno, si no fue alguien que usted vio, fue alguien que usted no vio —dijo Monk sensatamente—. Alguien que estaba ahí pero que usted contaba con que estuviera ahí, de modo que no reparó en él.

El sargento negó con la cabeza.

—Tiene pinta de ser un asunto político, señor. Al menos eso es lo que creen. Tenemos una línea de investigación que apunta a un egipcio. Trabajaba en el servicio de banquetes. Un tipo descontento, siempre quejándose, y manifestaba opiniones bastante feas cuando no ponía suficiente cuidado. Tengo entendido que hay bastantes pruebas contra él.

—¿Egipcio? ¿En el Támesis?

Monk aparentó más educación que interés.

—El mundo se está haciendo pequeño, señor —contestó el sargento—. Cuando abran ese canal llegaremos a la India en cuestión de días en vez de semanas. Será el final de los clíperes, me figuro. Y los echaremos de menos. Lo más bonito que he visto en mi vida fue uno de ellos navegando a toda vela. No podía quitarle los ojos de encima.

Apesadumbrado, Monk entendió perfectamente lo que el sargento quería decir.

Estaba claro que se trataba de un cambio, y eso siempre lo pagaba alguien.

Se volvió y miró a Orme a la luz declinante del atardecer, y vio la misma comprensión en su rostro, y tal vez también una sensación de pérdida inevitable. Cualquier marinero sabe que la marea no aguarda a nadie, como tampoco las aguas del mar o los cambios de la historia.

—¿Por qué un egipcio querría hacer estallar un barco de recreo en el Támesis? —preguntó al sargento.

—Ni idea, señor —contestó el policía—. Y no estoy seguro de querer saberlo. Hay mucho dinero en juego, y el señor Lydiate dice que para los egipcios también cambiará todo tipo de cosas. Muchos de ellos murieron construyéndolo, eso seguro. ¡Hay quien afirma que cientos!

Monk asintió con la cabeza. Veía muy bien las capas de dinero, influencia, mentiras y deudas, infinitas posibilidades para distorsionar los hechos. Tal vez Orme llevara razón y ninguno de ellos desentrañaría todo lo que había detrás del hundimiento del *Princess Mary*.

Monk llegó a casa poco después de la puesta de sol, cansado y decepcionado. Había pasado por delante de varios puestos de diarios por el camino, e incluso había visto a un pregonero, un hombre que recitaba las noticias en una especie de narrativa cantarina y rimada, fácil de memorizar, que resumía lo más esencial de las noticias de última hora. Todos ellos estaban de acuerdo en dos cosas: la tragedia había sido de una maldad sin parangón y la policía estaba a punto de encontrar al responsable.

—¿Es verdad? —preguntó Scuff en cuanto Monk hubo entrado por la puerta. Ahora que había aprendido a leer, devoraba cualquier cosa actual y excitante, como si se hubiesen abierto ventanas de par en par en todos lados, con asombrosas vistas que nunca antes había visto—. ¿Han pillado a alguien?

Cogió el abrigo de Monk, lo colgó y lo siguió pisándole los talones hasta la cocina, donde Hester estaba cortando carne asada fría para la cena.

Hester se volvió y le sonrió, y Monk sintió que se le pasaba parte de la fatiga, como si se quitara una gruesa prenda de abrigo. Olió el puré de patatas caliente y las cebollas friéndose en la sartén, mezcladas con repollo finamente picado, plato que comúnmente se conocía como *bubble and squeak*.

—Según parece falta poco para que arresten a alguien por el hundimiento del crucero fluvial —dijo Monk. Camino de su casa había decidido que se lo contaría. Si se callaba solo haría más duro aceptarlo dado que era la Policía Metropolitana y no la Policía Fluvial quien había aportado alguna clase de resolución, incluso de justicia, a la tragedia.

Scuff procuró disimular su sentimiento de injusticia pero no lo consiguió.

—No hay para tanto —dijo de manera crítica, con el semblante ensombrecido—. No puede haber sido tan difícil. ¿Por qué arman tanto alboroto?

Hester tomó aire pero cambió de parecer y aguardó a que contestara Monk.

—Todavía no lo han atrapado, pero un sargento que he visto cerca del puente de Westminster me ha dicho que no tardarían. Cree que el atentado guarda relación con el canal de Suez...

Hester se sobresaltó, pero fue Scuff quien habló.

—¡Es la estupidez más grande que he oído en mi vida! —dijo, acaloradamente—. ¡Van a ahorcar a cualquiera solo para poder decir que lo han pillado!

Miraba fijamente a Monk, enojado y asustado. La justicia se había vuelto loca. Si podían hacer eso a un egipcio, ¿acaso quedaba alguien a salvo? Una minúscula chispa de pánico había anidado en su fuero interno y Monk se la vio en los ojos. Tenía que dar con una respuesta sincera y con la lógica suficiente para que resultara creíble. Bastante difícil era ya mantener a Scuff en el colegio, de un tiempo a esa parte; creer en la ley y el gobierno era algo ajeno a su naturaleza, y no era preciso que viera a Monk haciendo lo mismo.

¿Qué podía decir Monk? Scuff no necesitaba una clase magistral sobre geografía y economía, las fortunas amasadas y perdidas, los hombres que habían perecido como precio de grandes empresas. Necesitaba creer que el gobierno de su país era en gran parte competente, y casi por completo honesto. Probablemente tendría dieciséis años, según él, una vulnerable mezcla de inocencia y mundanidad, de esperanza ante la experiencia más amarga. Daba miedo pensar en la facilidad con que aceptaba cualquier cosa que le dijeran Hester o Monk. La responsabilidad que eso conllevaba podía llegar a ser abrumadora.

Scuff seguía aguardando una respuesta. Monk ya estaba tardando más de la cuenta.

—A veces nos equivocamos cuando arrestamos a alguien. —Medía sus palabras, observando el semblante de Scuff—. A menudo no hay pruebas concluyentes, solo indicios. Pero siempre se celebra un juicio y es entonces cuando sale a relucir la verdad...

—Juzgaron a sir Oliver —dijo Scuff de inmediato—. ¡Y no era culpable! Aun así lo castigaron. Ya no puede ejercer la abogacía. Ya no hubiera habido vuelta atrás si lo hubiesen ahorcado, ¿no crees?

—Era culpable, Scuff —respondió Monk en voz baja.

—¡Ese hombre del tribunal se equivocó! —dijo Scuff enojado, desafiando a Monk, creyendo que ahora se equivocaba cuando más necesitaba que estuviera en lo cierto.

Monk se dio cuenta con una pizca de miedo de hasta qué punto buena parte del frágil y valioso mundo de Scuff dependía de su fe en Monk y Hester: en que tuvieran razón y lo amaran. Esas dos cosas nunca cambiarían, incluso si la comida, el cobijo y la aceptación de los demás se iban al garete.

—Yo sabía que se equivocaba —dijo Monk con tanta calma como pudo. Scuff no debía percibir enojo ni incertidumbre en su voz—. Y pagó por ello. El asesino acabó en la horca. Pero sir Oliver también obró mal...

—¡Tuvo que hacerlo! —protestó Scuff, forzando lo que sabía que eran límites, pero debía estar seguro de ellos.

—Así lo creía él —convino Monk—. Y quizá fuese verdad. Pero lo que hizo era contrario a la ley, y él sabía desde el principio que tendría que pagar por ello.

—Pero ahora no ejerce como abogado. —Scuff se aferraba a su argumento—. No es justo. Era realmente muy bueno. —Su voz sonaba desesperada—. ¡No tendrían que haberlo echado!

¿Estaba viendo perdido a un paladín, a un salvador, y ahora todos corrían más peligro?

—Solo está inhabilitado por una temporada —lo tranquilizó

Monk—. Se ha ido de vacaciones a Europa con su padre. Al que quiere mucho. —Se obligó a sonreír—. Regresará. Entonces podrás preguntarle si piensa que fue justo o no. Me parece que te dirá que sí.

Scuff le sostuvo la mirada unos segundos. Luego se volvió hacia Hester con los ojos desafiantes, expectantes.

—A veces ninguna alternativa es buena —dijo Hester con ternura, encogiendo un poco los hombros con un gesto de resignación—. Tienes que elegir la que crees que es menos mala, y confiar en llevar razón. Creo que él la llevaba. No todo se consigue con una respuesta fácil o sin un precio que pagar.

Scuff le estuvo dando vueltas en la cabeza un rato, y luego pareció darse por satisfecho. Volvió a mirar a Monk.

—¿Qué van a hacer con el barco y toda la gente que se ahogaron?

—La gente que se ahogó —lo corrigió Hester automáticamente. La gramática de Scuff todavía fallaba cuando el chaval estaba alterado.

—Atraparán a quien lo hizo y lo juzgarán, y después, si es culpable, lo ahorcarán —contestó Monk.

—¿Y si no lo es? —insistió Scuff.

—Pues lo soltarán y comenzarán de nuevo —dijo Monk con firmeza.

Scuff parecía estar un poco indeciso.

—Entonces quedarán como unos tontos que se han equivocado. ¿Crees que lo reconocerán? La ira de la gente estará al rojo vivo. Bastante enojada está con que estén tardando semanas en atraparlo. Si yo estuviera en su lugar, tendría miedo, y no querría aceptar mi equivocación.

Monk inhaló profundamente y volvió a soltar el aire despacio.

—Claro que sí —dijo Hester, antes de que su marido encontrara las palabras adecuadas—. Pero espero que te dé más miedo lo que sentirías si ahorcaras deliberadamente a un inocente, dejando libre al verdadero culpable.

—¡Pues claro que sí! —respondió Scuff enojado, sonroján-dose.

Hester dio un paso hacia él y le puso una mano en el brazo. No fue una caricia, pero bien podría haberlo sido, tratándose de un gesto tan tierno.

El semblante de Scuff se iluminó de inmediato.

Hester siguió caminando hasta los fogones sin volver la vista atrás para comprobar si Monk estaba sonriendo. Sabía que sí.

Todavía transcurrió otra semana y ya estaba bien mediado el mes de junio cuando la policía arrestó a Habib Beshara, un egip-cio residente en Londres. Lo acusaron del asesinato de ciento setenta y nueve personas mediante la colocación y la detona-ción de los explosivos que hizo que el barco de recreo *Princess Mary* estallara y se fuese a pique, provocando la muerte de casi todos los que iban a bordo.

El júbilo se adueñó de la ciudad entera. Los periódicos elo-giaban a la policía y esperaban un juicio rápido. Se haría justicia. El orden y la fe en el imperio de la ley regresaron. Mucha gente celebró fiestas.

Monk sintió un profundo alivio pero, sin embargo, no logró desprenderse de su desasosiego. Ninguna formalidad de un jui-cio, ninguna certidumbre o dolor o miedo ante una ejecución podía apartar de su mente el recuerdo de la noche de los ahoga-dos, ni el de los cadáveres flotando dentro del casco del barco hundido.

4

Mientras transcurrían los días que faltaban para el juicio de Habib Beshara, Monk estuvo ocupado en el río, quizá con más diligencia de la habitual. Seguía poniendo imaginación y empeño en lograr que su fuerza policial se distinguiera, a fin de mantener alta la reputación y la moral de sus hombres. La Policía Fluvial del Támesis era la fuerza más antigua del país, posiblemente del mundo. Era incluso más antigua que la de los Peelers,* y merecía todas las palabras de encomio que había ganado a lo largo de los años. La decisión del gobierno de apartarlos del caso del *Princess Mary* quizás había sido políticamente oportuna, pero seguía siendo una ofensa que no había sentado nada bien.

Había mucho que hacer. Había tenido lugar un robo de grandes proporciones en uno de los almacenes de la ribera, a la altura de Blackwall Reach, varios hurtos en muelles, barcazas y otros sitios vulnerables. Siempre había contrabando, con frecuencia de coñac, sobre todo río abajo, por la parte de Bugsby's Marshes, más allá de Greenwich. Barcas pequeñas iban y venían al amparo de la noche.

* Nombre popular para designar a los agentes de policía, acuñado a partir del apellido de sir Robert Peel, fundador de la policía de Londres; comparable a Bobby, diminutivo de Robert.

Había peleas de borrachos, que en su mayoría apenas ocasionaban heridas y eran fáciles de atajar, aunque también las había malas. Una navaja podía ser letal. En un momento dado una riña podía ser muy aparatosa, pero se intercambiaban poco más que puñetazos; segundos después, alguien se desangraba hasta morir y la reyerta devenía un caso de homicidio.

Por otra parte, cada pocos días el río escupía un resto del naufragio del *Princess Mary*, no del casco, que solo era madera anónima que podía proceder de cualquier cosa, sino una pieza tallada y elegante, hecha para dar placer a la vista y al tacto, no por su utilidad.

Monk estaba a pleno sol junto al agua, oyéndola lamer los peldaños que tenía enfrente mientras la marea subía despacio, cada onda un poco más alta. Sostenía una pata tallada y un trozo de travesaño. La habían torneado con un torno de carpintero para darle un acabado suave, realzando el grano de la madera. Antes había sido parte de algo útil.

No había motivo alguno para quedarse allí con el pedazo de madera. No era prueba de nada. Todo el mundo estaba al corriente de lo que había ocurrido. Solo que tenía la sensación de que tirar la pata al agua era como abandonarla, obstruyendo el río con más desechos. Era demasiado pequeña para recuperarla, solo servía para quemarla en la chimenea de una casa. Y sin embargo había sido hecha con primor. Alguien le había dedicado tiempo y esmero. Con qué facilidad desaparecía todo.

La dejó en el muelle para que alguien la encontrara y la utilizara. No quería quemarla en la chimenea de su casa. En aquel momento, con el juicio a punto de comenzar, le alegraba que el gobierno hubiese asignado el caso a otro. Sería Lydiate, no él, quien presentaría las pruebas y testimonios, quien lo reviviría todo, testigo tras testigo. Lydiate no había presenciado el desastre y Monk sí, pero los miembros del equipo de salvamento serían quienes prestarían declaración. Nadie había mandado llamar a Monk, probablemente porque entonces tendrían que explicar por qué lo habían apartado del caso. Si la defensa tenía dos dedos de frente, sin duda explotaría esa circunstancia.

Dio media vuelta y caminó con el sol en la espalda, notando su calor de pleno verano en los hombros.

Si Rathbone estuviera en Inglaterra y todavía pudiera ejercer, ¿habría aceptado la defensa del egipcio? ¿O habría preferido llevar la acusación? Poco importaba; ninguno de ellos estaba involucrado. Quizá no estuviera tan mal. Rathbone hacía años que prometía a su padre que irían juntos de viaje. Un caso u otro siempre había interferido en sus planes. Quizá lo habría ido posponiendo hasta que hubiese sido demasiado tarde. Entonces su pesar no lo habría abandonado jamás.

Y, de un modo indirecto, Monk sentía una renovada lealtad para con sus hombres. Llevaban sirviendo en la Policía Fluvial desde mucho antes de que él se incorporase. Eran tan buenos como cualquier policía del mundo, mejores que la mayoría, y merecían reconocimiento, no aquella displicencia como si fueran inferiores a sus compañeros de la policía regular. Pocos de ellos habían hecho algún comentario al respecto, pero Monk lo veía en sus ojos y lo oía en sus silencios. Había un dejo de amargura en sus bromas habituales. Todo el mundo trabajaba más duro, sobre todo el propio Monk, como para demostrar algo.

Avivó el paso hacia la entrada del almacén, volviendo a centrar toda su atención en el robo que lo ocupaba. Ya sabía cómo plantear el interrogatorio.

A Hester no le fue fácil conseguir un asiento en la galería para el juicio de Habib Beshara. Tras varios intentos fallidos por los cauces habituales, recurrió a Rufus Brancaster, que con tanta habilidad había defendido a Rathbone cuando lo necesitó. Al pedir ayuda, dinero o incluso atención médica para la clínica de Portpool Lane, ya no la avergonzaba exponer un caso, pero hacerlo para sí misma le resultaba mucho más complicado. No obstante, llegado el momento, Brancaster no solo estuvo en condiciones de ayudarla sino también más que dispuesto a hacerlo. Se interesó por el bienestar de Rathbone con respeto y cierto grado de sentimiento.

—Lo irritará perderse esto —dijo Hester con franqueza—. En realidad por eso estoy aquí, para poder escribirle y contarle lo que vea. Aunque, por otra parte, llevaba años deseando irse de viaje con su padre y siempre cambiaba de parecer en el último momento, o las circunstancias lo empujaban a hacerlo. ¿Conoce al señor Henry Rathbone?

—No —admitió Brancaster—. Pero he visto en el semblante de sir Oliver el gran afecto que le profesa. Y, sinceramente, pienso que este caso ha tomado un cariz tan político que va a ser un poco caótico.

Hester sonrió dando a entender que estaba de acuerdo, pero se guardó mucho de dar su propia opinión. Nada había dicho a Monk sobre lo traicionada que se sentía por que hubieran apartado del caso a la Policía Fluvial, pero si había callado era solo porque de lo contrario aún le habría costado más digerirlo. Y tal vez ella fuese un poco más prudente que él en cuestiones políticas, después de haber luchado tanto por cambiar algunos de los peores hábitos de la enfermería a su regreso de la guerra de Crimea. A la sazón tenía grandes ideales, igual que su mentora, Florence Nightingale.* Ambas habían fracasado en buena parte, pero aprendieron duras lecciones sobre el poder y la inmovilidad de la clase dirigente, sobre todo en lo que atañía sus intereses creados. Todavía montaba en cólera al recordarlo, si se lo permitía, pero hacía tiempo que había descubierto que, las más de las veces, perder los estribos te hacía más daño a ti mismo que a los demás.

Agradeció profusamente el favor que le hizo Brancaster y el

* Florence Nightingale, enfermera, escritora y estadística británica, considerada pionera de la enfermería moderna. Su trabajo fue la fuente de inspiración de Henri Dunant, fundador de la Cruz Roja y autor de las propuestas humanitarias adoptadas por la convención de Ginebra.

primer día del juicio llegó con antelación suficiente para reclamar su asiento.

La primera conmoción de la mañana se produjo con la llegada del juez, antes incluso de que presentara la causa. Hester observaba a la concurrencia sin especial interés, cuando les pidieron que se levantaran y entró el juez con su toga escarlata y la acostumbrada peluca que le cubría la cabeza hasta los hombros. Mientras se sentaba en su alto y tallado sitial y se ponía de cara al tribunal, Hester sintió una punzada tan aguda al reconocerlo que fue casi una sensación física. Era Ingram York, el juez decano que primero había apoyado a Rathbone y que luego buscó su ruina.

Seguía exhibiendo la misma expresión de complacencia en su rostro redondo, pero las arrugas de mal genio en torno a su boca eran más profundas de lo que Hester recordaba.

Habría quien lo encontrara agradablemente paternal y amistoso, pero para Hester era un hombre peligroso, dispuesto a cambiar de lealtades en un instante.

Gracias al cielo Rathbone no estaba allí; o peor aún, ¡involucrado en el caso!

¿Quiénes lo estaban? Se volvió hacia la mesa de la defensa y vio a un hombre enjuto. Advirtió que era de estatura mediana aunque a primera vista parecía más alto, tal vez debido a la elegancia con que se puso de pie e hizo una ligera reverencia. Era imposible determinar el color de su pelo debajo de la obligatoria peluca de abogado, pero su piel y sus cejas sugerían que debía de ser rubio. Su expresión era indescifrable. Aunque, por otra parte, se encontraba en una situación imposible. Para satisfacer a la ley, debía intentar defender lo indefendible. El ujier se dirigió a él como señor Juniver.

La acusación la llevaba sir Oswald Camborne. Era un hombre macizo, fuerte, ancho de espaldas. Sus pobladas cejas y la sombra en torno a su amplia barbilla sugerían pelo oscuro encanecido. En aquel momento se mostraba satisfecho, incluso displicente, y tenía sobrados motivos para hacerlo.

Finalmente Hester se obligó a levantar la mirada hacia el banquillo donde estaba sentado el acusado, bien vigilado entre dos guardias uniformados. Era de piel morena y su abundante cabello era negro, gris en las sienes. Aparentaba tener cuarenta y bastantes, cosa que Hester no se había esperado. Por alguna razón se había imaginado a un hombre más joven y con más pinta de fanático. No percibía ninguna pasión en su rostro, ningún ardor. Quizá parecía más enfermo que asustado. Costaba creer que hubiese llevado a cabo tan terrible venganza contra el pueblo de un país que odiaba. Nadie diría que le hubiese producido satisfacción. Aunque tal vez la venganza nunca lo hiciera.

Por fin se tomó juramento a los miembros del jurado y la vista comenzó en serio. Tanto la acusación como la defensa presentaron largas y contundentes exposiciones de sus respectivos argumentos antes de que Camborne llamara a su primer testigo, el piloto de un transbordador que estaba en el río la noche de la atrocidad.

Hester fue consciente de que estaba tensa, con los puños apretados. Aquel era el momento en que debería haber testificado Monk. ¿Preguntaría Juniver por qué no estaba allí? ¿Aunque acaso algo de todo aquello importaba de verdad, o influiría en el resultado? ¿O solo era una pantomima para cumplir con la ley, de modo que Beshara pudiera ser ahorcado y la opinión pública sintiera que se había hecho justicia y llevado a cabo una merecida venganza?

El piloto se llamaba Albert Hodge. Estaba muy incómodo en lo alto del estrado, por encima del suelo del tribunal. Arena fue la palabra que acudió a la mente de Hester. Era un hombre de aspecto corriente, cansado y un poco asustado. Tenía el rostro curtido porque pasaba la mayor parte del día a la intemperie, en todas las estaciones. Llevaba el que probablemente era su mejor abrigo. Aun así, le tiraba un poco entre los hombros, que eran fuertes tras una vida remando a través del río, batallando con la corriente y las mareas.

Camborne se situó en medio del entarimado, como un actor en el centro de un escenario.

—Señor Hodge —comenzó con mucha labia, casi compasivamente—, lamento tener que pedirle que reviva la que seguramente habrá sido la peor noche de su vida, pero usted habla por todos los valientes del río que esa noche presenciaron lo ocurrido y trabajaron hasta el amanecer, e incluso más tarde, tratando de rescatar a quienes se ahogaban y recuperar los cuerpos de los fallecidos.

Hester se estremeció. La emoción que inundaba la sala era tan intensa que podía percibirla como una tormenta inminente, cargada de electricidad. Con unas pocas frases, Camborne había establecido el tono. Juniver sin duda lo sabía. Si intentaba distender el ambiente sería culpable de dar la impresión de subestimar la tragedia, y eso sería un error garrafal.

Hodge comenzó con cierto nerviosismo, poco acostumbrado al tipo de palabras que necesitaba, repitiéndose y disculpándose por ello. No tenía por qué; su lenguaje sencillo y su evidente congoja eran mucho más emotivos de cuanto lo habrían sido de tener más soltura con el vocabulario.

En la galería nadie se movía. Solo se oía algún suspiro ocasional o el crujido de un asiento de madera.

Mientras Hester le escuchaba hablar, oía la voz de Monk en su mente, lo veía a los remos, usando todas sus fuerzas para llegar junto a los náufragos a tiempo, escrutando la oscuridad para ver la mancha blanca de un rostro desesperado, el vuelo de un vestido de mujer bajo el agua inmunda. Sentía la impotencia que Hodge trataba de expresar, olvidando el presente y a los abogados con sus pelucas y sus togas, ajeno incluso a la presidencia de Ingram York.

Hodge había estado ocupado toda la noche, primero recogiendo a los desesperados supervivientes, luego cargando en su barca a los trágicamente fallecidos. Finalmente ya no hubo más cadáveres, solo fragmentos despedazados de lo que había sido placer, vida, insensatez tal vez, incluso codicia, pero que ahora estaba perdido más allá de cualquier cosa excepto la lástima.

Cuando finalmente Juniver se levantó, se enfrentó a una hostilidad palpable en el aire. Era imperdonable que alguien intentara excusar aquello o no tener en cuenta el pesar, y era imposible que no lo supiera.

Hester tragó saliva con nerviosismo, preguntándose qué demonios podría decir Juniver. ¿Se sentía tan perdido y abrumado como ella? La expresión de su rostro no le dio indicio alguno. Su porte tampoco revelaba nada.

—Le agradecemos su tiempo y su sinceridad, señor Hodge —comenzó Juniver con gravedad—. La experiencia que nos ha relatado supera cualquier cosa que conozcamos, pero usted la ha hecho real para nosotros. —Carraspeó—. Ha dicho que había muchas otras personas esforzándose por salvar a cuantos supervivientes pudieran rescatar tras el hundimiento y, durante el resto de la noche, para buscar los cuerpos y llevarlos a tierra. ¿Sabría decirnos si eso incluye a la policía?

—Pues claro que sí, señor —contestó Hodge enseguida—. La Policía Fluvial estuvo allí toda la noche. Vi a muchos agentes. El señor Monk, que es su jefe, estuvo allí desde el primer momento, y al día siguiente incluso bajó con uno de esos trajes a inspeccionar los restos del naufragio. ¡Dios lo bendiga!

El rostro enjuto de Juniver mostró sorpresa.

—¿En serio? ¿Está seguro de eso?

Hodge no pudo disimular un destello de enojo.

—Claro que lo estoy. Cualquiera que trabaje en el río lo conoce.

—¿Se le ocurre algún motivo por el que no se le haya llamado para prestar declaración aquí, siendo un experimentado policía fluvial que además lo presenció todo? —preguntó Juniver con fingida inocencia.

York se inclinó hacia delante como si fuese a intervenir, pero Hodge habló antes que él.

—No, señor, no tengo ni idea —contestó Hodge.

—¿Quizá mi ilustre colega sepa de algún motivo que no se nos haya ocurrido a nosotros?

Juniver miró a Camborne. Era un asunto menor, y en un momento tan acalorado quizá no significara nada, pero era válido. Si hubiera un recurso de apelación, sería recordado.

Hester miró a York y vio que su rostro reflejaba una fugaz irritación, acentuando las arrugas que enmarcaban su boca.

Camborne afectó indiferencia y no respondió. En cambio llamó a su testigo siguiente, un gabarrero llamado Baker. Contó un relato de horror y compasión, explicando cómo sacaron los cuerpos del agua.

—¿Vio el hundimiento del barco? —preguntó Camborne, enarcando las cejas y abriendo mucho los ojos.

En la sala el silencio era absoluto.

—Ocurrió en un santiamén, señor —dijo Baker a Camborne—. En un momento dado todo eran luces y música y risas que oía desde donde yo estaba, quizás a unos cincuenta metros. En cualquier caso, estaba cerca. Entonces se oyó aquel estruendo y la proa quedó envuelta en llamas, iluminando la noche. —Parpadeó—. Te dolían los ojos si mirabas. Y antes de que te hubieras repuesto y te dieras cuenta de lo que habías visto, levantó la popa y se sumergió en el agua, y todo quedó a oscuras; una oscuridad negra como la noche se lo había tragado.

Hubo gritos ahogados en la sala, y se oyó llorar desconsoladamente a alguien que procuraba contener las lágrimas en la medida de lo posible.

—Gracias, señor Baker —murmuró Camborne con toda calma—. Su testigo —ofreció a Juniver.

Juniver tuvo la sensatez suficiente para no tirar más piedras sobre su propio tejado. Declinó cortésmente.

Baker bajó del estrado. Se levantó la sesión para poder ir a almorzar.

La tarde comenzó con uno de los médicos que había tratado a algunos de los supervivientes, y que después examinó los cadáveres de al menos treinta muertos. Era un hombre que hablaba a media voz, recio, de mirada amable y con unas pobladas patillas canosas. Gravemente, con la voz tomada y quebrándosele de emoción, describió lo que había visto. No mostró histeria o enojo, solo una constante pesadumbre.

Hester reconoció la destreza de Camborne. Alguien que no se conmoviera con semejante relato debía estar desprovisto de todo sentimiento humano y, sin embargo, no había nada sobre lo que Juniver pudiera inquirir, nada que cuestionar o poner en duda. Lo único que haría sería grabar la imagen más profundamente, reforzar la visualización del terrible estado de los cuerpos, la gama de víctimas que abarcaba de jovencitas a hombres de pelo cano, todos ellos disfrutando de una noche de verano en el río. Inopinadamente, la fiesta se había ido al garete, y se ahogaron en el agua inmunda, algunos arrastrados hacia el mar para no ser recuperados jamás.

Aún faltaba para la media tarde, pero la sala entera ya estaba agotada de tantas emociones. Levantar la sesión fue una decisión compasiva y a un mismo tiempo una sabia táctica de Camborne. Ninguno de los que habían escuchado los testimonios dormirían sin que los acosaran las pesadillas, sin ser conscientes de la fragilidad de la preciosa felicidad que tuvieran, y ansiando la escasa entereza que ofrecería el saber que la justicia había actuado contra el hombre que había causado todo aquello.

El segundo día comenzó con el testimonio del hombre a cargo de sacar a tierra los restos del *Princess Mary*. Se llamaba Worthington. Era cuarentón, delgado y fuerte, con el pelo un poco ralo y el rostro moreno y curtido por los elementos. Se notaba que estaba bastante incómodo, vestido de traje. Varias veces medio levantó la cabeza como para aflojar el cuello alto de su camisa blanca, pero cambiando de parecer en el último momento.

Contó el relato del rescate de los restos del naufragio con tan poca emoción como pudo. Bien podría haber hablado de cualquier otro naufragio: las dificultades prácticas, la destreza y el equipo requerido.

Hester ocupaba casi el mismo asiento que el día anterior y escuchaba mientras Camborne iba dirigiendo al testigo a través de los aspectos técnicos de sacar del agua un barco roto y hundido. La tensión en la sala disminuyó un poco mientras dejaba que los asistentes se concentraran en esos detalles. Cuando aquella parte terminara, preguntaría acerca de los cadáveres. Lo había estado observando el tiempo suficiente para saber que lo calcularía perfectamente: lo suficiente para horrorizar, para arrancar hasta el último gramo de compasión, pero sin abundar en demasía para que los oyentes terminaran exhaustos y con los sentimientos embotados. Dejaría sitio para que la imaginación trabajara.

Hester miró los rostros del jurado: doce hombres corrientes. Excepto, por supuesto, que de corrientes no tenían nada. La ley dictaba que debían ser propietarios, norma que descartaba a muchas más personas de las que incluía. Debían ser ciudadanos respetables, de conducta intachable. Eso descartaba a unos cuantos más. Todas las mujeres quedaban excluidas automáticamente. ¿Eso era un jurado de tus iguales? A duras penas. ¿Importaba? En aquel caso, probablemente en absoluto. Por una vez no había división social a propósito del crimen, ningún asomo de compasión por el acusado, ninguna diferencia en la ira o el dolor entre ricos y pobres, hombres y mujeres, practicantes y ateos.

Quizá manifestarían sus sentimientos de maneras ligeramente distintas, pero el resultado sería el mismo.

Hester debía de ser una de las pocas personas presentes en la sala que se había dado cuenta de que Camborne todavía no había establecido ninguna conexión entre los acontecimientos y el hombre que permanecía en silencio sentado en el banquillo. Todo eso todavía estaba por venir.

Durante el resto de la mañana Worthington dio su dictamen de experto sobre qué había causado que el *Princess Mary* se hundiera tan desastrosamente deprisa que solo unos pocos pasajeros de los que estaban en cubierta hubieran conseguido salvarse. Los que estaban debajo no tuvieron ni una sola oportunidad.

Por la tarde refirió con todo detalle que la explosión la había causado una gran carga de dinamita, explicando dónde la habían colocado y cómo la habían detonado.

En cuanto a quién lo había hecho, eso era totalmente otra cuestión, y Camborne dijo que lo explicaría cuando el juicio se reanudara el lunes siguiente.

York levantó la sesión hasta después del fin de semana.

Hester no comentó el juicio con Monk durante el sábado y el domingo, y él no le preguntó. Les había dicho a él y a Scuff que había asistido, pero que no había oído nada que no pudieran suponer ellos mismos. No se dieron por satisfechos pero no la presionaron, y ella guio la conversación hacia otros temas: asuntos familiares, y lo que Scuff estaba aprendiendo en el colegio, tema que el chico eludió con notable habilidad. Hester tomó nota mental de preguntarle más adelante.

La conversación pasó a lo que le gustaría hacer cuando tuvieran un fin de semana libre y pudieran viajar. Brighton no quedaba lejos. ¿O Hastings? Scuff tenía muchas ganas de ver el Castillo de Leeds que, pese a su nombre, estaba en Kent, no en Yorkshire. A lo mejor podrían ir a la catedral de Canterbury ante cuyo altar, setecientos años antes, el arzobispo Tomás Becket había sido asesinado por los hombres del rey. Hablaron de esto un buen rato, entrando en detalles, y el *Princess Mary* fue temporalmente relegado al olvido.

El lunes por la mañana toda la tragedia regresó con renovada fuerza mientras Hester volvía a ocupar su sitio en la sala. Había escrito una vez a Oliver Rathbone, enviando la carta a Roma para que la encontrara al llegar. En buena medida lo había hecho porque quería anotar sus impresiones mientras aún las tenía frescas en la mente en lugar de recordarlas a la luz de lo que pudiera suceder posteriormente.

Escuchando las conversaciones de su alrededor mientras el público aguardaba el comienzo de la sesión, no oyó discutir sobre culpabilidad o inocencia, solo ira porque semejante suceso hubiese podido ocurrir. En uno o dos casos también percibió cierto grado de irritación contra Juniver por defender a Beshara.

Hester lo compadecía bastante. En ningún momento supuso que estuviera hablando en nombre de Beshara por otro motivo que no fuese que sin defensa legal no podía haber condena y, por consiguiente, sentencia. Tuvo que ejercer un dominio mayor que el habitual sobre su lengua para no espetárselo a la gente que tenía detrás. Pero la experiencia le había enseñado que tales discusiones estaban condenadas al fracaso. No puedes decir a la gente que tome en consideración lo que no quiere saber. Sería visto como un ataque contra su dolor, su indignación y, posiblemente, como una manera de excusar a quien tan profundamente los había ofendido.

Permaneció callada, sintiéndose extraordinariamente sola. ¿Acaso era la única persona capaz de plantearse la posibilidad de que Beshara no fuese culpable? No había duda en cuanto al crimen y su horror, pero todavía no estaba claro qué relación tenía con Beshara.

El primer testigo en ser llamado fue sir John Lydiate, el hombre que había sustituido a Monk al frente de la investigación.

Al principio Hester se había enojado con él, hasta que se impuso el sentido común y se dio cuenta de que Lydiate tampoco había tenido otra alternativa en aquel asunto. Ahora, viéndolo en el estrado, aislado del resto del tribunal por la altura del púlpito en lo alto de la escalera de caracol, a varios metros de cualquiera, siendo observado por todos, lo compadeció.

Camborne fue respetuoso con el rango de Lydiate y le habló

con gran cortesía, pero en ningún momento dejó de llevar las riendas de la conversación. La prolongó desde la apertura del tribunal el lunes por la mañana hasta que el martes se levantara la sesión para la pausa del almuerzo, demostrando autoridad y suma maestría. Cada hecho relativo a la explosión salió a colación, detallando exactamente cómo se había colocado y detonado la dinamita, con toda premeditación. Cada detalle se abordó relacionándolo con la investigación en su conjunto y con cada prueba que los hombres de Lydiate habían encontrado, cada testigo que habían interrogado y cada conclusión que habían sacado.

Lydiate aparentaba cansancio y aflicción, pero fue meticuloso en sus respuestas y el jurado observó su rostro casi sin pestañear.

Hester sintió aquel peso sobre sí misma como una manta que cerrara toda escapatoria. Lydiate se había ceñido escrupulosamente a las reglas. No exageró ni dio nada por supuesto. Se mantuvo más bien cauto. Juniver no tuvo por dónde atacar. Intentó protestar pero sus objeciones fueron rechazadas. Dejó de insistir antes de perder más de la poca credibilidad que le quedaba.

El martes por la tarde comenzaron las declaraciones de los testigos oculares. Camborne buscó el mayor dramatismo posible, dejando a los supervivientes para el final. Hester entendía que era una buena estrategia, pero el uso deliberado del sufrimiento ajeno le parecía feo. A lo que había que añadir que no era necesario.

Primero declararon los estibadores que habían visto a Beshara, o a un hombre parecido a él, observando los barcos de recreo, incluso viajando a bordo del *Princess Mary* hacía ya algún tiempo. ¿Seguro que era él? Sí, lo recordaban porque no era uno de ellos. De vez en cuando empleaba palabras que no comprendían.

El piloto de un transbordador lo había visto. Beshara le había hecho preguntas sobre los barcos de recreo en general, y sobre el *Princess Mary* en particular. Una vez más, ¿estaba seguro de que era Beshara? Sí. Sí, absolutamente.

Juniver objetó y York no admitió su protesta. Se oyeron murmullos de aprobación entre el público de la galería.

Juniver se levantó para interrogar al piloto.

—¿Se acuerda de él, señor Wilson? —preguntó cortésmente.

—Sí, señor —contestó Wilson con firmeza.

—¿Por qué? —preguntó Juniver.

Wilson se quedó perplejo.

—Acaba de preguntármelo.

—Le ruego me disculpe. Quiero decir, ¿por qué le es tan fácil recordarlo? —explicó Juniver—. A mí me parece un hombre muy corriente. Salvo que no es inglés, por supuesto. Pero en los muelles hay cientos de hombres que no son ingleses.

Camborne cambió de postura en su asiento pero no interrumpió abiertamente.

Wilson no salía de su asombro.

—Ya sé que no es inglés.

—Es uno de los varios cientos de hombres que trabajan en los muelles y no son ingleses —probó Juniver otra vez—. ¿Cómo está tan seguro de haber visto a este hombre en concreto y no a otro?

—No he dicho eso —contestó Wilson con un deje de irritación—. He visto a muchos. Pero lo vi a él. —Levantó la vista hacia el banquillo y asintió con la cabeza—. Estaba cerca del *Princess Mary*.

—¿Cómo sabe...? —comenzó Juniver de nuevo.

Camborne se puso de pie.

—Su señoría, el señor Juniver ya ha hecho esta pregunta, y ha sido contestada. Está importunando al testigo.

—Señor Juniver —dijo York de manera cortante—, no se está haciendo usted ningún favor acosando a un hombre honrado para que reviva experiencias dolorosas. Espero no tener que decírselo otra vez.

—Señoría —protestó Juniver—, si no puedo preguntar a un

testigo lo que recuerda ni señalar inconsistencias en su relato, solo me queda el silencio; el acusado queda sin representar en este tribunal.

York cerró el puño sobre su mesa y se inclinó un poco por encima de ella.

—Señor Juniver, ¿debo entender que usted no acepta mi fallo en este asunto? Si tal es el caso, estará usted en lo cierto y el acusado no será representado ante este tribunal, ¡hasta que encontremos un sustituto para usted! ¿Es esta su postura, señor?

Juniver solo podía batirse en retirada.

—No, señoría —contestó en voz baja.

Otros dieron variaciones del mismo testimonio. Habían visto a Beshara cerca del *Princess Mary* poco antes de que emprendiera su último y trágico viaje. Un marinero lo había visto merodeando en los alrededores del muelle. Un camarero le había servido una bebida en cubierta y luego lo vio bajar del barco.

Una joven superviviente, pálida y a todas luces asustada, lo había visto en la cubierta hablando con alguien, poco antes de partir del puente de Westminster. Sí, asintió vehemente con la cabeza. Estaba segura.

En cuanto Juniver le hizo la primera pregunta se echó a llorar. Ingram lo miró inquisitivamente, enarcando las cejas. Era obvio que, por su propio interés, no debería interrogar a la chica, de modo que lo dejó correr. Dijese lo que dijera, Juniver perdería por completo la compasión del jurado. Era una batalla que nunca habría podido ganar, ni siquiera sin la habilidad de Camborne y la impaciencia de York.

Cuando, llegados al miércoles, la acusación había presentado todas sus pruebas y testimonios, parecía que el caso tendría que haber terminado. Que Juniver dijera algo carecía de sentido, salvo para cumplir con los requisitos de la ley. Lo habían obstaculizado en todos los intentos que había llevado a cabo durante el turno de la acusación. Las pocas veces en que York le había dado la razón habían supuesto victorias menores: de procedimiento más que emotivas.

A Hester se le encogió el corazón cuando Juniver se puso de pie. Sentía una gran lástima por él y poca compasión por Beshara. Y fue entonces, al cruzar estos pensamientos su mente, cuando se dio cuenta, asombrada, de que Camborne no había sugerido un motivo para aquella atrocidad, aparte de un odio contra los británicos en general. No había dado una razón: ninguna herida o pérdida personal, ninguna causa en absoluto. ¿Lo consideraba innecesario? ¿O era posible que la causa pudiera involucrar cierto tipo de información que tenía buenos motivos para ocultar? ¿De qué tipo? ¿Política? ¿Económica? ¿Personal sobre alguien demasiado importante para ofenderlo? ¿Era eso de lo que se trataba?

¿Era ese el verdadero motivo por el que habían apartado a Monk del caso para dárselo a Lydiate? ¿Era incluso la razón de que hubieran escogido a York para presidir el juicio, tras informarlo a fondo sobre el asunto?

No; estaba emocionalmente agotada y divagaba, dejando que la mente se le fuera por las ramas.

Juniver hizo cuanto un abogado defensor podía hacer. Presentó testigos que declararon haber visto a Beshara en lugares y horas que contradecían los testimonios de la acusación.

Camborne se levantó para repreguntar.

—Señor Collins, ¿está diciendo que estaba descargando su carro justo enfrente del Pig and Whistle cuando vio al acusado, y está seguro de que era la hora del almuerzo del día de la tragedia? —preguntó cortésmente.

—Sí, señor —contestó Collins.

—¿Transporta barriles de cerveza?

—Sí, señor.

—¿Abastece al Pig and Whistle, entre otras tabernas?

—Sí, señor.

—¿Buena cerveza?

—Sí, señor, la mejor.

Collins se irguió un poco.

Camborne sonrió.

Juniver hizo ademán de levantarse pero reparó en la mirada de York y cambió de parecer.

—La hora del almuerzo —observó Camborne—. Una forma interesante de recordar la hora. ¿Almorzó usted allí, señor Collins?

Collins solo vaciló un segundo.

—Sí, señor.

—¿Qué tomó?

—Un almuerzo frío, señor. Queso y encurtidos.

—¿Está seguro?

Juniver se levantó.

—Señoría, esto es del todo irrelevante.

—Se está precipitando, señor Juniver —contestó York—. Quizá resulte ser importante. Prosiga, sir Oswald.

—Gracias, señoría. Señor Collins, ¿por qué está tan seguro de que ese día tomó un bocadillo de queso y encurtido? ¿Tenía algo de especial?

—No, señor. Es lo que tomo siempre. Preparan una cebolla encurtida muy rica en el Pig and Whistle —dijo Collins con aprobación.

—¿Siempre? ¿Y siempre en el Pig and Whistle? —preguntó Camborne.

—Sí, señor.

—¿Y ese día no tuvo nada de especial?

Collins lo miró. De pronto se dio cuenta de la trampa en la que había caído.

—¡Aun así vi a Beshara en la calle aquel día! —insistió.

Camborne enarcó las cejas.

—¿Lo conoce? ¿Tienen alguna relación?

—¡No! ¡Pero lo vi!

Camborne sonrió.

—¿Junto con su habitual bocadillo de queso y cebolla encurtida? Estoy convencido de que usted así lo cree. Gracias, señor Collins. Eso es todo.

Juniver se levantó para intentar salvar a su testigo, pero se dio cuenta de que solo podía empeorar las cosas. Collins podía repetir todo lo que había dicho, pero había perdido la confianza en sí mismo. Contestaría enojado, para salvar su dignidad. Juniver volvió a sentarse.

La misma pauta se repitió, mayormente, con los demás testigos, y lo que se declaró fue descartado por el jurado.

Juniver no llamó a Beshara a declarar. Fue una sabia decisión. Su actitud no era agradable, su inglés solo moderadamente bueno. Lo único que podía hacer era negar su culpabilidad y, por supuesto, testificar lo habría expuesto a ser repreguntado por Camborne. Como tantos acusados de crímenes horribles, aceptó el consejo de su abogado de permanecer callado.

El jurado apenas necesitó retirarse para pronunciar un veredicto de culpabilidad. El tribunal siguió reunido hasta tarde para que York se pusiera el birrete negro en la cabeza y condenara a muerte a Habib Beshara por el asesinato de ciento setenta y nueve hombres y mujeres. Se lo llevarían del lugar donde estaba y al cabo de tres semanas lo colgarían del cuello hasta que falleciera.

5

Monk cenó muy a gusto en la cocina con Hester y Scuff. Había un mantel a cuadros en la mesa, y la jarra de porcelana amarilla llena de flores sobre el aparador era tan grande que tapaba la mitad de los platos que se guardaban allí. La puerta trasera estaba abierta para que entrara la calidez de la noche estival y el ligero olor a tierra y hierba recién cortada.

—¿Por qué es tan importante? —preguntó Scuff.

Habían estado hablando del nuevo canal de Suez.

—Porque reducirá unas cinco mil millas el viaje desde Gran Bretaña hasta Extremo Oriente —contestó Hester, deseosa de agudizar su interés en cualquier cosa relacionada con los deberes del colegio. Estaba convencida de que últimamente había hecho novillos, pero atosigarlo de nada serviría.

Seguía estando un tanto desconcertado.

Hester comenzó a explicarle con cuánto ímpetu había luchado Gran Bretaña por el dominio de los mares durante los cien años anteriores. Su narración estuvo llena de tremendas batallas navales, sobre todo en la época de las Guerras Napoleónicas, batallas como la de Copenhague, la del Nilo y finalmente la de Trafalgar, y por fin consiguió que Scuff le dedicara toda su atención.

Los interrumpió una llamada a la puerta. Monk levantó la vista sorprendido, temiendo que fuese uno de sus hombres, que viniera en su busca por algún caso demasiado urgente para dejarlo hasta el día siguiente.

Scuff había terminado su cena. Todavía no había perdido la costumbre de comer tan rápido como podía por si le quitaban la comida, tal como le había ocurrido más de una vez durante los años que vivió en los muelles. Se levantó.

—Ya abro yo... —dijo de buena gana, dirigiéndose hacia la puerta antes de que Monk pudiera impedírselo.

Regresó un momento después, seguido de cerca por Runcorn.

—Perdón —dijo Runcorn, más a Hester que a Monk. Estaba incómodo, su estatura parecía abarrotar la cocina. Sus ojos enfocaron el plato sin acabar de Monk—. Pensé que querría saberlo, quizás enterarse de los detalles, en lugar de ver qué informaciones publican mañana los periódicos, que por supuesto no serán pocas.

Hester se levantó, sonriendo.

—¿Le apetece un té, y tal vez un trozo de tarta?

Runcorn negó con la cabeza pero cambió de opinión al instante.

—Si no es molestia...

—En absoluto —le respondió Hester, ignorando su propio plato—. ¿Por qué no van a sentarse en la sala? Estarán más cómodos. Scuff, tú puedes ayudarme...

Fue una orden. Scuff obedeció y volvió la vista atrás una sola vez, frunciendo el ceño con preocupación.

Runcorn aceptó la sugerencia, dejó que Monk pasara delante y fue tras él. Scuff comenzó a recoger la mesa a regañadientes, sin apartar los ojos de Monk.

En la sala se sentaron uno frente al otro. Monk aguardó.

Runcorn negó con la cabeza.

—Se enterará mañana por la mañana. Saldrá en todas partes, y me da que será desagradable. Al parecer, ese egipcio, Beshara, procede de una familia bastante importante de su país. Para ser exactos, del puerto de Suez, que deduzco que es pequeño, destartalado y con mucho tráfico. Pero su familia está metida en negocios y tiene bastante dinero.

Monk respondió escéptico.

—¿Quién lo dice? Y si procede de una familia importante, ¿por qué trabajaba en el puerto de Londres? ¿Por qué ninguno de sus importantes parientes vino a hablar en su nombre durante el juicio?

Runcorn estaba obviamente cansado. Se pasó los dedos por el abundante pelo entrecano.

—Siempre ha sostenido que no trabajaba en los muelles. Que en todo momento lo han confundido con otro. —Miró de hito a hito a Monk, con un aire sombrío—. En realidad, la embajada egipcia lo corroboró, pero nadie le hizo caso; o, para ser más exactos, pensaron que la legación se equivocaba.

Monk sintió el frío roce de la desazón, como una sombra momentánea que cruzara el sol y volviera a desaparecer enseguida. Buscó la manera de expresarlo, carecía de sentido no mencionarlo. ¿Por qué aparecía con esa historia Runcorn precisamente ahora? ¿Acaso no era más que lo que debían haber esperado, aunque fuese un poco tarde?

—Varias personas lo identificaron —señaló Monk—. No dependió de una sola declaración.

Runcorn bajó la mirada a la mesa.

—Lo sé...

Distintos recuerdos parpadearon en la mente de Monk, otros casos en los que habían trabajado juntos tiempo atrás, personas que habían estado seguras de lo que habían visto y que en realidad estaban equivocadas. Algo más se despertó en su cabeza, pero se le escapó antes de que pudiera identificarlo. Algo relacionado con aquella noche en el río.

—¿Tiene dudas? —preguntó amablemente. Si Runcorn las tenía, lo comprendería. En un par de días ahorcarían a Beshara y entonces sería demasiado tarde para corregir errores, por más evidentes que fueran en retrospectiva. La muerte sellaría cualquier equivocación irrevocablemente. Las pesadillas del error se colarían en el sueño de todos los hombres, por más honesta que hubiese sido su investigación. Monk se había despertado con ese mismo temor, el cuerpo empapado en sudor frío ante semejante irrevocabilidad. ¿Sentirían lo mismo los miembros del jurado? ¿O la compañía de otros once hombres «buenos y fieles» aliviaba la carga de tamaña responsabilidad?

Runcorn volvía a mirarlo de hito en hito. Dijera lo que dijese, la verdad estaba en sus ojos, aunque también un humor amargo, seguramente fuera de lugar.

—¿Qué pasa? —preguntó Monk.

—No van a ahorcarlo —contestó Runcorn—. Al menos, no todavía. Está enfermo. *Miastenia gravis*, o eso dice el médico. No se puede ahorcar a un hombre enfermo. Antes hay que curarlo. Solo que no estoy seguro de que eso tenga cura. En lugar de ahorcarlo deprisa, lo dejarán morir lentamente.

De pronto Monk entendió lo que había visto en los ojos de Runcorn.

Hester vino con el té y varios trozos de tarta en una bandeja.

Ambos hombres le dieron las gracias al unísono cuando ella ya se dirigía a la puerta. Hester sonrió brevemente y salió, dejándolos a solas.

Sin decir palabra, Monk llenó las dos tazas de té y cogió un trozo de tarta.

Runcorn también se sirvió uno.

—La verdad es que sí tengo dudas —contestó a la primera pregunta—. Al menos... eso creo. —Dio un mordisco a la tarta y sonrió satisfecho. Se terminó el bocado antes de proseguir—. Los testigos oculares ven lo que esperan ver, y cuando han dicho algo a la policía, salvo que estén muertos de miedo, tienden a sostenerlo, sea lo que sea. Y cuando lo han dicho diez veces, ya están convencidos.

—Lo sé —convino Monk—. Y una vez que lo han jurado ante un tribunal, se ven acorralados y no pueden cambiar su declaración. ¿Cree que todos se equivocan?

Runcorn se mordió el labio.

—¿En qué medida se recuerda realmente una cara? ¿En concreto la de una persona que no conoces? Creo que seguramente lo hizo un egipcio, o alguien de aquellos pagos, solo que no podría jurar que fuese el que ha sido condenado...

—¿Qué sabe acerca de él, antes del hundimiento del *Princess Mary*?

—Es un turbio marchante de obras de arte, en parte sin duda robadas. Temperamento variable y una noción diferente de los servicios de aduana —contestó Runcorn—. No todas las culturas ven el soborno como un delito. En algunas es una costumbre, un gasto necesario para hacer negocios.

—O sea que es un hombre al borde de la ley...

—Más allá del borde —puntualizó Runcorn.

—Sigue distando mucho del asesinato de casi doscientas personas —señaló Monk.

Runcorn suspiró y se comió otro pedazo de tarta.

—Lo sé —dijo con la boca llena—. Pero eso no hará que cambie la reacción de la gente cuando mañana se publique la noticia de que no van a ahorcarlo. Solo quería que no lo pillara desprevenido.

Los sentimientos de Monk se trocaron momentáneamente en compasión por Runcorn. Su confusión y sensación de inutilidad eran cosas que Monk entendía muy bien. Aunque lo habían apartado del caso desde el principio, sus propios sentimientos eran los mismos.

¿Acaso ambos habían permitido que la intensa, casi insoportable impresión y los sentimientos los hubieran obnubilado? Beshara en ningún momento había admitido su culpabilidad.

Si bien tampoco lo habían hecho muchos otros sobre quienes nadie abrigaba dudas.

—¿Se ha llegado a averiguar por qué hizo estallar el barco realmente? —preguntó Monk repentinamente.

—No —contestó Runcorn—. Hay quien piensa que lo hizo solo por rabia porque los extranjeros ganan todo el dinero que supone cavar tierra egipcia y abrir un canal.

—¿Usted está de acuerdo?

—En realidad supuse que alguien le había pagado —confesó Runcorn—. Según la pauta de todo lo que hemos podido averiguar, ha estado haciendo cosas por dinero. Si de todos modos iban a ahorcarlo, no tenía aliciente para decir quién le había pagado. Imaginé que lo hacía por el bien de su familia, no por el suyo propio. Incluso es posible que fueran rehenes de alguien... —Dejó la idea suspendida en el aire, un pensamiento feo y complicado que alteraba el equilibrio de todo—. De todos modos, está enfermo —agregó.

Monk asintió.

El recuerdo que había medio vislumbrado seguía carcomiéndolo en un rincón de su mente, donde su memoria no lograba alcanzarlo.

—Sí —contestó Hester a la pregunta de Monk una vez que estuvieron a solas en la sala de estar una hora después, cuando Runcorn ya se había ido y Scuff estaba en la cama—. Es una enfermedad muy desagradable, y no se puede hacer gran cosa para ayudar a quienes la padecen. Solo cuidarlos... —Se calló, consciente de lo que estaba diciendo y de dónde estaría Beshara, poniéndose cada vez más enfermo hasta que finalmente muriera. Levantó un poco el mentón—. Tal vez sería más clemente que lo ahorcaran —reconoció, con el semblante pálido—. Pero me consta que nunca proceden así. Y quizá debería lamentarlo más por él, pero en este momento mi compasión sigue siendo para las familias que perdieron a seres queridos en el río aquella noche. Su pena no tendrá fin. Apenas puedo imaginar qué sentiría si tú hubieras muerto.

Miró a Monk a la defensiva, desafiándolo a discutir con ella.

—Estoy vivo y estoy bien —contestó Monk sin alterarse. Después la miró con más detenimiento y se fijó en la rigidez de sus hombros, el modo en que erguía la cabeza—. No corrí ningún peligro —agregó.

—¡Ya lo sé! Solo... —se interrumpió, atragantada por un llanto inminente—. ¡Oh, maldita sea! —maldijo, cosa absolutamente impropia de ella.

Monk la rodeó con sus brazos y la estrechó. Conocía perfectamente el miedo y la gratitud que la abrumaban. La vida era tan valiosa, la pérdida tan desgarradora, que había momentos en que la pasión escapa a todo control. Deseaba encontrar algo que decir, pero lo que tenía en mente era demasiado enorme para expresarlo con palabras. Al final, lo único que dijo fue:

—Te amo.

Y Hester respondió estrechando todavía más el abrazo.

La mañana siguiente temprano Monk estaba regresando de hacer unas pesquisas sobre un cargamento de pieles desaparecido. Como era pleno verano, hacía mucho rato que era de día. Bajó caminando desde la dársena de Licensed Victuallers Dock hasta la escalera de Dog and Duck Stairs, buscando un transbordador que lo llevara de vuelta río arriba, y a la orilla norte otra vez. Llegó a lo alto de la escalera sin haber divisado ninguno.

Solo llevaba allí un par de minutos cuando vio que Hooper se aproximaba desde la otra dirección.

—Buenos días, señor —saludó Hooper muy cordial.

—Buenos días —contestó Monk—. ¿Va a cruzar el río?

—Sí, señor. —Hooper hizo visera con la mano y escrutó las aguas en busca de un transbordador. Entonces, al verlo, levantó el brazo—. ¿Qué opina de las noticias, señor? —preguntó.

Monk no tuvo la menor duda de que se refería al aplazamiento de la ejecución de Beshara.

—Estoy sorprendido —contestó Monk—. Pensaba que se callarían lo de la enfermedad y seguirían adelante.

Hooper adoptó una expresión adusta.

—Esto no ha terminado, señor. Tendrían que habérnoslo dejado a nosotros. Ahora se han metido en un buen lío.

Monk lo miró, estudiando su rostro a la luz brillante de la

mañana. Vio que reflejaba resignado enojo. Hooper era un hombre al que había aprendido a respetar desde que se incorporó a la Policía Fluvial.

—¿Era inevitable? —preguntó Monk—. ¿O nosotros lo habríamos hecho mejor?

Hooper sonrió, expresión sorprendentemente amable tratándose de él.

—Quizá no, pero nuestras equivocaciones habrían sido diferentes. Conocemos el agua y a los barqueros. Habríamos sabido quién estaba en el río y quién no, quién tenía miedo a qué y quién estaba en deuda.

—¿Cree que se han equivocado? —preguntó Monk.

—Acometieron la investigación de manera errónea... —contestó Hooper—. Hicieron las preguntas que les darían las respuestas que querían. No tanto mentiras como medias verdades amañadas para que encajaran. Nosotros nos habríamos dado cuenta.

—¿Eso es todo? —insistió Monk—. ¿Que no nos ocupáramos nosotros?

—No —respondió Hooper con inusitada firmeza—. Usted trabaja en las calles. Usted trabaja en el río. Usted conoce a la gente. Sabe cuándo algo no huele bien, aunque no sepa muy bien por qué.

Miraba de hito en hito a Monk, que se hallaba preparado para defenderse.

—¿Fue Beshara?

—Puede que sí, puede que no. Demasiadas prisas. Beshara encajaba bastante bien, al menos si no investigabas a fondo. Todo el mundo quería zanjar el asunto cuanto antes.

—¿Equivocaciones? —insistió Monk.

Hooper asintió con la cabeza.

—Quizás atraparon al culpable. No estoy diciendo que no lo hicieran. Solo que no lo atraparon como es debido. Ese es el problema de los crímenes realmente viles; la gente los examina y no los ve con claridad, no se concentra.

—Causará resentimiento que al final no ahorquen a Beshara —dijo Monk pensativo—. Ya he oído algunos comentarios, y todavía es pronto.

Hooper sonrió.

—Habrá muchos más. —Negó con la cabeza—. Todavía no hemos llegado ni a la mitad de esto.

El transbordador topó suavemente contra el pie de la escalera y Monk se enderezó y comenzó a bajar, con Hooper pisándole los talones. No contestó, pero sabía que Hooper llevaba razón.

Hester había proporcionado a Monk una lista de los testigos a los que habían llamado a declarar y ahora la estaba estudiando por primera vez. Quizá fuese una tontería por su parte puesto que el caso estaba cerrado. Ya no cabía presentar más pruebas.

Cuando Monk entró en la comisaría de Wapping se hizo un silencio repentino. Media docena de hombres lo miraron fijamente, aguardando su reacción. Ya se lo había figurado.

—Buenos días —saludó alegremente—. ¿Alguna novedad sobre el contrabando de coñac en Bugsby's Marshes, señor Orme?

—Sí, señor —contestó Orme con gravedad—. Todo bajo control, señor. Un día tranquilo, según parece. Excepto que todo el mundo está que salta por lo del egipcio. Algunos destrozos en propiedades de extranjeros, ese tipo de cosas. Y por supuesto hay nerviosismo por miedo a que vuelva a ocurrir. Los barcos de recreo están perdiendo clientela. Tendríamos que haberlo ahorcado cuando tuvimos ocasión. ¡Incluso antes de arrestarlo!

—No lo arrestamos nosotros —señaló Monk con cierta tristeza—. Lo hizo la policía regular.

Orme hizo una mueca de asco.

—Sí, señor. De eso es de lo que se quejan. Walpole, ese viejo carroñero* que suele merodear por la escalera de King's Arms Stairs, dice que nadie le preguntó nada, y es de los que no pierden detalle. En cambio aceptaron la palabra de Nifty Pete, ese sapo escuálido, que ni siquiera sabe en qué día vive. —La repugnancia ensombreció todavía más su semblante—. Si le diera un bocadillo de jamón y un tazón de té, le diría que fue el primer ministro. Si eso fuese lo que usted quisiera oír, claro está.

—¿Piensa que no fue Beshara?

Orme negó con la cabeza.

—Ni idea, señor. Tengo que ir a ocuparme de esa barca que Huggins dice que robaron.

Lo dijo cortésmente, pero el enojo se notó en su frialdad y, cuando se marchó, tenía el cuerpo rígido, no había la menor desenvoltura en sus andares.

Por su propia tranquilidad, Monk revisó la lista de testigos que la policía había interrogado y que habían sido llamados a declarar ante el tribunal. Comparó sus testimonios con lo que sabía de ellos, luego se planteó a quién habría pedido las mismas perspicacia y observación.

No terminó hasta el día siguiente, cuando la indignación por que Beshara hubiese escapado a la soga había ganado intensidad. Los periódicos no hablaban de otra cosa. Vio carteles en las paredes que exigían justicia, incluso letreros pintarrajeados con letras feas, irregulares, llenas de cólera.

Nada tenía que ver con él ni con cualquiera de la Policía Fluvial del Támesis y, sin embargo, se sentía responsable, como si hubiese fallado.

Al principio combatió las ganas que tuvo de inmiscuirse, sabiendo que nada de lo que descubriera tendría relevancia al-

---

* Traducción libre de *tosher*, término que designa a alguien que busca comida y cosas útiles en las alcantarillas, especialmente en el Londres victoriano. La misma palabra sirve para describir a los ladrones que arrancaban valiosas piezas de cobre de los cascos de los barcos amarrados en los muelles del Támesis.

guna, a aquellas alturas. Pero a medida que fue transcurriendo el día, lo fue reconcomiendo. Lydiate era un buen hombre, con toda probabilidad un hombre honesto, pero toda investigación precisaba algo más. Había que conocer la zona, conocer a la gente y también tener suerte. Por regla general requería más tiempo, y eso se lo habían denegado a Lydiate.

Monk tuvo ocasión de estar en el muelle donde uno de los testigos había estado trabajando cuando sostuvo haber visto a Beshara. Se lo comentó Landry, un hombre achaparrado y fornido que tenía la espalda encorvada por los años que llevaba cargando sacos y toneles.

—¿Usted vio a Beshara? —preguntó Monk con interés, cuestionándose a su vez por qué Lydiate había optado por interrogar a Field. Era mucho menos respetado y dado a la invención.

Landry negó con la cabeza, mirando a Monk con el rabillo del ojo.

—Intente cargar con unos cuantos de estos y a ver si tiene tiempo de ver a su madre pasar por su lado; pues mucho menos a un forastero con una caja de comida que le llega a la cara.

Monk se lo imaginó.

—¿Entonces Field mintió? —dijo sin rodeos.

—Les dijo lo que querían oír —le espetó Landry—. Si haces la pregunta del modo adecuado, obtienes la respuesta adecuada, ¿no? «Usted no vio a este hombre, ¿verdad?» «No, señor, no lo vi.» «¿Cree que pudo haber visto a este otro?» «Sí. Es posible.» —Su voz rezumaba sarcasmo—. Field no mintió, solo quería ayudar. ¡Todos queríamos atrapar al cabrón que hundió el *Princess Mary* y a toda esa gente! Yo no ahorcaría a ese cerdo. ¡Lo ahogaría bien despacito! Un rato abajo, un rato arriba. ¿Sabe a qué me refiero?

—Sí —respondió Monk con sentimiento—. Lo vi con mis propios ojos.

—¡Ya lo sé! ¿Por qué le quitaron el caso? Eso es lo que me gustaría saber.

—Política, me imagino —contestó Monk, y entonces se dio

cuenta de que sería muy poco prudente seguir conversando—. Gracias, Landry.

Landry negó con la cabeza y siguió trabajando.

Sin embargo, mientras Monk continuaba su investigación en curso, no dejó de dar vueltas a la cuestión de las pruebas contra Beshara. Habló con varios estibadores, gabarreros y patrones de transbordador acerca del robo en el que estaba indagando, procurando seguir el rastro de los artículos tanto antes de que fueran robados como después, a fin de encontrarlos. Entre ellos había, inevitablemente, varios de los testigos que habían declarado en el juicio. No pudo evitar fijarse en que estaban de mal humor, y halló cierto grado de satisfacción en ello.

También fue más consciente del hecho de que cada vez que habían contado su relato a otros, las palabras habían sido exactamente las mismas. No estaban recordando lo que había ocurrido sino lo que habían dicho al respecto.

—¿Usted vio al egipcio? —preguntó con desenfado a un barquero llamado Bartlett—. Usted estaba allí, ¿verdad?

Bartlett lo miró con recelo.

—No estoy buscando pruebas —dijo Monk—. Todo ha terminado. Ahora ya no importa.

—Es una puñetera mierda, se mire por donde se mire —le gruñó Bartlett, balanceándose ligeramente para mantener el equilibrio en la popa de su barcaza—. ¡Ese maldito egipcio sigue vivo! Y parece ser que se quedará así.

—¿Usted lo vio? —dijo Monk enseguida.

—¿Verlo? ¿Cómo demonios quiere que lo sepa? Estoy pendiente de lo que hago, no de un par de docenas de egipcios, indios, levantinos, africanos o quienquiera que vaya y venga. Esto es Londres, amigo. El mundo entero hace negocios aquí, en una ocasión u otra. ¿Piensa que tengo tiempo para sentarme aquí a mirarlos?

Monk le dio las gracias y se marchó, dando vueltas a las palabras de Bartlett una y otra vez. Se cruzó con un hombre que llevaba un fardo. Levantó la vista hacia él y siguió su camino.

Monk no habría recordado su rostro un momento después, ni lo habría diferenciado del siguiente hombre que viera a continuación.

¿Alguno de los testimonios justificaba una condena? ¿La vida de un hombre?

¿Qué la justificaría? Pruebas fácticas. Cosas que pudieran examinarse, mirarse y que fueran siempre las mismas para cualquiera que las viera después. No un recuerdo. No cosas alteradas por la emoción, el sentimiento de pérdida y la necesidad de concretar una verdad y seguir adelante, dejar que la vida prosiguiera para quienes pudieran reanudarla.

¿Qué era ese recuerdo que seguía tironeando en su cabeza? Cada vez que creía atraparlo era reemplazado por el horror del barco explotando y luego los cuerpos chapoteando en el agua. Se había despertado por la noche con los músculos tensos, un dolor de garganta casi insoportable de tanto gritar, intentando que lo oyeran por encima del ruido del agua y los remos, de los gritos de los que se ahogaban. De pronto se despertaba y el silencio era peor. Lo único que lo hacía tolerable era poder alargar el brazo y tocar a Hester a su lado, arrimarse a ella, notar su respiración y el calor de su cuerpo.

¿Cuántas veces ya había estado despierta por culpa suya, fingiendo no estarlo? En ocasiones se había movido y había buscado su mano con la suya. Monk se agarraba a ella hasta que volvía a dormirse. No había nada que decir. Las palabras sobraban.

Hacia el final de la semana, Orme entró en la comisaría muy pálido, sin asomo de su habitual rubicundez. Parecía cansado aunque todavía no eran las ocho de la mañana.

—Han encontrado otro cuerpo, más allá de Greenwich Reach —dijo en voz baja—. No era más que una niña, menos de diecisiete años, a juzgar por su aspecto. En la flor de la vida. —Inhaló profundamente y soltó el aire despacio, como si lo midiera, conteniéndose—. Cabello claro, ojos azules. Llevaba un vestido blanco, como si quisiera parecer una novia.

Se paró en seco y abrió la puerta lateral del despacho dándole tal empujón que golpeó la pared, haciéndola retumbar.

Hooper estaba de pie en la entrada, los ruidos del río a sus espaldas, flotando en el aire cálido, polvoriento y salado del puerto.

—Los sentimientos están a flor de piel —dijo, entrando y dejando los ruidos fuera al cerrar—. Pensábamos que ya los teníamos a todos y ahora aparece esa chica. Debió de quedarse enganchada en algún resto del naufragio, pues de lo contrario habría aparecido hace días. Los periódicos se van a poner las botas.

—Seguirán apareciendo cadáveres durante un tiempo —respondió Monk con tanta compostura como pudo—. Aunque sea en lugares tan lejanos como Gravesend. Me figuro que es más duro cuando se trata de alguien tan joven.

—No me refería a eso. —Hooper cruzó lentamente la habitación. Caminaba contoneándose un poco, como un hombre que se hubiese criado en el mar—. Sale el mismo día en que han conmutado la pena de muerte de Beshara por cadena perpetua.

Monk levantó la cabeza de golpe y miró a Hooper para ver si hablaba en serio, aunque Hooper no era conocido por tener un sentido del humor irresponsable. En su rostro solo vio amargura y enojo.

Por toda la habitación otros hombres cambiaron de postura, murmurando para sí expresiones de ira y repulsión. Hubo varias blasfemias que Monk no estaba acostumbrado a oírles decir. Consideraba que tenían derecho a sentirse doblemente traicionados, primero por apartarlos del caso, ahora por la conmutación de la condena.

—¿Qué piensa hacer, señor? —preguntó uno de ellos, mirando a Monk.

Monk se dio cuenta de que todos lo estaban mirando, incluso Hooper. No sabía qué respuesta podía dar que tuviera alguna lógica. El caso estaba cerrado. Desde el mismo momento en que lo habían apartado del caso, había perdido toda autoridad para hacer algo, pero decirlo sería mostrarse como un incapaz, un hombre sumiso, un secuaz.

¿Pero acaso quería encabezar lo que equivaldría a un motín, aunque legalmente no lo fuera? Sintió que la rabia aumentaba en su fuero interno, exacerbada por saberse acorralado y desarmado.

Fue Hooper quien lo salvó de contestar de inmediato.

—Les habría ido mejor dejándonos el caso a nosotros —comentó, apoyándose en uno de los escritorios—. Lo habríamos resuelto de modo que todo el mundo tuviera la seguridad de que era culpable, y nadie que valorase su propio pellejo habría echado para atrás la sentencia. O quizá nos las podríamos haber arreglado para dejar que se ahogara mientras lo traíamos detenido. Son lugares peligrosos, los ríos...

Dejó la sugerencia flotando en el aire en calma de la habitación.

Antes de la conmutación de la condena, Monk quizás habría discutido. Ahora bien, ¿quién había podido prever algo semejante? Igual que los demás, había creído que la sentencia de muerte era en firme. Si hubiese sabido que no, ¿habría dejado que perdieran a Beshara en el agua? Nunca lo sabría.

Los hombres estaban aguardando su reacción. Sabía que su confianza en él dependía de su respuesta, y no solo en los pocos días siguientes sino en las semanas y años venideros. Toda suerte de ideas se agolpaban en su mente. ¡No conocía a nadie a quien tomar por modelo! Estaba solo, y los segundos iban pasando. Si no contestaba estaría renunciando a su liderazgo y nunca más lo recuperaría.

Decidió jugársela.

—Sé que un político que se llama Quither dice que se trata de clemencia debido a su enfermedad y que lord Ossett dice más discretamente que también hay motivos diplomáticos, relacionados con Suez y el canal. Y me figuro que la embajada egipcia habrá tenido algo que decir.

Todos lo miraban fijamente, nadie hablaba ni se movía.

—Pienso que la manera de llevar este caso ha sido desastrosa. Esta última semana he recorrido casi todos los muelles. He hablado con unas cuantas personas, he escuchado mucho. Todos nosotros lo hemos hecho. Sabemos que la Policía Metropolitana no actuó como lo habríamos hecho nosotros. Creyeron a personas que nos consta que no son de fiar. Me parece que ahora están acoquinados porque quizás atraparon a un inocente; o al menos no han demostrado que sea culpable. Una vez que lo ahorquen, no podrán rectificar.

Un agente dio rienda suelta a su opinión en un lenguaje irrepetible. Varios otros gruñeron su conformidad.

Hooper se incorporó y los observó, dirigiendo los ojos alternativamente hacia ellos y hacia Monk.

—Si alguien va a arreglar las cosas, somos nosotros —prosiguió Monk temerariamente—. Pero con cuidado. Puede requerir mucho tiempo porque carecemos de autoridad. Un tribunal ha hallado culpable a Beshara, y podría estar en lo cierto. Si encontramos verdaderas pruebas de eso, del tipo que sabemos correctas, las haremos públicas y veremos qué pasa.

Los miró detenidamente, escrutando los ojos de cada uno de sus hombres.

—Ahora bien, un error estúpido, una palabra fuera de lugar, y estaremos acabados. ¿Lo captan? Beshara podrá señalarlo, y los disparos contra nuestro caso lo dejarán con más agujeros que un colador. Si no queremos terminar en el fango del fondo del Támesis como el *Princess Mary*, tenemos que ser cuidadosos e inteligentes y confiar en la suerte.

Esbozó una sonrisa triste.

—Mi esposa es enfermera, estuvo con la señorita Nightingale en Crimea. Dice que Beshara bien podría morir de su enfermedad antes de que tenga que importarle si le conmutan la sentencia o no. Y será más lento y más cruel que una soga en el cuello y una caída rápida. Y ahora volvamos a centrarnos en el coñac que ha desaparecido de Mills & Sons.

Hooper se levantó. Uno tras otro, los demás hombres reanudaron lo que habían estado haciendo y se pusieron a trabajar.

Monk aguardó un momento. Todavía tenía el puño cerrado, y le constaba que aún no estaba en condiciones de coger una pluma y escribir algo legible. Había puesto en juego su carrera, su credibilidad como jefe y todo lo que le importaba. Más de lo que hubiese querido, más que en el pasado cuando era un lobo solitario y no le importaba lo que los demás creyeran o pensaran. No había respetado a sus superiores, no le había importado si sus subordinados lo respetaban o no. En realidad lo temían y, antes del accidente que le borró la memoria, con eso le bastaba.

¡Cuánto había cambiado! Ahora no le bastaba, a él no, y tampoco al hombre que deseaba ser.

La mañana siguiente era sábado y Monk tenía la libertad de tomarse libre el fin de semana entero. Era una bendición ambivalente. En cualquier otro momento habría sido totalmente feliz, con ganas de pasar un día con Hester y probablemente con Scuff buena parte del tiempo, si no todo. Sin embargo, los periódicos matutinos iban llenos de la conmutación de Beshara y de especulaciones infundadas acerca de las razones. Se mencionaban varios motivos políticos y también algunos, mucho más feos, de tipo económico. En los titulares aparecían las palabras «sobornos» y «corrupción».

Monk reparó en que Scuff los miraba fijamente, y le constaba que podía leer sin mayor dificultad el artículo que había debajo.

—¿Por qué han cambiado de opinión? —preguntó Scuff, mirando a Monk, sentado a la mesa del desayuno. Era una pregunta simple y él quería una respuesta simple—. Hizo estallar el barco, ¿no?

Volvió a bajar los ojos para mirar el rostro de la chica de blanco. Había sido la hija de un hombre importante, alguien con suficiente riqueza e influencia para haber hecho que la fotografiaran. Era una persona real que lo miraba desde la página, no la impresión de un artista. Era una persona individual, con una vida y un nombre, un lunar en lo alto de la mejilla izquierda y una sonrisa tímida, ligeramente torcida, como si entendiera una broma y fuese a compartirla contigo.

En aquel momento era a Scuff a quien Monk debía contestar. Tenía muy claro que no debía mentir, ¿pero cuánta verdad debía revelarle? ¿Cuánta sería útil, cuánta una carga que era injusto echarle sobre los hombros?

Si miraba a Hester parecería que le estuviera pidiendo que llevara la iniciativa. Y no quería que Scuff pensara eso.

—Dicen que es porque está enfermo —contestó, midiendo sus palabras con cuidado, aunque tenía la voz tomada por la emoción y Scuff sin duda se percataría—. No ejecutamos a los condenados que están enfermos.

Scuff pestañeó.

—¿Por qué no? Si van a morir igualmente, ¿qué diferencia hay?

—No lo sé —reconoció Monk—. De todos modos, dudo de que sea la verdadera razón. Al parecer su familia es importante en Egipto, cerca de donde están construyendo el canal.

—¿Y eso por qué hace que todo esté bien? —preguntó Scuff.

—No lo hace —dijo Monk con amargura—. Hace que sea conveniente. —Percibió la confusión de Scuff—. Conveniente para que ellos defiendan sus intereses —explicó.

El semblante de Scuff hizo patente su desprecio.

Monk se arrepintió en el acto de lo que acababa de decir. Si no demostraba respeto por los hombres que gobernaban el país, ¿cómo podía esperar que Scuff respetara a la autoridad? Había cometido una equivocación. No quiso verla reflejada en el rostro de Hester.

—Perdón —dijo con seriedad—. Estoy tan disgustado con que muriera tanta gente que me pongo de mal humor. Creo que tendrían que haberlo hecho mejor con Beshara, pero no sé por qué han decidido dejarlo vivir. A lo mejor saben algo que nosotros no.

Scuff se mordió el labio.

—¿Como qué? ¿No lo hizo él?

Monk titubeó.

—No participé en el caso. En realidad no lo sé. Es posible que no...

Hester intervino por primera vez. Parecía mucho más serena que Monk.

—Si lo piensas bien —dijo a media voz—, no parece probable que lo hiciera solo. En realidad, dudo de que sea siquiera posible. Pero se negó a mencionar a nadie. Si lo ahorcan, nunca les dirá quiénes fueron sus cómplices.

—¡Ya lo veo! —dijo Scuff enseguida—. Y si está solo y enfermo, podrán conseguir que se lo diga.

Hester pareció no estar muy segura.

Monk disimuló un asomo de sonrisa.

—Es posible —concedió Hester—. Al menos quizá sea lo que piensan.

—Y entonces podremos ahorcarlos a todos —concluyó Scuff.

—Bueno, al menos podremos atraparlos a todos —corrigió Hester—. La verdad es que no queremos que queden en libertad, si podemos evitarlo.

Scuff se dio por satisfecho.

—¿Vas a ayudar? —preguntó a Monk.

Había llegado la hora de la certidumbre.

—Sí.

—¿Te darán permiso? —preguntó Scuff con recelo.

Esta vez Monk sonrió abiertamente.

—No tengo intención de pedirlo.

Scuff correspondió a su franca sonrisa y siguió dando buena cuenta de su desayuno.

Cuando se hubo ido a asearse, Monk miró a Hester.

—No pareces estar tan enfadada como yo. ¿Cómo te las arreglas? ¿De verdad te inspiran algún tipo de compasión? Me refiero a los políticos que se inclinan según de dónde sopla el viento.

—Parece mentira que no me conozcas mejor —contestó Hester, apilando los platos sucios—. He visto demasiados campos de batalla para sentir una impresión tan descarnada como la tuya, eso es todo. No es que duela menos, solo de otra manera. He aprendido a mantener secos mis cartuchos...

—¿De pólvora? —interrumpió Monk, torciendo los labios—. ¿Tenemos alguno?

—No lo sé. Hasta ahora nadie ha dado un motivo real para que Beshara, o cualquier otro, haya hecho explotar el *Princess Mary*, ¿verdad?

—No tiene mucho sentido. A no ser que la familia de Beshara tenga intereses que desconocemos.

—¿Es posible que los hayamos engañado en algo? —preguntó en voz muy baja—. ¿Tierra, por ejemplo? No me vengas con que no tenemos intereses en juego —arguyó—. Incluso si esos intereses consisten en que fracase...

Monk también había pensado en aquello y esperaba que no fuese así. Por supuesto, había inmensas compañías navieras cuyas fortunas se construían sobre el dominio británico de los mares. Con un canal que uniera el Mediterráneo y el Mar Rojo ese poder podía desaparecer en gran medida.

—¿Pagados por alguien? —dijo Monk, odiando incluso las palabras que pronunciaba.

—Podría ser... William, por favor...

No terminó la frase.

—Descuida —dijo en voz muy baja—. No se lo diré a Scuff.

—Bastantes problemas tiene ya con la autoridad —convino Hester—. Su instinto es negarla. No lo agravemos. Tiene que seguir yendo al colegio. Si ahora se rebela perderá todo lo que ha ganado hasta este momento. Cerrará muchas puertas que nadie le volverá a abrir...

—Lo sé —dijo Monk con ternura—. Tendré cuidado.

—¿Es culpable Beshara? —preguntó Hester.

—No lo sé. No estoy tan satisfecho con las pruebas como

creía. En general la investigación fue demasiado rápida, con demasiadas presiones. No culpo a Lydiate, que conste, pero sus hombres no conocen el río como nosotros. He encontrado algunos errores, pero no sé si cambian algo.

—¿Suficiente para un nuevo juicio?

—No. Solo un montón de dudas y cosas que pintan mal.

Hester se quedó todavía más preocupada.

—La gente habla de disturbios para forzar que lo ahorquen. Dicen que todo es una maraña de dinero y corrupción. No saben lo que dicen, pero están tan enojados que poco importa.

—Lo sé. Por favor... ten cuidado...

No sabía cómo decir lo que quería decir. Sentía un miedo indescriptible, una oscuridad justo más allá de su alcance.

Fue Runcorn quien al día siguiente le dijo que habían atacado a Habib Beshara en la cárcel y que se encontraba en estado crítico.

Monk se quedó atónito.

—¿Atacado? —repitió, como si decir la palabra otra vez lo explicara. Miró de hito en hito a Runcorn, que estaba al borde del muelle bañado por el sol, con el ajetreado río brillante detrás de él, en incesante movimiento—. ¿Quién? ¿Lo estaban trasladando o algo por el estilo? ¿Por qué?

Runcorn se veía abatido e igual de confundido.

—No. Estaba a salvo en prisión. Al menos se suponía que estaba a salvo. ¡Fortridge-Smith no suelta prenda!

—¿El director de la prisión? —supuso Monk—. ¿Quién ha sido? ¿Alguien que se le ha tirado a la yugular porque no iban a ahorcarlo? ¿Alguien que perdió a un familiar en el *Princess Mary*?

Era una suposición natural.

—Nadie dice nada. —Runcorn dejó vagar la vista sobre el agua picada—. ¡Es un maldito embrollo! Podría ser por venganza, indignación o puro temperamento. O podría ser un viejo ajuste de cuentas pendiente desde hacía tiempo. Beshara ha estado aquí cada tanto durante varios años. Seguramente se habrá granjeado unos cuantos enemigos.

—O podría ser para asegurarse de que guarda silencio sobre quienquiera que estuviera con él en el hundimiento del *Princess Mary* —dijo Monk a media voz—. ¡Y sobre quienes les pagaron!

Runcorn se volvió hacia él, entornando los ojos a causa del resplandor del agua.

—Sí, podría ser —convino—. ¿Y quién va a investigar eso? Me han dicho que los chinos tienen un proverbio: si buscas venganza, más vale que caves dos tumbas.

—Un pueblo muy sabio —respondió Monk—. Salvo que esta vez me parece que necesitaremos docenas... quizá cientos. Y sin duda la de Beshara será una de ellas.

6

—¡Yo no estaba allí! —se quejó McFee con rencor, fulminando a Monk con la mirada—. Eso queda río abajo de aquí, hombre... —Se mordió la lengua. Pensara lo que pensase sobre la ineptitud de la Policía Fluvial, no era prudente enemistarse con ellos—. La marea estaba bajando..., señor.

Monk hizo caso omiso de la irritación de Orme y aparentó interés. Estaban en la escalera de Charlton Wharf, no lejos de Woolwich Reach. Habían pillado al enjuto escocés con un par de barriles de whisky de malta, sin la documentación debida. Tenían un parecido extraordinario con el resto del cargamento que había desaparecido de un almacén ubicado un par de kilómetros río arriba.

Orme aguardaba.

—Sé lo que están pensando —comenzó McFee otra vez—. Aquellos barriles eran como este, pero este me lo pasó el viejo Wilkin en Bugsby's Marshes, todo legal. ¡Y puedo demostrarlo! Pregunten a Jimmy Kent. Estaba conmigo.

—¿Cuándo fue eso? —preguntó Monk enseguida. Jimmy Kent acababa de ingresar en la prisión de Coldbath Fields por poco tiempo.

—¡Ja! Piensa que no sé contar, ¿eh? —dijo McFee triunfante—. Sé exactamente qué día era porque aquella noche hundieron el *Princess Mary*, ¡ya ve!

—¿Y Jimmy Kent estaba contigo cuando compraste estos barriles? —preguntó Monk.

—¡Exacto! —McFee asintió vigorosamente con la cabeza—. En Blackfriars. —Hizo una mueca de ironía apretando los labios—. ¡Y ya sabe dónde encontrar a ese pobre cabrón!

—Desde luego que sí —respondió Monk, asintiendo—. Y no estaba en Blackfriars la tarde antes de que se hundiera el *Princess Mary*. Has elegido al hombre equivocado, o la noche equivocada, McFee. En el juicio declaró que estaba en los muelles de Surrey. Fue uno de los testigos que vio bajar a tierra a Habib Beshara antes de que el *Princess Mary* se fuera a pique. Peterson lo confirmó.

McFee palideció pero no se dio por vencido.

—¡Los dos mienten! ¡Yo estaba allí! Pregunte...

Miró a Orme, luego de nuevo a Monk, y soltó una retahíla de no menos de cien palabrotas sin repetir una sola.

Orme lo arrestó, haciendo una mueca de repugnancia.

Una hora después Monk y Orme estaban de vuelta en Wapping, tomando una taza de té caliente y un emparedado de carne fría cada uno. La habitación estaba sobrecalentada y faltaba el aire. Alguien había dejado la puerta abierta para ponerle remedio, y la leve brisa agitaba los papeles del escritorio más cercano.

Orme estaba sumido en sus pensamientos, ignorando el ruido del tráfico fluvial, los retazos de música de acordeón, el ocasional grito de un gabarrero, los constantes siseos y buchadas del agua.

—Es un canalla —dijo de pronto, volviéndose para mirar a Monk—. ¿Pero y si dice la verdad?

—¿McFee? —respondió Monk incrédulo.

Orme se tragó un sorbo de té.

—Sí...

Monk lo meditó un instante.

—Entonces Jimmy Kent mintió.

Recordó lo que pudo sobre Kent. Casi nada era digno de encomio.

Orme permanecía inmóvil, con un ademán de pertinaz concentración.

—¿Por qué iba a mentir Jimmy? —preguntó Monk, siguiendo su hilo de pensamiento—. Su declaración le valió dos meses a la sombra, y él odia la prisión de Fields.

Orme tampoco quería dejarlo correr.

—Si no estaba donde dijo, es que estuvo en otro sitio. —Levantó un dedo para que Monk no lo interrumpiera—. En algún sitio peor, se comprende.

—¿Con McFee en Blackfriars? —Monk negó con la cabeza—. No habríamos podido demostrarlo. Jimmy es más astuto que todo eso.

—De acuerdo. ¿Pues qué estaba haciendo?

Orme enarcó las cejas y miró de hito en hito a Monk.

—Arramblar con todo el cargamento —concluyó Monk.

—¡Exacto! —asintió Orme, mirando a Monk detenidamente.

Hooper estaba apoyado contra una pared, con las piernas cruzadas, escuchando.

Monk dijo en voz alta lo que todos pensaban.

—Eso también significa que Jimmy Kent mintió cuando testificó contra Habib Beshara. Suponiendo que lo viera, ¡no lo vio donde dijo haberlo visto!

—Y si estaba en otro sitio pero aun así vio a Beshara —señaló Orme—, ¡Beshara no estaba donde dijeron todos los demás!

—Sí —dijo Monk lentamente—. Sí, y no estamos hablando de un solo caso. Hubo un montón de testigos presenciales. ¿Cuántos dirían lo que creyeron que queríamos que dijeran...?

—¡Nosotros, no! —interrumpió Orme, torciendo el gesto—. Los hombres de Lydiate...

—La policía —explicó Monk—. Las autoridades, el Estado. Todos queríamos pasar página cuanto antes. Resolverlo y olvidarlo. Castigar a alguien y seguir adelante. Es natural. El gobierno también nos habría presionado a nosotros, si hubiésemos llevado el caso.

Orme no respondió. Le dolía, pero era un hombre cabal. No podía discutirlo.

—Me pregunto cuántos de ellos podrían distinguir a un hombre de otro llevando prisa; solo el atisbo de un rostro. ¿Usted podría, Orme? —prosiguió Monk—. Si fuesen tipos a los que no conociera —agregó.

—No —reconoció Orme—, pero no juraría...

Se calló.

Monk sonrió.

—Quizá sí que lo haría —dijo Orme en voz muy baja—. Quizá me iría convenciendo cuantas más veces lo dijera, y cuanto más pensara en todos los que se ahogaron. Y quizá pensaría que la policía me estaría agradecida y que dejaría de incordiarme preguntándome lo que sé.

—Y quizás —agregó Monk con una sonrisa sardónica—, si me llevara entre manos un buen negocio en el que no quisiera que la policía metiera las narices, fingiría estar de su parte durante un rato.

—¿Piensa informar a Lydiate? —preguntó Orme. Nadie querría que se reabriera la investigación, que se pusiera en duda, cuando la gente había empezado a olvidar y a seguir adelante con su vida, sus asuntos, otras emociones. Beshara tenía fama de traficar y apañárselas donde poca gente lo viera. No era un hombre inocente, simplemente estuvo en el sitio equivocado en el momento equivocado. Aunque no fuese culpable de hundir el *Princess Mary*, era culpable de otras cosas por las que no había pagado.

—Tengo que hacerlo —contestó Monk—. Por lo menos a él. Tarde o temprano saldrá a la luz.

Orme asintió y torció hacia abajo las comisuras de los labios. No fue preciso que añadiera nada. Sus pensamientos eran los mismos.

Monk no quería contárselo a Lydiate en su despacho. Prefería que dispusiera de tiempo para aceptarlo a solas, o rechazarlo, y posiblemente cuestionarlo. Lo invitó a uno de los pequeños pubs de la ribera que tenían asientos con vistas al río. Los demás parroquianos estarían demasiado entretenidos contemplando los barcos o escuchando a ocasionales músicos callejeros para molestarse en prestar atención a lo que hablaban dos hombres mientras tomaban una jarra de cerveza y una empanada.

Lydiate llegó después que Monk. Iba vestido de manera informal, tratando de no desentonar, pero aun así tenía aspecto de caballero. El corte de pelo impecable y la elegancia de sus andares siempre lo delatarían.

Fue al encuentro de Monk con una jarra de cerveza y se sentó a su lado en el banco. Solo cuando lo tuvo cerca, a la luz baja y más directa del atardecer, se fijó Monk en lo cansado que estaba. Las finas arrugas de su rostro parecían más acusadas, y apenas tenía color en la tez. La experiencia del caso del *Princess Mary* le había pesado mucho. Había tenido que estar más cerca de la realidad de lo sucedido, la ingente pérdida de vidas, de lo que solía exigirle su cargo. Aquello iba a ser un mal trago.

—Ayer encerré a un ladrón de poca monta —comenzó Monk. Sería poco amable demorarse con preliminares y cumplidos—. Lo pillé por una cosa, pero no por el robo que me esperaba. Tenía una coartada perfecta para eso. Lo comprobé con sumo cuidado.

Lydiate le estaba estudiando el rostro, expectante.

Monk lo miró.

—Estaba con uno de los testigos que vieron a Habib Beshara en el momento en que supuestamente estaba poniendo la dinamita a bordo del *Princess Mary*.

—Pero... —comenzó Lydiate, y después suspiró—. Supongo que no hay duda alguna.

—Tal como lo veo, ninguna. Plantea la pregunta de cuántos otros dijeron lo que pensaron que queríamos que dijeran.

—Beshara encajaba a la perfección —dijo Lydiate, más para

sí mismo que para Monk—. Era un hombre desagradable, y estaba en venta. Había cometido muchos otros delitos menores por dinero, aun sabiendo que acabarían en reyertas o algo peor. Aunque bien es cierto que esto fue mucho más grave. Había constancia de su aversión por los británicos, actos de vandalismo de poca importancia. —Bebió un sorbo de cerveza y la dejó en la mesa como si le supiera amarga—. Esto es mucho más grave que cualquier cosa que supiéramos de él, pero casaba con su carácter. —Miró a Monk—. Todo el mundo tenía muchas ganas de ayudar. Descartamos a más de cien que solo querían ser el centro de atención o que creían saber algo y no acertaban ni de lejos. La gente de lord Ossett llamaba a diario.

No fue preciso que añadiera más. Monk podía imaginar la presión, por no mencionar la de los periódicos y la opinión pública en general. Él había pasado por lo mismo, en otros casos, aunque en menor grado. Estaba familiarizado con las llamadas constantes, la exigencia de resultados.

Miró a Lydiate y vio fatiga y hastío en su rostro, así como sentimiento de culpa. ¿Tenían la menor idea de lo que estaban pidiendo quienes exigían respuestas? ¿O del peligro de equivocarse con semejantes ansias de celeridad, de soluciones rápidas, y luego los malabarismos para hacer que parecieran demostrables? Suponía arriesgarse a la posibilidad, incluso la probabilidad, de caer en la mentira. Primero una, después otra para explicar la primera, y luego toda una serie para demostrar todas las anteriores.

—Es una cuestión política —dijo Lydiate de pronto, enojado y dolido—. ¡Este maldito canal va a cambiar muchas cosas! Todos los que tienen dinero invertido en navieras, importación y exportación, viajes, están tratando de prever qué diferencias traerá consigo, a fin de precaverse contra posibles pérdidas. Durante generaciones, desde Trafalgar, hemos sido los amos y señores de las principales vías marítimas del mundo. —Encogió un poco los hombros, con una expresión atribulada—. ¡Y ahora, de repente, hay atajos! El Mediterráneo vuelve a ser el centro del mundo y nosotros estamos en la periferia. ¡Nos pueden evitar, y van a perderse y amasarse fortunas!

—No en todas las vías marítimas —corrigió Monk—. No afectará al Atlántico, y este será cada vez más importante a medida que América crezca. Pero aun así supondrá enormes cambios en las inversiones, si el canal es un éxito.

—Se estaba hablando de una nueva ruta terrestre hacia Oriente, a través de Turquía —agregó Lydiate, y negó con la cabeza—. O trenes desde Alejandría hasta Suez, y luego volver a cargarlo todo y seguir el viaje por mar. Incluso si el canal es un éxito, el paso de los barcos será lento, y solo podrán cruzarlo los que tengan un determinado tamaño. Es inevitable. ¿Es que no han leído la historia de Canuto?*

Sonrió con amargura.

Monk se esforzó en recordarla.

—¿Deteniendo la marea? Una vez vi un grabado, ¡estaba sentado en su trono con las olas por las rodillas! ¡Menuda estupidez!

—¡No! —replicó Lydiate bruscamente, como si aquello fuese el detonante del enojo que había estado guardando para sí durante demasiado tiempo—. Intentaba demostrar a su pueblo que, por más poderoso que fuera, no podía contener la marea. Esa era la moraleja de la anécdota. Ni siquiera los reyes pueden impedir lo inevitable.

Monk se puso bastante serio. Sintió un repentino afecto por aquel hombre atribulado que estaba sentado a su lado en el banco mientras el sol se ponía. Estaba luchando contra la ambición política y, seguramente, el rescate de un rey en dinero invertido. Trataba con hombres que exigían milagros y que no parecían entender la marea en ningún sentido; ni la del mar, ni la de la historia.

—No sé si Beshara fue culpable —dijo—, pero me consta

* Canuto II, o Canuto el Grande, rey de Dinamarca y de Inglaterra en el siglo XI.

que el veredicto fue dudoso. Y existen grandes posibilidades de que tarde o temprano surja algo que lo demuestre. ¿Es eso lo que algunos de nuestros políticos saben, y por eso no lo ahorcarán?

Lydiate lo miró con curiosidad, las finas arrugas de su rostro más acusadas a la luz del ocaso, los ojos muy claros.

—No se me había ocurrido pensarlo. Tal vez porque no quería. Tal vez. La otra posibilidad es igual de fea, si lo pensamos bien. Supuse que la familia de Beshara había intervenido. Es un hijo descarriado, una vergüenza para los suyos, pero tiene hermanos y primos que poseen grandes extensiones de tierra en torno al canal, lo cual significa que ahora tienen mucho dinero.

Monk enarcó las cejas.

—¿Y desean que lo liberen?

—Muy buena pregunta —contestó Lydiate, frunciendo los labios con resentimiento—. Y plantea la siguiente pregunta en cuanto al porqué. ¿Qué grandes intereses hay en todo este asunto de los que nada sabemos? La mayor parte del dinero invertido en el canal es francés, aunque no todo, naturalmente. Dentro de poco será necesario aportar más, y entonces invertiremos tanto como podamos, no le quepa la menor duda.

—¿Puede demostrar algo? —preguntó Monk, cambiando de postura en su asiento. El sol se estaba ocultando tras una nube baja, tiñendo el agua de color, pero en cuestión de unos diez minutos se apagaría, y el viento se volvería más frío. Ya se veía menos gente en la orilla.

—No tengo derecho ni a revisar el caso —respondió Lydiate.

—¿Motivo? —señaló Monk—. Nadie dio un motivo para volar el *Princess Mary* aparte de un odio general contra Gran Bretaña, y eso es más fino que el papel de seda. Millones de personas del mundo entero deben tener una opinión ambivalente del Imperio británico, igual que hay millones que lo admiran o que dependen de él. Pero eso no los lleva a hacer explotar un barco de recreo con unos doscientos pasajeros a bordo.

—Ya lo sé —convino Lydiate—. Nadie se preocupó del motivo. Francamente, pienso que la mayoría de gente no quería saber lo suficiente para tener que investigarlo más a fondo.

Monk dijo lo que temía que Lydiate también estaría pensando.

—¿O de lo contrario sabían muy bien cuál era, y por eso no querían que saliera a la luz?

—No me di cuenta, en su momento —confesó Lydiate, mirando otra vez hacia el río—. Creía que era solo el peso de la indignación y el sentimiento de pérdida de la gente. ¡Maldita sea, Monk, usted vio los cuerpos! ¡Usted, precisamente, sabe lo espantoso que fue! ¡Era como un campo de batalla! Solo que los muertos no eran soldados, eran gente corriente, la mayoría mujeres y niños. ¿Qué clase de... monstruo hace algo semejante?

—Codicioso..., asustado..., reconcomido de odio por sus propias pérdidas —contestó Monk—. ¿Cuántas vidas egipcias se han sacrificado, cavando el canal?

Lydiate suspiró.

—Miles. Pero esa maldita cosa es francesa, ¡no inglesa!

—Tiene razón —admitió Monk—. Carece de sentido. Pero las matanzas nunca lo tienen, se miren por donde se miren.

Permanecieron en silencio por espacio de unos minutos. El sol desapareció, llevándose los últimos resplandores con él, y de pronto era oscuro y el viento soplaba frío.

—Lo siento —dijo Monk al cabo—. Quizá tendría alguna lógica si conociéramos todos los hechos. Se planeó con mucho cuidado. No fue el impulso repentino de un lunático, y ambos lo sabemos.

—Es prácticamente lo único que sabemos con certeza —respondió Lydiate con abatimiento—. ¿Cómo es posible que tantos hombres, y los electores a los que sirven, estén tan equivocados? Dimos por supuestas muchas cosas, y puede que nos hayamos equivocado por completo. —Su expresión era de impotencia—. ¿Qué acuerdos o políticas gubernamentales están implicados? ¿Qué acuerdos privados hay en juego, y con quién?

¿O se trata de un asunto totalmente distinto, y ni siquiera vamos por buen camino?

Monk esbozó una sonrisa triste.

—Con un poco de suerte podemos devolvérselo al Home Office y que el ministro se ocupe de resolverlo.

Lydiate se estremeció.

—¡Y que me lo vuelva a pasar a mí!

—Lo siento —dijo Monk sinceramente.

—No se preocupe. Usted no tenía elección —contestó Lydiate gentilmente, poniéndose de pie como si los músculos le dolieran—. Lo informaré mañana por la mañana.

La tarde siguiente Monk estaba en Wapping, habiendo ordenado los últimos informes sobre el caso, cuando Hooper fue a su encuentro a grandes zancadas en cuanto hubo salido de la comisaría.

—¡Señor!

Monk dio media vuelta mientras Hooper lo alcanzaba. Al ver el semblante de Hooper comprendió que no le traía buenas noticias. Aguardó en silencio a escucharlas.

—Lord Ossett quiere verlo, señor —dijo Hooper impertérrito, mirando a Monk a los ojos, expectante.

Monk se sorprendió. Ossett era un alto cargo, un hombre muy respetado en los círculos gubernamentales, y con mucho poder. Parlamentario en la Cámara de los Lores, que no en la Cámara de los Comunes, era consejero tanto del Home Office como del Foreign Office, y de vez en cuando del propio primer ministro, sobre importantes asuntos de comercio y finanzas internacionales.

—¿Está seguro? —preguntó Monk.

—Sí, señor —contestó Hooper impasible, con una expresión indescifrable.

—¿Cuándo? —preguntó Monk, con un nudo en la boca del estómago.

—Ahora mismo... señor. —Hooper respiró profundamente—. Quizá volvamos a llevar el caso, señor. ¿Quiere que avise al señor Orme y empecemos a organizar los turnos?

Monk estuvo de acuerdo.

—Sí..., por favor. Más vale que lo hagan. De momento no cambien nada, pero prepárense.

Hooper sonrió con los labios fruncidos y, sin contestar, dio media vuelta y regresó diligente y brioso hacia la comisaría.

Monk tomó el primer coche de punto que pasó para ir al despacho de lord Ossett en Whitehall. Durante el trayecto por el puerto ignoró casi por completo los altos almacenes que asemejaban graneros, los carromatos cargados con toda suerte de artículos, las altísimas grúas rechinando con sus cargas, los gritos de los estibadores y el traquetear de ruedas en el adoquinado. Tenía la mente puesta en el caso de Habib Beshara y el hundimiento del *Princess Mary*.

¿Iban a devolverle la investigación, ahora que estaba completamente contaminada? ¿Podía rehusarla? ¿Qué consecuencias tendría para su carrera si lo hiciera? No, esa no era la cuestión. Se irritó consigo mismo por habérselo planteado así. Lo que importaba era la reputación de la Policía Fluvial y si tenían alguna posibilidad de descubrir la verdad, por Beshara y por quienes habían muerto y sus afligidos dolientes.

Ahora bien, ¿era importante descubrir a los que estuvieran más allá del hecho en sí, a los incompetentes y a los corruptos? ¿O eso era esperar un milagro que también repercutiría en muchas personas que solo estaban implicadas tangencialmente? El afán por descubrir al culpable destruiría también a los inocentes, a aquellos que fueron inducidos a error, a los asustados y los confundidos, culpables solo de no comprender.

No había encontrado respuesta a ninguna de sus preguntas cuando se apeó. Pagó al conductor, cruzó la acera y entró en el imponente portal de la oficina de lord Ossett.

Fue recibido de inmediato. La actitud del delgado y más bien sombrío secretario de Ossett le transmitió la acusada sensación de que no estaba haciendo una visita de cortesía sino obedeciendo a una citación.

Ossett aguardaba en su despacho. Era un hombre que causaba efecto, esbelto, de estatura un poco superior a la media, y con un porte que hacía patente al instante que había servido durante muchos años en el ejército. Su postura era la de un soldado, la espalda derecha, los hombros cuadrados, pero a todas luces con la desenvoltura de un oficial muy acostumbrado a mandar. A Monk le inspiró respeto que no hiciera gala ni uso del rango que hubiera ostentado. Ossett no tenía necesidad de impresionar.

—Ah —dijo con evidente satisfacción—. Le agradezco mucho que haya venido. —No aludió siquiera indirectamente al hecho de que Monk no hubiese tenido elección—. Me temo que nos vemos ante una situación muy fea.

Indicó con un gesto del brazo uno de los bien tapizados sillones de cuero que había junto a la chimenea clásica, en aquel momento apagada y cubierta por un tapiz.

Monk se fijó un momento en que encima de la repisa de la chimenea colgaba un retrato de metro veinte de altura de quien parecía ser el propio Ossett de joven. Su rostro se reconocía bastante claramente. Tenía el pelo más abundante y varios tonos más claro, pero la línea que le dibujaba en la frente era exactamente la misma. Era bien parecido, con el mentón en alto, un asomo de sonrisa en los labios. Su uniforme militar escarlata, impecable.

Se sentó en un sillón enfrente de Monk, inclinándose un poco hacia delante como para sugerir la urgencia del asunto. No había tiempo para permitirse un relajo preliminar.

—Lydiate me dice que usted ha descubierto un error muy grave en algunas de las pruebas presentadas contra Beshara —dijo muy serio—. Testimonios que no se sostendrían si usted prosiguiera con sus investigaciones. ¿Es verdad?

—Sí, señor, me temo que así es —contestó Monk.

—Lydiate me refirió algunos pormenores, pero preferiría

que me lo contara usted. Le ruego que sea concreto. Si realmente arroja dudas sobre el veredicto, se trata de algo tan grave que sería difícil exagerar el daño que podría causar.

Monk le contó con toda exactitud lo que había descubierto y cómo.

Ossett lo escuchó en silencio, aunque claramente con creciente inquietud.

—Así pues, si lo que me acaba de contar es exacto, Beshara podría estar implicado —dijo Ossett finalmente—, pero no podría ser la persona que puso la dinamita en el *Princess Mary*, y sin duda tampoco pudo ser quien la detonó.

—En efecto, señor —respondió Monk.

—¿Y tenemos alguna idea de quién lo hizo?

—Todavía no —contestó Monk—. Supongo que será preciso reabrir la investigación.

Ossett se mordió el labio. Monk se fijó en que tenía los puños cerrados; se le veían los nudillos blancos. Estaba profundamente perturbado por la situación. Toda la comodidad y la familiaridad del despacho con sus sillones de cuero, la resplandeciente alfombra turca, los estantes de libros usados sobre la historia del Imperio, la exploración del mundo y los grandes viajes de descubrimiento, las artes y las ciencias, podrían haber pertenecido a otro hombre, de tan poco consuelo como le daban.

—Lo lamento mucho —dijo Ossett en voz baja—, pero no podemos hacer la vista gorda ante las nuevas pruebas. Sería moralmente inaceptable ignorarlas, incluso suponiendo que pudiéramos hacerlo. Pero es una cuestión polémica. De un modo u otro saldrá a relucir, tarde o temprano, y eso dañará la reputación de Gran Bretaña de manera irreparable. Algunas equivocaciones se pueden enmendar. Esta es de las que no.

Monk no contestó. Le constaba que Ossett hablaba tanto para sí mismo como para él.

—Esto tendrá un carácter sumamente político —prosiguió Ossett tras una pausa—. El arte de lo posible, no lo ideal. Reconocer y aceptar esto es el precio del poder.

Una vez más, Monk permaneció callado. Sintió una profunda lástima por Ossett. Estaba atrapado en el horror de un dilema que en parte quizás había creado él mismo. Había accedido a la decisión de excluir del caso a la Policía Fluvial y dárselo al cuerpo regular de la Metropolitana, aunque tal vez en eso tampoco había tenido elección.

—Sí, señor —dijo Monk, aun sabiendo que su opinión apenas importaba. Lo dijo para romper el silencio y, posiblemente, también para indicar que entendía el peso de semejante decisión.

Ossett levantó la vista hacia él.

—Usted tiene una considerable lealtad para con sus hombres, según me han dicho. Y así es como debe ser. Un líder no tiene derecho a esperar lealtad si él no la da antes. —Por un momento tuvo la mirada perdida, como si estuviera pensando en otros tiempos y otras personas—. La reputación de la Policía Fluvial del Támesis, como consecuencia, ha sido insultada. Conozco su historia, y se le debe algo mejor.

Monk lo miró inquisitivamente, una presión en la boca del estómago le advirtió que se avecinaba algo feo y peligroso.

—Lamento apartar del caso a Lydiate, pero ha sido demasiado comprometido para él. —Su voz era tensa, casi tan áspera como su propio desagrado por lo que se sentía obligado a hacer—. Ya no está en posición de llevar la nueva investigación. Voy a devolvérsela a la Policía Fluvial. Nunca tendría que habérsela quitado a ustedes. Fue una decisión política, vistos los muchos comerciantes y dignatarios extranjeros que fallecieron en el *Princess Mary*. Ahora queda dolorosamente claro que fue una equivocación.

Monk había temido aquella noticia desde el momento en que Hooper le había dicho que lord Ossett deseaba verlo. El asunto estaba tan envenenado que sería imposible encontrar pruebas sin contaminar por el tiempo, las intromisiones, los sentimientos o la confusión. Y, peor todavía, cuando fracasaran, como sin duda ocurriría, la culpa recaería sobre ellos, no sobre la Policía Metropolitana que era la que en realidad había llevado mal el caso. La gente solo recordaría que había sido la Policía Fluvial la que había terminado por conducirlo al desastre, la confusión y la injusticia.

Ossett respiró profundamente.

—Y ahora, con este ataque contra Beshara en prisión —prosiguió, con el semblante sombrío—, nuestra reputación aún se resiente más. Fue muy cruel. Es un hombre enfermo, y ahora es posible que no sobreviva. Parecerá que hayamos dejado que ocurriese deliberadamente. —Bajó los ojos, sintiéndose incapaz de buscar los de Monk y sostenerle la mirada—. Ojalá pudiera estar absolutamente seguro de que no sea así...

7

Hester supo que se había producido un cambio importante en cuanto Monk entró por la puerta. Había algo más que cansancio en su rostro: una mezcla de sorpresa, enojo y resolución. Si Monk no le contaba qué había sucedido, tendría que presionarlo. Pero antes fingiría no haberse dado cuenta para que así dispusiera del tiempo suficiente para buscar la manera de contárselo y que lo hiciera cuando hubiese recobrado el aliento, después de una buena taza de té.

De hecho Monk lo fue posponiendo hasta después de comer, cuando se quedaron sentados junto a la puerta abierta que daba al jardín de atrás. Estaba poniendo a prueba la paciencia de Hester. Incluso Scuff fue consciente de que algo iba mal. Miró a Hester, luego a Monk, comenzó a hablar y se lo pensó mejor. Se disculpó y se marchó arriba farfullando un pretexto ininteligible.

—¿Qué le pasa? —preguntó Monk cuando la puerta se cerró y oyeron los pasos de Scuff en la escalera.

—Se pregunta qué es lo que no estás diciendo —contestó Hester—. Él no te lo preguntará, pero yo sí. ¿De qué se trata?

Monk sonrió sombríamente.

—Me conoces demasiado bien.

Hester estuvo a punto de decirle que dejara de ser tan escurridizo. No era un buen momento para juegos de palabras. Pero a juzgar por lo que veía en sus ojos, se trataba de algo demasiado grave incluso para eso.

—¿No me preguntarías —dijo con más amabilidad— si me vieras tan preocupada por algo?

—Eso es diferente —comenzó Monk, y se dio cuenta de su equivocación en el acto—. Estaba buscando la mejor manera de contarlo. Todavía no estoy seguro de haberla encontrado.

—Inténtalo igualmente —dijo Hester, conteniendo con esfuerzo el miedo que crecía en su fuero interno.

Monk no le había contado lo del testimonio de McFee. Lo hizo entonces. Hester había asistido al juicio de Beshara. No necesitaba que le explicaran la importancia que eso revestía. Los testimonios contra él habían sido acumulativos. Eran como un castillo de naipes. Quitarle cualquier parte haría que se desmoronara.

—¿A quién has informado? —preguntó Hester en voz baja, procurando aquilatar la gravedad del problema y sus posibles perjuicios.

—A Lydiate. Merecía saberlo. Él se lo contó a lord Ossett, que me mandó llamar. —Emitió un leve gruñido—. Y Ossett me ha devuelto el caso.

—¿Vas a aceptarlo? —dijo Hester, entonándolo como una pregunta aun sabiendo cuál era la respuesta. Monk jamás hubiese optado por otra alternativa.

—Tengo que hacerlo —respondió Monk de plano, pero escrutaba los ojos de Hester, no tanto esperando una respuesta como que comprendiera por qué tenía que hacerlo.

—¿Por dónde vas a empezar? —preguntó Hester. Empleó la segunda persona del singular deliberadamente, no porque no tuviera intención de colaborar, sino porque lo haría a su manera, y no forzosamente lo comentaría con él hasta que hubiese descubierto algo que pudiera serle de utilidad.

—Otra vez por el principio —contestó Monk—. Desde aquella noche algo me ha estado rondando en la memoria. No sabía si era importante o solo una parte del horror general y la sensación de impotencia. Y acabo de recordarlo mientras venía en el transbordador. Aquel anochecer íbamos remando hacia Wapping, pero desde el sur. Íbamos sentados de cara a popa, como siempre, de modo que mirábamos directamente al barco, que era más rápido que nosotros y nos estaba dando alcance. Lo estaba observando y en la cubierta vi a un hombre que saltó al agua pocos segundos antes de la explosión. Después lo mezclé todo, como si hubiese sido parte de la explosión, pero no lo fue. Saltó varios segundos antes.

—Escapando... —dijo Hester despacio, comprendiendo lo que significaba—. Activó la espoleta. ¿Un hombre? ¿Solo uno?

—A no ser que alguien saltara por el otro lado sin que lo viéramos, sí, uno.

—¿Beshara actuó solo? —dijo Hester no demasiado convencida.

—Ni siquiera estoy seguro de que tuviera relación alguna con el atentado —contestó Monk—. Pero al margen de quién colocara los explosivos o los detonara, ahora está claro que hay mucha más gente implicada.

Hester sabía que la estaba observando, atento a ver si entendía todo lo que todavía no había dicho acerca de la investigación y el juicio, la conmutación de la sentencia de muerte por cadena perpetua, y después el ataque contra Beshara en prisión, en el que faltó poco para que perdiera la vida.

Deseó que hubiese alguna manera que le permitiera rehusar el caso. El frío que sentía dentro de sí era fruto del miedo, y no se le ocurría cómo proteger a Monk.

Incluso llegó a plantearse el pedirle que buscara cualquier solución que complaciera a sus superiores, sin llegar a culpar a un hombre inocente: decir que había sido un egipcio que había escapado, regresando a Oriente Medio, una conspiración de algún tipo que no implicara a nadie que siguiera estando en Inglaterra; decirlo pronto, antes de que supieran a ciencia cierta que no era verdad.

Entonces se avergonzó de sí misma. Podría entender a cualquier mujer que pidiera algo semejante al hombre que amaba, pero eso significaría que creía que su moralidad se lo permitiría. La de Monk no lo haría. Hester lo sabía desde sus primeros tiempos juntos tras el asesinato de Joscelyn Grey.

¿Y qué podría decirle a Scuff, si se enteraba de lo que había hecho? ¡No hagas nada peligroso! Si la cosa se pone muy fea, al demonio el deber. ¡Huye enseguida!

Fuera estaba oscureciendo. Los estorninos regresaban volando en círculos antes de posarse en los árboles.

—¿Qué ocurre? —dijo Monk en voz baja.

—Nada —contestó Hester—. Solo estaba pensando. Irás... con muchísimo cuidado, ¿verdad? Tal vez... —Buscaba palabras, ideas—. Tal vez sería buena idea que lo que quiera que hagas, lo hagas de modo que mucha gente lo sepa. Me refiero a personas que no sean Orme y tus demás hombres.

—Hester, no sé quién más es cómplice en este asunto —dijo Monk con paciencia—. ¡Tiene muchas ramificaciones! ¡Podría estar diciéndoselo a la misma persona que estoy intentando atrapar!

—¡Ya lo sé, William! A eso me refiero precisamente. Si saben que muchas otras personas están al corriente de lo que haces, ¡no tendría sentido hacerte daño! De hecho, solo empeoraría las cosas para ellos.

Permaneció inmóvil, aguantando la respiración mientras aguardaba su reacción.

Monk se rio, aunque lo hizo con cierta aspereza, no por enojo sino por miedo. El hecho de que ella también lo supiera le hacía imposible negarlo sin poner una barrera entre ambos con la que ninguno de los dos podría vivir. Por más que deseara protegerla, habían compartido demasiadas cosas juntos para desear eso ahora.

—Probablemente sea un buen consejo —reconoció Monk—. Mantendré al tanto a Orme, y seguramente a Hooper. Estoy comenzando a darme cuenta de lo buen agente que es. Quizá también hable con Runcorn.

—¡Prométeme que lo harás! —rogó Hester—. ¡Sobre todo con Runcorn! Es un... una escapatoria segura, un...

—Lo sé. Figúrate, después de tantos años odiándonos.

Había mucho más que podría haber dicho al respecto, pero no era el momento de hacerlo.

—William...

Monk aguardó, observándola.

—No sabes cuán alto llega este asunto —comenzó Hester con indecisión. Como enfermera del ejército tenía mucha más experiencia que Monk en el trato con la jerarquía de la autoridad, hombres que consideraban que una amenaza a su autoridad era una amenaza a su vida, y que cuestionar órdenes equivalía a traición. Podían quebrarse, si la presión era abrumadora, pero jamás doblegarse. A veces eso también requería una especie de compasión. Aquella no era una de tales veces.

—No, no lo sé —convino Monk, sonriéndole porque entendía lo que estaba intentando decirle, y porque no encontraba las palabras apropiadas—. Y tienes razón..., cierto grado de transparencia es el único seguro de que dispongo. ¡Demonios, menudo nido de víboras!

Scuff se plantó en el umbral de la puerta de la cocina. Ahora era más alto que Hester, logro que lo complacía sobremanera.

—¿Otra taza de té? —preguntó Hester sin volverse.

Scuff se sentó a la mesa de la cocina, dejando caer al suelo su bolsa de libros del colegio.

—Todavía no —contestó—. ¿Qué ha pasado?

Debía hacerlo partícipe como si fuese un adulto. En cuanto a vida callejera, lo era mucho más que ella. Si de un modo u otro lo excluyera, luego no podría compensarlo.

—Uno de los testigos que en el juicio declaró haber visto a Beshara en un lugar concreto mintió —le dijo—. O en el mejor de los casos, se equivocó de plano. Beshara no pudo estar en ese sitio. Eso significa que hay que poner en duda todos los testimonios para ver si hubo otros errores. Es lo que llaman «veredicto inseguro».

Aguardó a ver si Scuff lo entendía.

—¿Entonces no lo hizo él? —resumió Scuff.

—No lo sabemos. Pero significa que no se ha demostrado que lo hiciera. De modo que están pidiendo a la Policía Fluvial que retome el caso y empiece a investigar de nuevo.

Scuff abrió los ojos como platos.

—¿Pueden hacer eso? Quitárnoslo, echarlo a perder y luego decir: «¡Aquí lo tenéis, todo vuestro!»

—Sí, parece ser que pueden hacerlo —admitió Hester.

—Pues yo les diría que...

Recordó con quién estaba hablando y se sonrojó.

Hester intentó disimular su sonrisa, pero no lo consiguió ni por asomo.

—A mí también me tentaría —respondió—, pero eso sería como decir que crees que no te ves capaz de resolverlo. Y alguien tiene que hacerlo. No se trata solo de hallar a los culpables; también hay que absolver a los inocentes.

Scuff se quedó un momento mirándola fijamente y después asintió con la cabeza.

—Ya. ¿Y por dónde vamos a comenzar, pues?

Hester notó un súbito escozor de lágrimas en los ojos y pestañeó dos veces seguidas.

—Primero pensamos con detenimiento y hacemos planes..., que no contaremos a nadie.

—Por supuesto —convino Scuff—. Pero cuando descubramos algo se lo diremos, ¿verdad?

—Sí, en cuanto estemos seguros de que tiene sentido —añadió Hester—. Lo importante es que tú y yo nos lo contemos todo, aunque solo sea para estar a salvo. Tienes que prometérmelo.

Scuff titubeó.

—¡Scuff! Si no me dices adónde vas a ir, estaré tan preocupada por ti que seré incapaz de pensar con coherencia. Si yo no te lo dijera, ¿no te preocuparías?

—¡Claro que sí! Pero... —Entonces se percató del trato—. Sí..., es justo..., supongo.

Hester sonrió y le tendió la mano.

Muy serio, Scuff se la estrechó para cerrar el acuerdo.

Hester recordaba casi todos los testimonios del juicio, y comprobarlos era una buena manera de empezar. Lo escribió todo, confiando en que Scuff fuese capaz de entender su letra. Había practicado mucho para mejorar la caligrafía que le habían otorgado la naturaleza y su temperamento. Un error en una anotación médica podía tener consecuencias fatales.

—¿Quiénes son? —preguntó Scuff, cogiéndole el papel y mirándolo con el ceño fruncido.

—Todas las personas que dijeron haber visto algo o a alguien —contestó Hester—. Tan claramente como lo recuerdo.

Scuff le escrutó el semblante.

—¿Piensas que mienten?

—No forzosamente, aunque es posible que hayan estado diciendo lo que creían que la gente quería oír. ¿Alguna vez has visto ocurrir algo y luego has preguntado a tres personas diferentes qué ha ocurrido?

—Sí —asintió Scuff. Se le iluminó la cara al comprender a qué se refería Hester—. Cada cual lo recuerda diferente. ¿Supones que esto es lo que ha pasado con esto?

—Quizá. Pero a estas alturas lo han dicho tantas veces que están recordando lo que dijeron, no lo que vieron. Debemos encontrar una prueba que no tenga nada que ver con el recuerdo de un rostro. O como mínimo que no sea de alguien que ya haya testificado y que ahora no pueda desdecirse, pues quedaría como un idiota y todo el mundo se enteraría. Además, podrían acusarlo de perjurio, de mentir al tribunal cuando has jurado decir la verdad.

—¿Te refieres a hablar con gente que ninguno ve, por ejemplo?

—Que nadie ve —lo corrigió Hester automáticamente.

—Bueno, pues eso. —Scuff sonrió de oreja a oreja—. Puedo

encontrarlos. Y antes de que me lo digas, tendré cuidado. Conozco a tipos que la policía no conoce. Ni siquiera la Policía Fluvial.

—Gracias. ¡Y ten cuidado! Es posible que quien lo hiciera todavía ande suelto por ahí. —La asaltaron dudas respecto al haber incluido a Scuff en la investigación. Los sentimientos heridos se curaban mucho más fácilmente que la violencia—. ¡La gente que hace estallar un barco con doscientas personas a bordo no se lo pensará dos veces antes de ahogar a un chico demasiado curioso! —dijo Hester con severidad.

Scuff hizo una mueca de fastidio.

—Ya lo sé —contestó casi para sus adentros—. Y a una mujer, tampoco. ¿Eso va a detenerte?

—Desde luego hará que vaya con mucho cuidado —contestó Hester.

Scuff la miró con absoluta compostura.

—Bien. Se lo diré a Monk, si me pregunta.

A Hester le habría encantado darle una colleja por tamaña impertinencia, pero se la reservaría para otra ocasión.

—Me voy a la clínica —le dijo—. A ver qué puedo sonsacar a Squeaky Robinson, y a cualquier otro.

Scuff se levantó.

—Me voy al puerto a ver a Mucker.

Hester llegó a la clínica y se llevó la grata sorpresa de que no había ninguna urgencia que atender. Tal vez el clima veraniego ayudara. Había las acostumbradas heridas leves, magulladuras, dislocaciones, un corte o cuchillada, pero nada que supusiera un peligro para la vida. Como tampoco había ninguna paciente con alguna de las enfermedades crónicas de los meses fríos: neumonía, bronquitis o pleuritis.

—Buenos días —saludó alegremente Squeaky cuando Hester entró en su despacho, forrado de librerías y armarios cerrados con llave. En la pared había grabados que según Squeaky no tenían ningún valor, aunque a Hester le constaba que en realidad eran muy buenos. Como de costumbre, tenía varios libros de contabilidad abiertos encima de la mesa y el tintero con el tapón quitado. Así parecía que estaba ocupado en caso de que Claudine se presentara para pedirle algo que no tuviera ganas de hacer, cosa que Claudine sabía perfectamente—. Necesitamos dinero —agregó Squeaky.

—Ya lo sé —contestó Hester, haciendo caso omiso del tema. Sabía por Claudine que la situación distaba de ser desesperada.

—Lleva días sin pasar por aquí —se quejó Squeaky—. ¿Cómo lo sabe?

—Siempre necesitamos dinero —respondió Hester con una sonrisa, retirando la silla del otro lado del escritorio para sentarse—. ¿Se trata de una crisis repentina o tan solo del estado de cosas habitual?

Squeaky la miró detenidamente para ver de qué humor estaba.

—De lo habitual —dijo Squeaky con inusitada franqueza—. ¿Qué ocurre?

Difícilmente podía engañar a Squeaky. En realidad, rara vez lo intentaba. Tan sencilla y sucintamente como pudo, le contó que habían devuelto el caso del *Princess Mary* a Monk y por qué no podía rehusarlo.

Squeaky gruñó.

—Así pues, ¿tenemos que resolverlo? —concluyó—. Alguien tendría que haberles dicho desde el principio que no daría resultado encargárselo a la policía regular. Atajo de estúpidos...

—No son estúpidos —replicó Hester con sensatez—. Simplemente no conocen el río...

—¡No me refiero a la policía sino al gobierno! —dijo Squeaky indignado—. Están tapando algo, y lo hacen fatal, como todo lo demás. Ahora todo el mundo se enterará. ¡Es increíble que sepan vestirse solos, esos tipos! ¡No sabrían cubrirse el trasero ni con una sábana!

Hester se aguantó la risa que le provocó esa imagen.

—Aun así tenemos que deshacer el entuerto —señaló.

—¿Por qué? ¿Para salvar a los que lo hicieron? ¿O para vengarse del maldito bastardo que ahogó a toda esa gente? —preguntó Squeaky.

—Prefiero la palabra «justicia» a «venganza» —contestó Hester.

Squeaky puso mala cara pero no hizo comentarios.

—Aunque es justo, en cualquier caso —prosiguió Hester—. Si yo hubiese perdido a alguien querría una respuesta mejor que esta. Y nos hace quedar como unos incompetentes redomados. ¿Qué fe puede tener nadie en la justicia si esto es todo lo que es capaz de hacer? Así no se consuela al inocente ni se asusta al culpable para que se lo piense dos veces la próxima vez.

Squeaky negó con la cabeza.

—A veces me maravilla. Usted ha estado en la guerra, ha visto a cientos de hombres heridos y agonizantes, ha visto lo cabezotas y estúpidos que son los militares. Ha estado en hospitales donde nadie cambia nada ni aprende nada, conoce a la policía, al gobierno y las calles, ¡por no hablar de este sitio! —Extendió el brazo en un gesto amplio que abarcó el laberinto de edificios donde estaban—. ¡Y sigue creyendo en los cuentos de hadas! ¡A veces me pregunto si no le falta un tornillo! —agregó, dándose unos golpecitos en la cabeza.

Tal vez tendría que haberse sentido herida en sus sentimientos, pero no fue así.

—Se llama supervivencia, Squeaky. ¡Dígame en qué he fallado! No... pensándolo mejor, no se moleste. Ya lo sé. Y prefiero no pensar en ello. Debemos comenzar por las personas que conocemos. ¿A quién tenemos aquí ahora mismo que pueda ayudarnos?

Squeaky se mostró escéptico.

—No sé si querrán... —señaló.

—Claro que querrán —le aseguró Hester—. Es el precio de las medicinas la próxima vez que estén resfriadas, enfermas, heridas o asustadas.

A Squeaky se le iluminó el semblante.

—¡Creo que acabo de ver a un hada! Menudita, ahí arriba... ¡con alas!

—Bien. Me voy a ver a Claudine.

Disimulando su sonrisa, se levantó y salió del despacho en busca de Claudine Burroughs.

La encontró en la despensa, entre estantes de polvos, hojas, botellas de lociones y licores, cremas y vendas. Estaba calculando las existencias que tenían y qué cantidades necesitaban o se podían permitir. Tras un breve saludo, pues se conocían demasiado bien para andarse con cumplidos, Hester se puso a ayudarla. Cuando hubieron llegado a una conclusión satisfactoria, resumió a Claudine lo que ya le había explicado a Squeaky. Siguieron comentando el asunto en la cocina, tomando una taza de té. Claudine estaba enojada.

—Para empezar, no tenían que haber apartado del caso al señor Monk —dijo con resentimiento, mientras vertía agua del hervidor a la tetera previamente calentada. Era una tetera de peltre vieja y maltrecha que alguien había tirado a la basura, pero hacía un té excelente y el pico, aun estando torcido, no goteaba. La loza también era dispareja, pero no estaba desconchada. ¿Qué más daba que una taza de campanillas descansara sobre un plato de rosas silvestres? ¿O de amapolas o margaritas?

—Y ahora que lo han enmarañado todo, van y se lo endilgan —agregó indignada—. Es como si te dieran un plato de gachas frías que otro ha dejado a medias.

—¡Qué ocurrencia tan repugnante! —Hester torció los labios hacia abajo—. Aunque, por desgracia, acertada.

—¿Qué vamos a hacer? —Claudine también se incluyó automáticamente en el problema—. Había unas cuantas prostitutas en aquella fiesta, nos consta por los supervivientes y los cadáveres. Conseguiremos ayuda. Y me atrevería a decir que alguien nos contará lo que nunca le contaría a la policía.

—Cuento con ello. Ya le he dicho a Squeaky que la cooperación en este asunto es el precio de la ayuda en el futuro, ya sea por enfermedad, heridas o simplemente hambre. —Hester se mordió el labio, mirando muy fijamente a Claudine—. Nunca le había puesto precio a esto. No me gusta...

Claudine no vaciló. Había estado observando el rostro de Hester mientras ella le hablaba, y reconocía un problema a primera vista. Su propio matrimonio, tan largo como desdichado, le había enseñado muchas cosas sobre acuerdos y precios. Desde que trabajaba en la clínica de Portpool Lane, se le había abierto un nuevo mundo de posibilidades, en particular el darse cuenta de su capacidad para hacer amigos, ser inteligente, útil y apreciada por las personas más variopintas. Años atrás habría ayudado a las prostitutas con insinuaciones para su salvación, y considerándolo su deber cristiano. La mayoría de sus conocidas lo seguirían haciendo así, como mucho.

Ahora veía a las prostitutas como individuos. Unas le caían bien y otras no. En ambos casos les prestaba ayuda práctica. Había que hacer lo posible para tratar sus enfermedades o heridas; alimentarlas y, en ocasiones, proporcionarles ropa mejor, más caliente. Nunca se hacían comentarios acerca de su ocupación. Ese generoso silencio no le había resultado nada fácil, al principio.

Ahora Claudine dejó asombrada a Hester.

—Creo que es muy buena idea —dijo muy diligente—. A veces una hace más de la cuenta por el prójimo. ¿Dónde queda el amor propio si siempre recibes? El precio puede ser parte del valor de las cosas. Ya va siendo hora de que se lo enseñemos. Así serán más sensatas.

Hester lo meditó unos instantes y se dio cuenta, sorprendida, de que estaba absolutamente de acuerdo, cosa que supuso un gran alivio porque hasta entonces se había sentido muy culpable. La asistencia sanitaria nunca era condicional, no conllevaba juicio alguno, excepto en lo relativo a cuál era el mejor tratamiento. Pero alimento, refugio, dignidad... eso era diferente. Sobre todo, lo valioso no podía regalarse sin más.

—Bien —convino.

La información sobre la fiesta a bordo del *Princess Mary* hubo que sonsacarla con cuidado y lentamente, y con mucha impaciencia por parte de Squeaky. Contaba cada cucharada de comida que daba a modo de recompensa como si fuese una patata que le quitaran de su propio plato.

Discutió con Claudine a propósito de las raciones, y le sorprendió salir mal parado. Desconocía por completo que Claudine tuviera tanto temple. Resultaba desconcertante y, sin embargo, lo encajó con una curiosa satisfacción, como si una protegida suya hubiese desarrollado un talento insólito.

Una de las más desdichadas era una joven particularmente recalcitrante. Se llamaba Amy.

—Descríbanos a las personas que vio en la fiesta —le pidió Claudine—. ¿Cómo hablaban? ¿Cómo iban vestidas? Su negocio consiste en evaluar si la gente tiene dinero y si está dispuesta a gastárselo o no.

—¡Más que yo, seguro! —respondió Amy—. Tendría que haber visto los vestidos que llevaban algunas.

—¡No es suficiente! —le espetó Squeaky.

—Yo qué sé —respondió Amy de manera cortante—. ¿Y a usted qué más le da, a estas alturas? Ahora están muertas, ¿no? Ya no puede seguir comprándolas o vendiéndolas.

—No, y tampoco pueden tomar una buena cena caliente —repuso Squeaky—. Igual que usted.

—Me ha dicho... —comenzó Amy.

Squeaky se levantó de su sillón. Era más alto de lo que uno se esperaba, viéndolo repantigado en el asiento.

Amy lo miró desairada, con el rostro pálido de miedo.

Claudine también se levantó.

—No vale la pena pegarla, señor Robinson —dijo fríamente.

Squeaky se quedó pasmado. No tenía la menor intención de pegar a aquella chica estúpida. ¿Cómo era posible que Claudine hubiese pensado eso de él? Era injusto... e hiriente.

Claudine se volvió hacia Amy y la contempló con indiferencia.

—Si no tiene nada más que contarnos, mejor será que se vaya.

Tendrá que espabilar para pagarse la cena, pues aquí no se la vamos a dar. Puede salir al callejón de atrás cruzando por la cocina. La acompaño.

Amy se puso de pie taciturna y rodeó la mesa, manteniéndose tan lejos de Squeaky como pudo. Siguió a Claudine por el pasillo y, tras numerosos giros y requiebros, llegaron a la puerta de la cocina. Supo que habían llegado por el rico y delicado aroma de las patatas y cebollas que se estaban friendo. Un chisporroteo indicaba que además alguien freía salchichas. Se paró en seco.

—¿Qué pasa? —preguntó Claudine—. La puerta trasera está en el otro lado.

Amy se volvió de cara a ella.

—A lo mejor sé cosas sobre los que iban en el barco; nombres, por ejemplo.

Claudine puso sus manos en los hombros de la chica y la giró de nuevo hacia la cocina.

—Pues regresa cuando estés segura.

Amy olisqueó y señaló los fogones.

—¿Hacen esto cada día?

—No —contestó Claudine rotundamente—. ¡Andando!

—¡Ahora recuerdo una cosa! —protestó Amy.

—¿En serio? ¿Y de qué se trata?

Amy respiró profundamente, estudió el semblante de Claudine un momento y decidió que más valía dar algo valioso a cambio de dinero, ahora, en concreto, a cambio de salchichas fritas con cebolla y puré de patata.

—Esa fiesta se preparó al menos dos semanas antes de celebrarla —contestó con la contundencia propia de la verdad más que con habilidad para mentir—. Lista de invitados por escrito y todas esas zarandajas; al menos, los invitados especiales, tipos para los que había que conseguir chicas especiales, ya me entiende. Si quieres hacerlo bien, tienes que saber qué tipo de chica prefieren los distintos hombres.

—Ya veo —contestó Claudine, como si realmente lo viera—. ¿Y quién sería esa persona?

—¡Big Bessie, por supuesto! ¿Quién si no? Esto vale una salchicha extra, ¿no?

Claudine lo consideró una fracción de segundo.

—Sí, creo que sí. O sea que Big Bessie sabía quiénes eran importantes con antelación. ¿Invitados por quién?

—¿Eh?

—¿Quién invitó a esos personajes a la fiesta? ¿Quién corrió con los gastos?

—¡Por Dios! ¿Cómo quiere que lo sepa? ¿He conseguido mi salchicha? ¿O es usted una mentirosa?

—La salchicha es toda suya. Pero se queda sin postre.

—¿Ah, sí? ¿Y qué hay de postre?

—Tarta de mermelada y crema.

Aquello no precisaba detenerse a pensar.

—¿Qué más quiere saber?

Big Bessie sería bastante fácil de localizar. Squeaky sin duda podría hacerlo, y probablemente sabría la presión apropiada que ejercer sobre ella para conseguir la información deseada. Que la fiesta estuviera tan cuidadosamente planeada resultaba la mar de interesante de por sí; bien valía una salchicha frita.

—Me gustaría saber quiénes son los clientes de Big Bessie, pero me figuro que usted no tiene acceso a eso. ¿Tal vez sabría decirme al menos a quién suele contratar para que suministre comida y bebida en tales ocasiones, y música? O cualquier otra cosa que sea habitual.

—¿Como qué?

—Cualquiera que esté involucrado. —Claudine miró a la chica con los ojos entornados y vio miedo, hambre y un constante rencor subyacente—. Si puede traerme algo de ese estilo, con toda certeza, y si es una suposición dígalo, nada de mentiras, se habrá ganado otra comida. Cada día comemos a esta hora, más o menos.

Amy se levantó trabajosamente.

—¿Qué pasa con ese viejo cretino? ¿Y si cuando vengo usted no está?

—Entonces se lo cuenta al señor Robinson. Le informaré de nuestro acuerdo. Pero no mienta. Se pondrá muy desagradable si descubre que le miente.

—¿Quiere decir peor que ahora? —preguntó Amy con incredulidad.

—Sí, así es. Mucho peor. Pero si yo le he dado a usted mi palabra, él cumplirá.

Amy respiró profundamente.

—Ya... De acuerdo. Ahora quiero mi salchicha con puré. ¡Y cebollas!

—Y la va a tener. Vaya a sentarse a la mesa.

—¿Que ha hecho qué? —inquirió Squeaky a Claudine—. ¿A esa boba embustera? Usted...

Claudine enarcó las cejas y lo miró fríamente.

—¿Cómo dice, señor Robinson?

Squeaky murmuró entre dientes pero reconoció la victoria. Era una información muy interesante, bien valía un par de salchichas.

8

Monk volvió a la casilla de salida, empezando por sentarse en el río a bordo de una de las lanchas patrulleras de la policía, remos en descanso y de cara a Orme, que llevaba el timón, limitándose a mantener la barca orientada hacia la corriente. Hacían caso omiso del constante flujo de tráfico fluvial: embarcaciones de recreo, transbordadores, gabarras cargadas hasta los topes. Apenas eran conscientes de la música de una zanfona que sonaba en la orilla.

—¿Usted qué recuerda? —preguntó Monk con gravedad. No tenía ganas de revisar aquello otra vez, pero era la única manera sensata de comenzar. No refrescó la memoria a Orme. Quería ver si él también se había fijado en el hombre que había saltado por la borda del *Princess Mary* momentos antes de la explosión.

Orme permanecía callado, muy serio. El día anterior no había parado de contar anécdotas sobre su nueva nieta. Hoy le parecía de mal gusto, incluso aciago, hablar de ella al mismo tiempo que de quienes habían encontrado una muerte tan súbita y violenta.

—Parecía una noche de verano como otra cualquiera —comenzó Orme—. Mucho tráfico, lo de costumbre. Recuerdo que había alguien cruzando hacia la mitad de la corriente. Una hilera de gabarras cerca de la otra orilla, y otra a unos treinta metros detrás de la primera.

—¿Cuántos transbordadores? —interrumpió Monk.

Orme pensó unos instantes, visualizándolo.

—Tres, que yo recuerde. Uno cruzando hacia nosotros, a unos veinte metros de nuestra lancha, a la altura del *Princess Mary*; otro más cerca de la orilla, como si estuviera aguardando a que se quitara de en medio para terminar de cruzar hasta la escalera. Otro más allí fuera —señaló—. A nuestra altura. No recuerdo que hubiera otros cerca. No sé qué había río arriba, detrás de nosotros.

—¿Recuerda la explosión?

Orme abrió mucho los ojos.

—¡Como si pudiera olvidarla!

—¿Qué vio exactamente?

Orme fue a contestar pero se detuvo. Miró a Monk.

Monk aguardaba.

—¿Lo vio, verdad? —dijo Orme en voz baja—. Lo que cayó por la borda, flotó un momento en el aire y luego descendió, justo antes de la explosión. ¿Qué era? ¿Era un hombre?

—Me parece que sí —contestó Monk—, y supongo que era quien lo había hecho estallar. No se me ocurre otro motivo para que alguien salte por la borda al Támesis. ¿Vio alguna barca en el agua, cerca de él?

—El transbordador más cercano podría haberlo recogido. —Orme apretó la mandíbula—. Aunque, por supuesto, quizá no fuese un transbordador.

—Y momentos después habría estado recogiendo gente del agua, rescatando a supervivientes —señaló Monk—. El disfraz perfecto. ¿Quién se iba a fijar en una o dos personas más, empapadas y aturdidas?

—¡El muy canalla! —dijo Orme con resentimiento—. No es de extrañar que no lo encontráramos. El hombre invisible. Superviviente, igual que los demás. ¿Por dónde empezamos a indagar?

—Por el piloto del transbordador —contestó Monk—. ¡Dios! ¡Menuda sangre fría! Primero los hace saltar por los aires y acto seguido les tiende las manos para sacarlos del agua, como si fuese uno de ellos.

—¿Supone que era un verdadero piloto de transbordador? —preguntó Orme, con voz temblorosa por la repugnancia.

—Tendremos que volver a interrogar a todos los supervivientes que logremos encontrar —contestó Monk con seriedad—. Y a los patrones que nos consta que estaban allí. ¡Darle vueltas y más vueltas! Alguien habrá visto algo, o recordado algo en lo que entonces no reparó.

—¿Usted cree? —preguntó Orme, enarcando las cejas.

—Yo vi a alguien —contestó Monk—. Usted también. Y hay otra cosa que me gustaría saber: ¿con quién habló la policía? A mí no me preguntaron qué vi.

Orme reflexionó unos instantes, su mano agarraba la caña del timón, manteniendo la barca de cara a la corriente.

—Es raro —convino, mordiéndose el labio—. Nosotros estábamos allí. Lo lógico sería que intentaran refrescarnos la memoria, ¿verdad? ¿Qué opinión le merece ese tal Lydiate?

—Es un hombre decente atrapado en una situación imposible —contestó Monk con franqueza—. Pero ninguno de nosotros se ha enfrentado a una tragedia de estas dimensiones, no tratándose de un crimen deliberado cuyas víctimas son completamente inocentes y escogidas al azar. Por lo menos, que nosotros sepamos, el objetivo era el propio barco, o quizá sus propietarios. Los pobres ciudadanos que murieron en el agua eran lo de menos. Podrían haber sido otros cualesquiera.

—¿Piensa que los propietarios tuvieron algo que ver? —preguntó Orme poco convencido.

—No. Y esta es otra cuestión; no hemos hallado ningún motivo excepto un odio general fomentado por la actuación de Inglaterra en la excavación del canal. Eso es bueno para avivar los sentimientos y hacer creer a todo el mundo que al testificar están siendo patrióticos, que luchan contra los enemigos del país, cuando en realidad carecen de fundamento. ¿Alguna vez se había encontrado con un crimen como este?

—No. —Orme torció las comisuras de los labios hacia abajo—. Como este, jamás.

—Regresemos a Wapping y empecemos de nuevo —contestó Monk, retomando su asiento y los remos—. Usted y Hooper hablen con los pilotos de transbordadores y barcazas. Yo me ocuparé de los supervivientes.

Orme tomó aire para aducir que Monk se había encomendado la tarea más desalentadora, y con diferencia, pero entonces miró el rostro de Monk y se calló.

Ciertamente, fue duro. Monk tardó dos días en localizar a los hombres que habían sobrevivido al desastre y en seguirles el rastro hasta sus domicilios. También había una mujer superviviente, pero dudó si debía acrecentar su aflicción. Después, pensando en Hester, decidió que podría sentirse más ofendida por quedar al margen que agradecida por la consideración. Y siempre era posible, aunque improbable, que recordara algún detalle en el que nadie más se hubiese fijado.

Había diecisiete personas que estaban en condiciones de ser entrevistadas, todavía en Londres y dispuestas a hablar con Monk. En su mayoría recordaban poca cosa, y tan solo repitieron lo que ya habían dicho antes. Monk escuchó con paciencia el sufrimiento que transmitían sus voces, vio reaparecer el horror ahuyentado, y se sintió como si estuviese siendo innecesariamente cruel. Lo que más presente tenían en sus mentes eran la sensación de frío y asfixia, y la impotencia mientras veían a sus esposas, amigos o parientes hundiéndose en el río oscuro, luchando por su vida, y perdiendo.

Temió estar siendo despiadado y se detestó por ello.

La novena persona con la que habló era un obrero de una fábrica de ladrillos, con los brazos fuertes y el pecho como el de un toro. Todavía se lo veía ligeramente apabullado al recordar aquella noche.

—Apenas recuerdo dónde estaba ni qué pasó —dijo el pobre hombre, como si admitiera un terrible defecto suyo—. Estaba subiendo la escalera hacia la cubierta y de repente me encontré en el agua sin poder ver ni oír nada, solo tenía frío y me ahogaba. Tardé un rato en empezar a oír los gritos de los demás.

Tenía el rostro transido de dolor y miraba con un agobiante sentimiento de culpa.

Monk no quería presionarlo, pero no había otra manera de descubrir si había algo más que averiguar. El silencio, el miedo, la vergüenza y el dolor eran los aliados de quien hubiera hecho aquello.

—¿Quién iba con usted en el barco, señor Hall?

Hall se puso tenso.

—Mi padre y mi madre. Era una ocasión especial para ellos. Aniversario de boda.

Respiró profundamente, expandiendo y contrayendo su enorme pecho, pero no logró contener las lágrimas que le resbalaban por las mejillas, avergonzándolo por mostrar debilidad delante de un desconocido.

El propio Monk se sintió herido por haber sido incapaz de evitar aquello o, como mínimo, por no haber atrapado y castigado al verdadero culpable. ¿Serviría de algo dar una explicación? ¿Una disculpa? Aquel hombre bien lo merecía.

Hall negó con la cabeza lentamente, sin apartar sus ojos de los de Monk.

—¿Quiere decir que el hombre que está en prisión no es el culpable?

—Es posible que no. Desde luego, no lo hizo solo. Si no fuese necesario, no le estaría interrogando otra vez.

Hall se quedó pensativo un momento, absolutamente perplejo.

—¿Quién lo sacó del agua, señor Hall? —preguntó Monk.

—Un transbordador. El piloto no me dijo cómo se llamaba, ¿pero qué más daba?

—¿Está seguro de que era un transbordador?

—Sí. ¿Por qué?

—Podría ser importante. ¿Usted fue el primero que recogieron, o ya había alguien más a bordo, aparte del piloto?

—No, había otro hombre en la barca. Estaba ayudando cuanto podía.

—¿Se acuerda de él?

—No...

—¿Pero era un hombre?

—Sí. —Hizo una mueca al recordar—. Había pocas mujeres entre los que fuimos rescatados. Yo no pude... No pude encontrar a mi madre... —Calló al quebrársele la voz—. La busqué nadando de acá para allá, gritando su nombre... Pero se había ido...

Monk podía imaginarlo, el pánico creciente al ir perdiendo la esperanza, la desesperada búsqueda entre los supervivientes, yendo de un sitio a otro, preguntando. ¿Llegaría a encontrar su cuerpo? Debía devolver a Hall al presente. Quizá pareciera una postura indiferente, pero seguramente era mejor que el recuerdo.

—¿Y ese hombre, cómo iba vestido? ¿Ropa de fiesta? ¿Traje negro, chaqueta entallada y camisa blanca? —preguntó.

Hall frunció el ceño, hurgando en su memoria, buscando la imagen.

—No llevaba chaqueta, al menos no como..., como las chaquetas que llevan los camareros, chalecos, para moverse mejor, solo...

Monk sintió una súbita excitación al reconocer un fragmento de la verdad. ¿Podía tratarse del hombre que había visto saltar del *Princess Mary* justo antes de la explosión?

—¿Recuerda algo más sobre ese hombre? —Se aferró al tenue hilo, temeroso de tirar demasiado fuerte y romperlo—. ¿Su voz, algún gesto? ¿Le pareció que él y el piloto se conocían? ¿Un nombre?

—No... No me acuerdo. —Hall negó con la cabeza, sacudiéndola como un perro al salir del agua—. No recuerdo lo que decían los demás.

—¿No se le ocurre nada en absoluto? —insistió Monk.

—¡No! Bueno, ese hombre dijo algo, pero no lo recuerdo. Estaba desesperado, nada de aquello tenía sentido. Lo siento...

Monk alargó el brazo y le estrechó la mano. Había estado allí, lo había visto todo.

—¿Qué le preguntó la policía? —preguntó en voz baja.

—¿La policía? En realidad, nada, solo si había visto algo antes de la explosión. Dónde estaba, ese tipo de cosas. No les fui de mucha ayuda.

—¿No le preguntaron nada sobre después de la explosión?

—No. Nada. Sabían que me habían rescatado y que había perdido a mi madre. Nada más.

Monk retiró su mano lentamente.

—Me parece que ha sido usted de gran ayuda para mí, señor Hall —dijo, con creciente convicción—. Se lo agradezco, y lo acompaño en el sentimiento.

Hall asintió con la cabeza, demasiado emocionado para arriesgarse a hablar otra vez, aunque de todos modos le habría costado encontrar palabras apropiadas para transmitir lo que sentía.

Monk interrogó a otros supervivientes, pero ninguno tuvo nada que agregar a lo que ya sabía, tan solo se lo confirmaron. Lo que destacaba, una y otra vez, eran las omisiones, las preguntas que los hombres de Lydiate no habían hecho y las personas con las que no habían hablado. Habían investigado los hechos que condujeron a la explosión, y apenas nadie les había dado más que observaciones fugaces: personas anónimas que tocaban música, servían bebidas o atendían a las mesas. Casi todos los testimonios que tenían valor procedían de los marineros. Podrían haber implicado a Habib Beshara o casi a cualquier otra persona con la tez más oscura de lo habitual.

Mientras cruzaba de nuevo el río al anochecer, camino de su casa, Monk se vio asaltado por recuerdos inconexos de los gritos, el desconcierto y la mirada de perdurable dolor en los rostros de los supervivientes. Cuando se trataba de la realidad, ¿qué importaba salvo la vida de quienes amabas? Las cosas más valiosas estaban hechas de pasiones y recuerdos, de amor, y de la creencia en un propósito que trascendía los hábitos de la vida cotidiana.

El significado de todo ello podía esfumarse en unos instantes. ¿Cómo sería su nueva vida sin Hester, y ahora también sin Scuff?

Podías perder incluso la memoria.

Monk no recordaba su accidente, tantos años atrás, ni quién había sido antes. Lo único que sabía era que se había despertado en el hospital sin tener la menor idea de quién era, y mucho menos de cómo era la vida que había llevado y que había sido borrada de su mente. Había perdido tanto lo bueno como lo malo, los sueños y las pesadillas. Nadie sabía qué acechaba en aquel largo silencio anterior a su despertar.

A partir de entonces lo recordaba todo vívidamente, las cosas que deseaba y cosas que hubiese preferido no saber; equivocaciones, descubrimientos acerca de su propio carácter, los motivos por los que determinadas personas lo temían o lo odiaban. Mucho mejores eran las cosas buenas, y como un firme hilo que las uniera todas estaba Hester, con todos sus roles. En una ocasión, habían discutido con uñas y dientes, ambos esforzándose en no mostrarse vulnerables, como si no les importara. Hester siempre había sido leal, y había creído en la palabra de Monk incluso cuando él mismo no lo hacía.

Pensar, siquiera un instante, cómo se sentiría si la hubiese perdido en aquella agua oscura le hizo comprender el horror de la profunda pena que sufrían aquellas otras personas, día y noche. No era como cuando alguien muere tras una larga enfermedad y tienes tiempo de hacerte a la idea. Era súbito, total, como si te amputaran una parte de ti.

Llegó a la otra orilla, pagó al piloto del transbordador y saltó a tierra. Subió la colina a grandes zancadas, mucho más deprisa de lo habitual, ansioso por llegar a casa.

Monk prosiguió con la investigación, revisando todos los informes de los hombres de Lydiate y comparándolos entre sí. No encontró referencia alguna al hombre que había visto saltar por la borda. ¿Significaba que no lo habían encontrado? ¿O que lo habían encontrado pero carecía de importancia?

Los leyó todos otra vez para corroborar sus impresiones. Había una pauta de intromisiones por parte de varios funcionarios que trabajaban para un político, el señor Quither, quien al parecer informaba directamente al propio lord Ossett.

Habían alejado a la policía del tema del transporte marítimo. Las sugerencias habían sido discretas pero bastante firmes. A un hombre con el olfato político de Lydiate no le habría pasado por alto. ¿Por qué lo habían hecho? ¿Para proteger intereses concretos; amigos, partidarios, hombres que los recompensarían ampliamente? ¿O porque realmente no tenía relación con el hundimiento? Cosa que suscitaba la pregunta de cómo podían saber tal cosa, salvo si supieran mucho más de lo que habían contado a la policía o al tribunal.

Comparando las notas de la policía con las instrucciones de Lydiate, cada vez quedaba más claro que ciertas pruebas relacionadas con declaraciones de testigos presenciales habían quedado enterradas entre un montón de testimonios irrelevantes. ¿Acaso porque también eran irrelevantes? ¿O porque tales declaraciones serían poco convenientes para funcionarios como los de aduanas y hacienda, de la autoridad portuaria o de algún miembro del Home Office? Una estaba etiquetada como interferencia en una investigación en curso sobre contrabando, caso del que Monk no estaba enterado. Sospechó que era un caso ficticio, una excusa para evitar el bochorno de alguien.

Asimismo, tras una lectura atenta de lo que quedaba de la lista de invitados, el número de supervivientes y de fallecidos no concordaba con la lista. Había sido difícil conseguir la lista de invitados, y de pronto apareció como si hubiese estado traspapelada. ¿La habían modificado, borrando nombres? Cosa que también llevaba a preguntarse por qué. ¿Porque algunas personas que no tenían por qué haber estado allí aparecían en la lista original? ¿Por qué no? ¿Estaban mintiendo sobre su paradero? ¿Estaban en compañía de quien no correspondía? ¿Qué más había ocurrido que mereciera ser desmentido?

A algunas personas no se las había interrogado para nada, y mucho menos investigado. ¿O acaso se había omitido mencionarlas discretamente porque su presencia era irrelevante?

O quizás ese fuese el grado de error que cabía esperar en un caso tan emotivo, empujado al límite para conseguir resultados deprisa, castigado por la prensa y con injerencia de políticos.

La atrocidad había sido monumental. La onda expansiva se había extendido por todo el país y sin duda hasta países vecinos, en particular Francia. Tal vez fuese inevitable que un secretario del gobierno como lord Ossett debiera seguir de cerca los progresos de la investigación. Sin duda tenía miedo de que pudiera ocurrir algo semejante otra vez.

Sin embargo, el conjunto de aquellas órdenes y pesquisas no había logrado reunir todos los testimonios para dar con una descripción precisa de lo acontecido. Daba la impresión de que había numerosos malentendidos por desconocimiento del río y sus gentes. Y había que tener en cuenta el previsible prejuicio contra la policía regular por haber usurpado lo que muchos consideraban tarea de la Policía Fluvial del Támesis. Solo eran mentiras sin importancia, informaciones no reveladas, pero sumadas constituían una equivocación de grandes proporciones.

Más que nada, lo llamativo era la vaguedad general de las declaraciones de los testigos presenciales. Era fácil que hubieran sido sesgadas debido al horror, al miedo, al sentimiento de pérdida o, simplemente, por el deseo de complacer a quienes hacían las preguntas. Por no mencionar el menos admirable deseo de llamar la atención, esperar una recompensa o la oportunidad de satisfacer alguna venganza y, en el futuro, tal vez sacar un beneficio.

Cuando hubo completado toda la revisión y comparado sus conclusiones con las de Orme y las de Hooper, que mayormente coincidían con las suyas, Monk fue a ver a Lydiate a su casa.

Era una casa muy agradable en Mayfair, una zona sumamente elegante. Se encontraba en unas casas adosadas georgianas con hermosas fachadas e hileras de columnas blancas que dibujaban una suave curva entre la acera y las escaleras de las puertas principales. Monk localizó el número setenta y dos y tiró de la reluciente palanca de latón para que sonara el timbre.

Momentos después le abrió un mayordomo que le dio la bienvenida. Monk lo siguió por el suelo de mármol hasta la puerta de un confortable estudio forrado de librerías.

Lydiate se levantó del escritorio y pidió al mayordomo que les dejara la licorera de whisky y vasos. El mayordomo inclinó la cabeza y se retiró, cerrando la puerta a sus espaldas.

—Siéntese, por favor.

Lydiate le indicó una butaca giratoria bellamente torneada y con el asiento tapizado en cuero. Se lo veía cansado, igual que la última vez que Monk lo había visto, y no más relajado, a pesar de estar en su propia casa.

Ofreció whisky a Monk, que rehusó, y aguardó a que este iniciara la conversación. La tensión de Lydiate era palpable pero no porque fuese hostil, sino más bien como un paciente aguardando a que el médico le diera malas noticias.

¿Un golpe rápido sería más o menos compasivo que una explicación cuidadosa? Aquello no iba a ser fácil para ninguno de los dos.

—Hemos revisado todos los informes —comenzó Monk—. Gracias por darme acceso a ellos. Creo que no hay nada incorrecto y dudo de que alguno de mis hombres haya visto algo en ellos que sus hombres no vieran en su momento.

La tensión de Lydiate no disminuyó ni un ápice. De hecho, en todo caso aumentó. Tenía un músculo diminuto palpitándole en la sien.

Era la hora de sincerarse.

—Fueron las omisiones lo que resultó interesante, las personas con las que usted decidió no hablar, o le ordenaron que no lo hiciera.

—¿Como quién, por ejemplo? —preguntó Lydiate, no tanto a la defensiva como un tanto confundido.

—Algunos supervivientes...

Lydiate se mordió el labio.

—Me aconsejaron que no hiciera algo tan cruel, y reconozco que me alegró obedecer. Los pocos con los que hablamos no pudieron decirnos nada útil. Era despiadado pedirles que revivieran semejante pesadilla.

Su rostro traslucía pesar, y su voz, un ligero tono de decepción.

—Toda investigación con frecuencia resulta dolorosa —dijo Monk a modo de respuesta—. En su mayoría también suele ser inútil, pero a veces se recobran recuerdos y surge algo nuevo.

—¿Como qué? —preguntó escéptico Lydiate.

—Mientras lo estaba rememorando por enésima vez, camino de casa, a bordo del transbordador que me llevaba a la margen derecha desde Wapping, recordé un momento previo a la explosión. Vi a un tipo que saltaba al agua desde el *Princess Mary*. Lo vi solo un instante, recortado contra la luz, después la proa quedó envuelta en llamas y me olvidé por completo de él.

Lydiate se inclinó un poco hacia delante.

—Un tipo. ¿Un hombre saltando antes de la explosión?

—Sí.

—¿Por qué iba nadie a saltar antes? ¿Está seguro de no estar cambiando el orden de los acontecimientos en su recuerdo?

—Sí, lo estoy, porque lo vi contra el cielo del anochecer, no contra el resplandor de las llamas. Si era el responsable de la explosión, estaba escapando...

—¿Saltando al agua? ¡Lo veo difícil! —interrumpió Lydiate.

—Había una barca en el agua muy cerca del barco —explicó Monk—. Más adelante interrogué a un hombre, uno de los primeros en saltar. Lo recogió un transbordador, cerca del barco, y ya había otro pasajero a bordo, calado hasta los huesos, aunque iba vestido como un camarero o un criado, no como un invitado.

Lydiate se apoyó en el respaldo con un prolongado suspiro.

—No era Beshara —dijo en voz baja—. Lo atraparon después de verlo en los muelles, y no iba vestido como usted dice. Subió a bordo del barco en Westminster, con el resto del pasaje. Volvió a bajar en algún punto cerca de Limehouse, con arreglo al máximo tiempo que tarda en arder la mecha más larga posible.

—Declaraciones de testigos presenciales —señaló Monk—. Nos consta que no podía ser Beshara el hombre que vieron en Westminster, y nadie sabe si alguien bajó a tierra cerca de Limehouse.

—Allí es donde el barco pasó más cerca de la orilla, y tendría la corriente a su favor —respondió Lydiate.

—¿Llegaron a encontrar algo que indicara un motivo plausible? —insistió Monk—. No hay nada al respecto en las declaraciones.

—No —contestó Lydiate. Se encogió de hombros como si una vieja herida le volviera a doler.

A Monk le habría gustado dejarlo en paz, pero no se lo podía permitir. Pensaba que Lydiate era un hombre decente al que habían metido en una situación imposible, y que luego lo habían acosado para sacar la conclusión precipitada que querían los políticos. Tenía que saber quién necesitaba aquella condena, y por qué.

—He visto muchas indicaciones por parte de ciertos ministros del gobierno —dijo en voz alta—. ¿Es normal que se inmiscuyan tanto en una investigación policial?

—Fue un caso espectacular —señaló Lydiate, ahora sí con un tono más a la defensiva—. Era imperativo que lo resolviéramos cuanto antes, por diversas razones. La justicia lo exigía. La seguridad pública estaba en juego. Y por razones de diplomacia internacional teníamos que mostrar que resolvíamos el crimen y castigábamos a los autores.

—¿Porque había personajes importantes a bordo? —inquirió Monk—. ¿Algunos de ellos extranjeros?

—Exacto.

—¿Y se consideró que la constante injerencia contribuiría a que se consiguiera?

Monk dejó que su incredulidad resonara en su voz.

—Estaban consternados —contestó Lydiate—. Todo el mundo lo estaba.

—Razón de más para no perder la calma. Me figuro que usted mismo se lo diría.

Lydiate enarcó mucho las cejas.

—¿A lord Ossett?

—Usted está al mando de la policía —prosiguió Monk sin la menor indulgencia.

—Me parece que no acaba de captar la situación... —comenzó Lydiate.

—¡Pues ayúdeme! —interrumpió Monk—. ¡Quien hundió el *Princess Mary* y ahogó casi a doscientas personas sigue campando a sus anchas y, que nosotros sepamos, está dispuesto a hacerlo otra vez! A no ser que usted sepa algo sobre el autor del crimen y no me lo esté diciendo.

Lydiate palideció. Monk se echó para delante instintivamente para sostenerlo si se desmayara.

Lydiate se puso derecho con considerable esfuerzo. No se disculpó, pero la vergüenza era patente en su semblante.

—Tuve muy poco margen de maniobra durante la investigación. Las sugerencias que recibía eran intensas...

—¡Presiones! —dijo Monk por él.

—Sí, supongo que sí. —Bajó la vista—. Pensé que solo era una indicación subjetiva, una forma de alentarme, de hacerme ver la suma importancia de ocuparse de la tragedia con la mayor celeridad y firmeza.

—¿Acaso necesitaba usted presiones para hacerlo?

Monk no podía permitirse dejarlo escapar. Detestaba hacerlo, pero la realidad no le dejaba otra alternativa.

—Habría procedido de una manera bastante diferente, si me hubiesen dejado —dijo Lydiate en voz baja.

—¿Con qué le presionaron tanto? —preguntó Monk—. ¿Con su empleo? ¿Su hogar? ¿Su aptitud para el liderazgo?

Lydiate le lanzó una mirada de repugnancia.

—¿Cree que habría cambiado la dirección de una investigación por alguna de esas razones? ¿Lo habría hecho usted?

Monk se encontró con que la respuesta le moría en los labios. No tendría que haber preguntado.

—Mi hermana —contestó Lydiate lentamente, costándole trabajo hablar en voz baja—. Está casada con un hombre que es particularmente vulnerable: no solo a la vergüenza sino a una aflicción que no podría soportar, porque estaría teñida de culpa. La hija que tuvo de su primera esposa ha cometido una indiscreción que si saliera a la luz supondría su perdición, posiblemente incluso su muerte. ¡No se trata de un delito! Es... un terrible error de juicio. —Tragó saliva—. Si permitiera que eso sucediera, mi pérdida también estaría teñida de culpa. No fui compasivo con mi hermana cuando me necesitó; demasiado ocupado en mi carrera. Demasiado embebido de leyes y juicios. No cometeré esa equivocación otra vez.

De pronto se enfrentó a Monk, adoptando una actitud bastante desafiante, dispuesto a asumir cualquier culpa que le echaran encima.

Monk sentía un enojo monumental, no contra Lydiate sino contra la persona que había estado enterada de aquello y, deliberadamente, había dado el caso a un hombre que podría manipular a su antojo. Ahora estaba más que claro por qué habían apartado del asunto a la Policía Fluvial.

¿Qué habría hecho él, si la amenaza hubiese sido contra Hester? ¡Dios quisiera que no tuviera que descubrirlo! Sin embargo, eso no alteraba el hecho de que tenía que seguir investigando todos los aspectos del hundimiento del *Princess Mary*, con inclusión de su motivo, condujera donde condujese. La pasión y la confusión, el fiasco del arresto de Beshara, el juicio, la sentencia y ahora el atentado contra su vida lo hacían impres-cindible. ¿Acaso quien estuviera detrás quería silenciarlo para siempre y estaba dispuesto a conseguirlo, incluso dentro de la prisión, a fin de asegurarse? ¿O era una venganza que alguien consideraba peor que la horca?

—¿Por qué se conmutó la pena de Beshara? —preguntó Monk a Lydiate.

—No lo sé —admitió Lydiate con abatimiento—. Me dije-ron que guardaba relación con su enfermedad, cosa que parece absurda puesto que al parecer es incurable. Supuse que era al-gún tipo de concesión a la embajada egipcia.

—O que querían saber quién más estaba involucrado —se-ñaló Monk—. ¡Quién le pagó!

—Creí que el motivo era el odio, una venganza por algo que ocurrió en Egipto —contestó Lydiate.

Monk lo miró a los ojos y lo creyó. Él había pensado lo mis-mo, al principio. Todavía era posible que ese fuera el meollo del asunto. Eso explicaría por qué habían arrebatado el caso a la Po-licía Fluvial casi de inmediato para dárselo a Lydiate, que era vulnerable a tan sutil y corrosiva persuasión.

—¿Y ahora? —preguntó con tanta amabilidad como pudo.

—No tengo ni idea —confesó Lydiate—. Volvería a empezar por el principio, sin presuposiciones.

Monk no dijo más. Estaba trabajando a ciegas, y con todo el caso espantosamente contaminado.

Cuando Lydiate volvió a ofrecerle un whisky, lo aceptó.

9

Scuff no tenía ningún plan muy claro en mente cuando decidió no dirigirse hacia el colegio y en cambio enfilar hacia el río. Solo sabía que ahora la policía regular había manejado mal el caso del *Princess Mary* y que se lo habían devuelto a Monk. Tenía que perseverar en la resolución del problema... ¡Si podía!

Ya empezaba a hacer calor. El sol relumbraba brillante en el agua, haciéndole entornar un poco los ojos.

Naturalmente, no era posible que Monk mantuviera ocultos los errores de la policía. Tenía que retroceder al mismísimo principio y desenmarañar todos los nudos. ¿Cómo iba a hacerlo? No se trataba tan solo de que la gente mintiera, se trataba de personas que decían algo una y otra vez hasta que se lo creían, y luego se enfurecían y asustaban cuando alguien daba a entender que no era cierto.

Ya era demasiado tarde y nadie recordaba lo que había visto o hecho realmente, por más que quisiera decir la verdad. ¡Parecerían estúpidos, o culpables, o ambas cosas! La gente se reiría de ellos, les tomaría el pelo y, seguramente, nunca les permitirían olvidarlo. ¿Quién quería pasar por eso? Scuff sabía por experiencia lo horrible que era. Mucho más fácil era insistir en que llevabas razón, prescindiendo de lo que hubiesen dicho los demás. ¡Aguantar hasta el final! ¿Quién podría demostrar que estabas equivocado, semanas después?

¡Mejor que ser tildado de loco que no ve lo que tiene delante de las narices!

Llegó a la escalera. La marea estaba alta y golpeaba el hormigón, volviéndolo resbaladizo. Subió al transbordador con cuidado y pagó su pasaje para cruzar el río. Tenía que ir a la ribera norte porque el *Princess Mary* se había hundido cerca de allí y, según sabía, casi todas las paradas las había efectuado en esa orilla. Después recorrió con presteza el muelle río abajo, hacia Isle of Dogs.

Encontró a un golfillo muy inquisitivo y seguramente hambriento.

—¿Has encontrado algo bueno? —preguntó Scuff con desenfado.

El golfillo trató de calar a Scuff, pero no supo a qué atenerse.

—¿Qué anda buscando, señor?

¡Señor! Scuff se sintió más alto en el acto, y al mismo tiempo alienado. ¿Señor? ¿Por quién lo tomaba aquel chico? ¿Por una especie de extraño?

Úsalo. El chico está siendo práctico, está sobreviviendo. Sin pensarlo, Scuff metió la mano en un bolsillo y calculó a tientas el dinero que llevaba. Casi todo eran peniques sueltos, aunque también llevaba una moneda de tres peniques y dos o tres de seis. ¡Seis peniques eran mucho para dárselos a cualquiera! Aunque por una información realmente buena compartiría una taza de té e incluso un bollo pringoso.

Tenía que ser ingenioso y rápido.

—¿Sacaste algo del *Princess Mary*?

El golfillo lo miró como si acabara de emerger del lodo. Su cara manchada de barro era el vivo retrato de la indignación.

—Para usted, no. ¿Por qué? ¿Cuánto vale?

Scuff cambió de táctica al instante.

—Si hubieses perdido a alguien en ese barco no necesitarías preguntarlo —dijo con aspereza—. Me quedaría con cualquier cosa que pudiera devolverle a mi tío Bert, pero solo le haría sufrir más si no fuese de tía Lou y él se diera cuenta.

—¿Su tía Lou se ahogó?

La expresión del golfillo era indescifrable. Bien podría haber sido su versión de la vergüenza.

Scuff no titubeó.

—Sí. ¿Por qué? ¿Sabes de alguien que sacara cosas del río que puedan proceder del barco?

—Podría ser —dijo el golfillo con más cuidado.

—¿Como qué?

El chico se encogió de hombros.

—Peines, alfileres, trozos de tela, pero son poca cosa. ¿Cuánto vale esto?

—Ayúdame a encontrar unas cuantas cosas, a hacer unas cuantas preguntas y te ganarás un bocadillo y un tazón de té —contestó Scuff, observando el rostro del chico—. ¿Estabas aquí aquella noche? —prosiguió—. ¿Viste la explosión?

El golfillo reflexionó, miró a Scuff de arriba abajo y tomó una decisión.

—¡No, pero puedo llevarlo a ver a alguien que sí! Aunque le costará una empanada caliente de carne.

Estaba desafiando a la suerte, y ambos lo sabían.

Scuff sospesó sus opciones. Debía tomar una decisión enseguida, pues de lo contrario parecería débil. En la orilla del río los débiles no sobrevivían.

—Tomaremos una empanada para almorzar —sentenció—. Tú te tomarás media. Si encuentras algo que valga la pena, podrás tomártela entera, y un pudin con crema de postre.

—Hecho —respondió el golfillo al instante.

—¿Cómo te llamas? —le preguntó Scuff.

—Warren, pero todos me llaman Worm.

—Muy bien, Worm. Manos a la obra. Y no se te ocurra pensar que puedes engañarme. Cuando tenía tu edad, también vivía en el río igual que tú ahora, así que lo sé todo sobre los rapiñadores.

Worm lo miró con absoluta incredulidad.

Scuff echó un vistazo a los pies de Worm.

—Llevas mejores botas que las que tenía yo en aquella época —observó Scuff—. No puedes ser tan tonto como pretendes.

Worm se encogió de hombros.

—Voy tirando. Venga, vamos.

Pasaron casi todo el día buscando información sobre la imaginaria tía Lou, así como recuerdos que no existían. Pero por el camino Scuff comenzó a enterarse de cosas que había querido saber sobre lo que había cambiado últimamente: quién temía a quién, quién era más rico, quién debía dinero, quién había encontrado objetos y los había vendido por disponer de información sobre dónde habían ido a parar que otra gente desconocía. Ahora Scuff tenía nombres, deudas concretas saldadas, personas que se habían escondido, aunque todavía no supiera por qué.

Scuff invitó a Worm a una deliciosa empanada para cenar, y también al prometido pudin con crema.

A primera hora de la mañana siguiente comenzaron de nuevo, Worm con la clara expectativa de alimentarse bien, y Scuff habiendo tenido que pedir dinero a Hester y eludir decirle a la desesperada para qué lo necesitaba.

Resultaba difícil averiguar cosas concretas, pero hacia la mitad del día Scuff había dejado de intentar basarlo todo en el brazalete o los pendientes perdidos de tía Lou, y Worm sabía perfectamente que estaban tratando de recabar información acerca del desastre.

—¿Entonces crees que no fue el tipo que tienen en la cárcel? —dijo Worm, dando un par de saltitos para seguir el ritmo de los pasos más largos de Scuff.

—Sí, creo que no lo hizo él —respondió Scuff, en realidad bastante aliviado de que no fuera el acusado, aunque no habría sabido explicar por qué. No lograba dar con una buena explicación; tenía la mente puesta en esclarecer la verdad.

Worm dejó de hablar un rato mientras subían un largo tramo de escaleras y recorrían los tablones de un embarcadero.

Scuff no bajó la vista hacia la marea a través de los listones que faltaban, pero oía los ruidos como de succión que sonaban debajo de ellos.

—¿Y a ti qué más te da? —dijo Worm al cabo de un rato, mientras subían de nuevo al muelle de piedra, donde se toparon con un caballo que aguardaba pacientemente a que cargaran el carro del que tiraba. Scuff se preguntó si los caballos se aburrían tanto como parecía—. Era un mal tipo, de todos modos. Hasta yo lo sé.

—Me trae sin cuidado que sea un mal tipo —dijo Scuff muy convencido—. Pero no hay que ahorcar a alguien por algo que no haya hecho. ¿Cómo te lo tomarías si te detuvieran por algo que no hubieses hecho?

En cuanto lo dijo se preguntó si tal vez era una mala pregunta.

—Me pondría hecho una furia —admitió Worm—. A no ser que fuese por algo que hubiese hecho... ¡Quizá!

—¿Y si no lo fuera?

—Eso no es justo.

Esta vez no hubo un asomo de duda en la voz de Worm.

—¿Y quién lo decide? —prosiguió Scuff.

Worm se quedó pensándolo un rato.

—Supongo que no está bien —concedió al cabo.

—¿Y qué más? —agregó Scuff—. ¿Qué pasa con el tipo que lo hizo? Hay que matarlo.

—¿En la horca? —dijo Worm pensativo—. Mira que eres tonto. Nunca lo atraparán.

A Scuff no se le ocurrió una respuesta apropiada, nada que pudiera impresionar a aquel golfillo sucio, hambriento y testarudo.

—Me parece que yo también soy un bobo —dijo Worm, siguiendo el ritmo de los pasos de Scuff—. ¿Adónde vamos ahora?

—A descubrir cómo logró pagar su deuda Wally Scammell justo después de que el *Princess Mary* se fuera a pique. Y también quiero saber por qué Percy Bird ha ido a esconderse en Jacob's Island.

—¿No querrás ir a Jacob's Island, verdad? —preguntó Worm inquieto, levantando la vista al cielo, cuya luz ya se estaba apagando.

Scuff tampoco lo veía demasiado claro, pero allí era donde estaba Percy. Tenía la corazonada de que Percy sabría algo acerca del hundimiento del barco y sobre la identidad de un hombre llamado Gamal Sabri que, al parecer, conocía muy bien la ruta de los barcos de recreo, y a qué hora pasaban por qué parte del río.

—¿Y qué pasa con tu cena? —preguntó Worm—. ¿Tu madre no se enfadará si llegas tarde?

Esa era otra cuestión que daba que pensar; no porque Hester fuese a enojarse con él sino porque temería por él. Scuff nunca se saltaba las comidas. A veces ella le preparaba platos que le gustaban especialmente. Recordó la expresión de su rostro mientras miraba cómo comía. Era como si quisiera decirle que estaba comiendo demasiado deprisa y que eso eran malos modales, pero los ojos le brillaban por el placer que le proporcionaba estar cuidando de él.

Saber que contaba con el cariño de Hester despertó en él un intenso y muy complicado sentimiento. Ser amado era lo mejor de este mundo y, sin embargo, también era una cerca en torno a su libertad. Había cosas que no podía hacer, y también responsabilidades.

Worm lo comprendería.

—Sí —dijo Scuff despacio—. No estaría bien que me hiciera la cena y no me la comiera. Y estará preocupada.

El semblante de Worm se tiñó de desilusión.

—Entonces más vale que te vayas, ¿no?

—Creo que lo mejor será enviarte a decirle que tengo una cosa que hacer y que llegaré tarde —contestó Scuff—. Tengo suficiente dinero para comprarme una empanada. Estaré bien. Aunque... —Titubeó. ¿Era correcto lo que iba a hacer? Bueno, correcto o no, iba a hacerlo—. También deberías pedirle que te dé algo de comer. Prometí que la avisaría, y no voy a poder cumplir mi promesa. Vivo en el número cuatro de Paradise Place. Al otro lado del río. ¿Sabes dónde digo?

Worm negó con la cabeza.

—¡Mira que eres zoquete! ¡Pues ve y pregunta! —dijo Scuff con gesto enojado—. ¡Coges el transbordador de Wapping a Greenwich Pier, subes la cuesta y preguntas! Paradise, ¿lo recordarás, no?

Worm asintió, con ojos como platos.

—Buscas a la señora Monk. ¿Te acordarás de esto también?

—¿Como el que está en la Policía Fluvial? ¿Estás intentando que me encierren?

—¡Lo que intento es que Hester no se preocupe pensando que me he ahogado y tire mi cena a la basura! —le espetó Scuff. Metió la mano en el bolsillo y sacó una moneda de tres peniques—. ¡Dale esto al piloto, que ya estás tardando!

Worm cogió la moneda, la mordió automáticamente para asegurarse de que no era de madera, dio media vuelta y echó a correr.

Scuff tragó saliva con dificultad, preguntándose si había perdido el juicio. Cuando Worm se perdió de vista, se dirigió resueltamente hacia Jacob's Island, con los puños apretados y un nudo en la boca del estómago.

Hester oyó que llamaban a la puerta mientras miraba cómo anochecía por la ventana de la cocina. Era incapaz de concentrarse porque la abrumaba la preocupación de no saber en qué andaría metido Scuff.

Abrió la puerta y vio en el peldaño a un niño flaco y muy sucio con una gorra que le iba grande y los pantalones sujetos con un cordel.

—¿Es aquí el número cuatro? —preguntó el chico, claramente asustado.

—Así es. ¿Qué se te ofrece?

Worm respiró profundamente.

—Me envía Scuff a decirle que no tire su cena; tiene dinero para una empanada y llegará tarde.

Lo soltó todo de un tirón.

—Gracias —dijo Hester, aliviada—. Tienes frío.

El chico hizo una mueca y se encogió de hombros, como quitándole importancia.

—Cuéntame qué más te ha dicho Scuff —le pidió Hester—. Quizá sería mejor que entraras, si no te importa.

—No me importa —respondió Worm. Pasó al interior de la casa y la siguió hasta la caldeada cocina. Procuró no ponerse a mirarlo todo, pero no pudo evitarlo. Nunca antes había estado en un lugar como aquel. Era cálido y olía a comida maravillosa, había muchas ollas y sartenes de las brillantes, y también porcelana limpia. Vio encima de una mesa un jarrón con flores.

—¿De modo que Scuff cenará una empanada? —preguntó Hester como para aclararlo.

El golfillo asintió con la cabeza, manteniendo los ojos muy abiertos.

—¿No aguardará hasta la cena? —prosiguió Hester.

Worm negó con la cabeza.

—Sería una lástima desperdiciarla. ¿Tú te la comerías? —preguntó, como si dudara de su respuesta.

Worm tragó saliva.

—No me importaría...

—Bien. Pues entonces lávate las manos y siéntate.

Abrió el grifo para que corriera el agua, que caía directamente en una jofaina. Le dio una toalla para que se secara las manos. Una vez limpias, quedó una marca marrón en torno a sus delgadas muñecas, aunque el resultado era más que aceptable.

Hester le sirvió dos huevos fritos con patatas. Entonces cayó en la cuenta de que seguramente no sabía utilizar el tenedor y el cuchillo, de modo que se lo cortó todo a trocitos y le dio una cuchara.

Hizo lo mismo con su plato, y se tomó el tiempo necesario

para observar cómo comía, copiando cada uno de los movimientos de Hester con mucho, mucho cuidado.

—Me llamo Hester —dijo cuando hubieron terminado—. ¿Y tú?

—Worm...

—Bien. ¿Te apetece un pedazo de tarta, Worm? ¿Y tal vez una taza de té?

El chico asintió, temporalmente sin habla.

—Pues eso es lo que vamos a tomar. Y entretanto me puedes contar qué habéis estado haciendo Scuff y tú exactamente.

Worm se quedó helado.

—Eh, que no pasa nada —le aseguró Hester—. Ha estado haciendo preguntas por ahí, ¿verdad?

Worm asintió con la cabeza.

—Muy bien. Yo también. Te contaré lo que he hecho yo y tú me contarás lo que ha hecho él.

Worm volvió a asentir y se corrió un poco para atrás en el asiento de la silla.

10

Monk llegó tarde a casa y encontró a Hester sentada en la cocina, hablando con un golfillo muy pequeño cuyas manos estaban inmaculadamente limpias y el resto de su persona, mugriento.

Hester le sonrió.

—Te presento a Worm —dijo, como si esto por sí mismo fuese una explicación—.* Ha venido a decirnos que Scuff está ocupado siguiendo una pista en Jacob's Island y que llegará a casa demasiado tarde para tomar su cena. Ha sugerido que se la comiera Worm.

Hester mantenía su rostro absolutamente serio, pero Monk se dio cuenta del trabajo que le costaba. Estaba tan divertida que podría haberse echado a reír, tan apenada por él que podría haberlo alimentado permanentemente, pero por encima de todo la aterrorizaba la seguridad de Scuff. Con una súbita tensión en el pecho, Monk lo entendió a la perfección.

—Hola, Worm —saludó, mirando al niño y temiendo encontrarlo allí con frecuencia a partir de entonces—. ¿Scuff te ha dicho para qué iba a Jacob's Island?

Worm negó con la cabeza.

—Iba a buscar a alguien. —Respiró profundamente—. Pero

---

* En inglés, *worm* significa «gusano».

hemos descubierto que están pasando cosas muy raras, como que alguien sabía dónde se hundiría el barco y que no podía ser en otro sitio. Aunque no había gran cosa que robar. No sé lo que persigue, pero seguro que descubre algo.

Miró a Monk con sus brillantes ojazos azules.

—Gracias —dijo Monk, tragándose el miedo por Scuff en la medida en que pudo.

—De nada. —Worm se levantó muy despacio, echando un vistazo a la ventana y la oscuridad del exterior—. ¿Pueden prestarme dos peniques para el transbordador? Solo me queda uno y tengo que ir al otro lado.

Lo pidió esperanzado, y acto seguido asustado al darse cuenta de su propia osadía.

—Es un poco tarde —contestó Monk—, y hay un par de cosas más que me gustaría saber sobre lo que habéis averiguado. Tal vez será mejor que te quedes a dormir aquí, junto al fuego. Seguro que te encontramos una manta y una almohada para la cabeza.

Hester le dedicó una hermosa sonrisa. Él se negó a volverse y mirarla a los ojos. De repente se sentía absurdamente vulnerable.

Al principio Worm se quedó perplejo pero luego también sonrió; tampoco era que se imaginara que tanta generosidad fuese a salirle barata. Tendría que responder a muchas preguntas, pero quizá le darían otra taza de té antes de acostarse. Si acertaba todas las respuestas, ¡a lo mejor hasta le daban un pedazo de tarta!

Por la mañana, Monk advirtió severamente a Scuff sobre el quedarse en la calle hasta tan tarde, pero también le dio las gracias por haber tenido la consideración de enviar a Worm a avisar.

Al dirigirse a la puerta de la calle vio que Hester estaba sola.

—¿Qué piensas hacer con él? —preguntó con apremio.

—Averiguar si tiene madre —contestó Hester—. Quizá sea de alguien.

—¡Paparruchas! —dijo Monk a bote pronto—. No tiene adónde ir... —Respiró profundamente—. ¡Y no vamos a albergar a la mitad de los huérfanos del río! Lo de Scuff estuvo bien, pero...

—¡Ya lo sé! —replicó Hester—. He pensado que podría emplearlo en la clínica. Necesitamos un mensajero permanente.

—¡Hester!

—¿Qué?

Abrió bien los ojos y dio la impresión de estar mirando dentro de él.

—Qué idea tan buena —dijo Monk sumisamente.

Monk cruzó el río y tomó un coche de punto hasta Lincoln's Inn, donde tenían sus bufetes casi todos los abogados de primera. Tenía intención de ver a Alan Juniver, pero su pasante le informó de que el señor Juniver estaba en un juicio en el Old Bailey* y no estaría disponible en todo el día. Monk no estaba dispuesto a aceptar semejante respuesta, y la pausa del almuerzo sería la primera oportunidad que tendría de forzar el encuentro. Primero vería a sir Oswald Camborne, que había llevado la acusación en el juicio de Habib Beshara, antes de ir a ver al propio Beshara.

Le costó cierto grado de presión, y después una espera de treinta y cinco minutos, pero finalmente Monk fue recibido en el sombrío e imponente despacho de Camborne. Las librerías cubrían las altas paredes y daban la impresión de que si uno pisaba demasiado fuerte el suelo podrían venirse abajo. Los apliques de gas eran artificiosos y alguien los mantenía meticulosamente relucientes.

* El Tribunal Penal Central de Inglaterra y Gales; se conoce comúnmente como el Old Bailey por la calle londinense en que se encuentra.

Camborne se levantó detrás de un gran escritorio con montones de papeles encima. Monk tuvo el impulso instintivo de coger unos cuantos y volver a apilarlos de manera menos precaria pero se contuvo, no sin esfuerzo. Habría parecido un entrometido.

—No sé en qué piensa que puedo ayudarle —dijo Camborne de inmediato—. Tengo muy poco tiempo, y la verdad es que no hay nada que añadir. Fue una lástima que el caso no fuese más sólido, pero eso no significa que Beshara no estuviera implicado, aunque no exactamente como parecía al principio.

Monk se sentó, poniéndose tan cómodo como pudo en la butaca enfrentada al escritorio. Tuvo la alarmante sensación de que uno de los muelles estaba a punto de romperse.

—Nada demuestra más allá de toda duda razonable que Beshara tuviera alguna implicación —señaló.

—¡Por supuesto que estuvo implicado! —le espetó Camborne—. Usted no conoce el historial de ese hombre como yo. De hecho, diría que nunca ha hablado con él, ¿me equivoco? No, ya me lo figuraba. —Se había sonrojado un poco. Se inclinó hacia delante—. Se está inmiscuyendo en cosas de las que sabe muy poco, señor Monk. Cíñase a resolver sus hurtos y reyertas portuarias, que es de lo que usted sabe.

La arrogancia de Camborne era pasmosa. Monk se dijo a sí mismo que la actitud de Camborne daba la medida de lo inseguro que se sentía en su situación. Mantuvo la calma con gran dificultad.

—¿Y usted sabe de sabotajes y hundimientos de barcos, sir Oswald? —preguntó con suma compostura.

Camborne palideció.

—¡No, claro que no! —replicó—. ¡No sé qué quiere dar a entender con semejante comentario! Pero sé de política y de finanzas internacionales. No tiene ni idea del calibre de los asuntos en los que se está inmiscuyendo. Es posible que la participación de Beshara en esta atrocidad sea diferente del acto concreto del que fue acusado. ¿Qué importa quién encendió realmente la mecha? La intención existía. Una conspiración es una culpa tanto moral como legalmente.

—¿Qué conspiración? —preguntó Monk, enarcando las cejas.

—¡Por el amor de Dios, hombre! —dijo Camborne exasperado—. La conspiración para hacer explotar el *Princess Mary* y ahogar a cuantos iban a bordo. ¡No se haga el tonto conmigo, señor!

—¿Hubo una conspiración? —Monk afectó inocencia—. Me apartaron del caso casi de inmediato, y ahora acaban de ponerme de nuevo al mando. Salta a la vista que hay pruebas que no se me han dado. Una conspiración requiere cierto número de personas. Como mínimo, más de una.

Camborne se obligó a hablar entre dientes.

—¡Por supuesto que es una conspiración! No se imaginará que lo hizo todo sin ayuda, ¿verdad? Adquirió la dinamita, la subió a bordo del barco y la colocó en la proa. Después, de algún modo, se las arregló para salir antes de que estallara, matando casi a doscientas personas.

—¿De algún modo? —repitió Monk cuidadosamente.

—No tienes que demostrar cómo se hizo una cosa para demostrar que se hizo —señaló Camborne.

—Eso no es del todo correcto —respondió Monk—. Si puedes demostrar que algo no pudo haber sido hecho, puedes colegir que no se hizo.

Camborne pestañeó.

—El barco explotó. Creo saber que usted lo presenció. Se ahogaron muchísimos hombres y mujeres. No cabe discutir que eso sucedió, como tampoco que fue una matanza premeditada. —Desgranó las palabras cuidadosamente—. Beshara estaba estrechamente implicado. No sabemos cómo escapó antes de la explosión, pero estuvo en el barco con antelación, y sobrevivió. Presuntamente se las arregló para bajarse cuando estaban lo bastante cerca de la orilla de Isle of Dogs. Parece la explicación más clara. Quizá nunca lo sepamos con exactitud, pero poco importa. Sería muy satisfactorio que encontráramos a quienes lo ayudaron y lográramos demostrarlo. Quizá sea eso lo que tienen en mente las autoridades que le conmutaron la pena. —Sonrió de mala gana, mostrando apenas los dientes—. Cuando esté suficientemente enfermo, y suficientemente asustado, quizá decida que el silencio no es la mejor elección.

—Y para entonces me figuro que sus cómplices estarán a miles de kilómetros de aquí —respondió Monk con sequedad—. A no ser, por supuesto, que no tenga nada que ver con el hundimiento pero que se dé la casualidad de que es egipcio.

—Para ser un hombre que ha pasado tantos años en la policía, es usted de una ingenuidad extraordinaria —dijo Camborne con frialdad—. Me habían dicho que tenía cierta fama de ser considerablemente astuto, incluso despiadado. No acierto a ver cómo la ganó. Ladronzuelos, supongo. Parece incapaz de captar cualquier cosa de más envergadura. —Volvió a inclinarse hacia delante, por encima de los montones de papeles de su escritorio—. ¡No intervenga, Monk! Esto es un sabotaje internacional que concierne a las vías marítimas del mundo. Se amasan y pierden fortunas. Cíñase a los delitos que entiende y a los criminales que puede atrapar. Si interfiere quizás ocasione más daños de los que siquiera puede imaginar.

Monk se planteó enfrentarse a él y preguntarle si aquello era una amenaza. Sin embargo, vio una chispa de ira además de miedo en los ojos de Camborne, y eso era una advertencia mucho mayor que cualquier cosa que pudiera haber dicho.

Se hizo un denso silencio en la habitación. Se oyeron pasos en el pasillo.

Despaciosamente, Monk se puso de pie. Camborne no; se limitó a torcer el cuello y mirar al techo.

—¿Cree de verdad que Beshara es culpable? —inquirió Monk.

—Sí, así es.

No hubo vacilación alguna en Camborne, solo un enojo tan rotundo como impreciso.

—¿Solo o con cómplices?

—Con cómplices —contestó Camborne—. Pero escapó a la explosión. Quizá los demás no tuvieron tanta suerte. O, quien sabe, quizá no pretendía que la tuvieran. ¿Se le ha ocurrido pensarlo?

—Hay mucho en lo que pensar —dijo Monk, con una sonrisa forzada. De pronto tuvo claro que Camborne no era en absoluto un aliado, sino un posible conspirador; su silencio, cuanto menos, así lo sugería—. Gracias por recibirme —agregó, y se dirigió hacia la puerta, visto que Camborne no se dignaba contestar.

Monk encontró a Juniver casi tan pronto como se aplazó la sesión del tribunal para el almuerzo. Lo alcanzó en la acera cuando salía del Old Bailey.

Juniver estaba descontento.

—Un asunto lamentable —dijo apenado—, pero no sé cómo puedo ayudarle.

Tomó aire como para añadir algo más, pero cambió de opinión y siguió caminando con brío hacia la intersección. Cruzaron Ludgate Hill y entraron en uno de los estrechos callejones en busca de un pub apacible.

Monk se acomodó a su ritmo hasta que llegaron a la puerta. Una vez dentro, cuando Juniver pidió comida, Monk hizo lo mismo.

—De acuerdo —dijo Juniver con desgana, abriéndose paso a empujones entre la muchedumbre con Monk pisándole los talones—. ¿Qué piensa que puedo decirle? Representé a Beshara en la medida en que lo admite la ley. No había nada más que pudiera haber hecho por él. Por descontado, desconocía las pruebas que desde entonces usted ha sacado a la luz para sembrar dudas sobre las identificaciones de los testigos presenciales.

—Interesante elección de palabras —observó Monk.

—¿Cuál, «sembrar dudas»? —repuso Juniver con escepticismo—. Es lo que son, ¿no? Dudas. ¿Habría preferido que añadiese «razonables»?

Monk sonrió.

—Las palabras en las que estaba pensando eran que usted «representó a Beshara en la medida en que lo admite la ley». Me parece que la frase al uso es «lo mejor que pueda». ¿Lo hizo usted tan bien como pudo? ¿O ha evitado esta expresión porque no habría sido estrictamente fiel a la verdad?

Juniver torció el gesto.

—Ese hombre era culpable, Monk; si no de poner los explosivos en el *Princess Mary*, sí al menos de conseguirlos, o de contratar a quien lo hizo, y probablemente también de ayudarlo a escapar. Estaba metido hasta las cejas en intrigas de un tipo u otro. Odiaba Gran Bretaña y todo lo que hemos hecho, desde el saqueo de antigüedades egipcias hasta el dominio de las vías marítimas que rodean África, y cualquier otra cosa rentable que se le pueda ocurrir. Somos arrogantes y alardeamos del hecho de que muchos de nosotros pensamos que gobernamos la Tierra por alguna especie de derecho divino.

Monk contempló a Juniver con renovado y creciente interés. Antes lo había considerado un buen abogado, hábil en argüir cualquier punto comprendido en el sistema legal, y posiblemente ambicioso, refrenado tanto por la disciplina como por el honor para no excederse en lo que percibía como la justicia. Ahora daba la impresión de tener una implicación emocional en la política y los ambivalentes valores del patriotismo. ¿Qué intolerancia, fanatismo y codicia se escondía tras la declaración de amor por un grupo limitado, fuese la familia o la patria? ¿Era aceptable enriquecerse a expensas de otros? ¿La lealtad al propio país por encima de todo? ¿Mi familia antes que los demás? ¿Cuán lejos quedaba eso de decir «yo primero»? ¿Solo puedes tener lo que yo no quiera o no pueda retener? ¿La ley del más fuerte? ¿Solo es deber lo que yo diga que lo es?

Los demás apresurados comensales charlaban en torno a ellos, ajenos a la aislada intensidad de su conversación.

Juniver también miraba a Monk con curiosidad. Saltaba a la vista que había esperado una reacción inmediata: probablemente de enojo, incluso una acusación de deslealtad.

—Usted le tenía aversión a Beshara —dijo Monk pensativamente—. Sin embargo, supo ver con absoluta claridad que pudiera odiar Gran Bretaña debido a los diversos actos de arrogancia que hemos cometido prácticamente en todos los rincones del globo. Lo defendió porque era su trabajo, pero solo hasta donde lo exigía la ley, pues el delito del que se le acusaba era abominable para usted.

—Cierto —contestó Juniver con ironía—, pero incompleto. Además creía sinceramente que era culpable.

—Moral si no legalmente —señaló Monk.

—Una distinción sin una diferencia —repuso Juniver—. Con bastante frecuencia la ley es un arte inexacto.

Sonrió sombríamente y se comió un trozo de su empanada fría de cerdo.

Monk también comió. En los actos de Juniver había más de lo que él admitía. Transmitía desasosiego como si se le hubiese reavivado algún conflicto personal.

—Camborne sostuvo que se amasarían y perderían fortunas —dijo Monk. Mientras lo decía fue consciente de que tal vez estaba arriesgando demasiado al revelarle aquello. Desconocía por completo las lealtades más profundas de Juniver. Quizá tendría que haber investigado a los abogados y los hechos relacionados con el caso de Habib Beshara. ¿Y si Beshara no era el autor intelectual del crimen sino un simple peón?

De repente la empanada fría de perdiz perdió todo su sabor. Podría haber estado comiendo gachas de avena frías. Sería una cobardía seguir el consejo de Camborne de no investigar demasiado a fondo, aunque tal vez fuese un sabio consejo.

Juniver dejó el tenedor y el cuchillo en el plato y se inclinó un poco hacia delante.

—Es lógico que Camborne dijera algo así —contestó en voz muy baja—. Tiene que hacerlo. Es un hombre bastante honesto, o al menos lo era, si bien un poco pedestre. Su esposa es muy guapa pero, más importante aún, es la heredera de una gran cantidad de dinero.

—¿Transporte marítimo? —preguntó Monk.

Juniver no añadió nada más. Lamentaba haber hablado más de la cuenta. Quedó patente en la máscara de vergüenza que le cubrió el rostro, y esa reacción fue del agrado de Monk. Al hablar de Camborne no lo había hecho con envidia sino con compasión por cierta clase de cautividad.

—¿Entonces tanto Camborne como Beshara son peones en esta partida? —dijo Monk, cogiendo de nuevo su tenedor.

—Peones por voluntad propia —contestó Juniver—. Ambos podrían haber elegido otra cosa, aunque conllevara cierto coste.

—Para pagar un precio elevado por la libertad tienes que ser consciente de que no eres libre —señaló Monk—. A veces este saber llega demasiado tarde.

—En el caso de los animales enjaulados, sí —convino Juniver con un deje de amargura—. Pero si hubiese conocido a Beshara antes del juicio usted habría opinado, igual que yo, que estaba absolutamente dispuesto. Y le habría desagradado tanto como a mí, siendo bastante consciente de ello y de los motivos. Creo que él sabía lo que iba a pasarle al *Princess Mary* y que estaba totalmente dispuesto a que ocurriera.

—Eso es un pecado —respondió Monk—, pero no es un crimen. Me atrevería a decir que muchos de los que tienen acciones en el Canal de Suez eran bastante conscientes de que muchas personas iban a morir innecesariamente en la excavación, y sin embargo no protestan.

Juniver tomó aire y volvió a soltarlo lentamente. También él parecía haber perdido el apetito.

—No puedo decirle nada útil, Monk. No pude demostrar que el culpable era otro porque no había ningún otro personaje involucrado a quien pudiera señalar. No disponía de las pruebas que usted ha sacado a la luz para demostrar que Beshara estaba en otro lugar. Lo único que podía hacer era intentar plantear una duda razonable. Pero eso estaba condenado al fracaso desde el mismo principio del juicio debido al horror del crimen. Casi ninguno de los testigos presenciales sabría distinguir a dos egipcios de mediana edad. Pero lo más importante es que no querían hacerlo.

Tomó un sorbo de cerveza y volvió a dejar la jarra encima de la mesa, meneando la cabeza como si pudiera perder el hilo del recuerdo.

—Estaban horrorizados, acongojados y con auténtico miedo a que los culparan de ser desleales, cobardes, incluso de compadecerse del enemigo si no se atenían al testimonio que habían dado de entrada, en caliente. Cuanto más los presionaba, más amenazados se sentían y más se aferraban a lo que habían dicho. Sienten que tu ataque no es contra la evidencia sino contra ellos, contra su inteligencia, incluso su honor. ¡Nadie quiere que sus vecinos lo acusen de defender al hombre que hundió el *Princess Mary*!

Monk se abstuvo de contestar. Juniver tenía razón. Para cuando se celebró el juicio ya se habían atrincherado tanto que no podían moverse. Temían que les arruinaran la vida si se retractaban por voluntad propia. Hombres honrados, asustados, afligidos, confundidos por un odio que les era imposible entender.

Monk terminó su cerveza y dejó la jarra en la mesa.

—Gracias. Ojalá no tuviera que demostrar que se equivocan, pero alguien más es culpable, y lo es mucho más que Habib Beshara.

El día siguiente lord Ossett mandó llamar a Monk otra vez. El largo trayecto en coche de punto no le reportó el más mínimo placer, a pesar de las calles soleadas y de los carruajes abiertos ocupados por damas con vestidos y parasoles de alegre colorido, tirados por caballos cuyos jaeces de latón relucían y centelleaban al sol.

Subió la escalinata y entró en los sombríos edificios gubernamentales sin ninguna sensación de alivio ni del calor ni del ruido. No podía informar de nada que mereciera malgastar el tiempo de Ossett ni el suyo propio. Lo único que tenía era un montón de detalles, muchos de ellos en conflicto mutuo. No tenía más remedio que decírselo a Ossett.

Ossett parecía estar cansado. Las arrugas en torno a sus ojos y su boca estaban más marcadas y tenía la tez muy pálida. Asintió lentamente con la cabeza.

—Mucho me temo que todo este asunto está tan enturbiado por pruebas irrelevantes que hay muy pocas posibilidades de averiguar la verdad, y mucho menos de demostrarla —dijo con tristeza—. Había esperado que usted descubriera algo inesperado, pero admito que es harto improbable. Creo que demasiado a menudo soy exageradamente optimista.

—En todo lo que he encontrado —contestó Monk— no hay una sola prueba incriminatoria que se sostuviera en un juicio. La única certidumbre es que la condena de Beshara es insegura. De eso no cabe la menor duda.

Ossett reflexionó un momento antes de contestar, como si todavía pudiera encontrar una idea a la que aferrarse.

—Pues si no podemos encontrar nada en absoluto —dijo finalmente—, estaremos obligados a dejarlo en libertad.

Observó a Monk con suma intensidad. Su mirada era sombría, y apretaba los músculos de la mandíbula. La profundidad de su sentimiento se palpaba en el ambiente.

—Todavía no me he rendido —dijo Monk enseguida, y luego deseó no haberlo dicho, pues se sintió obligado a añadir el único testimonio que aún no había mencionado—. Recuerdo que vi a un hombre saltar del *Princess Mary* momentos antes de la explosión...

—¿Antes? —interrumpió Ossett—. ¿Está absolutamente seguro de que fue antes?

—Sí. Había un transbordador a pocos metros de donde cayó. Lo sacaron del agua de inmediato.

—Caramba —dijo Ossett con descuido, no como si no se lo creyera sino como si a aquellas alturas fuese irrelevante. Y tal vez lo era—. ¿Qué plan tiene para localizar a ese hombre... suponiendo que sobreviviera? Quizá sufrió alguna herida o murió por tragar agua del río.

Esa era justamente la pregunta que Monk había estado temiendo. No tenía una respuesta satisfactoria, pero forzosamente tenía que contestar. Ossett necesitaba y merecía algo mejor que el silencio.

—Lo sé. Lo estamos buscando, pero, tal como dice usted, quizá no haya sobrevivido. Estamos comparando las declaraciones de todos los testigos en busca de las diferencias que presenten para ver si tienen importancia —contestó—. También estamos hablando con unas cuantas personas que presenciaron los hechos, pero que no fueron interrogadas la primera vez. Hay una falta de coherencia debida a otro caso que demuestra que Beshara no pudo estar donde dijeron que estaba. Y su culpabilidad dependía casi por completo del testimonio de testigos oculares. Si estaban equivocados, el resto es irrelevante.

—Sí..., sí, soy consciente de ello —dijo Ossett en voz muy baja. Fue evidente que reconocerlo le resultaba doloroso. Monk se preguntó cuántas cosas sabría que no estuviera autorizado a contar. ¿Quién más estaba implicado, tal vez inocentemente? ¿A quién más quería proteger, quizás incluso contra su propia voluntad? ¿Qué edificio entero podía derrumbarse, aplastando a las personas que confiaban en él, si se quitaban las piedras de los cimientos?

»Es una situación imposible —prosiguió Ossett—. ¿Qué más existe, aparte de lo que te dicen tus propios ojos? Aunque es obvio que incluso las personas más honestas, cuando están aterradas y afligidas, pueden equivocarse o tener dudas a posteriori. —Cruzó las manos sobre la barriga—. Tenga cuidado, Monk. Los periódicos están insistiendo mucho en este asunto y, tal como me figuro que habrá notado, están enojados porque todavía no hemos encontrado a todos los culpables, y son muy pocos los que osan compadecer a Beshara. Es un mal bicho, tanto si es culpable de este crimen en concreto como si no.

Monk entendía exactamente lo que le decía Ossett y estaba de acuerdo con él. Lo que preocupaba a Monk eran los motivos de Ossett. ¿Aquello era un consejo con respecto a los hechos por el propio bien de Monk, como si él no estuviera al tanto, o mera conmiseración por las dificultades a las que se enfrentaba? ¿O se trataba de lo que él temía, una advertencia expresada muy hábilmente para que no indagara más de la cuenta en un asunto que, pese a toda su violencia y aflicción, más valía no remover?

Bajo la máscara del cargo que ostentaba, Ossett estaba tan tenso como un perro en guardia, apenas capaz de contener sus emociones. ¿Su miedo era general, amorfo, o espantosamente concreto? ¿Más violencia? ¿Incluso un error de justicia aún mayor? ¿Ruina financiera a gran escala de las navieras? ¿Crisis diplomáticas relacionadas con la atrocidad? ¿Con quién? ¿Los franceses? ¿Realmente existía una conexión con el Canal de Suez o eso era una artimaña para distraer la atención?

—¡Monk! —la voz de Ossett lo sacó de su ensimismamiento.

—Sí, señor —contestó Monk enseguida—. Entiendo que los testigos presenciales eran hombres honestos y consternados que prestaron declaración sobre lo que recordaban, y que en muchos casos deseaban con vehemencia ser de la mayor utilidad posible. Este caso quizá sea más grave que ningún otro, pero la única diferencia reside en su proporción. O bien queremos saber tanta parte de la verdad como logremos descubrir y actuamos exclusivamente con arreglo a ella, o bien estamos dispuestos a culpar a cualquiera, y probablemente ahorcarlo, sin tomar en consideración que sea culpable o no. Y, por supuesto, como consecuencia dejar que el verdadero culpable quede libre. Si lo segundo es el caso, lo necesito por escrito, pues de lo contrario podrían muy bien acusarme de complicidad.

De súbito Ossett perdió el control que había estado manteniendo desde que Monk entrara en su despacho. La apariencia tras la que ocultaba su dolor era tan fina como una capa de barniz.

—¡No sea tan idiota, hombre! —espetó, con la voz tomada—. Si no puede servir a su país sin un estúpido y totalmente imposible permiso por escrito, que le exculparía de cualquier cosa que decidiera hacer, incluso del asesinato o la traición, entonces no es digno de ocupar un puesto importante de ninguna clase, y mucho menos el cargo que ostenta ahora... ¡A discreción de Su Majestad, debo añadir! De hecho, ni siquiera cabe considerarlo un súbdito leal.

Su semblante traslucía una ira rayana en la histeria, pero entonces Monk confirmó que se trataba de puro miedo. ¿Qué podía temer tanto un hombre con el poder y la influencia de lord Ossett, siendo además tan respetado?

—Soy leal a Su Majestad —dijo Monk con toda calma—. Mi única más alta lealtad es para con el honor de la justicia y la ley. Al menos creo que así es. Hasta ahora, nunca me había visto en una posición en la que no las percibiera como una misma cosa.

La tez de Ossett perdió todo su color. Durante varios segundos permaneció callado, y luego habló despacio, eligiendo cada palabra.

—Me ha malinterpretado. Tal vez no me haya expresado con claridad. —Tragó saliva—. Hay aspectos de este caso que usted desconoce y que no le revelaré por motivos que no debería ser necesario que le explicara. —Se apartó un mechón de pelo de la frente—. Es angustiante, profundamente penoso, y me disculpo por haber perdido los estribos. Todo este asunto me resulta anómalo. El crimen fue horrible y, por consiguiente, muy delicado para la opinión pública. Me equivoqué al asignar el caso a la Policía Metropolitana. Cuando me di cuenta era demasiado tarde, y le presento mis excusas. Ahora se le devuelve a usted un caso que será mucho más difícil de resolver que al principio. Las aguas se han enturbiado, quizás irremediablemente. Es un tema no solo de investigación sino también de sutileza y discreción.

Vaciló un momento, hilvanando sus pensamientos despacio, como si estuviera caminando sobre una capa de hielo que ya se estuviera resquebrajando bajo sus pies.

—Quizá será necesario admitir la derrota, pero eso suscitará el descontento del público, que dejará de creer en la potestad y la destreza de sus fuerzas de seguridad. Como comprenderá, deseo con toda mi alma evitar este resultado. Los motivos que tengo para ello no es preciso que se los explique. Las mentiras son difíciles, peligrosas y por lo general inmorales. Estoy convencido de que entiende mi punto de vista sin que tenga que entrar en detalles.

Monk se quedó perplejo al constatar que sentía una gran compasión por aquel hombre.

—Sí, señor. Lo entiendo, y me aseguraré de que también lo entiendan mis hombres. Todavía es posible que encontremos a quienesquiera que sean los culpables, e incluso incluir a Habib Beshara como cómplice.

Ossett sonrió con tristeza, aunque su enojo se había disipado.

—Esa sería la mejor respuesta que cabe imaginar —dijo, esbozando una sonrisa—. Si puedo prestarle algún tipo de ayuda, no dude en pedírmela. De todas formas, manténgame informado. Es una orden.

Clavó su mirada, intensa y recelosa, en los ojos de Monk para asegurarse de que lo había entendido.

—Sí, señor.

Monk se puso de pie y se despidió.

Bajo el sol de la calle anduvo despacio, todavía dándole vueltas a lo que había oído, e incluso más al profundo sentimiento que había percibido en Ossett.

¿Era víctima de presiones por los errores cometidos en el manejo inicial del caso, y del miedo a que ahora salieran a la luz si la investigación de Monk daba fruto?

Ahora bien, la equivocación de designar a Lydiate y a la policía regular en lugar de la Policía Fluvial del Támesis había sido un error de cálculo. ¿O no? Si Monk continuaba indagando, ¿iba a descubrir algo mucho más feo e intencionado?

¿Por qué era tan difícil establecer el motivo de Beshara o de cualquier otro? ¿Por qué Lydiate y sus hombres no habían puesto más empeño en descubrirlo, aclararlo y demostrarlo para que el jurado lo entendiera? ¿Acaso había alguna justificación de ese odio que resultaría sumamente embarazosa para el gobierno? ¿O para algún adepto del gobierno? ¿Un tiburón de las finanzas? Dios sabía bien que había muchos de ellos en el mundo del transporte marítimo. Algunas de las más bonitas y pudientes ciudades portuarias de Gran Bretaña se habían construido con la riqueza de quienes enviaban esclavos a través del Atlántico.

¿Qué más había? Las Guerras del Opio fueron de lo más feo que hubiese hecho cualquier nación, pero ahora ya era historia antigua. No obstante, ¿qué fortunas se habían amasado con los beneficios que generaron? Todavía era posible arruinar una reputación, y sin duda cualquier aspiración política de altos vuelos.

¿Realmente guardaba relación con Egipto y el canal de Suez, o se trataba de una distracción conveniente?

Ahí era donde podría haber un conflicto diplomático importante, con los franceses. ¿O sería con Egipto y el Imperio Otomano, al que Egipto estaba sometido?

Cruzó la calle hasta la acera con sombra, todavía sumido en sus pensamientos.

11

Monk ordenó a Orme y a Hooper que siguieran interrogando a los testigos que tenían localizados en el río y que buscaran a los que no habían testificado durante el juicio.

El propio Monk reflexionó sobre el creciente número de veces que había intentado hablar con Habib Beshara en persona, topándose con negativas por una razón u otra. Estaba enfermo y demasiado débil para hablar, o en la prisión reinaba un ambiente de agitación que no lo hacía conveniente ni seguro, o el director, Fortridge-Smith, estaba ocupado en otros asuntos y no era posible localizarlo. Cada una de las razones era comprensible en sí misma. Sumadas, equivalían a obstrucción. Leyó dos veces todos los informes sobre Beshara, revolviendo papeles en su despacho de la comisaría de Policía de Wapping, buscando en el fondo de los cajones, entre los archivos de otros casos para ver si se había traspapelado alguna página. La sensación general era que faltaban muchas cosas: detalles sobre la vida de Beshara, sus amigos, enemigos, deudas y puntos débiles, cualquier cabo del que tirar para saber más acerca de él.

Todo eran hechos, ningún aspecto personal. Nada se sabía acerca de su historia, nada en absoluto acerca del hombre que era antes de aparecer en los muelles de Londres, hablando inglés y con una considerable destreza para hacer dinero rayando en los límites de la ley, en ocasiones incluso traspasándolos.

Había dicho que su familia era importante en un pequeño pueblo muy cercano al Canal de Suez, cosa que los había beneficiado en gran medida, aunque sin concretar de qué manera. Sin embargo, seguía sintiéndose estafado. Quizá las excavaciones habían profanado la sepultura de sus antepasados. Pero eso era mera especulación.

Camborne no había planteado el tema en ningún momento del juicio, y Juniver no lo había cuestionado ni ofrecido una explicación por su cuenta, y Beshara había tenido el atino de no insistir en subir al estrado. Ahora bien, si la verdad era condenatoria, ¿por qué no la había revelado Camborne?

La respuesta más evidente, por desagradable que fuese, era que implicara a otras personas que Camborne no había querido llamar por ser de dudosa reputación, o porque estas involucrarían a otras muy influyentes y, posiblemente, que ostentaban altos cargos. Y, tal como había ocurrido, nada de aquello era necesario para lograr una condena.

En lo que respectaba al caso actual, varias personas habían testificado haber visto a Beshara cerca del lugar donde se hundió el *Princess Mary*. Lamentablemente, sus descripciones no coincidían. Uno decía que llevaba camisa de cuello almidonado y una chaqueta semejante a las que llevaban los camareros del barco. Otro le otorgaba una apariencia más ribereña, con un chaquetón impermeable como el que solían llevar los marineros y los gabarreros. Y otros tres o cuatro se emocionaron demasiado para retener más que meras impresiones, aunque estas iban cobrando fuerza a medida que las volvían a contar.

El resultado final no era más que un montón de impresiones, creencias: nada que hubiese conducido a un veredicto en un tribunal de justicia, pero los ánimos estuvieron demasiado encendidos para tomar en cuenta estas consideraciones, y York había rechazado las escasas objeciones de Juniver.

Luego estaba la cuestión más candente de quién lo había atacado en prisión, llegando tan cerca de matarlo que seguían manteniéndolo aislado en la enfermería de la cárcel. ¿La había investigado Lydiate? No se había hecho público informe alguno, y nada había que aludiera a ello en las notas que le habían entregado a Monk. ¿Un descuido? ¿O, más oscuro y feo, una omisión deliberada? Monk tenía que aclararlo de inmediato con Lydiate.

Cuando Monk se enfrentó a Lydiate en su ordenado y confortable despacho, que tenía no menos de tres veces la superficie del de Monk, la entrevista comenzó con poca fluidez. A Monk le desagradaba tener que sacar el asunto a colación, de modo que lo hizo con franqueza y sin engañosos cumplidos.

—Me dijeron que había sido una pelea común entre reclusos —dijo Lydiate gravemente—. Lo acepté. Me pareció plausible que alguien se hubiera vengado a título personal y, a decir verdad, no se lo reproché. —Se mordió el labio, pero en sus ojos brillaba el desafío—. O quizá fue una reyerta carcelaria. No es un hombre simpático.

—¿Habló con él? —Monk no podía dejarlo correr tan fácilmente. Era uno de los pocos hilos de los que tirar para llegar a alguna parte.

—No. Lo solicité pero me fue denegado —dijo Lydiate, como si su respuesta fuese a un mismo tiempo previsible y adecuada.

—¿Se conformó con eso? —preguntó Monk, incapaz de disimular su incredulidad.

—No —contestó Lydiate con acusada frialdad—. Llevé el asunto a instancias más altas; lo mejor que conseguí fue ver a Fortridge-Smith, reunión harto insatisfactoria, pero eso era mejor que nada.

—¿Quién es Fortridge-Smith?

A Monk le sonaba el nombre pero no conseguía ubicarlo.

—El director de la prisión donde está encerrado Beshara.

—¿Qué le dijo?

—Que Beshara es un hombre desagradable, culpable de este crimen en concreto y de muchos más, que merece morir en la horca, tal como me aseguró que habíamos demostrado —contestó Lydiate, poniéndose rojo de vergüenza—. El gobierno había visto apropiado conmutarle la sentencia, por razones que él no comprendía ni le habían comunicado, pero si ese hombre moría en prisión, pasaría a ser su problema.

Saltaba a la vista que Lydiate no admiraba a Fortridge-Smith. Monk cambió ligeramente de táctica.

—En sus notas he visto que usted y sus hombres intentaron sonsacar información a Beshara cuando lo arrestaron. ¿No mencionó ninguna clase de ayuda?

—Pruebe usted, si quiere —ofreció Lydiate—, pero creo que es una pérdida de tiempo. Viéndolo a posteriori, incluso es posible que realmente no sepa nada.

—Aun así me gustaría intentarlo. —Monk se levantó—. Gracias.

Monk solicitó el correspondiente permiso oficial para hablar con Habib Beshara, a fin de interrogarlo acerca de ciertos momentos y lugares en los que había estado cerca del río la noche de la explosión, y sobre lo que pudo haber visto u oído. No esperaba descubrir información muy reveladora, al menos no por voluntad de Beshara, aunque a veces una mentira creativa revelaba otras verdades.

Aparte de eso, tenía mucho interés en lo que Beshara diría acerca del ataque contra su persona. ¿Fue una pelea carcelaria, tal como sostenía Fortridge-Smith, o la venganza de alguien que lo consideraba responsable de la atrocidad? O, mucho más interesante todavía, ¿la intención había sido hacerle callar respecto a lo que supiera, siendo entonces la agresión una amenaza, o bien un intento fallido de asesinarlo?

La autorización volvió a ser rechazada. Monk pidió una explicación y se la denegaron. Solo sirvió para azuzar su determinación.

Las autoridades conocían menos a Hooper que a Orme. Monk hizo que Hooper buscara información y el historial de quienes entonces ocupaban el mismo pabellón penitenciario que Beshara. Cuando Hooper regresó con una lista de nombres, Monk eligió uno que la Policía Fluvial del Támesis pudiera querer interrogar justificadamente. Tenía que ser alguien vinculado a un delito que se estuviera investigando.

Giles Witherspoon había sido hallado culpable de comerciar con objetos robados de considerable valor. Orme ya había intentado, sin éxito, sonsacarle información sobre quién los había robado. En realidad no había esperado sacar nada en claro. Giles era lo que se conocía como un «perista opulento», es decir, un comerciante que compraba y vendía artículos robados pequeños y valiosos. Nadie triunfaba en ese negocio si traicionaba a sus clientes. Fueran compradores o vendedores.

Monk dio las gracias a Hooper y fue a la cárcel armado con el permiso que necesitaba.

Fortridge-Smith era un hombre alto y delgado, de pelo rubio rojizo y con un bigote muy bien recortado. Su porte militar hacía que pareciera que vestía de uniforme aunque no fuese así. Se mantuvo muy erguido, casi en posición de firmes, mientras habló con Monk después de que este llegara a la cárcel y se presentara en el despacho del director.

Fortridge-Smith leyó detenidamente la carta de autorización y se la devolvió.

—Parece que está todo en regla —dijo, asintiendo ligeramente con la cabeza.

—Sí, señor —respondió Monk, percibiendo su hostilidad de inmediato y esforzándose más de lo que hubiese deseado en ocultar la propia.

—No le sacará nada —prosiguió Fortridge-Smith, mirando a Monk de la cabeza a los pies para formarse una opinión—. ¡No puede amenazarlo con algo parecido al tipo de castigo que pueden esgrimir los ladrones!

—Ya lo sé —contestó Monk a media voz—, pero a veces las personas dicen más de lo que quieren.

Fortridge-Smith se encogió de hombros.

—Si usted lo dice... —Miró a Monk con súbito recelo—. Comandante Monk, de la Policía Fluvial del Támesis. ¿No solicitó una autorización para ver a Habib Beshara?

Monk se puso tenso.

—Sí. Fue denegada. ¿Tan enfermo está?

—¡No! —Fortridge-Smith se sonrojó levemente—. O sea... No podemos comentar su estado de salud. La situación es muy delicada.

—Eso parece —observó Monk secamente—. Por suerte para mí, es a Giles Witherspoon a quien he venido a ver.

—Por supuesto —repuso Fortridge-Smith con tirantez—. Lo acompañaré a la sala de interrogatorios.

Monk no tenía motivos para discutir, de modo que siguió la rígida espalda del director a lo largo del pasillo enlosado. Sus pasos resonaban con un sonido hueco. Sin embargo, se preguntó si podría crear la oportunidad para desviarse del camino señalado e intentar ver a Beshara, aunque no pudiera hablar con él. ¿Cuán enfermo estaba realmente? Monk no lo había visto nunca. En los bosquejos realizados durante el juicio para los periódicos se lo veía cetrino, un tanto rollizo, de pelo moreno con canas en las sienes. ¿Qué aspecto tendría ahora? ¿Cuán grave había sido la paliza? ¿Era esa la razón por la que habían denegado la entrevista a Monk, porque sus heridas eran más graves de lo que estaban diciendo?

Si eso fuese cierto, sería una seria negligencia en el cumplimiento del deber, por supuesto. ¿O se trataba de algo que habían permitido deliberadamente por la razón que fuera o, en el peor de los casos, habían pedido que se hiciera?

Avivó el paso y alcanzó a Fortridge-Smith.

—¿Qué le ocurrió al hombre que golpeó a Beshara? —preguntó a bocajarro.

Fortridge-Smith dio un traspié y recobró el equilibrio con torpeza.

—Eso es un asunto interno de la prisión, señor Monk. No atañe a la Policía Fluvial.

Mantuvo la mirada al frente y aceleró su marcha por el pasillo.

—O sea que no lo sabe —concluyó Monk, para mayor irritación de Fortridge-Smith, manteniéndose a su paso.

Fortridge-Smith dio media vuelta y lo fulminó con la mirada.

—¡Esa conclusión es irresponsable, señor! Si lo repite, será por su cuenta y riesgo. ¿Me entiende?

—Me parece que sí. —Monk se enfrentó a él esbozando apenas una sonrisa—. Beshara fue interrogado con cierta violencia, se negó a traicionar a sus cómplices, como consecuencia se le propinó una paliza tremenda y aun así se negó a hablar. —Observaba los ojos de Fortridge-Smith y el color que iba adquiriendo su tez—. Lo más probable es que muera aquí —prosiguió—. Un mártir político de la causa en la que cree, sea cual sea. Cabe presumir que dicha causa no incluya a infieles occidentales abriendo canales a través de su país y reclamando los beneficios de tal empresa. O algo por el estilo.

Fortridge-Smith estaba temblando de ira, con las mejillas coloradas.

—¿Quién demonios le ha metido eso en la cabeza? ¡Es una idea monstruosa! Nadie ha torturado a ese desdichado. Lo golpearon otros reclusos porque es un desgraciado meloso y taimado que es culpable de estar implicado en la matanza de casi doscientos hombres y mujeres inocentes. ¡Tendrían que haberlo ahorcado! Si no lo hicieron, solo fue por alguna falsa necesidad diplomática. —Se plantó delante de Monk, tieso como un palo de escoba, los hombros cuadrados, los puños cerrados con tanta fuerza que le brillaban los nudillos. Tenía la mandíbula tan tensa que no paraba de subir y bajar el mentón como si el cuello de la camisa le dificultara respirar.

—De modo que no sabe quién le dio la paliza o no le importa —dedujo Monk.

—No me importa —replicó Fortridge-Smith en el acto, escupiendo las palabras—. Pero si dice a cualquier hombre ajeno a esta prisión que ese maldito asesino no fue golpeado en una reyerta entre reclusos, pagará muy cara su insensatez. Por no mencionar la traición a los suyos, un pecado que no admite perdón. ¿Me explico bien? No lo amenazo. Yo no haré nada en absoluto. Se trata de una simple advertencia, no porque usted me importe, sino porque me importa mucho el daño que usted pueda causar.

Monk sintió un escalofrío, como si el cielo se hubiese oscurecido de súbito. Aquel hombre envarado y asustado, con su bigote recortado, estaba al tanto de algo que él buscaba a tientas. Quizá pareciera absurdo, pero el peligro al que aludía era totalmente real.

—Quiero saber la verdad, señor —contestó Monk, con algo parecido al respeto—. No tengo intención de ir contándolo por ahí, y mucho menos en público, pero los deudos merecen algo más que mentiras.

—Beshara quizá no actuó solo, pero participó en el atentado —insistió Fortridge-Smith—. Si muere aquí, lo tendrá bien merecido. —Volvió a levantar el mentón—. ¡Y ahora vaya a entrevistar a su desgraciado ladrón, perista o lo que sea!

—Perista opulento, señor. Gracias.

De haber sido militar, Monk bien podría haber saludado, pero entonces se habría sentido tan ridículo como Fortridge-Smith.

La entrevista con Giles Witherspoon fue más productiva, pese a los circunloquios, de lo que Monk había esperado. Camino de su casa a bordo del transbordador, ya había oscurecido aunque todavía corría el mes de julio y apenas habían dejado atrás al punto más álgido del verano.

El piloto del transbordador era un hombre de pelo cano y rostro enjuto. Tenía los brazos musculados por los años que llevaba remando. Mantuvieron una charla agradable e informal de la que tan solo se desprendía que ambos habían trabajado una larga jornada y estaban contentos de ver que por fin terminaba.

Las sombras se alargaban sobre las aguas y el viento empezaba a arreciar. Había dejado de hacer calor y las olas de la marea entrante eran más hondas, comenzando a formar borregos de espuma blanca.

Había otras embarcaciones navegando por el río, transbordadores que cruzaban de una orilla a otra, hileras de gabarras efectuando el último trayecto con la marea, una pizca tarde; ni un barco de recreo a la vista.

Los únicos sonidos eran el rítmico crujido de los remos en los escálamos y el siseo y las salpicaduras del agua. Monk se dejó llevar por ese arrullo y empezó a divagar, distraído. Giles Witherspoon le había dado más información de la esperada. Tal vez eso era lo que debería estar investigando en lugar de intentar recomponer la fragmentada investigación de Lydiate sobre el hundimiento del *Princess Mary*. Quienquiera que fuese el responsable, aparte de Beshara, probablemente hacía tiempo que se había ido del Támesis, quizás incluso de Inglaterra. Que Monk continuara investigando el caso no iba a traer aparejadas justicia ni paz, solo más miedo, más dudas y sentimientos de culpa, más enojo.

Otra embarcación surgió de la nada y los embistió. El peso de la proa y el ímpetu que llevaba partieron en dos el casco del transbordador. En cuestión de segundos Monk se encontró luchando para mantenerse a flote. El agua gélida y asquerosa le empapó las ropas hasta que lo aprisionaron casi como si fuesen cuerdas, impidiéndole nadar. El río estaba agitado y las olas eran altas, se abatían sobre su rostro una y otra vez.

Monk se debatía, agitando brazos y piernas, presa del pánico. Se impulsó hacia arriba y tuvo la sensación de que lo despedazaba la corriente que le arrastraba las piernas. Algo lo agarraba desde abajo mientras él luchaba por respirar. Tragó saliva, una ola le cubrió la cabeza, el ruido del agua lo ensordecía. ¿Dónde estaba el piloto del transbordador? ¿Estaba en algún lugar entre aquellas olas removidas y asfixiantes?

Trató de nadar, de mantenerse a flote, cualquier cosa con tal de poder respirar. En un momento dado inhaló una bocanada de aire y acto seguido un madero le golpeó tan fuerte en el costado que faltó poco para que perdiera el conocimiento a causa del dolor. No podía pensar en otra cosa. La superficie se alejaba al tiempo que se veía arrastrado hacia el fondo del río, descendiendo, cegado, ensordecido, con los pulmones a punto de reventar. Ahora sabía qué sentía uno al ahogarse, al ser succionado por el vientre de la corriente y engullido, sabiendo lo que está sucediendo pero siendo incapaz de impedirlo.

Tenía que serenarse. ¡Arriba! ¡Tenía que ir hacia arriba, hacia la luz, hacia el aire, la vida! Nadó con todas sus fuerzas, agitando brazos y piernas. Tardó una eternidad en emerger de nuevo y dio un grito ahogado. El agua chapaleaba contra su rostro, olas demasiado altas lo zarandeaban, sacudiéndolo de un lado a otro.

Oyó gritos, una voz humana, aguda y desesperada. Vio una sombra muy grande casi encima de él, como si una embarcación enorme, de unos dos metros de francobordo, se estuviera abatiendo sobre él. No tenía fuerzas para apartarse de su rumbo; las olas y la corriente eran demasiado fuertes. Iba a golpearlo, a dejarlo inconsciente, a romperle la crisma. ¡Le quedaban segundos! No lograba avanzar en la corriente. ¡Lo impelía hacia la derrota del barco!

Abajo. Bajar sería la única manera de quedar fuera de su alcance. Aspiró una bocanada de aire tan grande como pudo y se dejó arrastrar debajo del agua otra vez, mientras su mente pedía desobediencia a gritos, negándose a descender.

¿Qué estaba ocurriendo? ¿Nadie se había enterado de que habían chocado, partiéndoles la barca en dos? ¿O acaso alguien había intentado matarlo? Pobre piloto.

¿Dónde estaba el piloto del transbordador? ¡No se merecía aquello!

Con los pulmones a punto de reventar, salió de nuevo a la superficie. Respiró jadeando, privado de aire, volviéndose a un lado y otro, buscando al piloto en la oscuridad.

—¡Eh! —gritó—. ¿Dónde está? ¡Eh!

Oyó un grito. Aguzó el oído para oírlo otra vez pero solo se oía el rugir del agua.

De pronto lo localizó. Sonaba más débil.

Se dirigió hacia él. Llevaba años sin nadar, pero la furia y el instinto de supervivencia le dieron fuerzas para vencer a la corriente en dirección al grito.

Casi había chocado con el piloto cuando se dio cuenta de que lo había alcanzado. Hubo una momentánea agitación de brazos en el aire, mucho chapoteo. Monk se hundió unas cuantas veces. El piloto era un peso muerto, aparentemente inconsciente. ¡Quisiera Dios que no estuviera muerto!

Monk sostuvo el rostro del piloto por encima del oleaje y gritó tan fuerte como pudo:

—¡Socorro! ¡Socorro!

Parecía que llevara siglos en el agua. Estaba perdiendo fuerzas. Tenía las piernas tan frías que apenas las sentía. El agua lo cubría una y otra vez, asfixiándolo, como si tuviera ganas de devorarlo. Cada vez tardaba más en emerger de nuevo en la superficie.

Entonces perdió al piloto. La corriente se lo había arrancado de las manos, demasiado entumecidas para sujetarlo. Se estaba hundiendo. Lo abrumó la desesperación. Ambos iban a morir, igual que todos los pasajeros del *Princess Mary* que no había logrado salvar... y para quienes no habría justicia.

Entonces algo tiró de sus brazos hacia arriba, algo muy fuerte. ¿Lo había atrapado una red? ¿Una soga? Estaba perdiendo el conocimiento.

Cuando abrió los ojos notó que algo le tocaba la cara, una cosa húmeda. Jadeó y vomitó agua del río. ¿Estaba respirando? Un ligero balanceo.

Intentó incorporarse pero se desplomó cuando le dieron un empujón hacia abajo.

—Quédese ahí, señor —dijo una voz masculina en la oscuridad—. Pronto llegaremos a tierra. Ya era casi hombre muerto. Tranquilícese. Le daré un buen trago de coñac. Le quitará de la boca el gusto del río.

—¿Y el piloto? —Monk se esforzó para que su voz fuese audible. Era importante. Sería un desastre que él estuviera vivo y aquel pobre hombre muerto. No recordaba por qué, pero estaba seguro de ello—. ¿Qué ha pasado?

—Parece ser que alguien los ha embestido —contestó la voz—. El piloto del transbordador se pondrá bien. Aunque le llevará un tiempo. Una mala rotura de un brazo, pobre diablo. Debería haberse ahogado, quienquiera que fuese en ese barco, pero primero habrá que atrapar a ese malnacido. Me figuro que usted también tiene algún hueso roto. Mañana tendrá unos moratones de aúpa.

—Gracias —dijo Monk con un hilo de voz. Le dolía la cabeza, el pecho le ardía y estaba mareado. Tenía la sensación de haberse tragado la mitad del asqueroso río. Aun así, estaba vivo, y el piloto del transbordador, también. Cerró los ojos y, agradecido, se rindió al dolor y al frío.

Cuando alcanzaron la orilla sur, Hester y Scuff lo estaban aguardando. Ella estaba pálida, ojerosa, tratando de disimular su pánico. Scuff estaba a su lado, de pronto parecía muy adulto. En cuanto Monk salió trepando de la barca, con ayuda pero vivo y relativamente ileso, Scuff tuvo que hacer un esfuerzo para contener sus lágrimas de alivio.

Hester fue al encuentro de Monk de inmediato, sin que le preocupara quién la veía tomarlo entre sus brazos y acariciarlo con ternura, como si pudiera romperse. Scuff se quedó atrás, tímido y cohibido, sin estar seguro de si en aquel momento en concreto realmente encajaba allí.

Monk lo miró por encima del hombro de Hester y le sonrió, tendiéndole la mano.

Scuff titubeó y después se acercó, todavía inseguro. Solo cuando Monk le estrechó la mano, él se la estrechó a su vez, y entonces abandonó todo fingimiento y lo abrazó sin apenas percatarse del jadeo de Monk, que tuvo que apretar los dientes para corresponder al abrazo, el dolor ignorado, casi olvidado.

Un vecino insistió en ayudarlos, y caminando entre Hester y Scuff, Monk fue cojeando hasta el carro y dio las gracias a aquel buen hombre con inmensa gratitud. La subida podría haber sido una auténtica pesadilla.

Dando sacudidas, el carro fue traqueteando colina arriba desde el muelle hasta Paradise Place. Apenas hablaron durante el trayecto. Monk tiritaba de frío, el dolor se iba adueñando de él. Cuando se detuvieron delante de su casa, Scuff lo ayudó a bajar del carro y después lo llevó a la cocina. Era más fuerte de lo que Monk se esperaba.

Hester le preguntó dónde tenía heridas y comprobó el estado de todos los puntos que él le indicó. Después lo ayudó a quitarse la ropa mojada, cuyo mero contacto le hacía estremecerse. Le quitó del pelo el barro del río en la medida de lo posible. Examinó con ojo experto las magulladuras, disimulando su angustia.

—Hay que vendarte las costillas —dijo Hester con tanta serenidad como pudo, pero le tembló la voz. Tenía muy presente que Scuff estaba a su lado, trayendo agua caliente y vendas, sosteniéndole cosas, tenso por un miedo espantoso a que su mundo se estuviera desmoronando ante sus ojos sin que él pudiera hacer nada para salvarlo. La felicidad y la seguridad eran infinitamente frágiles.

—Me pondré bien —insistió Monk. Le castañeteaban los dientes a causa del shock y del frío, de ahí que lo dijera farfullando.

—Claro que sí —convino Hester—. Siempre y cuando hagas lo que te diga.

—Hester...

—No hables —dijo ella en voz baja, pestañeando mientras las lágrimas le resbalaban por las mejillas—. A no ser que se trate de algo que deba saber por tu bien, no digas nada. Scuff, ¿nos prepararías un té bien cargado y caliente, por favor? Y ponle azúcar. Ya sé que no te gusta, a mí tampoco, pero es medicina. Yo le añadiré el coñac.

Monk se sumió en un sueño profundo en cuanto se metió en la cama. Le dolía todo el cuerpo, pero Hester le había dado unos polvos que él había aceptado agradecido.

No obstante, su sueño no fue tranquilo. Se despertó boqueando como si le faltara el aire, sintiendo todavía el agua gélida aprisionándolo hambrienta, succionándolo hacia el lecho del río. Por más que forcejeara, no lograba liberarse. El dolor se había adueñado de él, punzando en su pecho, su barriga, incluso en su cabeza. Estaba aprisionado por el vendaje que Hester le había puesto en el pecho. Las mantas lo asfixiaban, le ataban los brazos para evitar que escapara.

Acto seguido volvió a tener la sensación de estar en el agua. La fetidez del lodo del río lo sofocaba, le obstruía la garganta y le impedía tragar. Se estaba ahogando. Todo estaba oscuro. No podía ver ni tocar nada. Ni luces, ni consuelo, solo una oscuridad gélida, envolvente, devoradora.

Aquello tuvo que ser lo mismo para las personas que iban a bordo del *Princess Mary*. Estaban riendo, bebiendo, bailando a la luz de los faroles y de pronto estuvieron solas en la oscuridad, sofocadas, succionadas hacia el fondo para morir ahogadas. ¡Todas y cada una de ellas, las ciento setenta y nueve! Y también para los demás que se vieron arrastrados cuando el *Princess Mary* se hundió: los hombres de las barcas cercanas al lugar de la explosión. ¡Todos ellos! Sintió una profunda compasión.

Apartó las mantas y se incorporó en la cama. Reinaba una oscuridad absoluta, pero pudo oír a Hester respirando a su lado, notar el calor de su cuerpo. Aquella era su vida, y todo lo que importaba y la hacía indeciblemente placentera.

Alargó el brazo despacio, aguardando la punzada de dolor.

Cuando la sintió, la ignoró. Acarició a Hester y se relajó, tendiéndose de nuevo sobre la almohada, abrazado a ella.

Entonces le acudió a la mente un pensamiento absurdo. Todas aquellas muertes eran angustiosas, absolutamente individuales y definitivas. ¿Era concebible que alguien hubiese hundido un barco entero a fin de matar a una persona en concreto?

12

Al principio Hester durmió de puro agotamiento pero hacia las tres de la madrugada volvía a estar despierta, escuchando a Monk revolverse inquieto aunque era evidente que estaba demasiado dolorido para moverse mucho. De vez en cuando le constaba que estaba soñando. En varias ocasiones gritó y ella alargó la mano para tocarlo, pero eso parecía empeorar las cosas y, además, no quería despertarlo.

Finalmente tuvo una pesadilla que a Hester le pareció tan mala que lo zarandeó para despertarlo. Solo podía abrazarlo torpemente debido a las heridas, pero lo sostuvo entre sus brazos hasta que volvió a dormirse.

Por la mañana Monk seguía estando cansado y con considerables dolores. Hester le dio el desayuno que le apetecía, cambió las vendas de las pocas heridas que le habían desgarrado la piel de los brazos y después le administró una dosis de láudano para aliviar el dolor. Una vez hecho esto, lo único que podía hacer era dar instrucciones precisas a Scuff para que cuidara a Monk, dado que ella tenía que hacer un recado. Scuff debía asegurarse de que Monk descansara todo el día, y que ni se le ocurriera salir a la calle.

—Ahora repíteme lo que te he dicho —dijo Hester muy seria cuando estuvieron a solas en la cocina.

Sosteniéndole la mirada, Scuff obedeció.

—Mucho té pero sin añadirle coñac —dijo—. No más láudano.

—De todos modos, lo tengo a buen recaudo —contestó Hester.

—¡No le habría dado! —protestó Scuff.

—Ya lo sé, pero él sabe dónde lo guardamos.

—¿No te fías de él? —preguntó Scuff, poniendo cara larga y con los ojos tristes.

—No siempre somos nosotros mismos cuando estamos enfermos, lastimados y nos hemos llevado un susto de muerte —explicó Hester—. Por eso necesitamos que quienes nos aman cuiden de nosotros. Esta es una parte importante del amor. No compartir solo los buenos tiempos o las batallas libradas codo con codo, sino también los malos tiempos y las batallas que debemos librar a solas.

—¿Adónde vas? —preguntó Scuff con inquietud.

—Voy a buscar a Crow. Creo que quizá pueda ayudarnos con este problema, pues conoce el río incluso mejor que la policía.

—¡No puedes ir sola! —protestó Scuff, con toda suerte de peligros arremolinándose en su mente. Hester era una mujer. Podía ocurrirle cualquier cosa. Y era bastante guapa, a su manera... Se suponía que las mujeres debían quedarse en casa, donde estaban a salvo. Tenían que trabajar duro, y tener hijos era peligroso, cosa en la que Scuff ni siquiera podía pensar. Pero no se suponía que debieran salir a la calle y meterse en problemas, peleas y lugares poco recomendables.

»¡Tú te quedas en casa a cuidar de Monk y yo iré en busca de Crow! —dijo con voz aguda, llena de miedo—. ¡Puede que te necesite! —añadió por si acaso—. Tú eres la enfermera. Sabes qué hay que hacer. Además, ¿y si no me hace caso? ¿Y si no hace lo que le diga?

Hester sonrió y besó a Scuff en la mejilla, cosa que lo pilló absolutamente por sorpresa y le pareció la mar de agradable.

—Lo hará —prometió Hester sin reflexionar—. Ahora mismo está demasiado dolorido para discutir. Prepárale té y tostadas. Dale cualquier cosa que le apetezca, excepto coñac. Regresaré en cuanto haya visto a Crow.

—Pero no deberías... —se quejó Scuff.

—No te preocupes —respondió Hester, dirigiéndose hacia la puerta—. No tienes por qué aburrirte. ¡Lee un libro del colegio!

—Pero... —comenzó a decir Scuff, justo cuando Hester cerró la puerta a sus espaldas.

Hacía un día calmo y soleado. El viento de la víspera había amainado por completo y la atmósfera era pesada, el olor del río, acre. Estaba acostumbrada a él, pero seguía siendo desagradable: una mezcla de sal y barro agrio; en un día como aquel, más bien lo segundo.

A pesar del calor se encontró temblando, sentada en el transbordador que cruzaba hacia la ribera norte. La bajamar revelaba las fangosas orillas de ambas márgenes del río. El agua estaba lisa y reluciente, teñida de marrón, casi como si uno pudiera caminar sobre ella. Resultaba imposible imaginar las olas embravecidas del día anterior zarandeando una barca.

¿En verdad la otra embarcación había embestido al transbordador de Monk por accidente? ¿Acaso sus luces de navegación eran invisibles? ¿Era plausible que alguien embistiera una barca sin darse cuenta de lo que había hecho, o yendo a tal velocidad que no pudiera detenerse y virar para ir en busca de los náufragos, cuando no había anochecido del todo?

Intentó figurarse cómo podía haber sucedido, con el sol ardiente en la espalda y el río tan liso que no mostraba ni una onda.

Tenía los nudillos blancos de aferrarse con las manos al borde de madera del asiento. ¿Tenía miedo del agua? ¿O tan solo se estaba imaginando a Monk ahogándose, luchando por querer sobrevivir y creyendo que alguien había intentado matarlo aposta?

Notó que el corazón le palpitaba y que tenía las manos pegajosas de sudor. Le estaba entrando el pánico. Debía ponerle freno. Recuperar el dominio de sí misma. No podría ayudar a nadie en aquel estado. Era enfermera. Había hecho frente al terror, la mutilación y la muerte en el campo de batalla. ¿Qué le pasaba?

Vislumbró la respuesta con un sobresalto de sorpresa y absoluto entendimiento. La vida era mucho más dulce, inconmensurablemente más valiosa ahora que tenía todo lo que más le importaba: amor, propósito.

Estaban llegando a la otra orilla. Sacó el monedero. Una vez abarloados a la escalera pagó al piloto del transbordador, le dio las gracias y saltó a tierra. Resultaba raro pensar que el piloto no supiera quién era ella ni que alguien hubiese estado a punto de ahogar a su marido la noche antes. El río era un lugar muy íntimo y, sin embargo, a veces resultaba sumamente anónimo. Aquellas aguas marrones podían cerrarse sobre tu cabeza y hacerte desaparecer sin dejar rastro de tu existencia. Pasabas a no ser más que un recuerdo en la mente de quienes te habían amado en vida.

Subió la escalera y enfiló la calle adoquinada hasta High Street, donde tomó un ómnibus hacia el este que la llevaría hasta Isle of Dogs. Se apeó en la parada más cercana al lugar donde Crow había establecido su nueva clínica. Sabía la dirección, pero todavía no lo había visitado.

Fue contando los números a lo largo de la calle e intentó recordar la descripción que Crow le había dado. Estaba en Isle of Dogs, el saliente que formaba un gran meandro del río entre Limehouse y Blackwall. Seguía Wharf Road, que discurría paralela a la orilla, si es que tan irregular línea podía describirse como paralela.

Sabía qué punto de referencia andaba buscando, pero pasó por delante de él tres veces antes de reconocerlo y subir la estrecha escalera hasta lo que resultó ser un espacioso altillo con unas claraboyas enormes. Estaba lleno de camas y de súbito fue como si Hester volviera a estar en el hospital de Scutari,* rodeada de soldados. Hasta aquel instante la guerra de Crimea se había convertido en un recuerdo tan remoto que bien podría haber sido una historia que alguien le hubiese contado. Ahora volvía a ser real: el olor a lejía, desinfectante y sangre era tan penetrante que al inhalarlo se puso a toser.

Entonces vio a Crow viniendo a su encuentro, alto y desgarbado como siempre. Su camisa tenía manchas de productos químicos y, en algunas partes, de sangre. Llevaba el pelo moreno tan largo que le caía sobre la frente.

—¡Hester! —Nunca le habían preocupado las formalidades—. ¿Vienes a ver mi nuevo establecimiento? —Sonrió con gusto, tanto por su alegría de verla como por lo orgulloso que estaba de aquel nuevo espacio más amplio, limpio y aireado. Entonces la miró con más detenimiento y frunció el ceño—. ¿Qué pasa? ¿Qué ha sucedido?

Hester siempre había sido demasiado franca; «poco diplomática», solía decir su familia. Por eso tiempo atrás había dejado la recaudación de fondos para la clínica de Portpool Lane en manos de otras voluntarias. Le resultaba casi imposible hablar con rodeos. Cuanto más importante el asunto, más directa se mostraba.

—El *Princess Mary* —dijo a Crow—. Beshara no es quien puso los explosivos y los hizo estallar. Ahora que Monk lo ha demostrado, le han devuelto el caso.

Crow asintió con un gesto de cabeza mientras asimilaba la noticia.

—¿Una taza de té? —propuso. Era una buena manera de iniciar cualquier conversación seria.

Hester asintió y lo siguió fuera de aquella gran estancia, tan parecida a las nuevas alas que la señorita Nightingale montara en Crimea, hasta un cuarto pequeño con una estufa de leña con

---

* Nombre antiguo de Üsküdar, un distrito de Estambul, Turquía, a orillas del Bósforo.

un hervidor de agua encima y dos sillas. Evidentemente, era el despacho de Crow.

Se sentó mientras él ponía el hervidor en la superficie caliente y se sentaba a su vez delante de ella. Hester le refirió sucintamente toda la historia, desde la participación de Monk en el rescate la noche del hundimiento hasta el momento presente, con Monk en casa, guardando cama, aturdido y lesionado.

Crow frunció los labios.

—¿Necesitáis que os ayude hasta que se ponga mejor? —preguntó, con amabilidad pero evidentes dudas—. Me encantaría hacerlo. Sabe Dios que hay que encontrar al culpable y colgarlo de los... pies. Pero no se me da muy bien lo de investigar. Preguntaré a todos mis conocidos, a ver qué deudas me puedo cobrar, pero si alguien...

—No..., gracias —lo interrumpió Hester—. Eso lo harán Orme y Hooper. Me temo que necesitaré mucho más de ti.

Crow se quedó perplejo.

—¿Qué puede ser más importante que descubrir al verdadero autor del crimen? No lo entiendo.

Sonó el pitido del hervidor. Crow preparó el té en una vieja tetera de hojalata.

—Descubrir quién atacó a Beshara en la cárcel —contestó Hester mientras él aguardaba un momento antes de servir las tazas—. Si lo supiéramos —prosiguió—, quizá sabríamos quién está detrás de todas las mentiras y las presiones, posiblemente también el porqué, y eso quizá nos conduzca al asesino.

—Quizá —convino Crow—. De hecho, probablemente sería así. Pero no tengo ni idea, y no conozco a nadie que pueda saberlo.

—¿No crees que el propio Beshara lo sabe? —preguntó Hester con tanta inocencia como fue capaz de fingir.

Crow seguía sin entenderlo. Hester lo conocía lo suficiente para haber reparado incluso en el más ligero destello de humor en sus brillantes ojos negros. Crow nunca había sido capaz de ocultarlo, de hecho rara vez había visto la necesidad de intentarlo.

—Está enfermo —agregó Hester.

—Ya lo sé... —De pronoto abrió mucho los ojos y se quedó literalmente boquiabierto—. ¡No! —dijo, irguiéndose en la silla—. No, Hester...

—Casi doscientas personas se ahogaron en ese desastre —señaló ella.

—Ciento setenta y nueve —la corrigió Crow—. No exageres.

—Y dieciséis más en otras barcas, personas que intentaron rescatar a los náufragos. El remolino se tragó una barca con cinco personas a bordo.

—De acuerdo, casi doscientas... —La voz le titubeaba—. ¡Aun así no puedo hacerlo! ¡Quizá no vuelva a salir nunca!

—Estamos sobre una buena pista —continuó Hester—. Anoche faltó poco para que mataran a Monk. El transbordador en el que iba fue embestido. Si el piloto muere, supongo que podemos sumar una víctima más. Y, por cierto, dos de los náufragos rescatados murieron de neumonía.

—¡Y yo seré el próximo! —respondió Crow. Era un último intento para evitar que lo involucraran, pero sus ojos ya reflejaban su derrota.

—¡No se atreverán a matarte! —le aseguró Hester, aunque con voz vacilante—. Eres médico.

—Soy curandero —repuso Crow, haciendo una mueca al escupir esa palabra—. Si quieres halagarme, hazlo mejor.

Hester le sonrió.

—Eres un buen amigo, uno de los nuestros.

Emociones diversas se sucedieron en el semblante de Crow. En dos ocasiones tomó aire para discutir, pero las palabras le fueron esquivas. Tal vez no quería hacerlo, en realidad.

Hester permaneció callada, a la espera.

—¿Cómo entro? —preguntó Crow finalmente.

—¡Aún no lo he pensado, pero lo haré! Regresaré en cuanto lo sepa. De verdad que te estoy muy agradecida.

Se terminó el resto del té de un trago y se levantó para irse, temerosa de recuperar la sensatez y cambiar de parecer.

Recorrió presurosa Wharf Street hasta la parada del ómnibus y tomó el primero que pasó en dirección al centro. Ahora que Crow más o menos se había avenido a ayudar, tenía un favor que cobrar. Después de haber regresado de Crimea y antes de casarse con Monk, se había ganado la vida trabajando como enfermera particular de pacientes que precisaban atención constante. Nunca había fallado en sus deberes profesionales, pero no siempre había contentado a los enfermos que tuvo a su cargo. Era demasiado franca, demasiado sincera en cuanto a la naturaleza de la enfermedad. Sin embargo, también había trabado amistades profundas y duraderas, y era a dos de esas personas a quienes ahora se disponía a acudir.

Primero visitó al coronel Brentwood, retirado del ejército pero todavía vivo, en gran parte gracias a su pronta actuación cuando perdió la mano izquierda en Crimea. Después fue a ver a sir Matthew Rivers, subsecretario en el gobierno a cuyo hijo había cuidado cuando contrajo una fiebre extrema.

No disimuló sus motivos y, a decir verdad, no había necesidad de hacerlo. Todo el mundo estaba enterado del hundimiento del *Princess Mary*, y la mayoría pronto sabría que o bien Beshara no era culpable en absoluto o, que si lo era, no había actuado solo. Ni siquiera era quien movía los hilos. Por consiguiente, se deducía que alguien más lo hacía, y que ese alguien todavía estaba en libertad, tanto si aún seguía en Inglaterra como si había huido a la tierra de donde procedía. La opinión pública se inclinaba por Egipto, aunque tal vez solo fuese porque ese país estaba muy presente en la mente de todo el mundo como consecuencia del debate sobre el Canal de Suez y lo que significaría para el transporte de mercancías y los viajes en general.

El romanticismo adicional de Egipto y las recientes excavaciones en su magnífico pasado no hacían sino incrementar la pasión generalizada por Oriente Medio y sus antiguas y maravillosas culturas, que eran la raíz de todo lo que conformaba el mundo moderno.

Con la ayuda del coronel Brentwood y sir Matthew, Hester

logró conseguir para Crow un puesto como médico de la prisión en cuya enfermería estaba aislado Beshara. Podía incorporarse de inmediato. Hester tuvo que tergiversar bastante la verdad, pero también fue bastante sincera con sus dos antiguos patronos en cuanto a lo que quería conseguir, y por qué. Ambos habían sido aventureros en su juventud, y ahora admiraban mucho el espíritu de Hester.

Se marchó convencida de que al día siguiente podría entregar a Crow los papeles que necesitaría. La enfermedad que aquejaba a Habib Beshara era incurable, pero ningún tratamiento que le diera Crow le haría empeorar. Las heridas de Beshara eran un asunto aparte. Seguramente ella misma estaba más acostumbrada a ocuparse de tales cosas que el médico que visitaba la prisión regularmente. Su práctica era general; Hester había adquirido la suya en el campo de batalla. Le diría a Crow todo lo que pudiera y esperaría lo mejor. Crow había estudiado medicina con decidida vocación, pero carecía de título por motivos que Hester conocía y de los que prefería no hablar. Confiaba tanto en su inteligencia como en su instinto. Su entrega nunca había sido puesta en duda.

Finalmente llegó a la clínica de Portpool Lane mucho más tarde de lo que hubiese querido, pero en los atardeceres de finales de verano era de día hasta las nueve.

Fue derecha al despacho de Squeaky, pues le constaba que estaría allí tanto si realmente estaba trabajando en algo como si no. Era su dominio, su reino.

Squeaky levantó la vista hacia ella con indignación en cuanto Hester estuvo dentro de la habitación, con la puerta cerrada.

—¿Qué significa que me envíe a ese espantoso golfillo? —inquirió, echando chispas—. ¿Qué demonios se supone que debo hacer con él? ¿Es que ahora somos un orfanato además de un refugio para todas las fulanas de Londres que caen enfermas?

—¿Se refiere a Worm? —dijo Hester inocentemente.

Squeaky se desplomó melodramáticamente en su asiento, quedando un tanto inclinado al no haber medido bien la distancia.

—¡Santo cielo! ¿Acaso hay más de uno?

Hester estaba demasiado cansada para reírse de él, pero ganas no le faltaron.

—De momento, no, que yo sepa. ¿Por qué? ¿Quiere dos? Estoy convencida de que podría encontrar...

Squeaky enarcó las cejas y la fulminó con la mirada.

—¡No! ¡Ni hablar! —gruñó.

—Perfecto. Creo que uno es mejor.

Se sentó en una silla delante de él.

—¿Mejor que qué? Nada es mejor. ¿Qué se supone que debo hacer con él? —Volvió a ponerse derecho—. ¿Puede decírmelo, por favor?

—Emplearlo, por supuesto —contestó Hester con sensatez—. Es un niño muy servicial. Puede ordenar cosas, hacer recados o lo que usted quiera. Lo único que importa es que le dé desayuno y cena, y un sitio para dormir. Una manta en el suelo de la cocina, si todas las camas están ocupadas.

—¿Si todas las camas están ocupadas? —dijo Squeaky sin dar crédito a sus oídos—. ¿Qué le pasa? ¿Es que no tiene bastante con un golfillo?

—Sí. Por eso precisamente lo traje aquí. Seguro que Claudine sabrá encontrarle una tarea, si usted no puede.

—¡Claro que puedo! —replicó Squeaky al instante, mirándola todavía con fiereza—. Déjelo..., déjelo conmigo. Si le queda un ápice de la sensatez que tenía al nacer, no le entregará el chico a esa mujer. Lo mimaría hasta convertirlo en un inútil.

—Justo lo que pensaba —dijo Hester con satisfacción, contemplando sonriente la indignación de Squeaky—. Ahora necesito que me ayude con unos documentos para que Crow sea empleado temporalmente como médico de prisión. Me he tomado la libertad de decir a ciertas personas que está debidamente cualificado, pero por desgracia no puedo aportar ningún documento que lo acredite.

—¿Que usted qué? —graznó Squeaky—. En esa cárcel es donde probablemente debería estar él —agregó con suficiencia.

—Si no puede hacerlo, dígalo y punto. —Hester se encogió de hombros—. No hace falta que se dé tantos aires.

—¡Claro que puedo hacerlo! Deme eso. —Alargó la mano y le arrancó el trozo de papel que estaba sosteniendo—. ¿Quiere aguardar aquí mientras lo hago o tiene algo útil que hacer mientras trabajo?

Hester se puso de pie.

—Voy a ver a Claudine. Gracias, Squeaky. Aprecio su discreción.

Squeaky gruñó su asentimiento.

Hester se guardó de mencionar que también quería comprobar si Worm estaba bien y si aquella mañana había desayunado.

No tendría que haberse preocupado. Worm estaba bien alimentado y lo bastante ocupado para justificar un almuerzo además de la cena. Worm le sonrió de oreja a oreja y se fue enseguida a seguir con sus quehaceres, rebosante de importancia.

Hester llegó a su casa de Paradise Place pasadas las diez de la noche. Encontró a Monk sentado en la sala de estar con una taza de té, pero tenía aspecto de estar cansado y sumamente incómodo. Scuff, sentado frente a él y mirando con inquietud, se puso de pie de un salto al oír los pasos de Hester.

Le miró la cara y sin duda vio lo agotada que estaba, aunque el mero alivio de verla superaba todo lo demás.

—¿Estás bien? Te traeré una taza de té. Puedo... —Tragó saliva por su propia temeridad—. ¿Quieres que te traiga algo de comer? Todavía hay empanada...

Hester se sentó, apoyándose en el respaldo de la silla, sintiéndose reconfortada.

—Sí, por favor, eso estaría muy bien. Empanada y una taza de té será perfecto.

Scuff echó un vistazo a Monk.

—Está bien..., creo —le aseguró Scuff.

—Gracias —respondió Hester, asintiendo. Aguardó a que saliera para poder mirar a Monk con más detenimiento y comprobar si tenía fiebre o si solo estaba dolorido y frustrado por ser prisionero de su propia debilidad.

Scuff desapareció y Monk la miró fijamente, hablándole en voz baja y apremiante.

—Tengo que volver a trabajar en el caso. —Se inclinó un poco hacia delante e hizo una mueca de dolor—. Cuanto más pienso en ello, más claro tengo que ese barco nos embistió adrede. Los transbordadores cruzan por ese punto constantemente. En el río todo el mundo lo sabe y va alerta. Ni siquiera seguía la ruta normal para aprovechar la corriente. Todavía no era de noche, y llevábamos luces de navegación. Estoy cerca de algo.

—Veremos cómo te encuentras mañana... —comentó Hester.

—¡No lo entiendes! —la interrumpió Monk—. Tengo que...

—Sí que lo entiendo... —le aseguró Hester con tanta calma como pudo, aunque se percató del miedo que traslucía su propia voz—. Alguien os embistió adrede, lo cual significa que alguien quiere quitarte de en medio. Quizás incluso crea que eres lo bastante estúpido como para ir a por ellos herido y con menos de la mitad de tus fuerzas. Por suerte están equivocados. Tú, no.

Dedicándole una sonrisa torcida, Monk se movió ligeramente, hizo una mueca y decidió que no era buena idea.

—¡Hester, no dará resultado! Por cierto, ¿dónde has estado todo el día?

—Metiendo a Crow en la cárcel para que vea a Beshara —contestó.

Monk se puso tenso.

—¿Qué? ¿Has ido a la prisión? Hester, te dije que...

Se calló, paralizado por su propia impotencia.

Hester reparó en el dolor que reflejaba su rostro, por un momento más emocional que físico.

—No, no he ido —dijo con ecuanimidad—. Recuéstate y deja que vea cómo evoluciona esa herida.

—Duele. Me pondré mejor —replicó Monk—. ¿Le has dicho a Scuff adónde ibas?

—No, no lo he hecho. Si se lo hubiese dicho a alguien, habría sido a ti. ¡Y ahora estate quieto!

—¿Eres consciente de lo que podría haberte ocurrido? —inquirió Monk.

—Por supuesto —le aseguró Hester con un toque de sarcasmo—. Podrían haberme embestido en un transbordador y haber corrido el riesgo de ahogarme pero, afortunadamente, no ha sido así.

Esto último sonó como una orden.

—Hester...

—¡Y estate quieto! Tengo que concentrarme para vendar esta herida otra vez y asegurarme de que se está curando. Y quiero terminar antes de que Scuff regrese con el té.

Monk hizo ademán de ir a replicar, pero estaba demasiado cansado y dolorido para discutir.

Hester le sonrió con dulzura, disimulando su inquietud.

—Se ve limpia. Evolucionará bien... —prometió.

Monk escrutó su mirada un prolongado momento y al cabo se relajó y correspondió a su sonrisa.

Dos días después recibió carta de Crow, pidiéndole que fuera a verlo a su nuevo consultorio a la mañana siguiente.

Monk estaba bastante recuperado para entonces aunque todavía tenía dolores. Esperaba que Orme fuera a verlo, tal como había hecho el día anterior. Hester se aseguró de explicarle sus planes mientras él deliberaba qué debería pedir que hicieran los hombres de Wapping para proseguir con el caso.

Volvía a hacer una mañana calurosa y sin viento, y el río estaba lleno de tráfico. Hester tardó más de lo que esperaba en llegar a la clínica cercana a Wharf Street, y Crow la estaba esperando con impaciencia. Se lo veía ansioso, su rostro reflejaba su expectación a la reacción de Hester y su creciente interés en el caso. Ni siquiera le ofreció un té, sino que se lanzó de cabeza a pasarle su informe.

—Ese pobre diablo está enfermo de verdad —dijo, sentándose frente a ella en su despacho, inclinándose hacia delante en su silla—. Es lo que se llama *miastenia gravis*. Afecta a los músculos de todo el cuerpo. Va y viene. Un día estará bastante bien, y el siguiente sumamente debilitado y enfermo y con un aspecto espantoso. Por eso piensan que la mitad de las veces está fingiendo.

—He visto algún caso —contestó Hester—. Aunque no es frecuente. ¿En qué estado se encuentra?

—Muy avanzado, diría yo. Pero todavía le quedan unos cuantos años de vida, si nadie lo mata —dijo Crow con ironía—. Y yo me guardaría mucho de apostar por eso.

—¿Tuviste ocasión de hablar con él?

—Brevemente. Un cabrón de lo más arisco. Pero creo que tiene miedo. Le consta que es poco probable que salga y que, incluso si lo hace, tendrá suerte si dura mucho. Hay alguien que va a por él.

—¿Sabe quién?

—Creo que sí, pero, por descontado, no lo dice. Lo tienen acorralado en lo que respecta a decir quién más está implicado.

—¿Hay alguien que esté intentando averiguar quién lo agredió?

—Esto es lo más curioso de todo; mi impresión es que nadie lo está haciendo. —Crow torció el gesto—. Al director de la prisión parece traerle sin cuidado. De hecho diría que no cabe duda de que prefiere no saberlo. Cosa que me lleva a preguntarme si en realidad lo sabe y por ese motivo valora tanto su presunta ignorancia. A veces no es tan importante lo que piensas como lo que los demás creen que piensas. Esconde la cabeza bajo el ala, el señor Fortridge-Smith, y no mira a los ojos.

—¿Cobardía? —preguntó Hester con gravedad—. ¿O bien recompensado interés personal?

—Partiendo de lo poco que sé, diría que ambas cosas —contestó Crow con repugnancia—. Pero Beshara teme por su vida, eso está bastante claro. Tú sabes que no fue el autor principal del hundimiento del *Princess Mary*, pero apuesto a que él sí sabe quién fue. Y ellos saben que lo sabe…, cosa que equivale a una sentencia de muerte mucho más segura que la soga del verdugo oficial. Lo único que no sabe ese pobre diablo es cuándo morirá ni a manos de quién.

—Lo dices sin ninguna compasión —observó Hester.

—Tampoco tú la sentirías, si lo hubieses conocido —respondió Crow con una mueca—. Quizá no sea quien puso la dinamita en el *Princess Mary* ni quien encendió la mecha, pero sabía lo que iba a suceder y optó por dejar que ocurriera. Si está cagado de miedo porque alguien lo quiere hacer callar para evitar que testifique, no seré yo quien lo compadezca.

—¿Es alguien que ya está en la cárcel con él?

Aquella pregunta quizá no tuviera respuesta, pero tenía que hacerla.

—Eso creo —contestó Crow—, aunque quizás esté recibiendo órdenes desde el exterior.

—¿Por qué piensas eso?

—Porque está aislado en la enfermería pero sigue teniendo miedo.

—¿Tuvo miedo de ti?

Crow reflexionó unos instantes.

—No —respondió, un tanto sorprendido.

—Entonces sabe quién es —dedujo Hester—. O al menos sabe algo al respecto. Qué interesante. —Sonrió—. Muchísimas gracias.

Solo habían transcurrido cuatro días desde la embestida al transbordador pero Monk estaba cada vez más inquieto. Seguía padeciendo dolores pero la herida se había curado y, siempre y cuando se moviera con cuidado, el dolor era mucho más soportable que incluso el día anterior. Ya era hora de que fuera a Wapping y comenzara a hacer algo más que limitarse a escuchar los informes de Orme y Hooper y dar instrucciones. Estaban estrechando el cerco, pero tenía la impresión de estar haciéndolo muy lentamente.

Recibió las noticias de Crow que le refirió Hester con bastante interés. Tomó aire para decirle que nunca volviera a correr un riesgo semejante, pero vio la premonición que reflejaban sus ojos y se dio cuenta de que heriría sus sentimientos, sin que eso cambiara en absoluto lo que ella hiciera en el futuro. Solo serviría para meter una cuña de recelo entre ellos, no de mentiras pero sí de falta de confianza. Y ese precio era demasiado alto.

—Gracias —dijo Monk en voz baja—. Todo apunta hacia la misma respuesta. Beshara no es culpable pero sabe quién lo es, o al menos tiene una idea bastante aproximada. Y quienquiera que sea está más que dispuesto a matarlo para garantizar su silencio.

—¿Y la embestida contra el transbordador? —inquirió Hester—. No fue un accidente, ¿verdad?

—No...

—Ten cuidado... —dijo Hester con la voz ronca, casi entre dientes. Ahora sentía verdadero miedo, no por su propia seguridad sino por el riesgo de sufrir una pérdida que no podría soportar.

Monk se puso de pie con torpeza e ignorando la punzada de dolor en el pecho, la abrazó. Ninguno de los dos vio a Scuff entrar en la sala con el té, dar media vuelta y volver a salir, a la espera de un momento mejor.

13

Cuatro días después, dolorido y todavía con el vendaje que Hester le había puesto en las costillas, Monk se reincorporó al trabajo. Tras personarse en la comisaría de Wapping y hablar con Orme, y luego con Hooper, para evaluar las últimas informaciones y relacionarlo con todo lo que habían averiguado hasta entonces, fue a ver a Rogers, el piloto del transbordador que tan cerca había estado de morir ahogado. Se sentía culpable porque ya estaba convencido de que el hundimiento del transbordador había sido deliberado, y el pobre hombre había sufrido las consecuencias de llevar a Monk de pasajero.

Hooper había conseguido la dirección y lo había visitado un par de veces, a petición de Monk, mayormente para ver si estaba a salvo y recuperándose. Su casa era fácil de encontrar y, mientras Monk caminaba por la estrecha calle que discurría junto al agua, vio a Rogers sentado en el diminuto jardín, tomando el sol con los ojos cerrados. Al acercarse, Monk reparó en el brazo roto que llevaba en cabestrillo y en los oscuros moratones en la mejilla y la mandíbula de su pálido rostro.

Abrió los ojos al oír los pasos de Monk crujiendo en la grava.

—Buenos días, señor Rogers —saludó Monk, deteniéndose delante de él—. ¿Cómo va ese brazo?

—Duele a rabiar —contestó Rogers, levantando la vista hacia él con una sonrisa desolada—. Pero se soldará. No es el primer hueso que me rompo. ¡Lo malo es que me siento un inútil redomado! Mi esposa tiene que cortarme la comida, como si fuese un crío.

—Lo siento.

Monk se sentó en el banco de enfrente.

—No es culpa suya —dijo Rogers, negando ligeramente con la cabeza. Estaba claro que moverse todavía le hacía daño. Se fijó en la barriga de Monk, aumentada por el vendaje—. Usted no está mucho mejor, ¿eh?

—Un poco, sí —respondió Monk medio avergonzado—. Puedo usar los dos brazos, aunque con dificultad. Y no tengo que remar, aunque me gustaría hacerlo. Estoy al mando de la Policía Fluvial, en Wapping...

Rogers asintió con la cabeza.

—Ya lo sé. ¿Creía que por el hecho de vivir en el río no lo iba a saber?

—No, claro. La cuestión es que creo que nos embistieron a propósito, para liquidarme. —Observó el rostro de Rogers y no vio ni el menor asomo de sorpresa—. Usted lo sabía... —dijo en voz baja.

Rogers frunció los labios.

—Estoy casi seguro. En el tiempo que llevo en el río, nunca había visto a alguien tan torpe hasta entonces. A veces hay novatos patosos, no están acostumbrados a cambiar el peso de lado ni al balanceo de la barca. Y aquellos tíos eran bastante diestros en el manejo de la suya. Viraron enseguida, después de embestirnos.

—¿Usted lo vio? —preguntó Monk con curiosidad.

—Sí. Me acuerdo porque fue la primera vez que vi ese barco, que yo recuerde. Le vi la popa. Y tenía un dibujo que habría reconocido si hubiese sido un habitual.

Algo se removió ligeramente en la mente de Monk: el remoto recuerdo de la popa de un barco con el mismo dibujo en la popa. Toda la imagen era oscura y llena de terror y dolor, la luz roja de las llamas en el aire. Era el barco que había visto alejarse justo después de la explosión del *Princess Mary*, en los cuatro minutos entre la erupción del fuego y su zambullida final en las aguas del río.

—¿Cómo era... el dibujo de ese barco? —preguntó Monk con la voz quebrada, mientras miraba al piloto a los ojos—. ¡Descríbamelo!

Rogers permaneció inmóvil. Sin siquiera mover los dedos en su regazo.

—¿Lo había visto antes? —dijo con voz ronca.

—Quizá sí —contestó Monk—. ¿Cómo era? Descríbalo tan bien como pueda.

Rogers se concentró.

—Como la cabeza de un caballo pero con bultos, nada real. Y su cuerpo no acaba de verse, solo el cuello encajado en un vientre redondo, con una cola muy larga torcida en círculo. Dentro del círculo había algo escrito; números, me parece. No estoy seguro. Solo lo vi un momento, entiéndalo.

—¿De qué color era ese caballo sin cuerpo?

—Claro. Quizá blanco. Y... y había algo más... no recuerdo qué era...

—¿Una cuerda?

—¡Sí! —respondió con entusiasmo—. ¡Sí, tenía una cuerda alrededor! ¿Lo ha visto?

—Sí. Lo vi la noche del hundimiento, solo el instante que duró el resplandor, entre el momento de la explosión y el momento en que se fue a pique. En esos minutos ese barco estuvo recogiendo supervivientes.

Rogers entornó los ojos.

—¡Qué rápidos! ¿Está seguro?

Estaban sentados a poca distancia al sol del final del verano, dos hombres que conocían el río. Monk, sus crímenes, su lado turbio, todavía aprendiendo; Rogers, toda su vida, sus maneras, sus humores, sus gentes.

Reinaba el silencio entre ellos. Los distantes sonidos del río, los gritos, el sorber del agua a pocos metros. Los chasquidos y ruidos metálicos de la maquinaria podrían haber estado en otro mundo.

—¿Fueron ellos, verdad? —dijo Rogers finalmente—. Ese barco con el caballo en la popa. Sacaron a alguien del río antes de la explosión, ¿no? Y después intentaron matarlo a usted, y a mí, porque usted sabe algo sobre ellos.

Carecía de sentido ofender a Rogers fingiendo que se equivocaba.

—Sí —contestó Monk—. Eso creo. Si hago un bosquejo de lo que recuerdo, ¿me dirá si se parece a lo que usted vio?

Rogers sonrió.

—Más le vale. Yo no puedo dibujar, con el brazo roto.

—Su brazo izquierdo —observó Monk.

—Sí. Soy zurdo.

Monk sacó bloc y lápiz e hizo un bosquejo bastante bueno de la imagen que había visto durante aquellos instantes, después de la explosión. Le dio la vuelta para que Rogers lo mirase.

Rogers palideció.

—Sí, es este, bastante exacto. Si pone a sus hombres a buscar ese barco, ya tiene a quien hundió el *Princess Mary* y a todos los que iban a bordo.

Cuando regresó a Wapping, Monk refirió a Orme y Hooper su visita a Rogers y les mostró el bosquejo que había hecho. Fue Hooper quien lo identificó.

—Es un caballito de mar —dijo con interés—. Es real. Los hay en las aguas del Caribe.

—¿Ha estado allí? —preguntó Orme con escepticismo. Hooper le caía bien, incluso lo respetaba, pero no pretendía entender su carácter. Desconfiaba de los hombres que contaban cuentos chinos sobre lugares remotos y parecían no tener familia ni raíces de las que hablaran. Por no mencionar el extraño sentido del humor de Hooper.

De pronto Hooper le sonrió de oreja a oreja.

—Hace mucho tiempo. Cuando estuve en el mar. —Devolvió el bosquejo a Monk—. Encontraremos ese barco, a no ser que lo hayan desguazado. Y aunque lo hayan hecho, alguien sabrá de quién era. Estamos mucho más cerca.

Orme miró a Monk, entornando sus ojos azules, con prudencia.

—Sigue teniendo mal aspecto, señor Monk. Faltó poco para que lo mataran, maldita sea, por no hablar de Rogers. Un hombre inocente, y les da lo mismo. Pero corrieron un riesgo, en aquellas aguas abiertas y siendo aún de día. —Negó con la cabeza—. Nunca nos ha dicho dónde estuvo aquel día o el día anterior. ¿A quién se acercó tanto para que hicieran eso?

Monk titubeó. Le había estado dando vueltas en la cabeza y todavía no estaba seguro de si quería contárselo a alguien más. Era inquietante, y no estaba seguro. Y en el fondo era consciente de lo cerca que había estado de que lo mataran. Saber aquello era peligroso. No quería que Orme viera lo agitado que estaba, cuán repentinamente el haber visto la muerte de cerca había vuelto la vida insoportablemente dulce. Durante años había eludido aquel conocimiento. Era agobiante, le restaba parte del nervio que necesitaba para hacer su trabajo.

Orme seguía mirándolo, casi sin pestañear.

—¿Es alguien a quien usted respeta, señor? —dijo Hooper con todas las palabras—. No quiere que sea quien piensa, ¿verdad?

Monk se quedó perplejo. A Hooper también le debía algo mejor que aquello.

—¡En absoluto! No quiero que sea cierto porque este asunto quizá tenga raíces tan profundas y ramas tan altas que podemos acabar haciendo caer a muchas personas, siempre y cuando logremos demostrarlo.

Aquello también era absolutamente cierto. El resto, las dudas, el conocimiento del dolor y la falibilidad, un hombre con dotes de mando se lo guardaba para sí mismo.

—¿Y si no podemos? —preguntó Orme.

—Quizá nos hagan caer a nosotros —contestó Monk en voz baja.

Hooper se puso tenso. Era un hombre larguirucho, normalmente muy tranquilo, pero ahora su ira se palpaba en el aire.

—No podemos dejar que eso ocurra —protestó—. No podemos permitir que nos venzan, si no será una indecencia. Nadie estará a salvo.

—Lleva razón —convino Monk—. Tenemos que ganar. Busquen ese... ¿Cómo lo ha llamado? ¿Caballito de mar? Con discreción. Averigüen de quién es, quién lo usa, y vayan con mucho cuidado. Recuerden que ya han matado casi a doscientas personas. No se lo pensarán dos veces antes de matarlos, si lo ven preciso.

Orme tomó aire para ir a quitarle hierro a la idea pero cambió de parecer. Desde el nacimiento de su nieta, la vida también era más dulce para él, y mucho más valiosa. Nada debía tomarse demasiado a la ligera.

—Sí, señor —respondió, y Monk reparó en la seriedad de su voz.

Monk tenía la lista de pasajeros de la última excursión del *Princess Mary* y se sentó con gusto a estudiarla. Estaba molesto consigo mismo por sentir tanto cansancio y ser tan consciente de lo persistente que era el dolor de las costillas. También era desagradablemente consciente de cada respiración.

Sin duda trabajaba duro. Muchos días terminaba entrada la noche y comenzaba de madrugada. A menudo estaba cansado, y mucho más a menudo que la gente corriente, pasaba frío y se mojaba. Trabajar en el río era una ardua tarea, a veces peligrosa. Pero gozaba de mejor salud que en toda su vida. Podía remar todo el día y tan solo acabar con una agradable sensación de cansancio. Siempre podía permitirse comer, y su casa era acogedora y sumamente cómoda. No le preocupaba ser capaz de mantenerla.

Por encima de todo, la profunda e hiriente soledad que lo había perseguido en su pasado medio recordado, los lugares oscuros de su fuero interno a los que no se atrevía a mirar, ya no estaban presentes. No había hecho nada para ganar o merecer semejante riqueza. El miedo a perderla, de ser indigno de ella, lo espantaba más que cualquier cosa que pudiera haber imaginado en su vida anterior. Nadie podía merecer tales riquezas, y lo menos que podía hacer uno era atesorarlas.

Tenía que apartar ese pensamiento de su mente pero no había manera, era omnipresente, innegable, y lo cierto era que debía correr los riesgos que le exigiera el cumplimiento del deber. Ese era el precio de todo lo que más valoraba. Solo lo mejor era suficientemente bueno.

Leyó la lista de pasajeros una vez, con mucha atención, y luego otra, todavía con más atención. Ya sabía quienes eran todas aquellas personas, hombres y mujeres corrientes que habían ahorrado para hacer un crucero por el río y disfrutar de la fiesta, celebrar una ocasión especial, un cumpleaños o aniversario, un compromiso matrimonial, la expectativa de un futuro feliz. ¿Podía excluir de sospecha a todas las familias? En su mayoría precedían de zonas de Londres aledañas al río. Los vecinos conocerían a sus parientes, sus vidas serían fáciles de investigar. Eran tenderos, administrativos, modestos funcionarios de ayuntamiento, comerciantes a los que les había ido bien, buenos artesanos.

Hester le había dicho que también habían contratado a mujeres de la calle para que asistieran a la fiesta. Sin duda serían para los grupos de solteros, y tal vez para hombres ricos que no habían llevado a sus esposas o prometidas. ¿Cuál de entre ellos podía tener alguna relación imaginable con Egipto?

Salvo que probablemente no fuera con Egipto en sí, sino con el transporte marítimo y la inmensa riqueza y poder que traía aparejados. No había más remedio que repasar todos los nombres y comprobar la identidad de cada persona.

Había que comenzar por cotejar aquellas listas con las listas de fallecidos. Todos habían sido identificados y enterrados. En algunos casos sus asuntos estaban claros y sus circunstancias eran conocidas. Seguramente podría descartar a un centenar, siguiendo este criterio.

Le llevó el resto del día corroborar sus conclusiones, y hasta bien entrada la mañana siguiente no pudo dedicarse a las cincuenta y seis personas restantes para ver cuál de ellas tenía más probabilidades de ser el objetivo del atentado, suponiendo que esa teoría fuera en efecto cierta y no fruto de su desesperada imaginación.

Estaba buscando riqueza, relaciones de cualquier tipo con Egipto u Oriente Medio en general: inversiones en transporte marítimo, ya fuese para poseer o utilizar los grandes buques de carga que navegaban hasta el cabo de Buena Esperanza para luego dirigirse a India, China o a los grandes puertos comerciales de Singapur y Hong-Kong.

Los intereses en transatlánticos de pasajeros también debían incluirse, y quizá los vínculos con Sudáfrica y los puertos de su costa, puertos que dejarían de usar los barcos que tomaran la nueva ruta, mucho más rápida, a través del Mediterráneo y el nuevo canal. Resultaba tedioso y llevaba tiempo, pero no podía permitirse pasar por alto ningún detalle.

Estaba tan cansado que le escocían los ojos, y ya iba por el quinto o sexto tazón de té, con la impresión de que todo aquel trabajo era inútil, cuando entró Hooper. Tenía el semblante arrugado, la camisa sucia y la chaqueta le quedaba grande, pero caminaba con brío.

Monk levantó la vista hacia él, dejó caer sobre la mesa los papeles que estaba leyendo. De pronto tenía la boca seca. Tomó aire pero finalmente no preguntó.

—Lo tenemos —dijo Hooper, con el rostro iluminado por una infrecuente sonrisa—. Un tipo que se llama Gamal Sabri. Egipcio. Lleva aquí unos cuantos años, pero sigue manteniendo relaciones con los lugares que flanquean la ruta del nuevo canal.

—¿Contratado? —preguntó Monk, irguiéndose de nuevo—. ¿O por su cuenta?

—Contratado. —Hooper se sentó frente a Monk, despatarrándose un poco como si estuviera demasiado cansado para sentarse enderezado—. Un mal bicho. Le han puesto unas cuantas denuncias pero hasta ahora no hemos podido demostrar nada.

—¿Esto podemos demostrarlo? —Monk notó que se le tensaban los músculos. No soportaba pensar que tal vez supieran quién había hundido realmente el *Princess Mary*, sin ser capaces de condenarlo por ello. Solo era una idea en un rincón de su cabeza pero, sin embargo, ya estaba rumiando cómo sortear la ausencia de pruebas y aun así obtener un veredicto legal contra Sabri que resistiera cualquier apelación. Se sintió despreciable. Era espantoso que pudiera pensar aquello con tanta indiferencia—. ¿Está seguro? —preguntó a Hooper.

Hooper asintió con la cabeza.

—Sí, señor. Hemos encontrado el barco. Se llama *Seahorse*.* Detrás lleva pintada la misma imagen que usted dibujó, pero todavía hay más: la proa sufrió un choque y la repararon hace unos días. Un buen trabajo, pero la pintura sigue siendo diferente y se ve claramente. Está en venta. Eché un vistazo al interior y recibió un buen golpe. A primera vista no se ve, pero si te fijas, sí.

—¿Qué relaciona a Sabri con el barco?

Monk casi tenía miedo de preguntar. Todos ardían en deseos de tener éxito, él más que nadie.

—Es el dueño —dijo Hooper—. Hay un montón de testigos que aseguran que había salido la noche del hundimiento del *Princess Mary*, mucho antes de que lo llamaran para que acudiera al rescate. De hecho, no hay prueba alguna de que lo avisaran. Estaba en el agua cuando ocurrió. Y lo hemos comprobado: nadie denunció que hubieran robado el barco. Ahí la pifió.

* «Caballito de mar.»

—Desde luego que sí —convino Monk, comenzando a sentir que le quitaban un peso de encima y un calor en las entrañas como si hubiese bebido un trago de coñac—. ¿Y la noche en que nos embistió?

—Sabri había vuelto a salir —contestó Hooper—. Y, una vez más, no hubo denuncia alguna de que hubiese desaparecido ni constancia de que alguien lo hubiese pedido prestado. Tenemos declaraciones de personas que lo vieron salir a bordo del *Seahorse* como una hora antes de que los embistiera a ustedes.

Monk se dio cuenta de que él también estaba sonriendo.

—¿Por qué? ¿Alguna idea de por qué Sabri hundió el *Princess Mary*?

—Porque alguien le pagó para que lo hiciera —respondió Hooper agriamente—. Ha saldado buena parte de sus deudas, desde entonces. Discretamente. Sin llamar la atención. Pero unos cuantos acreedores que le iban detrás han desaparecido del mapa.

Monk se permitió relajarse.

—¿Y dónde está, ese tal Gamal Sabri? No me diga que no lo sabemos...

—Sí que lo sabemos. Hemos dejado a un hombre vigilando, pero aquello es como una madriguera de conejos. Mejor atraparlo de noche. —Hooper echó un vistazo al reloj que había encima de la repisa de la chimenea. Marcaba las siete y media—. Esta noche, señor. Antes de que le den el soplo mañana. Deberíamos ir media docena de hombres. No estará solo y seguro que sabe que la soga lo está aguardando.

Monk se puso de pie.

—Escoja a sus hombres. Buen trabajo, Hooper. ¿Sabe a qué hora regresará Orme? Ha ido río arriba. Me figuro que no habrá encontrado nada...

—Puede decírselo cuando llegue. —Hooper también se levantó—. Más vale que me ponga manos a la obra. El ocaso es un buen momento...

—Nos llevaremos a Mercer y...

Hooper se paró en seco.

—No, señor. Necesito su permiso para ir a arrestarlo, pero usted no viene...

—¿Quién demonios se... —comenzó Monk.

—Está herido, señor, y entorpecerá la operación. Alguien estará demasiado ocupado cuidando de usted para hacer su propio trabajo. Quizá no pueda impedírselo, pero lo intentaré.

Se quedó plantado delante de Monk, inmóvil como una pared, la mirada pétrea.

Monk se le enfrentó.

—También son mis hombres —dijo Hooper en voz baja—. Debo velar por su seguridad. No hacerles correr peligros innecesarios. Lo meteremos en el calabozo. Le romperemos las piernas si es preciso. No escapará. —Se abstuvo de agregar «salvo que usted se mueva demasiado despacio y le dé la ocasión de tomar un rehén», pero la expresión de su rostro era más que elocuente.

Monk podía rendirse de buen talante o a regañadientes. O podía tomar una decisión de mando verdaderamente mala y perder la confianza de sus hombres, insistiendo en ir con ellos. Quizá sería incluso un error fatídico para el caso.

—De acuerdo —dijo en voz baja—. Aguardaré aquí. Quiero saber cuándo lo atrapan.

—Todavía debería estar en casa de baja, señor —le dijo Hooper—. Váyase para allá. Iré a decírselo personalmente.

—¡Deje de tratarme como a un niño! —le espetó Monk.

Hooper sonrió. Incluso le brillaron los ojos. La réplica era obvia en su semblante, pero no la verbalizó.

—Hasta luego —dijo, y salió por la puerta.

Monk ordenó sus papeles y dejó una nota para Orme, después descolgó su chaqueta del perchero y se marchó.

Una hora después estaba sentado en la sala de estar de su casa. Estaba tan cansado que tenía ganas de irse a dormir, pero se sentía obligado a aguardar despierto hasta que llegara Hooper.

—¿Cómo es posible que Lydiate se equivocara tanto? —inquirió Hester. Levantó la vista hacia él desde el sofá donde estaba sentada de lado, aunque con los pies recogidos sobre el asiento.

—No recordé el dibujo del caballito de mar pintado en la popa del barco que vi —contestó Monk con pesar—. Y, por supuesto, entonces todavía no nos había embestido.

—No me refería a eso —respondió Hester, negando con la cabeza—. No puede ser tan fácil equivocarse de hombre, y estar tan cerca de ahorcarlo, solo porque falte una pista para detener al verdadero culpable. ¿Cómo podemos estar seguros de haber arrestado a la persona indicada, si es tan sencillo equivocarse? ¿Quién más habrá sido inocente y ahora es demasiado tarde para enmendar el error?

—No te falta razón —admitió Monk—. Las más de las veces obtenemos confesiones cuando se presentan las pruebas. Pero no siempre.

—¿Pero Beshara es culpable de algo? —preguntó Hester—. Me consta que al parecer es un hombre desagradable, pero eso es irrelevante... o debería serlo.

Monk le sonrió adormilado.

—A veces eres más inocente que Scuff.

—Hubo una cierta maniobra para encubrir el asunto, ¿verdad? —dijo Hester muy seria.

—Seguramente —convino Monk, moviéndose un poco en el asiento para aliviar el dolor de las costillas.

Hester se levantó y, con mucho cuidado, cambió de posición el cojín para que estuviera más cómodo. Luego volvió a sentarse con las piernas dobladas encima del sofá.

Pasada la medianoche, cerca de la una de la madrugada, llamaron insistentemente a la puerta. Hester tardó un momento en entender qué ocurría. Para entonces Scuff había bajado corriendo la escalera en camisón y estaba de pie en el vestíbulo, preocupado y completamente despierto.

—No pasa nada —le aseguró Hester—. Seguro que es Hooper que viene a decirnos que han arrestado al verdadero culpable.

Scuff no se movió.

—No pasa nada, en serio —dijo Hester otra vez, con más delicadeza. Reparó en el miedo que traslucía el rostro de Scuff y sintió una punzada de culpabilidad. Tendrían que haberle ahorrado tanto alboroto a aquellas horas de la noche.

Volvieron a llamar, con más fuerza.

No había tiempo para seguir hablando. Hester descorrió el cerrojo y abrió la puerta.

Hooper aguardaba en el umbral. Estaba pálido incluso a la luz amarilla del vestíbulo y, debajo de su viejo chaquetón, tenía manchas de sangre en la camisa.

Hester retrocedió de inmediato, con un miedo incluso más intenso que el de Scuff.

—Entre. Pase a la cocina. Scuff, trae agua caliente y toallas. —Tendió una mano a Hooper como si quisiera sujetarlo, aunque probablemente pesaba el doble que ella—. Venga conmigo.

—Estoy bien —respondió Hooper, pero entró en la casa tambaleándose un poco.

Hester lo condujo por el pasillo hasta la cocina y él la siguió sin decir palabra.

—Siéntese —le dijo Hester, señalando la silla de respaldo duro más cercana a la mesa y alejada de los fogones. Lo último que quería era que se desmayara y cayera sobre la superficie caliente.

Scuff andaba atareado en algún lugar detrás de ella. Le pasaba toallas sin que tuviera que pedírselas.

Hester abrió con cuidado la chaqueta de Hooper y vio dónde estaba casi toda la sangre.

—¿Esto es todo? —preguntó—. ¿Tiene alguna otra herida?

—Estoy bien —dijo Hooper otra vez, aunque en voz baja y con menos certeza.

—No discuta —respondió Hester con firmeza. Sacó las tijeras del cajón de los cubiertos y comenzó a cortarle la camisa para dejar a la vista la herida que tenía en el hombro.

—¡Esta camisa es buena! —protestó Hooper.

Hester no se molestó en contestar, cogió la palangana de agua caliente que le pasó Scuff y se puso a limpiar la sangre para dejar al descubierto el desgarro en la piel. Oyó que Scuff soltaba un grito sordo, pero el chico se recobró de la impresión enseguida. No se volvió para mirarlo.

—No sangra demasiado —le dijo a Hooper—, pero lo mejor será ponerle un par de puntos de sutura. Es muy fácil que al moverse la vuelva abrir sin querer.

Hooper abrió mucho los ojos.

—Solo se necesita una aguja y un poco de hilo limpio y resistente. Los esterilizaré, se lo prometo —prosiguió—. Scuff, ¿me harías el favor de traer de la sala el coñac y mi canasta de costura? Si puedes hacerlo sin despertar a Monk, tanto mejor.

—Sí —contestó Scuff, y tragó saliva. Dos o tres minutos después regresó con el coñac y la canasta.

—No me gusta el coñac —dijo Hooper entre dientes.

—No es para usted. —Hester sonrió—. Es para la aguja y el hilo. Ahora estese quieto, por favor. Tendrá una sensación un poco desagradable, algún tirón, pero no le dolerá ni mucho menos como le dolió el navajazo.

Hooper apretó los dientes pero, aparte de un ligero gruñido, no se movió ni hizo el menor ruido.

Deprisa y con destreza, Hester lavó la herida con el alcohol. Luego, con ayuda de Scuff, enhebró la aguja y suturó la herida, juntando ambos lados con sumo cuidado. Al terminar hizo un nudo y cortó el hilo sobrante.

—Ya está —dijo, mirando el rostro ceniciento de Hooper—. Dentro de unos días, digamos una semana, se los quitaré. Entretanto debería ir a ver a un médico que se llama Crow. Le daré su dirección. Dígale quien es y que lo envío yo. Estará encantado de atenderlo. ¿Sigue estando seguro de que no le gusta el coñac?

—Quizá pueda tomar un trago —respondió Hooper, carraspeando—. Gracias, señora. —Miró a Scuff—. Y también a ti.

Scuff sonrió pero no supo qué decir.

—Lo mejor será que pase la noche aquí —prosiguió Hester.

—Puede dormir en mi cama —dijo Scuff enseguida—. Yo dormiré en el sofá.

—Gracias —dijo Hester a Scuff—. Una idea excelente. Bien, ahora todos deberíamos acostarnos. Faltan pocas horas para que amanezca. Señor Hooper, Scuff lo acompañará arriba. Iré a verlo durante la noche para asegurarme de que no tiene fiebre. No me preste atención. Soy enfermera, estoy acostumbrada a ver heridos.

Hooper asintió muy despacio y luego, con Scuff a su lado listo para ayudarlo, subió a meterse en la cama.

Durante los días siguientes los periódicos abundaron en el arresto de Gamal Sabri y las preguntas que suscitaba a propósito del juicio y la condena de Habib Beshara.

¿En qué medida el error era fruto de la incompetencia, y en ese caso de quién? ¿De Lydiate, que había estado al mando? ¿O de la Policía Metropolitana en general? La idea de una fuerza policial seguía siendo relativamente nueva. Volvieron a plantearse dudas sobre si era lo más indicado o si la sociedad requería algo distinto. Quienes aún recordaban a los primeros agentes seguían vivos, habiendo puesto objeciones a su poder y a la consiguiente invasión de la privacidad de los ciudadanos respetables.

Monk renegó entre dientes y siguió leyendo. Estaba en su despacho de la comisaría de Wapping, todavía dolorido y cansándose con más facilidad de lo que hubiese querido, pero se encontraba lo bastante bien para estar trabajando de nuevo a jornada completa. Había ordenado a Hooper que se quedara en casa hasta que estuviera más recuperado, aunque estaba evolucionando bien. Esto último lo sabía por Hester, que insistía en visitarlo regularmente dado que Hooper no tenía familia, y no se fiaba de que cuidara de sí mismo como era debido. De hecho había preguntado a Monk si pensaba que Hooper se avendría a pasar unas cuantas noches en la clínica, a lo que Monk contestó con una rotunda negativa.

La prensa también especulaba sobre la posibilidad de que la policía, si no era incompetente, fuese corrupta. ¿O acaso la corrupción residía en el sistema judicial? Si ambas instituciones eran competentes y totalmente honradas, ¿cómo era posible que se hubiese condenado y sentenciado a muerte a un hombre inocente? Más aún, ¿cómo se explicaba que su culpabilidad no se hubiese cuestionado seriamente? ¿Podía ocurrirle lo mismo a cualquier hombre o mujer? ¿Qué garantías tenía nadie?

Otros todavía iban más lejos. ¿El veredicto de un tribunal, o, para empezar, la acusación por parte de la policía, dependía del dinero, de los privilegios de nacimiento, de la influencia, del color de piel o de una trágica combinación de todas esas cosas?

Tales preguntas se hacían no solo en los periódicos y en la calle, sino también en la Cámara de los Comunes. Las palabras «corrupción» y «connivencia» estaban en boca de todos.

A medida que avanzó la semana las preguntas devinieron más serias, más sagaces, y se extendieron a otras esferas. Se formularon cuestiones diplomáticas e internacionales. El nombre de lord Ossett se mencionó en relación a la falta de competencia y transparencia en el manejo del asunto. ¿Qué favores políticos se estaban haciendo o reclamando?

Inevitablemente, también salieron a colación el canal de Suez y los viejos argumentos a favor y en contra de él. Había fortunas en juego, grandes sumas que ganar o perder en las ciudades costeras que vivían del comercio marítimo, particularmente con África y Extremo Oriente.

Las cartas al *The Times* fueron cada vez más abiertas en su desafío a las autoridades, exigiendo que se investigara más a fondo. Citaban a varios navieros importantes en preguntas que rayaban en lo difamatorio. Hubo amenazas de pleitos.

Todo el mundo estaba inquieto, se notaba incluso en los muelles y las calles aledañas al río. Varios policías resultaron heridos en peleas que comenzaron en tabernas para luego extenderse a las calles y callejones. Se clavaron carteles en las puertas, reclamando justicia. En las paredes aparecieron burdas pintadas de un hombre ahorcado con las palabras «tú podrías ser el próximo» garabateadas al lado. Distintas versiones de esta pintada fueron denunciadas en otros tantos lugares.

Dos semanas después del arresto de Gamal Sabri se anunció su juicio. La prisa tenía el propósito de mantener cierto control sobre la opinión pública, tanto en el país como en el extranjero.

Rufus Brancaster, el joven abogado que con tanta brillantez había defendido a Rathbone en su juicio, fue elegido para llevar la acusación contra Sabri.

Al atardecer del día siguiente llamó con indecisión a la puerta de casa de Monk en Paradise Place.

Monk acababa de llegar a casa, cansado y desaliñado, pero comenzando a recobrar sus fuerzas de nuevo. Le complacía tener a Hooper de vuelta, aunque limitado a sus deberes en la comisaría de Wapping durante una o dos semanas más.

Hester llevó a Brancaster directamente a la cocina, donde Monk estaba tomando una cena tardía. Ofreció algo de comer al letrado, que aceptó encantado una taza de té y un buen pedazo de tarta.

—Supongo que ya saben que me han pedido que lleve la acusación contra Sabri —dijo, mirando alternativamente a Hester y a Monk.

—Pues no. —El rostro de Monk reflejó su interés y momentáneamente se olvidó de su comida—. ¿Cuándo empieza el juicio?

—Dentro de tres semanas. No dispongo de mucho tiempo. Pero creo que les aterra perder el control sobre el descontento general si esto no se resuelve pronto. Hemos pasado un largo y desdichado verano desde el hundimiento, y la gente está empezando a pensar que nunca se resolverá como es debido. ¡Es un desastre de mil demonios!

—Lo desastroso fue la manera de llevar el caso —convino Monk, y tomó el último bocado de su plato.

—Es un desastre en sí mismo —dijo Brancaster, y apretó los labios—. Ya han asignado a Pryor la defensa de Sabri, y no cederá ante nadie, caiga quien caiga. Ya se ha distinguido en la profesión y ha ganado un buen dinero. —Los músculos de su rostro se tensaron—. Lo conozco. Preferirá ganar esto y pasar a la historia, aunque eso signifique que no puede volver a ejercer. No cederá ante la lealtad, los ofrecimientos de un escaño en la Cámara de los Lores o las amenazas de no volver a trabajar si consigue exculpar a Sabri.

—Sabri es culpable —señaló Monk—. Esta vez las pruebas son materiales, no identificaciones de testigos oculares sujetas a posibles errores. El *Seahorse* es inconfundible. Y, antes de que lo pregunte, no hay otro barco en el río con ese dibujo en la popa, por no mencionar el hecho de que sigue teniendo las señales de la embestida contra el transbordador. Son estructurales; no pueden repintarse ni sustituirse con madera nueva, pues entonces aún serían más evidentes. Puedo darle media docena de testigos, aparte de yo mismo. Seguro que Pryor pondrá toda la leña en el asador, pero usted tiene los hechos.

—El precedente —dijo Brancaster con abatimiento—. Montará todo un espectáculo sobre el hecho de que ya hemos condenado a Beshara. Atacará a la policía, al sistema penitenciario que permitió que dieran una paliza a Beshara, al caos imperante en la investigación. No me sorprendería que sacara a relucir el tema de Suez, o el debate sobre si arruinará el comercio marítimo británico y el dominio de las rutas de navegación que nos ha costado un siglo de sangre asegurar.

Aceptó el tazón de té y la tarta que le ofreció Hester con una sonrisa agradecida.

—¡Dudo de que no lo haga! —prosiguió Brancaster con la boca llena—. Lo hará. Y recabará todo el peso e influencia que pueda para proteger a tipos como Ossett, que quedarán en ridículo si los tribunales condenan a Sabri, disculpando así a Beshara.

—Le daré todas las pruebas que pueda —prometió Monk—. Y testificaré.

—Necesito algo más que eso —dijo Brancaster con gravedad—. Quiero el asesoramiento de Rathbone. Me consta que no puede reaparecer hasta que concluya su inhabilitación, pero necesito su consejo, sus ideas. ¡Y no logro localizarlo!

—Está en París —le dijo Hester—. Estoy convencida de que regresará para esto, si así lo desea.

—Sí, por favor —dijo Brancaster con gran alivio—. Sé bien que técnicamente debería ser un caso sencillo, pero solo parcialmente es una cuestión de ley. Sobre todo hay sentimientos, creencias, furia y pesar, y miedo al caos. Y es preciso que ganemos, no solo por las víctimas del *Princess Mary*, sino por todos nosotros.

14

Oliver Rathbone cruzaba el Támesis en un transbordador con el sol del oeste calentándole el rostro, pese a que ya empezaba a caer la tarde y el calor del día había remitido. Después de tres meses viajando por Europa con su padre, volvía a estar en casa, en su nuevo apartamento, y camino de casa de Hester y Monk y, por supuesto, de Scuff.

Años antes había prometido a su padre que irían juntos de viaje, y sin embargo siempre había tenido uno u otro motivo para posponerlo. Cuando después del caso Taft lo habían inhabilitado, ya no hubo asuntos legales que lo retuvieran en Inglaterra.

Con aquel suceso habían cambiado muchos de sus valores. Su esposa, Margaret, lo había abandonado. No había posibilidad de reconciliación, y en realidad tampoco la deseaba. Había aprovechado la oportunidad para pasar el verano en el extranjero y viajar con Henry Rathbone a donde les viniera en gana. Había sido maravilloso. Habían paseado por ciudades antiguas, empapándose de historia, por campiñas exuberantes, comiendo como príncipes, riendo de sus bromas y anécdotas, y conversando sobre cualquier tema que cupiera imaginar. Todo aquello lo había enriquecido inconmensurablemente. Ahora debía regresar al presente, a Londres, y a recoger los cabos sueltos de su vida.

Era una sensación rara y muy ambivalente. Todo lo que le

era familiar estaba allí. Había conocido aquella ciudad y su río toda su vida. Sin embargo, el tiempo que había pasado en Egipto, y después en Italia y Francia, había cambiado la manera en que lo veía casi todo.

¿Acaso había crecido, volviéndose más sabio? ¿O simplemente diferente? Los últimos dos meses viajando con su padre habían sido un tiempo maravilloso. Habían llegado a conocerse como amigos, de una manera que le hacía sentir que toda su vida anterior había conducido a aquello. La amistad, generosa y espontánea, sin deberes ni obligaciones, seguramente era el soporte de cualquier amor que importara.

Echó un vistazo a las demás embarcaciones que surcaban el río. Las olas minúsculas tan solo rizaban el agua. Soplaba una leve brisa mientras cruzaban desde Wapping Stairs hasta Greenwich. El aire olía a sal y a fango. Normalmente ni siquiera lo notaba excepto quizá con un ligero desagrado. Hoy le llenaba los pulmones con su familiaridad como si fuese algo nuevo y desconocido. Había estado en tantos otros lugares que estaba empapado de toda suerte de sabores y sonidos, olores de comidas distintas, vidas diferentes. En su imaginación podía sentir el picor de la arena del desierto en la piel, o recordar el silencio de las noches egipcias, a solas con aquel gran y antiguo río y los fantasmas de faraones desaparecidos en los albores de los tiempos.

Iba con las manos entrelazadas en el regazo y los hombros tensos. Volvía a estar en casa, enfrentado a retos, cosas en las que debía desempeñar un papel que le resultaba incómodo por tener restringida la capacidad de maniobra a la que estaba acostumbrado. O lo hacía bien, o lo hacía mal. Cada día, cuando se levantaba de la cama en el nuevo piso que había alquilado, lejos de la hermosa y solitaria casa que había compartido con Margaret, antaño tan llena de esperanza, la elección era suya.

El transbordador golpeó suavemente contra el muelle de Greenwich. Pagó el pasaje y bajó a la escalera. Dio las gracias al piloto y emprendió el ascenso colina arriba hacia Paradise Place. Se dio cuenta de que caminaba deprisa, expectante, complacido ante la idea de volver a ver a Hester y a Monk. Se negó a reconocer que seguía siendo principalmente Hester a quien tenía más ganas de ver.

Lo recibieron con sorpresa y un afecto que lo envolvió como el aroma de todas las cosas que más le gustaban: las sábanas limpias, el pan recién horneado, el césped segado, el viento del ocaso en los Downs.

Le preguntaron acerca de Henry Rathbone y también sobre sus viajes.

—Ha sido fantástico —contestó—. Tardaría una semana en contároslo todo, y tampoco sabría por dónde empezar. Pero antes habladme del *Princess Mary*, de Beshara y del juicio de Gamal Sabri. ¿Qué pruebas había antes? ¿Cómo pudieron ser tan erróneas? ¿Cuáles son las últimas novedades?

Monk sonrió.

Rathbone reparó en lo cansado que se le veía y en que estaba sentado en una postura un poco rara.

—¿Qué te ocurre? —preguntó, con un escalofrío de ansiedad.

Monk le refirió sucintamente la embestida del *Seahorse* contra el transbordador y lo cerca que había estado de ahogarse. No empleó términos emotivos ni describió su miedo. Tal vez por eso el relato cobró más fuerza.

—Ya ha cicatrizado. Solo estoy un poco entumecido.

Rathbone miró a Hester para corroborarlo.

—Se aproxima mucho a la verdad —concedió Hester—. Y Hooper también resultó herido cuando arrestaron a Sabri.

Rathbone se relajó un poco. No había esperado alarmarse tanto por el bienestar de Monk. Normalmente no tenía en cuenta los peligros físicos de su oficio, solo la siempre acechante posibilidad de fracasar.

—¿Y Rufus Brancaster va a llevar la acusación? —Este particular aparecía en los periódicos que había devorado en cuanto él y Henry llegaron a Dover—. Ya se me han ocurrido montones de preguntas, planteamientos y tácticas que quizá vaya a utilizar la defensa.

Eso fue una media verdad, pero debía abordar paso a paso el asunto que le ocupaba la mente. Aún no se hacía una idea de su enormidad. ¿Era una nube que se dispersaría dando paso a la luz? ¿O un monstruo que adquiriría una forma aún más horrible cuando apareciera?

Todos los periódicos clamaban justicia, pero los más serios estaban preguntando quién era responsable de la incompetencia que había llevado a condenar a quien no correspondía. ¿Dónde estaban los intereses creados que habían inclinado la balanza de semejante manera? ¿De quién eran el dinero y el poder político que habían intervenido?

Ahora bien, lo que más pesaba en la creciente opresión sobre la mente de Rathbone era la sombra de incompetencia y casi seguro de corrupción dentro de la ley, cosa que tan fácil y casi fatalmente había condenado a Beshara, un inocente, al menos de aquel crimen. Al parecer era un hombre desagradable. Su condición de extranjero saltaba a la vista. El acto había sido una atrocidad, más que un mero delito. Ninguna de esas cosas debería ser relevante para celebrar un juicio justo y emitir un veredicto válido.

¿En qué medida el error y la corrupción habían corroído el alma de la ley? Con su conducta reciente, por la que había sido inhabilitado, ¿era él otra parte de la misma dolencia, excusándose en nombre de su moral personal?

Monk lo estaba contemplando con una sonrisa ligeramente torcida, pero era en señal de reconocimiento de su presencia y su ayuda.

—Comencemos por las pruebas materiales que tengamos y que no admiten más de una interpretación.

Rathbone miró a Hester y vio que la divertía que él se incluyera en el caso.

Rathbone se ruborizó muy levemente pero no empeoró las cosas tratando de explicarse. No era preciso que Hester supiera lo importante que era para él, en qué medida constituía una parte de volver a estar en su país. No intentaría explicar a nadie, ni siquiera a su padre, sus ansias de saber que era intelectual y moralmente honesto en su servicio a la justicia. Era una herida demasiado envenenada para tocarla.

—¿Qué demuestran estas pruebas? —prosiguió Rathbone—. ¿Qué es lo que solo es un indicio y requiere pruebas más consistentes? ¿Hay algo concreto que implique a Beshara o de momento podemos dejarlo al margen? ¿Qué hay de los testigos presenciales? ¿Alguno de ellos es fiable? ¿Hay algún testimonio que tengamos que aclarar o desacreditar para demostrar que Sabri es culpable?

Monk nombró unos cuantos, pero añadió que no había manera de predecir con antelación quién podría cambiar su testimonio bajo presión ni cuáles podrían ser esos cambios.

—¡Este es le meollo del asunto! —Rathbone se recostó en la silla—. ¿Qué hay realmente detrás de esto? —Miró a uno y a otra—. ¿Alguien sabe cuál fue el presunto motivo de Beshara? Hester solo mencionaba sentimientos y suposiciones en sus cartas. ¿Tú sabes algo, Monk?

Monk negó con la cabeza.

—Se habla de venganza, pero no sabemos de qué; si era en su propio nombre, en el de su familia, su comunidad, o si alguien le pagó para que lo hiciera. No encontramos traza de dinero que cambiara de manos, aunque si se hizo bien no dejaría ninguna; podría haber cobrado cualquiera en su nombre. Quizás esté depositado en un banco egipcio.

—Hay una cantidad ingente de cosas que averiguar —dijo Rathbone con un dejo de excitación y también de sobrecogimiento. Recordaba las batallas que habían librado en el pasado, las largas noches en las que estaba tan cansado que apenas veía las cosas con claridad, el irritante dolor en la nuca, el hormigueo de la desesperación cuando las respuestas le eran esquivas. Pero ningún triunfo se alcanzaba sin trabajo y la correspondiente posibilidad de perder.

La diferencia residía en que ahora el último caso que lo había llevado a los tribunales era el suyo propio. Él no fue quien luchó, fue el sujeto con cuya vida pagaría el precio de ganar o perder. Tampoco era que lo amenazara la horca, pero podría haber pasado años en aquella desdichada prisión con todo su ruido, su pestilencia y la absoluta falta de intimidad. Había tenido la sensación de que aquello penetraba incluso en su mente y en su alma, y que lentamente habría cambiado para convertirse en el hombre que ellos creían que era.

—¡Oliver!

Oyó la voz aguda de Hester exigiéndole que prestara atención. ¿Se había percatado de lo que estaba pensando? ¿Incluso vislumbrado algo de ello en su semblante? Seguro que el cálido sol del Mediterráneo había borrado la palidez de la prisión. ¿O acaso siempre habría una sombra enfermiza en sus ojos?

Confiaba en Hester. Era su amiga, y no por quien era él sino por quien era ella. Su exesposa ya no contaba. Lo odiaría y pensaría lo peor de él, sin tener en cuenta los hechos. El suyo era un odio nacido de la desilusión, de algo que una vez había sido amor y, tal vez, una esperanza ilusoria.

Beata York era diferente. Se habían conocido y trabado amistad en un arrebato; posiblemente más que en eso, en sueños.

Debía disciplinarse y no pensar en ella. Hasta la fecha, cada vez le costaba menos. Pero aquel caso, la lucha, el insaciable deseo de batallar por la verdad, era tan parte de su vida y carácter como el respirar. No podría levantarse en el tribunal y hablar, pero podría poner sus palabras en boca de Brancaster, y agradecía aquella oportunidad.

—¡Oliver! —dijo Hester más bruscamente.

—Intento sopesar las preguntas clave que debemos contestar. Los testigos presenciales no son el problema. Creo que podemos concluir de manera segura que estaban consternados, presionados por la policía y las circunstancias y el deseo de ser útiles. También es obvio que a los hombres de Lydiate no les dieron tiempo para investigar como es debido, habida cuenta del revuelo que un crimen tan terrible suscitaba en la opinión pública. Ahora bien, ¿qué están ocultando los tribunales, y para quién?

—¿Para quién? —preguntó Hester desconcertada.

—¿Quién ostenta el poder suficiente para ordenar algo así? —explicó Rathbone—. ¿Qué saldría a la luz si todo quedara al descubierto? ¿A quién perjudicaría?

Miró a Hester y luego a Monk. Hester se estremeció como si la habitación se hubiese enfriado de repente.

—¿Eso que están ocultando está relacionado con el hundimiento del *Princess Mary*? ¿O esa relación es meramente accidental?

—Tiene que estarlo —contestó Hester.

—No, en realidad no —arguyó Rathbone—. Puede ser mera casualidad, o que se dé la coincidencia de que un mismo hombre esté implicado tanto en el hundimiento como en algún otro asunto en el que haya dinero o poder de por medio, tal vez una posición, incluso una reputación. Solo estoy explorando las posibilidades.

Monk asintió lentamente pero no dijo nada.

—Los motivos de Lydiate son bastante fáciles de entender —prosiguió Rathbone—. Su reputación profesional y la de sus hombres estaba en entredicho si no conseguían una solución rápida e incontestable que no perjudicara a alguien importante.

Hester hizo una mueca de repugnancia.

Rathbone sonrió con remordimiento pero no se excusó.

—¿Es Oswald Camborne culpable de exceso de celo hasta el punto de desdeñar la verdad, tomando atajos en el proceso legal? Es un hombre arrogante y de una ambición extraordinaria, pero normalmente pone mucho cuidado en no ir más allá de lo aceptable. ¿Y Juniver? Es bastante honrado, ¿pero se dejó presionar, y en ese caso, por quién?

—¿Camborne? —preguntó Monk.

Rathbone negó con la cabeza.

—No. Juniver es de los que plantan cara. Si alguien lo condicionó, tuvo que ser con argumentos más honorables. No con promesas ni amenazas. Y otra cosa, ¿tenéis pruebas de que este nuevo sospechoso, Gamal Sabri, hundiera el barco por su cuenta, y, en tal caso, ¿cuáles fueron sus motivos? ¿O le pagó alguien? ¿O podría peligrar su familia?

—No tiene familia —contestó Monk—. No hemos encontrado vínculos personales en Inglaterra ni en Egipto. No logramos encontrar otro motivo que no fuese el dinero.

—¿Lo has interrogado?

Rathbone echó un vistazo al pecho vendado de Monk.

—Una vez —contestó Monk—. Brevemente, antes de que se lo llevaran y su abogado no le permitiera hablar. No tendría que haberse molestado. Sabri no soltaba prenda.

—¿Y tu opinión? —preguntó Rathbone.

—Alguien le pagó —dijo Monk sin vacilar—. No consigues un abogado de la calidad de Pryor sin influencia y dinero.

—Fama —dijo Rathbone sin más.

—¿Defendiendo el hombre que hundió el *Princess Mary*? —repuso Monk, levantando la voz con incredulidad.

Rathbone sonrió con amargura.

—O defendiendo el sistema judicial y demostrando que habían atrapado al verdadero culpable la primera vez. Puedes ganar muchos amigos de esta manera, y consolar a un sinfín de londinenses que quieren sentirse a salvo.

Monk cerró los ojos y se apoyó en el respaldo de la silla, como si de pronto estuviera demasiado cansado para permanecer erguido.

Rathbone todavía no podía dejarlo correr.

—¿Alguna idea sobre quién intentó matar a Beshara? Y ya puestos, ¿sabéis con certeza si Beshara realmente tuvo algo que ver con el hundimiento del *Princess Mary*? ¿O con Sabri?

Las ojeras de Monk delataban su cansancio.

—No. Todo conduce a un callejón sin salida.

Rathbone le hizo la pregunta final.

—¿Y hay algo que indique que existe alguna conexión con el canal de Suez, por indirecta que sea?

—Solo especulaciones. —Monk se obligó a enderezarse de

nuevo—. Hay un hombre que no has mencionado, y es el juez del primer juicio. Sus resoluciones fueron... excéntricas.

—York. —Rathbone pronunció el nombre casi para sus adentros. Lo sabía de sobra. ¿Lo había olvidado deliberadamente?—. ¿Consideras que es relevante para este próximo juicio?

Monk lo miró a los ojos sin pestañear.

—Podría ser. Me figuro que no se lo asignaron por casualidad. Un juez diferente podría haber actuado de otra manera.

—¿Cómo?

Rathbone intentó calmarse. El odio que York sentía por él no debería tener nada que ver con aquello. El hecho de que no pudiera apartar de su mente a Beata, la esposa de York, así como de sus recuerdos y de sus sueños, tampoco debería influir. De aquel asunto dependían cosas más importantes que la felicidad de un hombre. Se saldó con casi doscientas personas, montones de dolientes, el sistema judicial en peligro. El orden, las creencias dependían no solo de que se hicieran bien las cosas, sino de que resultara visible e incuestionable que se hacían así.

—Con distintas resoluciones —contestó Monk—. Pero también está la cuestión de que en su recapitulación Juniver volvió a sacar el tema de los motivos, y York prácticamente dijo al jurado que con los hechos bastaba. Si consideraban que Beshara era culpable, la naturaleza específica de sus motivos poco importaba. Aniquiló el único argumento consistente que tenía Juniver.

—¿Y el motivo de Sabri? —preguntó Rathbone—. ¿No nos encontramos en la misma situación ahora?

Monk lo reconoció a regañadientes.

—Lo único que podemos hacer es señalar que procede de la región de Suez.

Rathbone tuvo la impresión de que había algo más, y que no era bueno.

—¿Y qué más hay? ¿Qué no me estás diciendo?

—Nada —admitió Monk—. Seguimos sin saber quién le pagó y por qué.

—Qué caso tan enrevesado y complejo. —Rathbone miró a

Monk—. ¿Sigues estando implicado, aunque ya hayáis arrestado a Sabri? ¿Puedo ir a verte para que me des la información que necesitará Brancaster si quiere ganar?

—Tiene que ganar —contestó Monk—. No podemos permitirnos pagar el precio de perder. Sería el mayor escándalo del sistema judicial en este siglo. Es imposible medir lo que hay en juego.

—Entonces tengo que saber todo lo que pueda sobre las personas que ejercieron presión, Lydiate incluido. Y, por supuesto, sobre quiénes participaron en el primer juicio. ¿Cómo es posible que todo se hiciera tan mal?

Una vez que Rathbone se hubo marchado, Hester y Monk continuaron conversando hasta entrada la noche. Por más grave y enmarañado que fuese el problema, en algunos aspectos esos eran los momentos más felices de Monk. Había un profundo placer, una paz de espíritu, en compartir las batallas más desesperadas con una mujer a la que amaba no solo con pasión, sino con una perdurable amistad.

Estaban en la sala, sentados cómodamente, con la puerta cerrada para que el murmullo de sus voces no despertara a Scuff.

—¿Te das por satisfecho con que fue este tal Sabri quien encendió la dinamita y que luego saltó por la borda antes de la explosión? —preguntó Hester muy seria—. Corrió un riesgo tremendo, ¿no te parece? Casi nadie que cae al Támesis vuelve a salir. Aunque no se ahoguen, la inmundicia del agua los envenena.

—Tienen que haberle pagado una suma muy importante —razonó Monk.

Hester frunció el ceño.

—¿Crees que solo se trató de eso, simple codicia? ¿No actuó solo, verdad?

—No. Es imposible. Pero aparte de la presunta participación de Beshara, no sabemos quién más pudo estar involucrado.

Hester suspiró profundamente y arrugó el semblante apenada.

—Pues entonces no tenemos muchas posibilidades, ¿verdad?

—En realidad, lo que realmente quiero —prosiguió Monk— es descubrir a quienes estén detrás de esto, que quizá no sepan nada sobre la explosión en sí, pero que han comprometido nuestro sistema judicial al mentir, sobornar, pasar cosas por alto, en resumidas cuentas, a los responsables del cúmulo de ocultaciones que hizo tan fácil condenar a muerte a un hombre inocente.

Vio que Hester tomaba aire para contestar.

—Me consta que no fue inocente del todo —agregó Monk enseguida—. Es un tipo sumamente desagradable, y quizás estuvo implicado de refilón, pero esa no es la cuestión. Habría acabado en la horca aunque hubiese sido encantador y no tuviera relación alguna con el crimen. ¡Nos equivocamos de hombre! ¡Si pudo ocurrirle a Beshara, puede ocurrirle a cualquiera de nosotros! A ti. A mí. —Se mordió el labio—. A Scuff...

Hester estaba pálida, afectada.

—De acuerdo. Lo entiendo. Sí. Es algo más importante que simplemente inculpar a Sabri en lugar de a Beshara. ¿Qué tienes que hacer?

No dijo «tenemos», pero Monk supo que era lo que quería decir.

—Descubrir cómo se cometieron todos esos errores —contestó—. Es más, descubrir quién estaba detrás. Quién, en el mejor de los casos, permitió que sucediera.

—¿Y en el peor? —preguntó Hester.

—Quién hizo presión —contestó Monk—. ¡Quién nos quitó el caso y se lo pasó a Lydiate, quién hay detrás de Ossett, obligándolo! Y¿cómo? ¿Con qué?

Le contó lo que Lydiate le había referido sobre su designación y la sutil insinuación de que su hermana sufriría si no se conducía con la debida discreción.

Hester guardó silencio, pero su rostro reflejaba su indignación y la compasión que Monk había esperado de ella.

—Tengo que saber quién está detrás de todo esto —insistió

Monk—. Fue Ossett quien habló con Lydiate. Ahora bien, ¿de dónde venía esa insinuación? ¿Qué tiene Ossett que ganar o perder? Por ahora no veo relación alguna. No tiene dinero invertido en navieras ni en Oriente Medio; lo comprobé. Procede de una muy buena familia con un historial de servicio al país en distintos lugares, que se remonta hasta Waterloo.

—¿Podría ser que lo presionara otra persona? —preguntó Hester—. ¿Familia? ¿Una antigua deuda u obligación?

—Es posible. ¿Pero qué pasa con los demás? ¿Por qué desinformaron y tergiversaron las cosas? No encuentro respuestas que lo expliquen.

—Tal vez no existan —dijo Hester, pensando despacio mientras buscaba las palabras—. ¿Quizá cada cual tenía una razón distinta? A veces cometemos errores y luego, por miedo a reconocerlos, nos atrincheramos todavía más. O tenemos miedo de que si decimos que nos equivocamos todo el caso se desmonte y salgan a relucir otros errores, tal vez de personas que nos importan, o con las que estamos en deuda o de las que tenemos miedo.

—Así pues, en base al orgullo y el error, ahorcamos a un hombre inocente —dijo Monk con gravedad, consternado ante sus propias palabras—. Y ahora, o bien desentrañamos lo ocurrido, o bien capitulamos y agravamos la situación. Puedo pasar los testigos corrientes a Orme y Hooper, pero de la gente como Ossett tengo que ocuparme yo.

—Y no olvidemos a los abogados —agregó Hester—. Quizá simplemente comenzaron aceptando el expediente y las instrucciones pertinentes e hicieron lo que consideraron mejor, quizá con un poco de ambición o interés personal. ¿Pero qué pasa ahora, cuando su actuación se ha puesto en duda y se conocen todos los pormenores? ¿Qué pasa con las cosas que pasaron por alto o prefirieron ignorar, los pequeños egoísmos que sumados constituyen un error garrafal, cuando se amontonan unos encima de otros? Basta con que digas una mentira para que la próxima sea necesaria.

—Ya lo sé. Comenzaré por Lydiate. Mañana iré a verlo. Si consigo que me ayude, tendré por dónde comenzar. Pero ahora es un caso de la Policía Fluvial, y bien puede lavarse las manos, si así lo desea.

—No, no puede —contestó Hester de inmediato—. No si quiere conservar el respeto que necesita para hacer su trabajo. A no ser que sea un cobarde redomado, te ayudará. Me da mucho más miedo que no obtengas nada de los abogados. Pero Oliver colaborará con Brancaster. Tiene ganas de una buena pelea. —Había humor en su boca y tristeza en sus ojos—. Tendrá una buena batalla con esto, tanta lucha como quiera...

—Lo sé —convino Monk—. Haré todo lo que pueda. Tengo una idea bastante ajustada de lo mucho que importa.

Hester le sonrió y contuvo un bostezo.

Lydiate lo recibió la mañana siguiente como si lo hubiese estado esperando; de hecho, estaba más que preparado. Se le veía cansado, tenía el aspecto de un hombre con dolor de muelas que finalmente se enfrenta al dentista.

—Sí —contestó, cuando Monk le hubo expuesto la situación—. Por supuesto. La verdad, sea cual sea, tendrá que desvelarse en los tribunales. De lo contrario esto nunca tendrá fin. No sé hasta dónde puede llegar.

Era una admisión, y lo dijo avergonzado. Pero junto con ese dolor, Monk percibió un creciente enojo en él. Lo habían manipulado, y estaba empezando a darse cuenta de hasta qué punto.

—Será difícil —dijo, mirando a Monk a través de su hermoso escritorio, mucho más ornamentado que el de Monk pero casi igual de desordenado—. Muchos de los implicados son muy poderosos y va a molestarlos que se cuestione cualquiera de sus actos.

—Por supuesto. —Monk asintió con la cabeza—. Y cuanto más dudosos sean, más importantes son para la investigación, y más los fastidiará. Lo siento. Ojalá no fuese necesario, pero lo es. Afecta al meollo de la justicia, y eso nos afecta a todos.

—¡Ya lo he comprendido! —dijo Lydiate bruscamente—. Casi con toda seguridad, algunos de nuestros hombres más prominentes en el poder han empleado medios inmorales y seguramente ilegales para conseguir un veredicto falso. Permitir que un hombre culpable escape equivale a ser cómplice de sus crímenes, pero provocar que un hombre inocente sea ahorcado es un delito de lesa humanidad... y por lo que yo sé, contra Dios. No puede pasarse por alto.

—Nadie podría haberlo resumido mejor —dijo Monk con cierto respeto—. Pero nos vendrán con excusas. La presión de la opinión pública. El bien común. Necesidades diplomáticas. Cosas demasiado importantes y secretas para ser reveladas... cuando en realidad se trata de miedo, codicia, lealtad, culpa o pura estupidez. Una equivocación para encubrir otra.

Lydiate lo miró circunspecto.

—Haría bien en permitir que algunas personas se escuden tras una excusa. Y no me mire así. Si quiere tener éxito, debe aprender a ser un poco diplomático. O, si lo prefiere, el arte de ser taimado.

Monk cerró los ojos un momento, volvió a abrirlos y sonrió.

—Agradezco su consejo —dijo sinceramente, y se preguntó qué demonios le había ocurrido para, de repente, responder con tanto tacto. Entonces comprendió que no solo había reconocido la verdad, sino que además Lydiate le caía bien. Le constó que, de haber estado en su lugar, quizá también él habría cedido a la presión, si lo que estaba en juego era la seguridad de quienes amaba. Era posible. Él también tenía rehenes de la fortuna.

15

Rathbone estaba en medio del salón de su nuevo apartamento. Era elegante, exactamente a su gusto; no había nadie más a quien complacer. Sin embargo, al estar tan poco usado, le resultaba poco familiar. Allí estaban todos los libros y objetos que había coleccionado durante más de un cuarto de siglo de vida independiente, y aun así no se sentía en su hogar. ¿Cambiaría esa percepción con el tiempo? Tal vez después de haber recibido invitados, al regreso de un día ocupado en cosas importantes. ¿O acaso siempre iba a sentirse desarraigado? ¿Tan tenaz era el fracaso, tan profundo?

Eso era lo que echaba de menos: un propósito. Antes de irse de viaje con su padre, había estado buscando algo que hacer que no fuese intentar que el día fuese lo bastante largo para todo lo que importaba y seguir sintiendo que postergaba cosas y que al día siguiente tenía que ir con prisa.

Propósito. Tal vez fuese lo mejor que existía, después de la felicidad. El tiempo vacío era un agujero oscuro en el que habitaban monstruos que, demasiado fácilmente, salían a la superficie. No había armas con las que combatirlos.

Ahora bien, aquel apartamento representaba un nuevo comienzo. No podía ejercer su profesión, y eso era inexorable. Era un precio justo a pagar por lo que había hecho, pero eso no quitaba que sintiera un vacío interior.

En el apartamento no había ningún recuerdo de Margaret, y eso era un alivio. Su matrimonio había sido en lo que más notablemente había fracasado, pero su recuperada libertad era buena. Solo ahora se daba cuenta de que al reconocer su final, también se había librado de la necesidad de engañarse en cuanto a sus posibilidades. Había sido un trabajo duro engañarse a sí mismo, y al final semejante batalla siempre se perdía. Admitir la derrota le dolió, incluso cuando estaba perdiendo un caso en el que su oponente llevaba la razón.

Ya tendría que estar acostumbrado, a aquellas alturas. No podía ni debía ganar siempre. Sus esfuerzos debían tener como meta la verdad, tal vez con cierto grado de atenuación.

Sonrió para sus adentros, fue hasta las ventanas y descorrió las cortinas, contempló los árboles cuajados de hojas y el césped recortado de la plaza. Echó de menos el jardín de su casa anterior, pero de todos modos tampoco tenía tiempo de disfrutarlo demasiado y, además, nunca le había atraído la jardinería.

Aunque no pudiera hablar en los tribunales hasta haber cumplido su castigo, momento en el que podría solicitar su readmisión, podía asistir a los juicios como cualquier otro ciudadano, y sin duda podía colaborar con Rufus Brancaster en aquel proceso tan crucial.

¡Colaborar! ¡Antaño Brancaster se habría sentido honrado de ser su discípulo, estar autorizado a ocupar la segunda silla a su lado! ¡Oh, cómo caen los poderosos! La humildad tras el fracaso dejaba un regusto amargo, pero muchas medicinas necesarias, también. Podías tragártela de buena o mala gana, pero tomarla era la única manera de volver donde deseabas estar.

Se sentó al escritorio de castaño y escribió una carta breve y cortés a Rufus Brancaster, preguntándole cuándo le iría bien reunirse con él y discutir aquel caso tan interesante. Si Brancaster estaba de acuerdo, sería bienvenido en casa de Rathbone para cenar y conversar con entera libertad, inadvertidos y sin comentarios de terceros.

La cerró, le puso un sello y tocó la campanilla para que su

criado fuera a echarla al buzón. Mientras lo hacía se dio cuenta de que tenía un nudo de ansiedad en la boca del estómago, casi de excitación. Le importaba que Brancaster le hubiese pedido ayuda. Temía no estar a la altura de sus expectativas. ¿Todavía tenía la imaginación, la confianza para ganar lo aparentemente imposible?

Cuando Brancaster llegó a cenar, con un maletín rebosante de papeles, se le veía nervioso. Aquel caso era uno de los más importantes de la década, si no del último medio siglo. Su propia reputación era solo una minúscula parte de lo que se conseguiría o arruinaría en función del resultado.

¿Rathbone lo envidiaba? Sí. Sí que lo envidiaba. Emplear las dotes que la naturaleza te otorgaba, y que llevabas toda la vida conociendo, era necesario, igual que un caballo debía correr y un pájaro debía volar.

La manera en que ayudara daría la medida de su persona: hacerlo lo mejor que pudiera, y en ningún momento por una recompensa personal, ni siquiera admiración. Había en juego mucho más que la vanidad de un hombre.

—Pase —invitó Rathbone, abriéndole paso. Su único criado actual, Dover, estaba en la cocina. Servir una buena comida era su orgullo además de su deber.

Brancaster siguió a Rathbone hasta la sala de estar y aceptó una copa de jerez muy seco, que Rathbone sirvió de la licorera que había en el aparador.

Brancaster sonrió.

—¿Debo preguntarle por su viaje a Europa? —dijo, dejando traslucir apenas la tensión que sentía—. ¿O debemos entrar en materia sin más dilación?

—Mi viaje por Europa fue maravilloso —contestó Rathbone con mucha labia. Entendía lo que Brancaster estaba sintiendo. De hecho, desde su propio juicio y su experiencia en la cárcel, era consciente de muchísimas cosas que antes no percibía.

Era casi como si le hubiesen quitado una venda de los ojos. Todo era a un mismo tiempo más feo y más valioso. La vida misma era más corta. Había que apreciar cada hora.

El sol que entraba por la ventana brillaba en sus copas de jerez, que parecían talladas de un topacio por el resplandor del vino.

Sonrió.

—Una vez despachado eso, podemos centrarnos en los aspectos más apremiantes del asunto.

Brancaster se relajó.

—Tanto Lydiate como Monk me han proporcionado un montón de antecedentes. Según parece hay muchas pequeñas cosas, pero son errores que cualquiera podría cometer. Nada apunta ni de lejos a una complicidad deliberada con un crimen de esta magnitud.

—¿Está convencido más allá de toda duda razonable de que Gamal Sabri es el hombre que detonó la dinamita en el *Princess Mary*, y que luego saltó por la borda para escapar de la explosión? —preguntó Rathbone.

Brancaster no titubeó.

—Absolutamente. Y me baso en hechos demostrables, no en declaraciones de testigos presenciales. Y no cabe duda de que ese barco fue el que embistió al transbordador. Sacaron el transbordador del agua y lo examinaron. Aparte de las declaraciones de Monk y del piloto, los daños estructurales están a la vista para quien quiera verlos. Tenemos expertos que pueden testificar sobre la marca que dejó el impacto, restos de pintura incluidos. Es más, con eso bastaría para enjuiciarlos. Pero eso no...

—Me consta —convino Rathbone—. Hay sentimientos muy intensos que no podemos ignorar. Intentar obligar a los jurados a creer algo no dará resultado. Tiene que conducirlos poco a poco hasta que estén listos para aceptar la verdad. De hecho, hasta que ellos quieran. Será una tarea larga y que requerirá mucho tiento, y habrá muchas personas que querrán saboteraria.

Uno de los peligros que corre es que usted lo alargue tanto que el jurado pierda el hilo y, peor todavía, que olvide la rabia y la aflicción. Hay un punto de agotamiento a partir del cual lo único que uno quiere es zanjar el asunto y largarse.

Se preguntó en qué medida se atrevía a contar a Brancaster el problema mucho más serio que lo preocupaba. ¿Era más sensato abordar primero la condena de Sabri y dejar la corrupción hasta que estuviera legalmente establecida? ¿O acaso iban de la mano hacia una misma conclusión, incapaces de moverse por separado?

¿Era responsabilidad suya tomar esa decisión? ¿O estaba sucumbiendo a la arrogancia?

Brancaster suspiró.

—La rabia es contra nosotros por habernos equivocado la primera vez —dijo con gravedad—. Les ofrecimos una respuesta, un asesino que ahorcar, luego se lo quitamos diciendo que estaba enfermo y que antes queríamos curarlo, cuando lo que probablemente queríamos decir era que lo necesitábamos vivo para sonsacarle más información. Ahora decimos que nos equivocamos de hombre y que tienen que volver a partir de cero con otro sospechoso. No podemos culparlos si dirigen su furia contra la única fuente segura: ¡nosotros! Por más que otros también hayan fallado, no tenemos escapatoria. Hemos reabierto la herida de la aflicción.

—¿Quiere pasarle el caso a otro? —preguntó Rathbone, temiendo que, de ser sincero, Brancaster admitiera que sí. Era joven, estaba en la treintena. Tenía un bufete excelente y era respetado en el ámbito de la abogacía. Poseía la imaginación suficiente para tener éxito donde otros quizás hubieran fracasado. Aquel era un riesgo que no tenía por qué correr. Podría permanecer a salvo, sin exponerse a peligros. ¡La propia experiencia de Rathbone debería bastarle para advertirle contra las heroicidades!

Parte de la decepción de Rathbone tal vez se reflejara en sus ojos.

Brancaster cambió de postura y levantó la barbilla.

—No, gracias. No sé de nadie que pudiera hacerlo mejor. ¿Usted sí? —de pronto sonrió, mostrando una buena dentadura—. Porque contaré con su ayuda, ¿verdad?

Rathbone notó que se le encendían las mejillas momentáneamente. El elogio no tendría que haber significado tanto para él. Era demasiado vulnerable.

—Por descontado... —dijo con sequedad—. Y con la de Monk.

Brancaster volvió a ponerse serio al instante.

—Me han proporcionado muchas pruebas, esta vez apoyadas en hechos, y tenemos a varias personas que vieron lo mismo. Pero es indiscutible que Beshara es un mal bicho, y es probable que conozca a Sabri y que supiera lo que Sabri estaba haciendo. Por desgracia, carecemos de un motivo concreto para Sabri.

—Lo sé —respondió Rathbone—. Pero antes de que vayamos tan lejos, tenemos que explicar por qué los hombres de Lydiate cometieron un error tan garrafal. Por qué sus superiores dieron las órdenes que dieron. ¿Por qué el sistema judicial condenó y por poco ahorcó al hombre equivocado? Nadie quiere creer que eso pueda suceder. Es una idea que da mucho miedo. Es como dar un paso y darte cuenta de que el suelo que tenías delante ha desaparecido y estás colgado sobre el abismo. Beshara podría ser un hombre cualquiera. ¡En cierto modo lo es!

Brancaster bajó la vista al suelo.

—Me consta. Ese es uno de los aspectos importantes que todavía no he resuelto cómo emplear: el miedo.

Dover entró y tosió discretamente, luego anunció que la cena estaba servida. Pasaron al pequeño comedor cuya ventana daba a la plaza y a los árboles.

—Puede dar por seguro que Pryor lo utilizará —contestó Rathbone al comentario mientras comenzaban el entrante—. Hará que parezca que la seguridad de todo el sistema depende de que se confirme el veredicto original. Los detalles quizá fueran erróneos, pero el veredicto no. Querrán creerle. No lo olvide jamás. Les traerá sin cuidado quién lleve razón y quién no, quién va a ver arruinada su reputación; lo único que querrán a toda costa será sentirse seguros. Lo querrán por ellos y por sus seres queridos. Y Pryor lo sabrá tan bien como usted. Jugará con su miedo a que la ley y la justicia se desmoronen si usted demuestra que se equivocaron la primera vez. Les meterá tanto miedo que serán incapaces de pensar con claridad. Y una vez que usted los haya perdido, tendrá muy pocas posibilidades de recuperarlos.

Brancaster asintió muy serio.

—Lo sé bien.

—¿Quién presidirá? —preguntó Rathbone, notando la tensión de sus músculos al acercarse al tema que más lo amedrentaba. Lo embargaba una emoción que sabía que no podría controlar.

—Antrobus —contestó Brancaster—. Al menos eso nos va a favor, diría yo. Según me han dicho, no teme a nada, cosa que debería contribuir a que se celebre un juicio justo. Y tiene fama de tener un genio terrible si se ve contrariado.

Rathbone sonrió.

—Así es. Ni se le ocurra contradecirlo. —Vaciló un instante—. Tengo entendido que Ingram York presidió el primer juicio...

Dejó la frase sin terminar, inseguro de cuánto sabía o adivinaba Brancaster sobre sus sentimientos por la esposa de York. Aquello era algo que no estaba dispuesto a examinar por sí mismo, y mucho menos a comentarlo con terceros.

La expresión de Brancaster no se alteró lo más mínimo.

—Lo he leído y releído —dijo pensativamente—. Creo que de haber sido un caso distinto, con menos carga emocional, habría habido errores suficientes para apelar. Por otra parte, si tenemos en cuenta la dimensión de la atrocidad y el sentimiento de la opinión pública, cualquier otro podría haber presidido el juicio de manera similar. Todos daban la impresión de creer que Beshara era culpable.

—También parecía que no habían investigado muy a fondo —señaló Rathbone—. ¿En algún momento hubo alguien que diera por sentado que pudo haber actuado solo?

—Eso es harina de otro costal —respondió Brancaster—. Se contentaron con tener a alguien a quien culpar y no hacer más indagaciones.

Rathbone reflexionó un momento.

El criado retiró el servicio del entrante y trajo el plato principal.

—Pryor llevará la defensa de Sabri —prosiguió Rathbone en cuanto se cerró la puerta—. ¿Quién le paga?

Por un instante Brancaster se mostró sorprendido, abriendo mucho los ojos.

—No lo sé —admitió—. Es posible que Pryor lo haga a cambio de nada, o al menos a cambio de nada que podamos ver. Aunque sería la mar de interesante saberlo.

—¿Favor por favor? —se preguntó Rathbone—. Habría que indagarlo. Discretamente, por supuesto. Ahora pasemos a la táctica, pues ahí es donde radicará todo. Las pruebas nos van a favor, pero las emociones, en contra.

Brancaster sonrió y obedeció. No hizo comentario alguno a propósito del plural que usó Rathbone, aunque sin duda lo oyó. Comenzó a exponer el plan de acción de su acusación.

Rathbone lo escuchó y fue haciendo comentarios aquí y allá.

Tomaron el postre, después café y coñac, y prolongaron la velada hasta entrada la noche, debatiendo hechos, tácticas y, sobre todo, el miedo subyacente a lo que había detrás de unos intereses y unos motivos que solo cabía suponer. Fue Brancaster quien finalmente pronunció en voz alta la pregunta que Rathbone había estado eludiendo.

—¿Y si Pryor logra demostrar que Sabri no tiene vínculos con Suez ni nada que ver con el canal? Peor aún, ¿que tiene algún interés en que la empresa se corone con éxito? ¿Por qué demonios iba a matar a doscientos británicos a quienes ni siquiera conocía?

—Por dinero —contestó Rathbone, aunque eso no hacía más que abrir la puerta a la respuesta que ambos temían. Ahora no había manera de evitarla—. Pero no me consta que haya pruebas de que alguien le pagara. Si lo hicieron, se hizo de alguna manera que no dejara rastro, seguramente en Egipto.

—¿Por qué? —dijo Brancaster—. Y lo que quizá sea peor, ¿quién? Incluso si nadie quiere saberlo, Pryor lo preguntará, y eso es porque sabe muy bien que si no decimos quién, y lo probamos, es porque no lo sabemos.

—Hay algo peor que eso —apuntó Rathbone—. ¿Quiénes conspiraron para incriminar a Beshara, y por qué? ¿Lydiate? ¿Camborne? ¿Incluso York? ¿Quién presionó a lord Ossett para que dirigiera el asunto como lo hizo, o para devolverle el caso a Monk una vez que el pleito contra Beshara se vino abajo?

Brancaster ni siquiera intentó contestar.

Durante la semana siguiente, Rathbone se puso al corriente de cuanto pudo acerca de los actores principales en el juicio de Habib Beshara, y de aquellos como Lydiate y lord Ossett que habían sido instrumentales en el manejo de toda la tragedia. Se puso en contacto con Alan Juniver para informarse de buena parte del trasfondo. Fue una reunión complicada, como siempre lo eran para Rathbone cuando se encontraba con alguien a quien había conocido previamente a su caída en desgracia. Antes había sido uno de los abogados más preeminentes de Londres y, más tarde, había sido juez por un breve periodo. Su caída fue espectacular por producirse desde semejantes alturas.

¿Su largo viaje por Europa había sido una evasión, una huida que solo había servido para que el regreso fuese más duro? Posiblemente. Pero costara lo que le costase ahora, nunca lo lamentaría. El tiempo en compañía de su padre no tenía precio.

Juniver sintió cierto embarazo al verlo, aunque lo disimuló

moderadamente bien. Antaño había admirado inmensamente a Rathbone, y así se lo hizo saber. Ahora no estaba seguro, y eso también se veía en su semblante.

—Tiene muy buen aspecto —dijo con sinceridad. El sol del Mediterráneo había tostado la piel de Rathbone. Estaba más delgado y lo sabía. Había tenido que pedir a su sastre que le arreglara algunos trajes para que le quedaran bien con los músculos más fuertes y menos sobrepeso, debido al exceso de buenas comidas y horas sentado a un escritorio estudiando declaraciones y expedientes.

—Gracias —dijo Rathbone, aceptando el cumplido—. Un buen viaje ensancha la mente y estrecha la cintura.

Juniver sonrió.

—Tengo entendido que estuvo en Egipto. ¿Es tan fascinante como dicen los románticos? Los periódicos, los libros de viajes, los novelistas y los poetas no hablan de otra cosa.

—Más de lo que cabe imaginar —respondió Rathbone con sinceridad. Conservaba vívidos recuerdos en la memoria, no solo de la grandeza visual sino también de sabores y olores, el escozor y el calor del sol, el murmullo del Nilo abriéndose paso entre los juncos. No costaba imaginar la canasta atrapada entre ellos con el niño Moisés o, siglos después, la gabarra dorada de la joven Cleopatra regresando a su capital tras haberse acostado con César.

»E Italia —agregó—. Ninguna visita a ese país es lo bastante prolongada. La suya debe ser una de las costas más bellas del mundo. Pero no me faltaban motivos para regresar a Londres.

Juniver se mordió el labio. Estaba aturullado. No sabía qué iba a decir Rathbone a continuación, de modo que tampoco supo qué responder para prepararse.

—Necesito su ayuda —dijo Rathbone, ocultando la ligera diversión que le producía la situación. A pesar de su perspicacia, Juniver no era tan rápido, tan intuitivo interrogando como le habría convenido ser.

Juniver lo vio reflejado en los ojos de Rathbone y tomó nota de la lección.

—Por supuesto —dijo enseguida—. Usted quiere información sobre el caso Beshara. Según parece, no fue culpable de haber puesto la dinamita, pero es un tipo de lo más desagradable, y mostró solidaridad con quien lo hizo. Supongo que esta vez no hay duda alguna de que Sabri es culpable.

—Ni una —contestó Rathbone—. Pero eso solo es parte del asunto, tal como me figuro que sabe. He leído la transcripción del juicio de Beshara. No hubo posibilidad alguna de que pudiera salvarlo, a no ser que contara con las pruebas que Monk descubrió después. Y ni siquiera así estoy seguro. La marea emocional bien pudo haber prevalecido igualmente.

Miró fijamente a Juniver, viendo la incertidumbre de sus ojos, y finalmente el reconocimiento de que él mismo había creído culpable a Beshara. Aquello sin duda había teñido su voz, su semblante, su porte. El jurado también lo había percibido.

—Cuénteme todo lo que pueda —pidió Rathbone, y supo que Juniver lo haría.

Rathbone se levantó por la mañana una pizca más tarde que de costumbre. Había perdido el hábito de estudiar. En tan solo unos meses su disciplina mental se había relajado considerablemente.

Dover estaba junto a la cama con una taza de té humeante en una mano y el periódico en la otra. Rathbone volvió a relajarse, sintiendo con los pies la suavidad de las sábanas que olían a algodón. Pasaría mucho tiempo, tal vez años, para que dejara de gozar de aquel lujo, después de su estancia en prisión aguardando el juicio. En aquel entonces no acertaba a ver el fin de su encarcelamiento.

—Buenos días, señor —dijo Dover puntilloso. Su expresión no indicaba en absoluto que fuese consciente de que hubiese ocurrido algo inusual. Resultaba sumamente reconfortante—. Me temo que las noticias de hoy no son muy agradables, señor.

Dejó la taza de té en la mesita de noche y el periódico, todavía doblado, encima del cubrecama.

Rathbone se incorporó.

—¿Qué ha ocurrido? —preguntó, sintiendo un frío repentino a pesar de que la habitación estaba caldeada.

—El señor Beshara, el egipcio al que acusaron de...

—Ya sé quién es Beshara —interrumpió Rathbone—. ¿Qué pasa con él?

—Lamento decirlo, señor, pero ha sido asesinado en la prisión donde estaba recluido, curándose de su enfermedad.

Rathbone se quedó atónito.

—¿Está seguro? —Era una pregunta estúpida, y sin embargo le costaba trabajo asimilar los hechos. Era como una especie de parodia del pasado, espantosa, irónica, ni siquiera remotamente divertida—. ¿Asesinado? —repitió la palabra—. ¿Por quién?

—Nadie lo sabe, señor.

—¡No, claro que no! ¡Maldita sea! ¡Maldita sea! ¿Cómo han podido dejar que ocurriera?

—Los hombres muertos no hablan, señor —contestó Dover.

Varios días después, Rathbone fue a cenar a la casa de Primrose Hill donde seguía viviendo su padre. Era un atardecer de finales de agosto y se notaba que los días ya eran más cortos. El sol se ponía más temprano, y en el aire flotaba una neblina dorada mientras Oliver y Henry caminaban por el césped hacia el seto y el huerto de árboles frutales que había más allá. Las ramas estaban cargadas de fruta, y aquí y allí los pájaros ya estaban picoteando la madura.

—No te preocupes —dijo Henry restándole importancia—. Habrá de sobra para nosotros. De todos modos, los cultivo sobre todo para los pájaros. Aunque espero que no se coman todas las ciruelas.

Cruzaron la verja y se adentraron en la hierba alta. Oliver inhaló profundamente, oliendo la intensa fragancia del lugar: las inflorescencias de la hierba silvestre, la tierra húmeda por donde discurrían las acequias. Las bayas del espino no tardarían mucho en ponerse escarlatas. Había unas cuantas trompetas de madreselva tardía en flor. El atardecer estaba suficientemente avanzado para que su perfume dulzón preñara el aire.

Encima de ellos la brisa agitaba las hojas de los olmos con un suave susurro, y los estorninos estaban empezando a juntarse. En cuestión de una hora habría pequeños murciélagos aleteando a su manera desacompasada entre las ramas y los aleros de la casa.

Viajar había sido maravilloso, una experiencia llena de aventuras, caminar por lugares antiguos donde los hombres habían erigido monumentos a su vida y sus creencias durante miles de años. Pero nada superaba el profundo y perdurable placer de un atardecer de finales de verano en la patria.

Regresar a Londres también significaba enfrentarse a sentimientos que Oliver había podido enterrar mientras llenaba su mente de nuevas y absorbentes experiencias que luego compartía con Henry, discutiendo toda suerte de ideas y filosofías hasta bien entrada la noche. Pero uno no puede huir para siempre. Incluso aquella libertad tenía cavernas que clamaban por ser llenadas.

Lo que ahora lo importunaba, por más que intentara eludirlo, era ser consciente de lo presente que tenía a Beata York. Incluso estando en el huerto familiar, empapándose de sus aromas y dejando que el silencio lo envolviera, pensaba en la dicha que le proporcionaría compartir aquello con ella. Cualquier cosa, buena o mala, sería mejor compartida, y no se le ocurría otra persona con quien hacerlo.

Finalmente había asumido que Henry no estaría allí para siempre. Tanto si era dentro de unos años como más pronto, el día llegaría. Todavía no podía captar la soledad que conllevaría, pero había hecho acopio de coraje para afrontarlo.

En compañía de Beata, podría aceptarlo como uno de los grandes hitos de la vida, no como una pérdida irreparable. Ni siquiera sabía cuáles eran sus propias creencias a propósito de la muerte o de la eternidad. Tal vez muy pocas personas lo supieran realmente, hasta que llegaba la prueba del luto.

Había pensado en ello al visitar las tumbas de Egipto, los túmulos funerarios de personas que fallecieron mil años antes del nacimiento de Cristo, o incluso antes. Habían creído incontestablemente en la inmortalidad. Pero en aquellos tiempos la vida era más misteriosa. Era más fácil creer en lo incognoscible.

También había meditado sobre ello en las calles de Roma, la misma ciudad a la que fue san Pedro tras la muerte de Cristo, y desde la que papa tras papa habían gobernado la Iglesia católica, que a la sazón era sinónimo del mundo cristiano.

¿Tal vez tendría que haber ido a Jerusalén?

Salvo que el lugar donde se encontrara un hombre no debería suponer ni la más ligera diferencia. ¿Qué lugar estaba más cerca del cielo que un jardín inglés al atardecer, mientras las hojas de los olmos centelleaban con el viento y las bandadas de estorninos eran montones de puntos negros, arremolinándose en la atmósfera dorada?

Como si Henry le hubiese leído el pensamiento, le preguntó:

—En cuanto a este juicio en el que asesoras a Rufus Brancaster, ¿has pensado en las consecuencias que tendrá?

Oliver volvió a ser consciente del presente inmediato con un sobresalto.

—Exculparán a Beshara, aunque es demasiado tarde para que le sirva de algo —contestó—. Sabri será sentenciado a muerte.

—Eso será solo el principio —respondió Henry—. Y en cierto sentido, lo menos importante. Esta abominable injusticia no sucedió por casualidad ni por el peso de una o dos pruebas incriminatorias. Hubo errores y corrupción a lo largo de todo el proceso. Si tienes éxito, y sabes bien que debes tenerlo si es humanamente posible y cueste lo que cueste, también tendrás que poner eso al descubierto. Una vez iniciado, no podrás detenerlo. ¿Has considerado el impacto que tendrá?

Aquello era precisamente lo que Oliver había estado evitando, manteniendo la mente ocupada en otras cosas para no abordar la cuestión.

—No sabemos quién está detrás —dijo razonablemente, mientras emprendían el regreso hacia la casa.

Henry suspiró.

—Sí que lo sabes. A estas alturas ya habrás leído las transcripciones. No me digas que no. No eres tan incompetente.

Oliver no contestó.

—Parte de tu argumento respecto al primer juicio, que es una falta que sin duda pondrás en evidencia, es que nadie ha demostrado qué motivo tenía Beshara para arriesgar su propia vida a fin de matar a doscientos británicos a los que ni siquiera conocía.

—La única respuesta es la muy general de que cobró por hacerlo —contestó Oliver.

—Precisamente —convino Henry—. ¿Y ya has considerado quién pudo haber pagado a Sabri? Espero que no te figures que Pryor no lo preguntará.

—No... Claro que lo hará —reconoció Oliver.

Henry negó con la cabeza.

—¿Y lo sabes?

—Todavía no. Existen varias posibilidades. Ossett no tiene nada que ganar. He investigado su historial, sus inversiones financieras, incluso sus relaciones sociales. Nada indica que no sea el militar retirado, honesto y ligeramente acartonado que aparenta ser. Lo mismo vale para cuantos tuvieron que ver con el traslado del caso de Monk a Lydiate. Y el propio Lydiate fue víctima de la situación. Le asignaron el caso contra su voluntad, puedes darlo por sentado. Se vio coaccionado debido a la vulnerabilidad de su cuñado, pero eso no afectó a su comportamiento. Y luego está Camborne, pero no logro encontrar motivo alguno para que llevara la acusación tan apasionadamente, aparte de su ambición.

—¿Tengo que explicártelo yo? —preguntó Henry cuando

llegaron a las cristaleras y pasaron al interior. El aire refrescaba a medida que anochecía, y las cerró con gusto hasta el día siguiente.

Oliver aguardaba.

—Ingram York presidió el primer juicio —prosiguió Henry, sentándose en su sillón favorito y haciendo un ademán para que Oliver ocupara el de enfrente, como de costumbre—. Estarás obligado a revelar su conducta en cada una de las resoluciones que tomó. ¿Estás preparado para lo que puedes descubrir? ¿Quieres demostrar que, en el mejor de los casos, fue incompetente, faltándole entendimiento, o que, en el peor, en realidad es corrupto?

Oliver por fin lo afrontó. Henry lo había dejado sin escapatoria, salvo si mentía. Y no estaba dispuesto a pagar el precio de una mentira. Semejante revelación sin duda heriría los sentimientos de Beata, incluso aunque al mismo tiempo comenzara a liberarla de él.

¿O sería al revés? Aun con lo poco que sabía de ella, ¿no era más propio de su carácter que la lealtad la atara más estrechamente a su marido?

Henry le observaba sin decir lo evidente, aunque sus ojos traslucían que estaba al corriente de todo y que era consciente del dolor que compartiría con su hijo si Oliver resultaba lastimado.

De todas maneras, no debería alterar la decisión sobre lo que era correcto hacer. ¡Y no podía recusarse a sí mismo! ¿Qué diría? ¿Estoy enamorado de la esposa de Ingram York?

Por supuesto que no. Beata pasaría una vergüenza insoportable, por no mencionar lo que supondría para él mismo, y para el caso. No era momento para consideraciones personales. Y por si lo había olvidado, oficialmente no estaba representando a nadie. Carecía de poder de decisión. Lo único que podía hacer era asesorar a Rufus Brancaster y servir a la ley.

Inevitablemente, aquello le suscitó recuerdos de Margaret y del fracaso de su matrimonio. La lealtad de Margaret para con su padre había prevalecido a su lealtad a la ley, o a la verdad, o incluso a la justicia moral. Cuando solo era en teoría, había dicho que costara lo que costase, la primera lealtad de una persona tenía que ser con lo que era correcto.

Palabras fáciles de decir, hasta que te herían en lo más hondo. ¡Mientras no fuese tu padre, tu marido o esposa quien fuera a ser encarcelado o ejecutado! A Arthur Ballinger lo habían sentenciado a morir en la horca por un crimen que Oliver sabía que había cometido. Durante su último y terrible encuentro ni siquiera había seguido negándolo. Pero solo Oliver había oído aquella confesión.

Margaret todavía creía que su padre había sido inocente, y que Oliver había antepuesto su carrera a la lealtad debida a la familia, permitiendo que lo condenaran y sin preparar siquiera una apelación a la desesperada. Cuando la carrera de Oliver se echó a perder estrepitosamente debido a su decisión en cuanto a lo que era correcto en el caso Taft, Margaret se había regocijado, y aprovechó la oportunidad para pedir el divorcio.

Oliver se había enfrentado a una sentencia de cárcel, y moralmente no podía negar a Margaret la libertad que obtendría mediante un divorcio. Tampoco era, a decir verdad, que no hubiera deseado concedérselo. La libertad conllevaba soledad, pero, a pesar de todo, era deleitosa.

¿Sería capaz de pagar el precio final de la lealtad a la verdad, si se lo pedían? ¿Creía realmente que sin honor nada sobrevivía?

Si Henry fuese el acusado, ¿pagaría ese precio y lo creería culpable?

¡Pero Henry no sería culpable!

Igual que Margaret había sido incapaz de creer que su padre lo era, prescindiendo de toda evidencia.

¿Qué creería Beata de su marido?

Henry estaba aguardando, con una sonrisa a un tiempo triste y cordial.

—Ya he pagado ese precio en una ocasión —contestó Oliver—. Me parece que, si tuviera que hacerlo, lo pagaría otra vez. No estoy seguro.

Henry asintió con la cabeza.

—Me lo figuraba. Pero no tienes manera de saber lo que descubrirás. Alguien es culpable.

—Lo sé...

16

Monk estaba impaciente por lo mucho que tardaban en curarse las heridas, pero en realidad evolucionaban tan deprisa como cabía esperar. Los huesos rotos se soldaban a su ritmo, y ni los cuidados de Hester ni su propio fastidio iban a acelerar el proceso. En un par de ocasiones Hester le recordó que su constante irritación era muy probable que le hiciera sentirse peor.

Hooper era menos voluble o, según Hester observó para sorpresa de Monk, era más estoico. Su comentario surtió el efecto deseado, logrando que Monk se tragara su enojo. Autorizó a Orme a actuar en su lugar, decidir qué casos eran prioritarios y dirigir a sus hombres en consecuencia.

Monk aceptó su inactividad física y se volcó en investigar qué otros oscuros y complicados motivos podrían surgir cuando el juicio de Gamal Sabri demostrara que Beshara era inocente y que su juicio presentaba defectos debidos a graves errores y, casi con toda seguridad, también a un cierto nivel de corrupción.

A Monk le había caído bien Lydiate y comprendía que hubiese cedido a la presión ejercida contra él en lo concerniente al caso, aunque también se vio obligado a aceptar que eso había puesto en entredicho su imparcialidad. Ahora bien, cuando se revisara en el tribunal durante el juicio de Sabri, tal como Brancaster tendría que hacer, ¿qué más saldría a relucir? ¿Que alguien hizo la vista gorda más de una vez? ¿Que se aceptó la solución más fácil? ¿El prejuicio de que Beshara era culpable, sin cuestionarlo con suficiente diligencia?

¿O pura corrupción?

Una vez que cedías a la presión, aunque fuese con la más leve y en apariencia inofensiva desviación del recto camino, ¿hacías inevitable el paso siguiente? ¿Cuándo se negaba uno? ¿Al tercer paso, al cuarto? ¿O acaso ya no quedaba escapatoria alguna?

Comenzó por la más ingrata de las tareas, que consistía en comprobar todos los hechos que Lydiate le había referido acerca del matrimonio de su hermana y la consiguiente vulnerabilidad a la presión. Las indagaciones iniciales eran bastante sencillas; ser discreto era otra historia. En cuanto llegó más allá de lo que casi todo el mundo sabía, fue a ver a Runcorn. Decidió reunirse con él en el parque de Greenwich, lejos de la comisaría. Pasearon por los amplios senderos de grava entre los prados y los macizos de flores, pasando bajo los grandes magnolios que ya hacía tiempo que habían florecido. A primera vista no eran más que dos hombres que disponían de tiempo libre a media tarde de un día de finales de verano.

Runcorn estaba descontento.

—¿Piensa que Lydiate es corrupto? —dijo en voz muy baja, aunque no había nadie que pudiera oírlos—. ¿O intenta demostrar que no lo es... que solo fue chapucero?

—Ambas cosas —contestó Monk, intentando sin éxito parecer benevolente.

Runcorn avanzó unos cuantos pasos antes de volver a hablar.

—¿Cómo reacciona un buen hombre si le hacen chantaje, amenazándolo con perjudicar a alguien que ama y que tiene derecho a esperar que lo proteja? ¿Sacrificas a tu familia por lo que consideras que es justo, aunque ellos no lo vean del mismo modo? —Negó con la cabeza—. Sé que se trata de la hijastra de su hermana, pero eso es irrelevante. ¿Y si fuese su esposa? —Esta vez miró a Monk—. ¿Y si fuese la de usted? ¿O la mía? Yo no podría decir a Melisande: «No, no voy a protegerte. Mi trabajo es lo primero.»

Se detuvo en medio del camino en actitud desafiante, aguardando la respuesta de Monk.

Monk también se detuvo.

—Y ella le diría que le pasara el caso a otro —dijo—. Y que aceptara las consecuencias. Es suficientemente valiente y sensata para saber que la otra opción conduce a un final todavía peor.

—Eso es solo media respuesta. —Runcorn se negó a moverse—. ¿Le pediría eso a ella, sabiendo lo que haría? Quizá lo único honesto sea tan simple como tomar la decisión uno mismo. ¿No consiste en eso la verdadera protección? ¿Acaso no es una decisión personal?

Monk se metió las manos en los bolsillos y cerró lentamente los puños.

—Tal vez uno tenga que tomar una decisión equivocada una o dos veces para saber que el final será mucho más negro.

Runcorn se acomodó al paso de Monk.

—¿Y usted quiere que descubra si Lydiate tomó la decisión equivocada?

Desde luego Runcorn era franco.

—Necesito saberlo. Tengo que saber hasta qué punto falseó los hechos, qué pasó por alto porque no conocía suficientemente bien el río y ante qué prefirió hacer la vista gorda —contestó Monk.

Runcorn apretó los labios.

—¿Para protegerlo o para ponerlo en evidencia?

—¿Cómo demonios voy a saberlo, mientras no sepa qué hizo? —inquirió Monk. Tenía ganas de decir bastante más. Deseaba que Runcorn entendiera la piedad que sentía por Lydiate, que él mismo no sabía qué habría hecho de estar en su lugar, solo que ceder nunca era la respuesta. Lo habría protegido, si hubiese podido, pero eso había dejado de ser una opción viable. Brancaster la haría pedazos. Tampoco tenía otra alternativa.

¿Y qué pasaba con el hombre que había contratado a Sabri? ¿Qué valores tenía? ¿Quién le había pagado y por qué? ¿Cuán inteligente era y cuán motivado estaba? Todo aquello también sería importante.

—No tengo margen de maniobra si estoy a oscuras —dijo Monk—. La familia de Lydiate es tan vulnerable como él me dijo, y no le ha sucedido nada.

—¿Quién lo amenazó? —preguntó Runcorn.

—Ossett fue quien se lo dijo —contestó Monk con pesadumbre—. Pero tengo el presentimiento de que había alguien más presionando a Ossett. Prácticamente se palpa en el aire. —Buscó sin éxito palabras que no sonaran melodramáticas—. Fue un atropello —concluyó—. Usted puede consultar los archivos de la policía sin llamar tanto la atención como yo. Descubra las evasivas, las inconclusiones, las medias verdades, las contradicciones que de tan separadas como figuran en el informe obligan a mirar con lupa para ver cuándo no encajan unas con otras. Si Brancaster es mínimamente bueno, las encontrará. Tenemos que saber qué significan antes de que lo haga.

Runcorn hizo rechinar los dientes, aunque se mostró de acuerdo.

Mientras Monk andaba ocupado en estos menesteres, Hester estaba en la clínica de Portpool Lane conversando con Claudine. Habían buscado cualquier información que pudieran sacar a la luz con respecto a la fiesta en el *Princess Mary*, y habían juntado una razonable lista de nombres de caballeros de familias acaudaladas que habían asistido, y en todos los casos perdido la vida. Los festejos habían sido bajo cubierta y por eso no habían tenido oportunidad de escapar.

—¿De verdad piensa que fue intencionado? —dijo Claudine

con tristeza. Estaban sentadas a una mesa de la cocina, tomando té recién preparado. Era media tarde.

—Seguramente no —contestó Hester—. Parece un tanto inverosímil. Solo estoy revolviendo cuantas informaciones logro reunir. Nunca se sabe dónde pueden encajar.

—Es probable que eso explique el empeño absoluto de Camborne en conseguir que ahorcaran a Beshara —respondió Claudine, sirviendo una segunda taza de té.

—Veo que se han comido toda la tarta de Ruby —dijo Hester sonriendo—. Se está convirtiendo en una buena pastelera. Supongo que a Worm le daría uno o dos pedazos.

Claudine se ruborizó muy levemente, pero sostuvo la mirada de Hester.

—Uno o dos —admitió, y acto seguido cambió de tema, retomando el de Camborne—. Su familia está muy bien relacionada. Al menos la familia de su hermana.

—¿Con quién? —preguntó Hester, con renovado interés.

—Con los Bailey —contestó Claudine—. Una fortuna en navieras. Clíperes de té y demás cosas por el estilo. Me imagino que una vez que se abra el nuevo canal ya no habrá clíperes que hagan la carrera desde el Lejano Oriente con la primera cosecha. Todo llegará a través del mar Rojo y del Mediterráneo. —Tenía la mirada perdida como si contemplara una visión que quedaba mucho más allá de la confortable cocina en la que estaban sentadas—. El final de una era. Y tal vez el final del esplendor y la prosperidad de algunas familias, por no hablar del poder.

La mente de Hester seguía un hilo de pensamiento menos filosófico.

—¿Cree que eso pudo afectar el modo en que Camborne llevó el juicio? El dinero de la familia de su hermana no se vería afectado por el veredicto, tanto si Beshara era hallado inocente o culpable.

—Seguramente no —convino Claudine—. Pero en un juicio no solo se aborda el crimen, ¿verdad? Están todas las otras cosas que revela una investigación realmente meticulosa. Quizá no tengan nada que ver con ello y solo salgan a relucir al desentrañar ciertos secretos. El juicio duró poco. Nadie insinuó siquiera quién había pagado a Beshara, si es que alguien lo hizo.

Hester contempló el rostro fuerte y más bien poco agraciado de Claudine con su boca de expresión amable, la inteligencia que brillaba en sus ojos y el conocimiento del sufrimiento.

—Tiene toda la razón —dijo—. Sugeriré a William que investigue con más detenimiento la conducta de Camborne durante el juicio, qué preguntó y qué no. Por supuesto es posible que esté intentando preservar la fortuna de la familia de su hermana, o bien que le complazca más de la cuenta verla menguar, ¡y su influencia y arrogancia con ella!

Claudine sonrió.

—En efecto. Eso también es posible.

Para cuando faltaban un par de días para el juicio de Gamal Sabri, Monk había proporcionado a Rathbone, y por ende a Brancaster, toda la información que había podido recabar sobre lord Ossett, sir John Lydiate y los abogados que habían participado en la causa de Habib Beshara. Había errores de juicio, puntos flacos, descuidos, algunas contradicciones, pero nada que por sí mismo supusiera algo más que lo que podría ocurrirle a cualquiera durante una investigación apresurada y cargada de sentimiento. Y no había conexiones aparentes con el asesinato de Beshara en la cárcel, pese a que Monk también las había buscado.

Lo que sí logró, con cierta dificultad, fue descubrir que a Gamal Sabri lo había contratado un egipcio adinerado llamado Farouk Halwani, que residía en El Cairo y por tanto no podía ser interrogado.

Monk había intentado hablar con Fortridge-Smith, pero este lo había evitado hasta que al final se negó de plano. No albergaba demasiadas esperanzas de enterarse de cómo había muerto Beshara, y mucho menos de saber quién era el responsable de su muerte. Había tantas posibilidades que apenas tenía expectativas de que ese dato sirviera de algo en el juicio de Sabri. Aun así, lo enojaba que le denegaran el acceso a esa información.

Por consiguiente, fue a ver a lord Ossett, que lo recibió en su espacioso y hermoso despacho, con el provocador retrato de sí mismo de joven.

Monk fue derecho al grano.

—Lamento molestarlo con este asunto, señor, pero el tiempo apremia, y he hecho cuanto he podido para convencer a Fortridge-Smith para que me reciba, pero se niega. Me parece imprescindible tener toda la información posible sobre Habib Beshara antes de que empiece el juicio de Gamal Sabri. No podemos permitirnos que nos pillen por sorpresa.

Observó el rostro de Ossett y lo vio ensombrecido; aprensión, quizás algo más. Pero Monk también veía que Ossett estaba cada vez más angustiado, hasta el punto de poner en peligro su salud. En su fuero interno se debatía para librarse de una carga apabullante. Se notaba que estaba agotado por el esfuerzo.

—Comprendo que la situación es difícil —comenzó Ossett, con la voz un tanto áspera—. Pero seguramente una tragedia carcelaria como la muerte de Beshara, aunque fuese intencionada y maliciosa, no afectará en modo alguno a la condena de Sabri.

Frunció los labios con una expresión más de dolor que de repugnancia.

—¿O está dando a entender que el momento de la muerte de Beshara no fue casualidad? —agregó Ossett. No se movió en absoluto, como si le faltara energía—. Permítame recordarle que si bien parece que Beshara no pudo poner la dinamita, es casi seguro que estuviera involucrado de algún modo en aquella atrocidad. Supongo que no esperaba poder llamarlo a testificar, ¿verdad? Ese hombre era un carcamal y estaba muy enfermo. Además, de todas formas podría haber muerto en cuestión de semanas, si no días. Fortridge-Smith me comunicó que tachar su muerte de homicidio era irresponsable. Algún periodista buscando titulares.

Esta vez su expresión fue claramente de repulsa.

Monk se vio obligado a retroceder un par de pasos.

—Quizás el periodista hizo suposiciones —concedió—. Y en ese caso, es totalmente irresponsable, y antes del juicio de Sabri deberíamos transmitir la verdad a la prensa. —Se mantuvo tan inexpresivo como pudo—. ¿Quién investigó su muerte?

Ossett lo miró de hito en hito.

—¿Cómo dice?

Monk no apartó la mirada. Vio la mirada velada de Ossett, una súbita chispa de ansiedad, algo que lo esquivaba.

Monk tomó aire para dar pie a una respuesta y sintió un dolor que no comprendió. Enseguida desapareció, enmascarado.

—No lo sé —contestó Ossett—. Seguro que el abanico de posibilidades es muy reducido. Lo admito, he estado demasiado concentrado en las dificultades de este desdichado juicio contra Gamal Sabri para detenerme a analizar la muerte de Beshara. —Volvió a mirar a Monk, con un aire resuelto—. Parece ser que entre todos hemos llevado el sistema judicial al borde del descrédito. No sé si usted ha meditado en el daño que podríamos hacer si no damos una explicación satisfactoria de lo que ocurrió para que llegáramos a condenar a quien no correspondía en un caso tan terrible como este. ¡Si no lo ahorcamos, fue solo por la gracia de Dios! Ningún hombre sensato va a sentir que su vida estará a salvo si lo acusan de un crimen. Por consiguiente, ambos debemos explicarlo, y demostrar que no podrá suceder otra vez.

—Eso ya lo sé, señor —dijo Monk en voz baja—. Y por eso es tan importante que no culpemos de ese error a un inocente.

Ossett cambió de postura.

—¡Santo cielo! No se le ocurra ni pensarlo. No quiero ver sacrificado al pobre Lydiate. Es un hombre decente...

—Me consta —convino Monk—, pero no es político ni policía.

Ossett palideció.

—Lo que dice es muy duro...

Monk sabía que era duro, y aborrecía decirlo, particularmente porque era verdad.

—Es un buen administrador, señor, y sobre todo es un hombre honrado, merecedor del respeto que le profesan sus hombres. Sin duda verían injusto, y con razón, que lo destituyera debido a esto.

Ossett lo miró con curiosidad, como si intentara formarse una opinión, buscar la respuesta a algo que lo preocupaba.

Monk resistió la tentación de explicarse más de lo necesario, y guardó silencio.

—¿Ganará usted el caso? —Ossett cambió de enfoque—. Brancaster es bueno pero le falta experiencia. Rathbone habría sido mejor. Ponerse en ridículo como lo hizo en el caso Taft supuso un grave perjuicio para el sistema legal británico. —Meneó ligeramente la cabeza. Tenía los hombros sumamente tensos—. El caso está lleno de escollos. ¡Lleno! Aun así es posible, si consigue arrinconarlo, que Brancaster haga pedazos algunas decisiones de York. —Suspiró—. Aunque bien podría llegarse a lo mismo si el juicio lo hubiese presidido otro magistrado. Los ánimos estaban encendidos. Todo el país estaba exigiendo que condenáramos a alguien. ¿Y quién puede culpar a la ciudadanía? Fue una atrocidad. Queremos explicaciones, justicia y venganza. Y, sobre todo, el hombre de la calle quiere creer que ejercemos algún tipo de control sobre lo que está ocurriendo, ¡que somos capaces de manejarlo!

—Y que no volverá a suceder —agregó Monk.

Ossett lo miró con severidad.

—¡Por el amor de Dios, no diga eso ni en susurros! ¡Ni siquiera lo piense!

—Tenemos que pensar en ello —contestó Monk—. Es la única manera de asegurarnos de que no vuelva a suceder.

Ossett tenía el semblante demacrado, como si no hubiese dormido bien en semanas. Monk echó un vistazo al joven Ossett del retrato colgado en la pared, pero Ossett lo evitó deliberadamente. ¿Le recordaba tiempos mejores en los que tomar decisiones era más sencillo? ¿O no había logrado convertirse en el hombre que aquel joven soldado aspiraba a ser?

—¿Está pensando en el hundimiento del *Princess Mary* o en el abominable estropicio de la investigación y el juicio que condenó a un hombre inocente? —preguntó Ossett.

—En ambas cosas —contestó Monk—. Y también en la posibilidad de que empeore la situación si ahora no conseguimos condenar al culpable.

—¿Está seguro de que ese hombre es culpable, Monk?

—Sí, señor. Pero antes del juicio tengo que averiguar cuanto pueda sobre la muerte de Beshara, y quién fue el responsable. Brancaster sin duda lo preguntará, y no será el primero. Cualquier hombre inteligente de Inglaterra se lo estará preguntando antes de que concluya el juicio.

Sonó un poco como una amenaza, pero esa había sido precisamente su intención.

La voz de Ossett fue grave cuando respondió, como si le estuviera costando trabajo mantener la compostura.

—Me encargaré de que Fortridge-Smith conteste a sus preguntas..., hoy mismo —prometió—. Si no tiene nada que ocultar, no le importará, y si lo tiene, ¡usted va a descubrir de qué se trata!

—Sí, señor.

Ossett cumplió su palabra. Fortridge-Smith recibió a Monk poco después de las cuatro de aquella misma tarde, si bien de mal talante. Estaban en su despacho, un cuarto lóbrego con el suelo de piedra y estantes en una pared. Los libros estaban alineados como un regimiento, aguardando que alguien se interesara por ellos. Una alfombra turca de color rojo aligeraba las oscuras losas pintadas del suelo y amortiguaba el ruido de los pasos.

—No sé qué piensa que puede sacar en claro examinando este asunto otra vez —dijo enojado—. ¡Ese hombre era culpable, y de todos modos su horrible enfermedad lo estaba matando! Se enzarzó en una pelea y es posible que así precipitara su muerte, pero eso es todo. ¡Los hombres se pelean en la cárcel, Monk! No es un sitio agradable. Tampoco se supone que deba serlo. Hay reyertas y los hombres resultan heridos. No es bueno para la salud. La gente muere más joven aquí que fuera. Nadie pasa hambre ni frío, y eso es lo mejor que cabe decir al respecto.

Monk tomó aire para contestar pero Fortridge-Smith continuó.

—Y en cuanto a Beshara, me consta que, gracias a usted, parece ser que en realidad no puso la dinamita a bordo del *Princess Mary*, pero estuvo implicado en la atrocidad, y eso lo convierte en culpable. Merecía estar aquí.

Monk dominó su cólera con dificultad. La sentía crecer en su fuero interno y tenía ganas de discutir, señalar la diferencia entre el juicio personal y la ley. El principio de la venganza particular era contrario a todo cuanto se suponía que encarnaba la ley. Pero su sentido común le dijo que Fortridge-Smith no le estaba escuchando, ni emotiva ni intelectualmente. Solo empeoraría las cosas.

—De cara al próximo juicio contra Sabri, que también es culpable —dijo Monk con ligereza y tanta compostura que resultó obvio que se estaba conteniendo para no decir lo que pensaba, cosa que Fortridge-Smith sin duda percibió—, necesito hablar con quienes estuvieran de servicio en la enfermería de la prisión en el momento de la muerte de Beshara. Quizá los llamen a declarar.

—¿A santo de qué, por el amor de Dios? —dijo Fortridge-Smith con aspereza—. ¡La manera en que murió Beshara, mucho después de la explosión, no tiene nada que ver con la culpabilidad de Sabri!

—No sea ingenuo —le espetó Monk—. ¿Desde cuándo las

preguntas del abogado defensor tienen una relación directa con el crimen?

—¡Pues no las conteste! —replicó Fortridge-Smith.

Monk enarcó las cejas.

—¿Y dejar que se den cuenta no solo de que no lo sé, sino de que además no me importa lo suficiente para haberlo averiguado? Eso daría a la defensa la oportunidad perfecta para sugerir que después de todo Beshara era culpable. O, alternativamente, que sabía algo tan importante que había que silenciarlo. Y que nosotros, las autoridades, actuamos en connivencia. —Observó los ojos de Fortridge-Smith mientras se le tensaba la piel de las mejillas—. O peor aún, que en realidad lo hicimos nosotros —prosiguió Monk—, para ahorrarnos la vergüenza del absoluto desastre en que convertimos el primer juicio, y todo lo que ha venido después. —No pudo seguir disimulando su desdén—. Y eso no sería del agrado de nuestros amos y señores.

Fortridge-Smith se sonrojó, pero estaba acorralado. Tenía que responder a ese último desafío, y lo sabía.

—Pues entonces vaya a hablar con quien le dé la gana —dijo con acritud—. Haré que uno de los celadores lo acompañe. Y no sea temerario y lo pierda, señor Monk. Tal como habrá observado, este lugar es violento. Los reclusos no son buena gente. Podría muy bien descubrir quién lo mató e incluso demostrarlo, pero de poco le serviría a usted... o a su familia.

Por un momento Monk tuvo un miedo cerval. Se le hizo un nudo en la boca del estómago y le corrió por las venas, haciéndole sentir calor y luego frío.

—Se lo agradezco —dijo con menos salero del que le hubiese gustado—. Y lord Ossett también se lo agradecerá.

—No me diga —respondió Fortridge-Smith, casi impertérrito.

Mandó llamar a un celador veterano. En cuanto apareció condujo a Monk a la enfermería de la prisión donde Monk interrogó a los enfermeros, todos ellos hombres, como era natural, y al médico que habían contratado a tiempo parcial después de que Crow, tras averiguar todo lo que pudo, se marchara. Monk hizo como que no sabía nada de Crow, y mucho menos que lo conocía.

En cuanto entró en la estancia de techo alto y con el suelo de piedra, el olor a lejía y fenol, mezclado con el de excrementos, se adueñó del estómago de Monk y le causó tales retortijones que le costó trabajo no vomitar. Había diez camas dispuestas a lo largo de dos paredes enfrentadas. Ocho las ocupaban hombres en diversas fases de padecimiento y resignación. Muchos llevaban vendajes; era evidente que dos tenían algún hueso roto; los demás tenían fiebre, estaban congestionados, sudorosos y se movían inquietos sobre los duros colchones.

Había dos enfermeros de servicio, atareados limpiando y poniendo orden, enrollando vendas, vaciando orinales.

Después de saludarlos, presentarse y explicar por qué estaba allí, Monk les preguntó quién había estado de servicio inmediatamente antes de que encontraran muerto a Habib Beshara.

Le contestaron que eran Elphick, el más corpulento de ellos dos, y otro hombre que se llamaba Stockton. Monk les dijo que tenía que hablar con ellos por separado, en una habitación cerrada donde tuvieran garantías de no ser escuchados. El celador que le había asignado Fortridge-Smith por su seguridad, aguardaría fuera.

Elphick era alto, enjuto y nervudo, y tenía el hábito nervioso de tamborilear con los dedos sobre la mesa que los separaba. Resultaba irritante. Monk tuvo que disciplinarse para no ordenarle que parara, puesto que sería un mal comienzo para la que casi con toda seguridad sería la única oportunidad que tendría de hablar con él a solas.

Empezó por algo de lo que ya conocía la respuesta.

—¿Qué le pasaba a Beshara?

Elphick torció el gesto con repugnancia.

—Algo lento. Se llamaba no sé qué gravis...

—¿*Miastenia gravis*? —sugirió Monk.

—Sí, eso es. Al menos eso dijeron. —Levantó la vista hacia

Monk con repentina franqueza—. Aunque no te mata. A veces estaba normal y otras a duras penas podía levantarse. Y no fingía, se lo aseguro. ¿Por qué iba a hacerlo? A nosotros nos daba igual.

—¿Estaba pasando un mal momento cuando murió? —preguntó Monk.

—Sí, bastante malo.

—Entonces sería fácil dominarlo, ¿no?

Elphick se sorprendió.

—¡Jesús! ¡No lo sé! Era un cabronazo, pero no más que cualquier otro recluso.

Monk insistió otros diez minutos sin enterarse de nada que le pareciera útil.

Con Stockton fue distinto. Describió con bastante detalle cómo había encontrado muerto a Beshara, y dijo que no sabía qué había ocurrido. En ese momento había otros dos hombres en la enfermería. Uno había dormido toda la noche, y ambos aseguraron no haber visto ni oído nada. A los dos los habían soltado poco después y habían desaparecido, regresando a los bajos fondos de donde procedían. Incluso podían haberse hecho a la mar, que él supiera.

—¿Lo investigaron en su momento? —preguntó Monk, manteniendo un tono ligero, como si se tratara de algo sin la menor importancia.

—Sí, por descontado —dijo Stockton indignado—. Supongo que se asfixió, o algo por el estilo. De todos modos era un canalla de tomo y lomo, y todos sabíamos que había participado en el hundimiento de ese barco, tanto si lo había hecho personalmente como si no. Nadie lamentó perderlo de vista.

Miró a Monk a los ojos sin titubear.

—¿Entonces lo mató uno de los reclusos que había en la enfermería? —preguntó Monk.

—Si lo mataron, así tuvo que ser —contestó Stockton con sensatez. Se quedó mirando de hito en hito a Monk un segundo más de la cuenta.

—Y, por supuesto, se han ido —dijo Monk—. Han desaparecido.

—Eso es. —Stockton asintió con la cabeza—. Una lástima, quizá. Pero ya no hay vuelta de hoja. Así se ahorra el precio de una soga.

—Usted fue quien lo encontró, ¿no? Cuando volvió a entrar de servicio.

—Ajá.

—¿Estaba frío?

—Sí.

—¿Tenía marcas de forcejeo en el cuerpo?

Stockton soltó aire despacio.

—No, daba la impresión de haber muerto mientras dormía.

—No opuso resistencia. ¿Entonces no se lo esperaba?

Stockton titubeó.

—Me llevé un buen susto... al ver que estaba muerto.

Monk midió sus palabras.

—¿Cree que uno de los otros reclusos pudo haber cobrado para matarlo? A juzgar por lo que usted dice, es casi seguro que fue alguien a quien conocía. ¿Los otros dos reclusos, tal vez? Es curioso que uno se despertara y el otro no, ¿no le parece?

—A lo mejor le habían dado alguna medicina —respondió Stockton, cambiando de postura en la silla.

—Es muy posible —convino Monk—. ¿O quizá se la administraron a los dos?

Los hombros de Stockton se tensaron, como si hubiese cerrado los puños debajo de la mesa.

—Ni idea —dijo.

—Tal vez será mejor que consulte el registro de sedantes de la enfermería —sugirió Monk—. Y al mismo tiempo pediré a la Policía Metropolitana que investigue sus gastos en aquellos días. ¿Recibió algo de dinero extra esa semana?

—¡Yo no lo maté! —dijo Stockton bruscamente, con un susurro de pánico en su voz; muy quedo, pero Monk lo oyó como el filo de una navaja.

—Pero sabe quién lo hizo. —Fue una afirmación rotunda—. Tiene que tomar una gran decisión, señor Stockton. ¿De lado de quién está? ¿Del mismo que hasta ahora: los celadores de la prisión, la ley? ¿O cambió de bando para ponerse de parte de los reclusos, los hombres como Habib Beshara, que coludieron en el asesinato de casi doscientas personas?

—¡Nunca estuve de su parte! —exclamó Stockton, levantándose un poco de la silla, con el rostro blanco de ira—. Y tampoco lo maté. Pero no diré que lamente que ese cabrón esté muerto. Como tampoco debería decirlo usted, si corre sangre humana por sus venas.

—¿De verdad? —Monk enarcó las cejas—. Pero si acaba de decir que aquí no había nadie más. Así que que tuvo que hacerlo usted.

Empujó la silla hacia atrás como si fuera a levantarse.

—¡Espere! —dijo Stockton bruscamente.

Monk se relajó.

—¿Para qué?

—Dejé entrar a un visitante. No sabía que iba a hacer algo así. Dijo que era amigo suyo, que venía a despedirse.

Monk puso cara de incredulidad.

—Le tengo a usted; no tengo a esa persona imaginaria que dice. El juicio empieza el martes.

—¿O sea que va a ahorcarme para cubrirse las espaldas, aun sabiendo que no lo hice yo? —Stockton le costaba asimilar semejante deshonra—. ¡Eso es la policía para usted! ¡Escoria mentirosa y asesina!

Monk negó con la cabeza.

—¡No voy a ahorcarlo a usted en lugar de ahorcarlo a él! Entréguemelo, y solo le propinaremos un golpe de regla en los nudillos por aceptar un soborno..., suponiendo que nos dé suficientes pruebas para acusarlo, por supuesto.

Stockton lo miró con puro odio, espoleado porque no podía hacer nada al respecto.

—Levántese, señor Stockton —ordenó Monk.

Stockton lo hizo, con torpeza, como si le dolieran las co-
yunturas.

Monk rodeó la mesa lentamente, atento al equilibrio de Stockton, a la tensión de su cuerpo y la vulnerabilidad de sus propias
costillas, que todavía le dolían tras la embestida del transbordador. Le esposó una muñeca antes de intentar hacer lo mismo con
la otra. Por un instante Stockton se puso rígido, como si se dispusiera a pelear, y Monk le retorció el brazo hacia arriba con un
gesto que le constaba podía terminar en dislocación. No podía
permitirse emplear menos fuerza. Si Stockton se volvía contra
él, tendría que matarlo. No tenía otra salida. Quizá ya había matado una vez. La visita invisible a Beshara bien podía ser una invención. No había pruebas. Y seguro que Stockton lo sabía.

¿Qué haría el celador que aguardaba fuera? Manteniendo a
Stockton delante de él, Monk llamó a la puerta desde dentro.

La puerta se abrió, y sacó a Stockton de un empujón, manteniendo las manos bajas y agarradas a la muñeca izquierda de
Stockton, con fuerza suficiente para detenerle el pulso si tiraba
del brazo un par de centímetros más.

—Lléveme al despacho del director —ordenó Monk al celador.

El celador miró de hito en hito a Monk y después reparó en
el rostro crispado de Stockton.

Monk percibió su indecisión. El corazón le palpitaba contra
las doloridas costillas. Estaba demasiado débil para pelear. Un
buen codazo en el pecho y quedaría fuera de combate, quizás incluso muerto con un pulmón perforado por una costilla. Tragó
saliva, y tiró del brazo de Stockton más arriba. Soltó un chillido
de dolor.

—¡Rediós! Haz algo, demonios. No dejes que este hijo de
puta...

El resto de la frase se perdió en otro aullido.

El celador obedeció, pasando delante. La distancia era corta,
no más de diez metros, pero Monk cayó en la cuenta, con un
estremecimiento de horror, de que Fortridge-Smith tal vez no

se pondría del lado de la ley, tal como él había supuesto. Podría darle la espalda y dejar que se deshicieran de Monk. Podría alegar completo desconocimiento de lo que ocurriera, decir que Monk se había marchado por otra parte, sin pasar a presentarle sus respetos antes de irse. ¿Quién lo contradeciría?

Por segunda vez en el espacio de semanas, ¡iba a tener que luchar por su vida! ¿Por qué demonios no había llevado a Orme con él, o incluso a Hooper, que estaba casi tan restablecido como él mismo?

Corroído de vergüenza, vio clara la respuesta. Porque había tenido intención de arrancar una confesión con respecto a la muerte de Beshara, y prefería que ni Hooper ni Orme le vieran hacerlo. La ira que le suscitaba aquella atrocidad, primero el asesinato de los pasajeros del *Princess Mary*, luego la corrupción de la justicia durante el juicio, estaba tentando al hombre que había sido antes del accidente y, por consiguiente, antes de la amnesia que lo había obligado a recomenzar partiendo de cero. Distintos testimonios y revelaciones habían pintado un retrato suyo en el que aparecía como un hombre despiadado, respetado y temido, pero no apreciado. No era la persona que quería ser. Sería difícil que Hester permaneciera a su lado. No habría más alegría, no más silencios cómodos. Scuff no confiaría en él.

Sin embargo, ambos esperaban que resolviera la muerte de Beshara y que condenara no solo a Sabri sino también a quienes habían mentido en el tribunal, aceptando dinero o alabanzas para sentenciar a un hombre desagradable pero inocente.

Estaban ante el despacho de Fortridge-Smith, y no tenía un plan.

De pronto le acudió a la mente: la fotografía en el escritorio de Fortridge-Smith, un retrato de familia. Seguramente eran su esposa e hijos, pero eso era lo de menos. Recordó la luz reflejada en el cristal.

Ordenó a Stockton que llamara a la puerta. En cuanto se abrió, metió a Stockton dentro de un empujón y le asestó un golpe tan fuerte en el cráneo que tropezó y cayó, rodando sobre su hombro dislocado. Se quedó inmóvil en el suelo.

Monk entró tras él y sacó el brazo izquierdo de la chaqueta de modo que la manga derecha le cubriera la mano. Agarró la fotografía de encima del escritorio y la rompió contra la esquina de madera recia, haciendo pedazos el cristal. Escogió el fragmento más largo y puntiagudo, usando la manga para protegerse la mano, y se puso de un salto detrás de Fortridge-Smith, que todavía estaba boquiabierto.

—Lo siento —dijo con tanta calma como pudo—, pero tengo que salir de aquí y enviar a alguien a recoger a Stockton. O bien mató a Habib Beshara, o aceptó dinero para dejar entrar a quien lo hizo. Y no tengo ni idea de si usted está metido en esto. No puedo permitirme correr riesgos.

—¡Por Dios, hombre! ¿Se ha vuelto loco? —La ira hizo que a Fortridge-Smith le saliera la voz de falsete—. ¡Haré que lo arresten!

—Antes tenemos que salir los dos con vida de aquí —contestó Monk apretando los dientes.

—¡Pues aparte ese trozo de cristal, no vaya a ser que resbale y se mate! —gritó Fortridge-Smith.

—No intente ganar tiempo —le dijo Monk con acritud—. Quizá no nos sobre. Los prisioneros no nos tienen el menor aprecio, ni a usted ni a mí. No me importa a quién culpen de mi muerte. No sé a usted; en cuanto a la suya, claro.

Fortridge-Smith tragó saliva.

—¡No saldrá vivo de aquí!

—En ese caso, usted tampoco —señaló Monk, hincando un poco el trozo de cristal, lo suficiente para atravesar la chaqueta de Fortridge-Smith y alcanzarle la piel.

—¡De acuerdo! ¡Pero me encargaré de que pague por esto!

Fortridge-Smith fue con cuidado hasta la puerta. La abrió y se asomó.

—Saque la llave de la cerradura —ordenó Monk—. Y cierre por fuera. Avisaré para que vengan a sacar a Stockton.

Fortridge-Smith hizo lo que le dijeron. Después, lentamente, avanzaron por el pasillo hacia la entrada y, al pasar ante los guardias que estaban de servicio, los saludó con un ademán de asentimiento. Paso a paso, salieron del recinto a la calle.

Fortridge-Smith titubeó.

—¿Se da cuenta de que si fuerzan la puerta de mi despacho pueden matar a Stockton para impedir que diga quién mató a Beshara? —dijo—. ¿Qué le habrá costado entonces esta locura?

—Probablemente mi trabajo —contestó Monk—. Y, por supuesto, el suyo.

Fortridge-Smith intentó dar media vuelta y se llevó otro pinchazo en la espalda. Renegó con unas palabrotas que a Monk le sorprendió que conociera. Fue una reacción fea, pero sin embargo le confirió más humanidad.

—Quizá sería prudente que fuéramos más deprisa —le dijo Monk—. Hasta que consigamos refuerzos.

Ahora también él hablaba con escaso dominio de su voz. Las mismas calles que lo rodeaban, el aire libre, el agente de la policía regular que antes lo había acompañado hasta la verja, y que ahora caminaba hacia ellos con paso decidido, eran mucho más sensatos y hermosos que un jardín lleno de flores.

El agente se detuvo. Miró a uno y a otro.

—¿Todo en orden, caballeros? —Pestañeó, vacilante—. ¿Comandante Monk?

—Sí —respondió Monk con la voz ronca—. Ha habido un altercado en la cárcel. El director Fortridge-Smith viene conmigo a denunciarlo y a ver a un médico. Tiene una ligera herida. Nada serio, pero es mejor que se la vean.

—¡Sí, señor! ¿Usted está bien, señor? —preguntó el agente con preocupación.

Monk se tocó las costillas con cuidado, en la parte que todavía tenía magullada desde el ataque contra el transbordador. Sonrió con absurda gratitud.

—Sí, perfectamente, gracias.

En el poco tiempo que faltaba para que comenzara el juicio contra Gamal Sabri, Monk interrogó a Stockton una y otra vez, y apenas le sonsacó información de interés. Describió al hombre que le había pagado para que le permitiera entrar a ver a Beshara, pero su descripción era tan general que podía corresponder con la de miles de personas.

—Entre veinticinco y treinta, creo —dijo Stockton—. Pero había mala luz. Igual estaba amaneciendo. Barba sin afeitar. Eso te cambia mucho el aspecto. De mi peso, diría yo.

Monk calculó que Stockton medía en torno a un metro setenta.

—El pelo como grasiento, y muy corto... —agregó Stockton.

—¿Color? —dijo Monk sin esperanza.

—Castaño. Castaño medio. Ojos azules, me parece.

—Resumiendo, un inglés cualquiera —concluyó Monk—. Supongo que era inglés. No era galés ni escocés, ¿verdad? ¿Tal vez irlandés?

—Ni idea. —Stockton negó con la cabeza—. Tenía muy mala pinta, pero hablaba como un caballero. Claro que igual fingía. Una imitación, vamos.

—Sin embargo, usted aceptó su dinero y le dejó entrar a ver a Beshara, y a asesinarlo. Demasiado crédulo, para ser celador —dijo Monk con sarcasmo.

—Eso es una pifia —dijo Stockton con falso remordimiento—. No un crimen. ¿Igual tendría que ir buscándome otro empleo?

—Estará empleado picando piedra un buen puñado de años —respondió Monk con aspereza—. A no ser que crean que usted mismo mató a Beshara.

—¡Entonces me darán una medalla! —dijo Stockton con desdén.

—¡Entonces lo ahorcarán! —le espetó Monk. Se levantó y fue hasta la puerta. Se volvió antes de abrirla.

»Si ese hombre que mató a Beshara existe de verdad, ¿supone que lo hizo en venganza por el hundimiento del *Princess Mary*?

—Claro —contestó Stockton—. ¿Qué, si no?

—¿Qué le parece para asegurarse de su silencio? —sugirió Monk.

Stockton se puso pálido como la nieve.

—Ándese con ojo —dijo Monk en voz baja, y salió por la puerta, cerrándola a sus espaldas.

17

Rathbone estaba sentado detrás de Brancaster en el Old Bailey, tal como era comúnmente conocido el Tribunal Penal Central de Londres. La última vez que había estado allí, era él quien ocupaba el banquillo de los acusados. Brancaster lo había defendido con valentía, elocuencia y, en algunos momentos, con brillantez.

En el pasado Rathbone había comparecido allí como abogado de la acusación o de la defensa. Ahora era un mero observador, un asistente de Brancaster sin derecho a dirigirse al tribunal. Tenía una sensación extraña, como si él no fuese del todo real para quienes participaban en el proceso judicial.

El jurado elegido había prestado juramento. El tribunal había iniciado el proceso, presidido por lord Justice Antrobus. Era un hombre delgado y ascético, con una mente ágil y un sentido del humor muy mordaz. Tenía fama de obedecer más a su intelecto que a su corazón. Rathbone rara vez había visto el lado de su carácter que era capaz de sentir compasión y un profundo enojo en las ocasiones en que la ley era incapaz de castigar la crueldad. Había advertido a Brancaster acerca del carácter de Antrobus, pero ahora se preguntaba si lo había hecho con la vehemencia suficiente.

Brancaster estaba de pie, dirigiéndose al juez y al jurado. Sin duda era plenamente consciente del público que atestaba la galería, de los periodistas y de la inmensa masa de hombres y mujeres que solo se enterarían de lo que les contaran los titulares de los periódicos.

Rathbone observaba con el cuerpo en tensión, las manos inmóviles en el regazo. ¿Atinaría Brancaster a presentar bien su caso? ¿Horrorizaría a la gente en exceso, o justo lo suficiente? ¿O les permitiría darse por satisfechos con que ya se había hecho justicia y que ahora no había por qué cuestionar el veredicto anterior?

—El crimen del hundimiento del *Princess Mary*, en el que perecieron ahogadas casi doscientas personas, fue una atrocidad —estaba diciendo Brancaster. Hablaba sin levantar la voz, pero el silencio reinante permitía que se le oyera hasta en el último rincón de la sala. Todo el mundo lo miraba.

»Hemos vivido sabiendo esto durante varios meses —prosiguió—. Nos hicieron creer que el responsable estaba en prisión, padeciendo una dolorosa enfermedad terminal.

Aguardó a que su observación surtiera el efecto deseado, mirando a la cara a los miembros del jurado.

—Doce hombres buenos como ustedes, después de que se les presentaran pruebas, sacaron esa conclusión. —Respiró profundamente—. Ahora estoy aquí para decirles que a aquel jurado solo le presentaron una parte de las pruebas; algunas eran erróneas, otras incompletas; posiblemente las hubo falsas deliberadamente. En este juicio les pediré que lleguen a una conclusión diferente.

En la mesa de la defensa, Pryor dejó caer una hoja de papel y se agachó para recogerla. Su movimiento rompió el hechizo del momento.

Brancaster sonrió.

—Caballeros, me parece que he asustado a mi distinguido colega de la defensa hasta el punto de dejar caer al suelo un documento. —Miró a Pryor—. Espero que no se haya manchado la ropa de tinta.

Todos los presentes, incluso en la galería, se volvieron para mirar a Pryor de nuevo. Se oyó alguna que otra risita ahogada.

Pryor se sonrojó.

—En absoluto —dijo con aspereza.

Brancaster reanudó su alocución al jurado.

—Les pediré que saquen una conclusión diferente —repitió—. No necesariamente que Habib Beshara fuese una buena persona, ni tampoco inocente de todo delito, pero no era culpable del crimen del que se lo acusó. Es más, no pudo haberlo sido. Que estuviera implicado en esta tragedia es otro asunto, pero no el que nos corresponde decidir hoy.

De pronto adoptó una expresión muy seria.

—También hay otra cuestión muy grave a la que inevitablemente se van a enfrentar, a saber, ¿qué ocurrió para que nos equivocáramos de manera tan flagrante en el juicio anterior? ¿Cuántas personas murieron? ¿Se trató simplemente de una serie de equivocaciones? ¿O hubo corrupción?

Pryor estaba que echaba chispas. Estaba cerca del punto en que su indignación estallaría en palabras, por más poco apropiado que fuera.

Brancaster prosiguió.

—Esta no es una cuestión legal que ustedes deban evaluar, pero tales pensamientos les acudirán a la mente. Es imposible evitarlo. ¿Tan imperfecto es nuestro sistema legal para que esto pudiera suceder? ¿Temen que ustedes mismos, alguien a quien aman, pueda ser acusado en falso y condenado por un crimen, y que a nadie más que a ustedes le conste su inocencia hasta que sea demasiado tarde?

Pryor no pudo aguantar más.

—¡Señoría!

—Señor Brancaster —dijo Antrobus con serenidad—, me parece que se está precipitando un poco. Es fácil que el señor Pryor vaya a sugerir tales cosas, pero le hace una injusticia al suponerlo por anticipado.

—Sí, señoría —convino Brancaster. No le costó nada admitirlo; ya había expuesto su argumento. Reanudó su alocución al jurado.

»Les demostraremos cómo se cometió este crimen mediante pruebas que ustedes podrán ver: objetos materiales más que recuerdos de personas sobre lo que tuvo que ser una de las peores noches de su vida. No pediremos a personas aterrorizadas y afligidas que recuerden lo que vieron u oyeron. Nos consta que han sufrido lo indecible.

Inclinó un poco la cabeza.

—Aquello no fue obra de un solo hombre. Fue una conspiración de como mínimo dos, quizá más. Habib Beshara quizá fue uno de ellos, pero no fue el hombre que puso la dinamita a bordo del *Princess Mary* y encendió la mecha. Cualquiera que sea su culpa, ahora se enfrenta al juicio de Dios. Gamal Sabri es quien detonó la dinamita que hizo explotar la proa del *Princess Mary* y lo hundió, con todos los que iban a bordo, hasta el fondo del Támesis.

Brancaster regresó a su sitio.

Pryor se puso de pie, todavía sonrosado de enojo. Caminó de un lado a otro mientras habló, resumiendo los testimonios principales del primer juicio y describiendo la imagen de los devastados supervivientes y su aflicción. Solo mencionó los puntos en que habían coincidido los testigos.

Rathbone, atento a cada una de sus palabras, se dio cuenta de que lo que, en realidad, estaba haciendo era recordarles el horror del suceso, conduciéndolos con cuidado, poco a poco, para que se vieran a sí mismos, a sus familiares y amigos como víctimas de aquella pesadilla. No apelaba a la razón sino a su terror y aflicción, y lo hacía bien.

Para cuando Brancaster se volvió a levantar, Rathbone percibía el miedo que reinaba en la sala como un trueno inminente.

Brancaster llamó a su primer testigo. Por más que a su pesar diera ventaja a Pryor, se vio obligado a establecer los hechos del caso, y estos debían incluir la explosión y el propio hundimiento. Procuró ceñirse a lo más técnico. Rathbone le había advertido que si procedía así corría el riesgo de parecer frío, incluso poco compasivo con las víctimas, como si todo se redujera a un ejercicio legal, no al relato de la aterradora muerte de casi doscientas personas.

De pronto dobló una hoja de papel en blanco y la pasó hacia delante.

Pryor lo vio. Se puso de pie.

—¡Señoría! Veo que en este tribunal tenemos a un visitante muy distinguido, sir Oliver Rathbone, que acaba de pasar una nota a mi docto colega. Lamento tener que recordar al tribunal ciertos hechos trágicos y bastante sórdidos, pero sir Oliver no está autorizado a ejercer la abogacía. Creo que el señor Brancaster lo defendió en su juicio y, por consiguiente, no puede ignorar ese dato.

Se produjo un momento de silencio absoluto.

Como un solo hombre, los miembros del jurado se volvieron para mirar fijamente a Rathbone, que se sintió como una mariposa clavada en un corcho.

Fue Brancaster quien habló, antes de que Antrobus pudiera intervenir.

—Señoría, el señor Pryor está en su derecho, por supuesto, pero creo que ha excedido los límites incluso de su buen gusto. La hoja de papel a la que alude está en blanco. —La sostuvo en alto y le dio la vuelta para que todos pudieran verla por las dos caras. Brancaster se la entregó a un ujier—. Si desea examinarla, señoría...

—No, gracias —declinó Antrobus—. Pero tal vez podría aclararnos el propósito de semejante nota.

Brancaster sonrió, crítico consigo mismo.

—Me imagino, señoría, que es para decirme que mis observaciones son irrelevantes, cosa que lamento pero es cierta. En distintas ocasiones sir Oliver me ha advertido sobre la tendencia a dar más detalles técnicos de los necesarios al jurado, en lugar de hablar de sentimientos, cosa que es muy hábil haciendo mi distinguido colega, el señor Pryor.

—En efecto —dijo Antrobus torciendo ligeramente las comisuras de los labios—. Es un buen consejo, señor Brancaster.

—Gracias, señoría. ¿Puedo continuar?

—Se lo ruego.

Brancaster reanudó su discurso, pero esta vez habló de miedo, impresiones, voluntad de ayudar, a veces incluso a costa de la exactitud. Se mostró minucioso pero también comprensivo. Fue una buena actuación.

Sin embargo, Pryor estaba de pie después de la pausa para almorzar. Al abordar una vez más el tema de las pruebas, se las arregló para aludir a la nota que Rathbone le había pasado a Brancaster; no en cuanto a su contenido, sino en cuanto a la mera necesidad de que se la pasara.

—Según parece mi distinguido colega se ha convertido en discípulo de sir Oliver, ¿o debería decir en marioneta? Sir Oliver está aceptando con muy poca elegancia su inhabilitación.

Rathbone sintió un escalofrío, como si le hubiesen quitado una prenda de abrigo que necesitase. Pryor era de una crueldad que no había previsto. ¿Anunciaba aquel regusto amargo lo enconada que llegaría a ser la batalla?

Antrobus meditó un momento; la expresión de su rostro podía ser tanto de irritación como de repugnancia.

Casi todos los jurados miraban a Rathbone como si esperasen que se defendiera en persona, no entendían lo que estaba ocurriendo y lo veían como una especie de villano.

Brancaster hizo evidente que lo habían pillado por sorpresa.

Fue Antrobus quien habló.

—Señor Pryor, como bien sabe, la elegancia en la actitud y el juicio no son un requisito de este tribunal. Si lo fueran, usted tampoco estaría aquí ahora. Sir Oliver puede asistir al juicio y escuchar, igual que cualquier otra persona que no interrumpa el proceso.

—Gracias, señoría —dijo Brancaster. Vaciló un instante, respiró profundamente y llamó a su testigo siguiente.

Esta vez Pryor no lo interrumpió.

Brancaster tenía una lista de testigos ligeramente diferente de la del juicio de Beshara, tal como había indicado en su alocución inicial. No llamó a Monk para que declarase como testigo de la explosión y de la larga noche de trabajo en la que él y Orme habían rescatado a tanta gente como pudieron. En su lugar eligió a Orme, tal como le había sugerido Rathbone. Orme era un hombre tranquilo que llevaba toda su vida en el río. Hablaba a media voz y con el acento local. No halló palabras para su ira y su aflicción, sin que eso supusiera el menor cambio en la dignidad con la que respondió a las preguntas de Brancaster. Rathbone había resuelto que, para los miembros del jurado, que no estaban familiarizados con la vida laboral del río, aquello sería más auténtico que si se expresaba con el acento más cultivado de Monk, o con su confianza y su cargo. Orme parecía no tener interés personal alguno, aparte de la aflicción de un hombre decente.

Hasta la mañana siguiente no sacó de Orme una explicación sobre cómo les habían arrebatado el caso para luego dárselo a la Policía Metropolitana, al mando de Lydiate.

—¿Se acuerda, señor Orme?

—Claro que sí —contestó Orme quedamente, aunque había algo sombrío en su voz, una tensión que cualquiera podía percibir.

—¿Sabe por qué? —preguntó Brancaster.

Pryor se puso de pie.

—Objeto, señoría. Señor Orme, pese a su gran valía, ¿no son asunto reservado las decisiones de mando de los oficiales a cargo de...

—Mis disculpas, señoría —dijo Brancaster con fingido arrepentimiento—. Señor Orme, ¿puedo preguntárselo de otra manera? —preguntó Brancaster—. ¿Lo informaron del motivo para tomar esa decisión?

—No, señor —contestó Orme—. Y yo tampoco supe verle un motivo.

—¿Y después les devolvieron el caso? —preguntó Brancaster—. Es decir, ¿después de que Habib Beshara fuese juzgado, hallado culpable y sentenciado para luego conmutarle la pena?

El rostro de Orme era el vivo retrato de la repulsa.

—Porque para entonces era un embrollo de primer orden en el que nadie quería meterse —dijo Orme con pesadez.

Se oyó un murmullo de lástima en la galería, y fue evidente que varios jurados sintieron lo mismo.

Brancaster procedió a inquirir a Orme sobre la descripción de las pruebas que él y Monk habían obtenido de testigos que claramente exoneraban a Beshara de haber puesto la dinamita en el *Princess Mary*, o de haber estado a bordo del barco.

Pryor dio muestras de sopesar si interrogar a Orme y finalmente optó por no hacerlo.

A lo largo del resto del día y del siguiente, Brancaster interrogó a más testigos, poniendo cuidado en ceñirse a hechos materiales. Cuando era inevitable una observación de un testigo presencial, siempre tenía un mínimo de dos personas para declarar.

Pryor intentó desacreditarlas, pero después de la tercera vez se dio cuenta de que perdía más de lo que ganaba. Los miembros del jurado quizá no recordarían los pormenores, pero no olvidarían que se había ido por las ramas.

El cuarto día ya se había pintado la imagen de un crimen cuidadosamente planeado en el que estaban involucradas dos personas, más probablemente tres. La sostenían hechos entrelazados, detalles que no dependían de que alguien recordara un rostro o unos andares, palabras exactas o la ropa que llevaba una persona determinada. Orme había descrito el barco que él y Monk habían visto la noche del hundimiento. El piloto del transbordador, todavía con el brazo en cabestrillo, describió con toda precisión el mismo barco y el momento en que vislumbró el emblema del caballito de mar. Pryor intentó hacer que su testimonio se tambaleara, pero no lo consiguió.

Llamaron a Hooper. Refirió brevemente y con aplomo cómo había localizado el barco en Isle of Dogs, donde había encontrado y arrestado a Sabri. Se presentaron testigos que relacionaron a Sabri con el barco, no en una ocasión sino en muchas. Pryor tampoco logró desacreditar a Hooper.

Brancaster se guardó mucho de sugerir que Beshara fuese un buen hombre, o inocente de cualquier implicación en el hundimiento, solo expuso que no podía haber estado en el *Princess Mary*, mientras que Sabri sí.

Se levantó la sesión hasta después del fin de semana.

—No es un caso del todo irrefutable —dijo Rathbone, mientras él y Brancaster salían del Old Bailey y bajaban el breve tramo de escaleras hacia el ruido y el ajetreo de la calle.

—Lo sé —admitió Brancaster, volviéndose para dirigirse hacia Ludgate Hill. Adaptó el paso automáticamente al de Rathbone—. Podría ser suficiente en cualquier otro caso, pero no en este. Todavía señalarán duda razonable, es lo más fácil. Nadie quiere pensar que el sistema judicial es tan frágil que podríamos haber ahorcado a un inocente. Y todos estábamos muy seguros.

—No se trata solo de no ahorcar a un inocente —arguyó Rathbone—. Se trata de ahorcar al culpable. ¿Ha visto que Camborne hoy estaba en la sala?

Brancaster inhaló bruscamente.

—No, no lo he visto. Es de suponer que luchará con empeño para que no se vindique a Beshara.

Llegaron a la esquina y tomaron Ludgate Hill, con el sol a sus espaldas. El tráfico era denso entrada la tarde. Era viernes. Se respiraba cansancio en la atmósfera.

Rathbone debatía en su fuero interno si debía sacar el tema que estaba atronando en su cabeza. ¿Sería una debilidad mencionarlo ahora, o cobardía no hacerlo? Tarde o temprano tendría que salir, si no entonces, el lunes.

—Y York —señaló—. Él tampoco querrá que se revoque la sentencia.

Brancaster le lanzó una mirada de reojo.

Rathbone se preguntó cuánto había adivinado, o deducido, sobre sus sentimientos por la esposa de York. ¿Era tan transparente como se sentía?

Caminaron quince metros sin hablar.

—Todos tienen sus motivos —dijo Brancaster por fin—. Orgullo, miedo, dinero, un ascenso, algo.

—Proteger a alguien —agregó Rathbone—. Ni siquiera sabemos a quién buscamos detrás de esto.

Brancaster mantenía su ritmo al caminar.

—¿Duda de que Sabri lo hiciera por sus propios motivos? —preguntó—. ¿Puede haber alguna conexión con Suez? No debe sentar muy bien que una potencia extranjera llegue y se adueñe de la tierra donde te has criado.

—¿No cree que Beshara también estuvo implicado? —preguntó Rathbone a su vez.

—Seguramente, pero no como actor principal. Las pruebas de Monk son incontrovertibles. Sabri puso la dinamita en el *Princess Mary*, la detonó y luego saltó por la borda con el tiempo justo para escapar a la explosión.

—¿Quién lo recogió? —preguntó Rathbone—. No lo dejarían al azar.

—No lo sé —reconoció Brancaster—. Ahí radica el asunto, ¿verdad? ¿Quién más tomó parte en el crimen y, peor aún, quién más lo encubrió después? En mi opinión, eso es lo más inquietante. Todos los detalles del hundimiento, el horror y la pérdida de vidas son de sobra conocidos. Solo estamos abriendo una vieja herida, no una nueva.

—Es cierto —dijo Rathbone en voz baja. Ahora estaban en una calle lateral y el ruido del tráfico no ahogaba sus voces—. Hay nuevas incisiones que hacer, y van a doler.

—La otra cuestión —prosiguió Brancaster— es el motivo. El puro odio contra Gran Bretaña puede ser poderoso, ahora bien, ¿por qué esta reacción en concreto y por qué ahora? Si pretendo que el jurado me crea, debo mostrar un motivo que puedan entender.

—No solo eso —le advirtió Rathbone—. Debe contar con algo que apele a la pasión humana más elemental, no a cuestiones financieras o relacionadas con las rutas comerciales y los cambios generales que experimentará el transporte marítimo.

Y permítame aconsejarle muy seriamente que no se meta en un hilo de pensamiento que pueda terminar pintando a Gran Bretaña como una nación codiciosa, explotadora y destructora de las vidas y hogares de otros pueblos, a fin de aumentar sus propios beneficios. Bien puede ser verdad, pero su jurado no estará dispuesto a aceptarlo. —Al cruzar la calle, miró de soslayo a Brancaster—. Puede obligarlos a aceptarlo, si sus pruebas son lo bastante sólidas y consistentes, pero lo harán contra su voluntad y le harán pagar por ello. Nadie quiere ver rotos sus sueños. El patriotismo es una fuerza muy poderosa. Solo Dios sabe cuántas personas, cuántas familias a lo largo de los siglos han dado la vida por su país. Ahora no intente decirles que lo hicieron por una causa indigna.

Brancaster se detuvo, con una expresión desolada y los labios apretados. Miró de hito en hito a Rathbone.

—¿Por qué demonios lo hizo Sabri? ¿Voy a terminar sin nada mejor que la locura como motivo? ¿Debo aprovecharme de su creencia en que un extranjero tiene una moralidad diferente, más laxa que la nuestra? Es... —buscó la palabra apropiada—... es degradante que nos rebajemos a decir algo semejante. No sé si estoy dispuesto a hacerlo, ni siquiera para lograr una condena.

Rathbone le sostuvo la mirada.

—¿Y qué me dice del sistema judicial que se aferró a Habib Beshara porque era un sujeto particularmente desagradable, y que estuvo dispuesto a tergiversar, pasar por alto o falsear los hechos, un detalle aquí, otro allá, con tal de condenarlo? ¿Ahorcarlo y quitarse el problema de en medio? ¿Está preparado para quitar las ropas que visten sus partes menos públicas, y exponerlo tal como es?

—¿Cómo demonios puedo deshacer este entuerto? —preguntó Brancaster con una nota de desesperación en la voz.

—No lo sé —contestó Rathbone con franqueza.

El juicio se reanudó el lunes por la mañana. Brancaster sabía que si no desacreditaba la condena de Beshara no tendría oportunidad de que hallaran culpable a Sabri en su lugar. Había debatido con Rathbone la sensatez de un ataque preventivo. ¿Parecería demasiado malicioso? ¿Podía incluso delatar cierta vulnerabilidad en sus propios argumentos, si los defendía antes de que lo atacaran?

Rathbone dirigió la mirada a la mesa donde Pryor estaba aguardando, escuchando, con el lápiz presto a tomar notas. Su semblante traslucía tenacidad. Apretaba su prominente mandíbula de tal manera que se le veían los músculos pese a la luz mortecina que entraba por las ventanas.

Brancaster llamó a un joven policía llamado Rivers, que refirió su búsqueda de testigos del día del hundimiento, cuando el caso había pasado a manos de los hombres de Lydiate. Parecía un joven al mismo tiempo serio y sincero. Era muy educado.

Brancaster lo trató amablemente.

Rathbone no paraba de moverse en la silla, le constaba que Brancaster abundaba en demasiados detalles, con lo que el interrogatorio resultaba aburrido. Se fijó en que la atención de los miembros del jurado comenzaba a menguar.

Pryor bostezó, encogió los hombros y volvió a relajarlos.

Ya iba siendo hora de que Brancaster obtuviera una respuesta valiosa. Si se demoraba mucho más, caería en oídos sordos por más relevante que fuera.

—¿Puede describir a ese hombre, sargento Rivers? —preguntó Brancaster en tono agradable.

Pryor ya estaba harto.

—Señoría, ¿qué importancia cabe que tenga el aspecto del testigo? ¡Empiezo a temer que el señor Brancaster está alargando esto de un modo indecible con la esperanza de matarnos de aburrimiento!

Antrobus miró inquisitivo a Brancaster.

—En absoluto, señoría —dijo Brancaster respetuosamente—. Si el señor Pryor falleciera, tendríamos que comenzar de nuevo desde el principio, y yo, desde luego, no abrigo el menor deseo de hacerlo.

Se oyeron risitas ahogadas en la galería.

—Yo tampoco —convino Antrobus—. Dudo de que en tal caso yo mismo sobreviviera. ¿Tal vez tendrá la bondad de llegar a su argumento, suponiendo que tenga uno?

—Sí, señoría —dijo Brancaster obedientemente—. Iba a describirnos al testigo, sargento Rivers.

Rivers se quedó desconcertado.

—Era muy corriente, señor. Un poco barrigudo. La cara... más bien chata.

—¿Era rubio o moreno? —preguntó Brancaster.

—No me acuerdo... Más bien castaño, creo.

Pryor agitó los brazos.

—¡Señoría!

Brancaster hizo caso omiso.

—¿Y de qué edad?

—Entre treinta y cinco y cincuenta —contestó Rivers.

—¿Afeitado o con barba? —insistió Brancaster.

—No me acuerdo —dijo Rivers acalorado—. Pero era un buen testigo, limpio y bien hablado.

Pryor se puso tenso.

Brancaster sonrió.

—Sin embargo, usted, un oficial de policía entrenado, que estuvo frente a él a plena luz del día, no recuerda nada concreto de él, ni su color de pelo, ni su edad en un lapso de quince años, ¡y tampoco si iba afeitado o tenía bigote!

Ahora sí que tenía la absoluta atención del jurado.

—¡Estaba intentando juzgar su honradez, no recordar su aspecto! —protestó Rivers.

—Por supuesto —convino Brancaster—. Me imagino que su testigo se estaba ocupando de sus asuntos en lugar de intentar recordar el rostro del hombre que vio subir a bordo del *Princess Mary*. —Sonrió—. Él también era un hombre honrado, e hizo cuanto estuvo en su mano para ayudar después de tamaña atrocidad. E, igual que usted, sargento Rivers, sus recuerdos son borrosos. No conoce los detalles porque en aquel momento no tenían importancia. Gracias. No tengo más preguntas que hacerle.

Pryor titubeó, escrutando un momento los rostros de los jurados. Luego hizo un ligero gesto despectivo y declinó su turno de preguntas.

Brancaster llamó a un gabarrero que trabajaba conduciendo barcazas que pasaban con frecuencia por lugares de importancia capital en el último viaje del *Princess Mary*. Se llamaba Spiller. Era entrecano y fuerte, y subió los peldaños del estrado con garbo. Se notaba que estaba acostumbrado a mantener el equilibrio sobre cubiertas en movimiento.

Brancaster le preguntó acerca de su trabajo, los lugares a los que lo llevaba a lo largo del río y el tipo de cosas que cada día solía ver a su paso. Esta vez el jurado no se aburrió, y Pryor prestó atención a cada pregunta y respuesta.

Brancaster tenía que ser más cuidadoso. Rathbone sabía que lo único que pretendía era demostrar que Spiller tenía experiencia, era observador y estaba familiarizado con la actividad del río y sus gentes. Había reparado en algunas de las cosas que los testigos que declararon contra Beshara sostenían haber visto. Las que había visto él sucedían casi a diario y no les atribuyó mayor importancia.

—¿Explicó esto mismo a la policía cuando lo interrogaron? —preguntó Brancaster con curiosidad.

—No me interrogaron —respondió Spiller. En sus ojos había un brillo de humor y desdén.

Rathbone reparó en que el jurado no pasaba por alto su comentario.

—¿Pero usted estaba allí? —dijo Brancaster, imprimiendo confusión a su entonación.

—Claro que estaba —contestó Spiller—. Supongo que la policía ya tenía lo que necesitaba.

—Pero su respuesta podría haber cambiado su punto de vista sobre lo que les habían contado —señaló Brancaster.

Pryor se puso de pie, ansioso por atacar.

—Señoría, el señor Brancaster no puede saber por qué la policía no interrogó al señor Spiller ni qué diferencia podrían haber supuesto sus respuestas, suponiendo que hubiera alguna. Está induciendo a error al tribunal ex profeso.

—Ay, señor Pryor —dijo Antrobus sin la menor inflexión en su voz—, me alegra que esté despierto. —Se volvió hacia Brancaster—. Sabe hacerlo mejor. Puede exponernos los hechos, señor, y dejar que el jurado saque su propia conclusión sobre su importancia o significado. Por favor, no me obligue a decírselo otra vez.

—No, señoría —se disculpó Brancaster—. Lo siento. —Luego se volvió hacia el estrado—. Señor Spiller, cuando el caso fue devuelto a la Policía Fluvial del Támesis, ¿alguien acudió a usted?

—Sí, señor, el señor Hooper. Le conté lo mismo que a usted.

—Gracias.

Brancaster se volvió hacia Pryor.

Pryor se levantó y empezó a atacar a Spiller de inmediato, cuando aún caminaba por el entarimado hacia el estrado.

—¿La Policía Fluvial le conoce? —preguntó, desdeñoso y burlón.

—Por supuesto —contestó Spiller, aunque se puso tenso—. Trabajo en el río. Su trabajo es conocer a todo el mundo.

—No es momento para bromear, señor Spiller —le espetó Pryor—. Cuando digo si la policía lo conoce no me refiero a que tenga trato social con sus hombres. Usted ha sido informante en asuntos delictivos, ¿no es cierto? —No aguardó a que Spiller respondiera—. ¡Y uno se pregunta de cuántos asuntos delictivos no les informó!

—¡No, no lo he sido! —dijo Spiller con vehemencia.

—¿En serio? ¿De modo que está enterado de asuntos delictivos y no ha informado a la policía?

Spiller estaba confundido.

—Sí...

—¿Sí o no? —inquirió Pryor—. ¡Aclare sus ideas, señor!

Brancaster se puso en pie de un salto.

—¡Señoría! Todo ciudadano honrado denuncia delitos a la policía. Mi distinguido colega está haciendo que parezca que el testigo miente, cuando su pregunta es poco clara. Yo mismo ya no sé qué significa. Hay una diferencia abismal entre un informante y un ciudadano que denuncia un crimen, y está empañando esa diferencia deliberadamente.

Pryor se volvió hacia Spiller.

—¿Tal vez puede explicarse para que todos lo entendamos? —lo retó.

—Solo los idiotas trabajan en el río y no están del lado de la policía —respondió Spiller, tenso y enojado.

—Esa era exactamente mi conclusión —dijo Pryor con un aire despectivo—. ¿Y ayudarlos a vengarse de la Policía Metropolitana por haberles quitado el caso formaba parte de ese estar de su lado, señor Spiller? —Levantó la mano como para acallar a Brancaster e incluso impedir que Spiller contestara—. Retiro la pregunta. No deseo confundirlo más.

Fue un insulto, pues dio a entender que Spiller carecía de inteligencia.

Spiller se puso rojo de humillación pero no dijo palabra.

La tarde y el día siguiente prosiguieron en la misma línea. Brancaster llamó a otro piloto de transbordador que había estado trabajando la noche de la explosión. A él tampoco lo habían interrogado los hombres de Lydiate. Era un buen testigo, pero Pryor también lo atacó y terminó por enojarlo, cosa que mermó su valía, por lo menos para algunos miembros del jurado.

Rathbone se dio cuenta, y tuvo la sensación de que la ventaja de Brancaster se le estaba escapando entre los dedos. Pryor no había rebatido los hechos, pero se las había arreglado para dar a entender que las nuevas pruebas eran fruto de las ganas de alborotar de unos hombres cargados de rencor.

—Vive y trabaja en el río, ¿verdad, señor Barker? —dijo al último testigo que había llamado Brancaster.

—Sí, señor —contestó Barker.

—¿Y para hacerlo con éxito, según nos ha dicho, conoce a la Policía Fluvial y procura mantener buenas relaciones?

—Sí, señor. Es lo normal.

—Por supuesto que sí. Estoy convencido de que los caballeros del jurado entenderán perfectamente la necesidad de contar con el favor de la policía, con su ayuda, incluso, de vez en cuando, con su protección. La vida en el río puede ser peligrosa. Por desgracia, como bien sabemos, un hombre que se caiga al Támesis tendrá suerte de salir con vida. Es profundo, sus corrientes pueden ser rápidas y erráticas, su fango puede retenerlo. Sus aguas bastan para envenenarte, aunque sepas nadar. Y eso sin tomar en consideración a los ladrones y piratas que infestan los peores tramos, los barrios bajos, los tugurios, los marjales, lugares como Jacob's Island. Está claro que necesita tener a la Policía Fluvial como amiga. ¡Me figuro que los débiles ni siquiera sobreviven! Gracias, señor Barker.

Rathbone escrutó los semblantes del jurado. Vio miedo en ellos, la comprensión de todo lo que Pryor insinuaba sin cruzar nunca la línea de la corrección, de modo que Brancaster no pudiera interrumpir y romper el hechizo. El orgullo ofendido, las ganas de venganza se palpaban en el aire, aunque en ningún momento se hubiesen manifestado en voz alta para que Brancaster pudiera desmentirlos.

Rathbone se puso de pie lentamente cuando se levantó la sesión. Se encontró con que estaba agarrotado, como si hubiese estado sentado incómodamente durante mucho rato, y cayó en la cuenta de que el cuerpo le dolía debido a la tensión muscular y al esfuerzo mental de aferrarse a una victoria que se le estaba escapando de entre las manos.

Echó un vistazo a Pryor y supo con amarga certidumbre que aquello iba a ponerse peor.

18

Hester estaba en el juicio cuando al día siguiente Pryor inició su defensa de Gamal Sabri. La sala guardaba un respetuoso silencio. Los jurados estaban bien alerta y sumamente interesados. Desde su sitio en la galería, Hester se fijó en que muchos de ellos habían perdido toda certeza en cuanto a quién estaba mintiendo, equivocado o movido por motivos que solo cabía conjeturar. Mirándolos, estudiando sus rostros, vio que aquella situación les resultaba embarazosa. Había preguntas sin responder relativas al primer juicio. ¿Cómo podían haberse cometido tantas equivocaciones, y luego agravarlas? Percibió su ansiedad, un miedo creciente. Cruzaban miradas y enseguida apartaban la vista. Se movían discretamente en el asiento como si no lograran encontrar una postura cómoda.

Hester había escogido adrede un sitio desde el que poder ver al acusado, Gamal Sabri, aunque la vista no era muy buena. Tenía que volverse y levantar la mirada hacia el banquillo, que quedaba a una altura considerable del suelo de la sala principal. Era un hombre moreno y sombrío de rostro enjuto. Iba bien afeitado y vestido con elegancia. Viéndolo de lado, parecía que sus ojos estuvieran recorriendo los rostros de los jurados, estudiándolos, tal como lo había hecho ella.

Pryor se levantó y también miró al jurado. Había sido guapo en su juventud y ahora era un tanto corpulento, pero la peluca blanca le quedaba bien e iba inmaculadamente vestido. Tenía una voz magnífica, un instrumento que tocar con destreza.

—Caballeros —comenzó con gravedad—. Se enfrentan a unas decisiones terribles, y yo voy a añadir unas cuantas más. Voy a corroborarles lo empantanado que está realmente este caso, cuántos errores han cometido unos hombres que bien podían creer apasionadamente que llevaban razón, cuando en verdad no la tenían. Todo esto ya lo han escuchado. Lamento que no todos los errores se cometieran inocentemente. Hay que tener en cuenta la rabia, el miedo, el instinto de supervivencia, y también la venganza.

»Nadie insinuará ni por un instante que el hundimiento del *Princess Mary* no fuese un crimen, de hecho, una atrocidad como no habíamos conocido otra igual en nuestras vidas. Un horror semejante puede asustar a la gente, sesgar su raciocinio y desgarrar sus sentimientos hasta llevarla a perder la sensatez. Muchos creerán que buscan justicia cuando en realidad lo que desean es venganza.

»¿Es comprensible? Por supuesto que sí. Es humano desear que se castigue un acto violento de semejante brutalidad. ¿Es correcto? No, no lo es. Es una reacción a ciegas, fruto de la pena y la indignación: dos pasiones muy humanas que todos sentimos; de hecho, las necesitamos. Forma parte de nuestra humanidad que nos atormente el dolor cuando ocurren pesadillas como esta. ¿Qué pensarían de un hombre que no sintiera compasión por los lisiados y los ahogados? ¡Lo tacharían de inhumano!

»¿Qué pensarían de una sociedad que no se indignara ante semejante barbaridad? No desearían formar parte de ella.

»¿Es justicia?

Encogió muy ligeramente los hombros, moviendo apenas las manos.

—No. La justicia requiere comprensión, y sobre todo requiere la verdad. Escuchen el caso que voy a presentarles, y juzguen cuál es la verdad. Para eso han prestado juramento, y es lo que la gente les exige. Todo está en sus manos. Ustedes hablan por todos nosotros: los supervivientes, los deudos, todos los hombres y mujeres que esperan que se haga justicia en el futuro.

Observando al jurado, Hester vio que el interés se avivaba en sus semblantes, que la actitud de sus cuerpos cambiaba. Se inclinaban un poco hacia delante, anhelantes, al mismo tiempo asustados y orgullosos de que los cargaran con tamaña responsabilidad.

Hester levantó la vista hacia Sabri y en su rostro vio lo que bien podía ser una sonrisa. Pryor había comenzado bien. ¿Quién pagaba su minuta? Sin duda sería muy cara. A no ser, por supuesto, que tuviera algún interés personal en ganar. ¿Reputación? ¿Un viejo favor que cobrar, o nuevos que ganar? Merecía la pena investigarlo. ¿Brancaster sería capaz de averiguarlo? Debía preguntárselo. Aunque quizás Oliver estaría mejor informado.

Pryor llamó a su primer testigo. Era John Lydiate. Se lo veía tranquilo y serio mientras subía los peldaños hasta el estrado. Su rostro reflejaba aprensión, y agarraba la barandilla tan fuerte que los pálidos huesos de sus nudillos brillaban blancos. Prestó juramento, dando su nombre y empleo como comisario de la Policía Metropolitana. Prometió decir la verdad y nada más que la verdad, y después se enfrentó a Pryor como lo haría ante un pelotón de fusilamiento. Hester sintió mucha pena por él. Iba a ver examinado con todo detalle el peor fallo de su carrera delante del tribunal. Que de hecho ya contara con ello no le proporcionaría el menor consuelo.

—Sir John —comenzó Pryor cortésmente—, como todos los ciudadanos de Londres, quizá de toda Inglaterra, se enteró de la atrocidad cometida contra el *Princess Mary*, su tripulación y sus pasajeros justo la mañana después del suceso. Ahora bien, dado que había ocurrido en el río, la investigación primero fue competencia de la Policía Fluvial del Támesis. ¿Cuándo lo llamaron para que asumiera usted el mando de la investigación?

—Aquel mismo día —contestó Lydiate, con la voz rasposa, como si tuviera la boca seca.

—¿Quién lo llamó? —preguntó Pryor.

—Lord Ossett.

—¿Quién estaba al mando hasta aquel momento?

—El comandante William Monk, de la Policía Fluvial del Támesis.

—Ajá. ¿Y él se lo cedió de buen grado? ¿Tal vez se dio cuenta de que se trataba de un caso que superaba su capacidad o experiencia? —insinuó Pryor.

Lydiate vaciló. La pregunta se había formulado de modo que resultara imposible contestar sin dar la impresión de condenar a Monk.

Pryor enarcó las cejas.

—¿Sir John?

—No me pidió ayuda. —Lydiate escogió con tiento sus palabras—. Lo apartaron del mando para asignárselo a la Policía Metropolitana debido a lo delicado de la situación. En instancias superiores se creía que los familiares de dignatarios extranjeros asesinados quizá no apreciarían la destreza o la experiencia de la Policía Fluvial, y que pensarían que nos tomábamos el asunto menos en serio de lo debido. Se requería cierto grado de diplomacia.

—¿De modo que lo retiraron del mando sin consultárselo? —concluyó Pryor.

Brancaster se revolvía incómodo en su asiento, pero no tenía con qué objetar sin empeorar las cosas.

Hester miró a Rathbone, sentado detrás de Brancaster, y vio que se ponía tenso. Deseó poder verle la cara.

Lydiate miraba fijamente a Pryor.

—No lo sé —contestó Lydiate—. A mí no me consultaron. Si lo hubiesen hecho, habría pedido la cooperación de la Policía Fluvial.

—¿En serio? —Pryor fingió desconcierto—. ¿No hubiese esperado contar con ella automáticamente? En vista de la tragedia y el horror del suceso, la pérdida de vidas, me habría figurado que dicha cooperación se daría por sentada.

Lydiate se había metido de cabeza en la trampa que le habían tendido. Se puso muy colorado.

—El comandante Monk ya había inspeccionado los restos del barco hundido y nos entregó su informe —dijo con aspereza—. La insinuación de que no cooperó carece de fundamento, señor, y dice muy poco en su favor.

Se oyeron susurros en la galería y uno o dos jurados asintieron con la cabeza.

—Muy leal de su parte —dijo Pryor con aprobación, como si hubiese previsto la respuesta—. ¿Consultó al señor Monk después de eso?

—Me pasó sus notas —contestó Lydiate—. Eran lo bastante claras para que no fuese necesario ponerse en contacto con él otra vez.

Pryor sonrió, pero mantuvo los labios apretados.

—Leal de nuevo. O, por otro lado, una manera muy gentil de decir que usted asumió el mando absoluto y no consultó con nadie más.

Hester vio que Brancaster tomaba notas apresuradamente. Ya se figuraba que Pryor atacaría a Monk, pero le hervía la sangre por el modo en que lo hacía.

—¡Se equivoca! —dijo Lydiate bruscamente—. Consulté con muchas otras personas, expertos en distintos campos. Su insinuación no es solo injusta, señor, es incompetente.

Se oyeron movimientos en la galería, había un creciente interés. El tono había pasado de la tragedia a la batalla.

Hester vio que el juez miraba alternativamente a Pryor y a Lydiate. ¿Era una chispa de humor lo que asomaba a su semblante? Levantó la vista un momento hacia Sabri y vio una fugaz sonrisa satisfecha en sus labios.

Pryor se tragó su genio con cierta dificultad.

—¿Estas otras personas con las que dice haber consultado incluyen a miembros de la Policía Fluvial?

—Por supuesto. El *Princess Mary* fue hundido en el río —respondió Lydiate.

Un rumor de risas nerviosas recorrió la sala, pero se acalló de inmediato.

Antrobus se inclinó hacia delante.

—Señor Pryor, si todo esto tiene un propósito, ¿tal vez tendría la bondad de ir al grano? Por entretenido que sea, considero que este no es el lugar indicado para alardear de ingenio ni para apuntarse tantos irrelevantes. Todos somos plenamente conscientes de que el caso fue trasladado de la Policía Fluvial a la Policía Metropolitana. Después, tras el juicio y la condena del señor Habib Beshara, el comandante Monk halló pruebas que arrojaron nueva luz sobre el tema, y le devolvieron el caso. Me figuro que el señor Brancaster no tendrá inconveniente en que aceptemos que esto es verdad.

Brancaster se puso de pie.

—Gracias, señoría. En efecto, así es.

Pryor se puso colorado, pero carecía de fundamentos para protestar, aparte de que habían hecho que pareciera que estaba utilizando el juicio para pavonearse de su habilidad en lugar de buscar la verdad con la debida solemnidad.

Reanudó su interrogatorio a John Lydiate, pero Hester tuvo claro que no olvidaría ni perdonaría aquel incidente. Pryor iba a llamar a Monk al estrado cuando terminara con Lydiate, y notó que se le hacía un nudo en la boca del estómago.

—Sir John —Pryor se adentró un poco en el espacio abierto de la sala, como si estuviera en un estadio y él fuese un gladiador enfrentado a unos bárbaros—, muchos de nosotros asistimos al juicio de Habib Beshara y conocemos las pruebas que se presentaron contra él. En buena parte se sustentaban en testimonios oculares. ¿Las consideró válidas en su momento?

Solo había una única respuesta posible. Negarlo equivaldría a condenar su habilidad e incluso su honestidad.

—En efecto. Desde entonces he...

—Gracias —lo interrumpió Pryor, levantando la mano como

para detener el tráfico—. ¿Creyó que los abogados y el juez del tribunal que juzgó a Beshara eran honestos y expertos en derecho?

—Por supuesto... —dijo Lydiate, con intención de agregar algo más.

—Gracias —lo interrumpió de nuevo Pryor—. De lo contrario, lo habría dicho entonces. Y en cuanto a usted mismo, ¿creía que Beshara era culpable?

—Sí. —Lydiate también se había puesto colorado—. De lo contrario, no hubiese presentado cargos contra él.

Pryor se mordió el labio.

—¿Pese a que los periódicos pedían a gritos que se actuara, y a las presiones del gobierno, particularmente de los ministros más afectados?

—¡Por supuesto! —contestó Lydiate, montando en cólera.

—Por supuesto —repitió Pryor en un tono tan claro que fue casi una imitación—. Podemos revisar esas pruebas una por una, si el tribunal lo considera necesario...

—No, gracias, señoría —intervino Brancaster.

—Perfecto. —Pryor asintió con la cabeza y se volvió hacia Lydiate—. ¿Eran testimonios oculares, dice, y menos fiables de lo que creyó en un principio?

—Sí.

—¿Y qué clase de pruebas encontró el señor Monk, para que ahora estemos procesando a Gamal Sabri? —preguntó Pryor con amabilidad.

Lydiate estaba tan colorado que uno sentía calor solo de mirarlo.

Hester padecía por él. Lo habían manipulado hasta arrinconarlo. Aunque lo hubiese visto venir, no había tenido margen de maniobra para impedirlo.

—Testimonios oculares —dijo, con la voz rasposa—, pero de muchas personas...

Pryor enarcó las cejas.

—¿A Habib Beshara no lo vieron también muchas personas? ¿O lo entendí mal?

Lydiate debió ver que no tenía escapatoria. Si sostenía que eran de expertos, imparciales, sin implicaciones personales, no de familiares consternados, daría a entender que las víctimas eran en cierto modo menos respetables o menos honestas. Si mencionaba la prueba material del caballito de mar en la popa del barco que rescató a quien saltó del *Princess Mary* e intentó matar a Monk y al piloto del transbordador, daría la impresión de poner excusas, y tal vez sabotearía el turno de repreguntas de Brancaster. Permaneció callado y abatido.

En el banquillo, Sabri se inclinó una pizca hacia delante, fue un movimiento minúsculo, pero para Hester delató entusiasmo, incluso satisfacción.

—¿Lo entendí mal, señor? —repitió Pryor con insistencia.

Lydiate levantó el mentón y buscó sus ojos.

—Si piensa que Beshara estaba en el *Princess Mary* justo antes de que explotara y que Gamal Sabri es inocente de esa atrocidad, pues sí, creo que lo entendió mal —respondió Lydiate—. Al menos espero que fuera así. Preferiría no creer que está intentando dejar libre a sabiendas al hombre que asesinó a casi doscientas personas.

Hubo un instante de silencio absoluto, y luego un ruidoso ajetreo en la galería mientras Pryor daba media vuelta para encararse al juez.

—¡Señoría!

Su voz quedó ahogada por el alboroto.

—¡Orden en la sala! —gritó Antrobus—. Si no se restablece el orden de inmediato despejaré la sala. ¡Nadie asistirá al resto del juicio! ¿Entendido?

El público se fue callando, enojado y refunfuñando, pero demasiado fascinado para arriesgarse a que le prohibieran la entrada.

Pryor temblaba de ira, ya fuese real o muy bien fingida.

—¡Señoría, esto es indignante! —dijo furioso—. Es impropio de sir John que..., que infrinja el protocolo y...

—Sí, sí, lo sé —convino Antrobus—. Aunque usted se lo ha puesto prácticamente en bandeja al preguntar si lo había entendido mal. ¿Tal vez podría encontrar una pregunta más afortunada que hacerle?

Un ligero rayo de esperanza le cruzó el semblante, mezclado con una buena dosis de diversión.

Hester pensó que Antrobus le caía bien. Le recordaba a Henry Rathbone.

—No deseo avergonzarlo más —dijo Pryor con cierta mordacidad—. No podemos permitir que a nuestra policía y a nuestras autoridades judiciales no se les profese el más elevado respeto. La justicia y el imperio de la ley en los que todos los ciudadanos pueden confiar por igual es la piedra angular de nuestra civilización. —Se volvió hacia Brancaster, con el ceño muy fruncido—. Su testigo.

Brancaster se puso de pie.

—Gracias —dijo educadamente—. Con su permiso, me hago eco de su sentimiento. Ambos debemos ser correctos, y hacerlo de manera que resulte evidente.

Miró al jurado, y luego brevemente a la atestada galería donde hombres y mujeres estaban tan apretujados que muchos parecían apenas poder moverse.

—Todos somos falibles —observó Brancaster—. A veces cometemos equivocaciones aunque creamos que estamos siendo meticulosamente cuidadosos. Cuando los sentimientos son profundos y la aflicción nos embota, el miedo aguarda en la oscuridad y entonces...

Pryor se puso de pie.

—¡Señoría, mi distinguido colega parece tener la impresión errónea de que ya he concluido mi defensa, cuando en realidad apenas he comenzado! Si...

Antrobus asintió.

—Señor Brancaster, todos somos conscientes de que está intentando demostrar que ha habido errores previos que usted ahora está en condiciones de enmendar. No es preciso que lo explique de nuevo. Le ruego que permita que el señor Pryor haga lo posible para asegurarnos que, de hecho, actuamos correctamente la primera vez. Si él ha concluido sus preguntas a sir John Lydiate, puede proceder a repreguntarle..., sin discursos, por favor.

Pryor se sentó, la amargura de su expresión delataba la aversión que le suscitaba Antrobus.

—Mis disculpas, señoría —dijo Brancaster con humildad.

Hester deseó poder decirle que tuviera cuidado. Antrobus quizá tuviera cierto grado de tolerancia con él, pero si abusaba, sufriría severas consecuencias. ¿Acaso no se lo había advertido Rathbone?

Brancaster se volvió hacia Lydiate. La sala quedó sumida en un silencio absoluto otra vez.

—Si lo entiendo correctamente, comisionado, le asignaron el caso con urgencia, por motivos políticos o diplomáticos. Usted no lo solicitó.

—Correcto —convino Lydiate.

—¿Creía que tenía al culpable cuando acusó a Habib Beshara?

Lydiate contestó afirmativamente.

—Beshara fue juzgado y condenado. Al cabo de cierto tiempo, aparecieron nuevas pruebas que pusieron en entredicho ese veredicto, momento en que se reabrió el caso y se puso en manos de la Policía Fluvial del Támesis.

—Sí.

—¿Con quienes cooperó plenamente?

—Por supuesto.

Hester estaba sentada en el borde del asiento, con los puños cerrados en el regazo. ¡Dios quisiera que Brancaster tuviera el atino de parar ya! ¡Que no allanara el terreno a Pryor! ¡Rathbone debía estar muriéndose de ganas de tirarle del faldón para advertírselo!

Brancaster sonrió de un modo tan encantador que le iluminó el semblante.

—Gracias, sir John.

Un suspiro de alivio recorrió la sala entera.

Hester se relajó y sonrió de oreja a oreja.

Su alivio duró poco. Inmediatamente después del receso para el almuerzo, Pryor llamó a su testigo siguiente: William Monk de la Policía Fluvial del Támesis.

Hester observó a Monk cruzar el espacio abierto del tribunal y subir los peldaños del estrado. Le tomaron juramento y se volvió hacia Pryor. Todo el mundo percibió en el acto la considerable hostilidad que había entre ellos.

Pryor fue puntilloso en su cortesía.

—Comandante Monk, usted estaba en el río en una barca la noche del hundimiento del *Princess Mary*. De hecho tengo entendido que presenció toda la tragedia, desde la explosión hasta el rescate de los supervivientes. ¿Estoy en lo cierto?

—Sí, en efecto. Y regresé al día siguiente...

—Gracias —lo interrumpió Pryor—. No le he preguntado eso. Por favor, revisemos los acontecimientos en el mismo orden en el que ocurrieron.

El enojo encendió las mejillas de Monk, pero no contestó.

—¿Vio la explosión que destrozó el barco y lo hundió en menos de cuatro minutos? —prosiguió Pryor.

—Sí, la vi —respondió Monk entre dientes—. No puedo jurar cuánto tiempo tardó en hundirse.

—Fueron aproximadamente cuatro minutos —le aseguró Pryor.

Brancaster se puso de pie.

—Sí, sí —convino Antrobus—. Si el tiempo es importante, señor Pryor, será mejor que lo establezca de otro modo que no sea a través del señor Monk.

Pryor se molestó.

—Fue sumamente rápido, ¿cierto?

—Sí —aceptó Monk.

—¿Y sin embargo tuvo tiempo de fijarse en que un hombre saltaba por la borda y que alguien lo rescataba desde un barco con un emblema distintivo en la popa? —Su tono traslucía absoluta incredulidad—. ¿No se quedó momentáneamente ciego con el resplandor? ¿No lo dejó paralizado el horror ante tamaña devastación? ¿No agarró los remos de inmediato para iniciar el rescate de los hombres y mujeres que se ahogaban a su alrededor?

Ahora no había solo incredulidad en su voz sino también repulsión.

—Era un barco de recreo —dijo Monk con toda calma, mirando a Pryor como si no hubiese nadie más en la sala—. Todas las luces estaban encendidas. Celebraban una fiesta. Ese hombre saltó de la cubierta al agua antes de la explosión, no después. Saltar después, de poco le habría servido. Esa es la cuestión. Momentos después al resplandor de la explosión fue cuando vi cómo lo recogía el barco con el caballito de mar en la popa.

—Que usted recordó convenientemente varios días después, incluso semanas —dijo Pryor con sarcasmo.

—No fue en absoluto conveniente —lo corrigió Monk—. Esa maldita nave casi me mata cuando embistió el transbordador en el que iba. Cosa que creo que sabe de sobra por boca del pobre piloto que resultó herido en el suceso. ¿Pero no se está adelantando? ¡Me ha dicho que me ciñera al orden en que ocurrieron las cosas!

El rostro de Pryor se puso rojo de enojo. Levantó la vista hacia Antrobus y vio la chispa de diversión que bailaba en sus ojos, antes de inclinarse hacia delante y dirigirse a Monk.

—Su comentario está fuera de lugar, comandante, aunque sea acertado. Más vale que permita al señor Pryor proceder en el orden que desee, pues de lo contrario estaremos aquí más tiempo del necesario.

—Sí, señoría —dijo Monk sumisamente.

Pryor adoptó un aire arrogante.

—El caso le fue devuelto después de que usted descubriera

por casualidad a los testigos, testigos oculares, cuyo testimonio lo llevó a cuestionar la condena de Habib Beshara, ¿correcto? —preguntó.

Monk titubeó un instante y decidió no discutir.

—Sí.

—¿Le restituyeron el caso? —enfatizó Pryor.

—La policía se ocupa de todos los casos que surgen —le contestó Monk—. No son de nuestra propiedad.

—Lo veo muy susceptible a este respecto, señor Monk —le soltó Pryor.

Monk lo fulminó con la mirada.

—Casi doscientas personas se ahogaron. ¡Eso no puede dejarme indiferente!

Un murmullo de aprobación recorrió la galería. Varios miembros del jurado asintieron con la cabeza y cruzaron miradas.

Pryor arremetió contra la respuesta.

—¡Todo lo contrario! ¡Su historial refleja una implicación muy personal en algunos de sus casos anteriores! Tanto es así que lo despidieron de la Policía Metropolitana, ¿no es verdad?

Brancaster se levantó en el acto.

—¡Señoría! ¡Eso es totalmente improcedente y el señor Pryor lo sabe! El señor Monk dejó la Policía Metropolitana voluntariamente, hace muchos años, y ese asunto debería abordarse como es debido u omitirlo por completo. Semejante indirecta equivale a un intento de difamación. ¡Si esto es lo mejor que puede hacer la defensa, es comparable a una admisión de culpabilidad!

Rathbone se inclinó hacia delante pero no logró llamar la atención de Brancaster.

Pryor se volvió hacia Antrobus.

—Señoría, sir John Lydiate sacó su conclusión respecto a este caso; el comandante Monk, otra conclusión bastante diferente. Sin duda el jurado tiene derecho a cuestionar la reputación de estos dos hombres para poder decidir a cuál de ellos creer.

—¿Se ha planteado cuestionar las pruebas? —contraatacó Brancaster—. Al comandante Monk le devolvieron el caso cuando ya estaba sumamente embrollado. ¡Todos lo sabemos! La única manera de descubrir la verdad es revisarlo punto por punto. ¡Si mi distinguido colega quiere destrozar la reputación de cuantos están implicados en el caso, quizá se encuentre en aguas demasiado profundas!

—Ya tenemos más ahogados de la cuenta en esta tragedia —dijo Antrobus con desagrado—. Señor Pryor, ¿realmente tiene intención de dar pie a cuestionar el carácter y los motivos de todos los hombres que han intervenido en este triste caso?

Aquello era lo último que deseaba Pryor, y se vio obligado a retirarse, enojado y con ansias de venganza.

Hester se preguntó por qué Pryor se comportaba como si aquel caso fuese de suma importancia para él. Al principio había supuesto que defendía a Sabri para servir a la justicia y zanjar el asunto. Sin embargo, observándolo, percibiendo la emoción de su voz, acabó convencida de que tenía plena intención de ganar. Incluso cuando de vez en cuando levantaba la vista hacia Sabri, tenía la misma sensación de que él también contaba con que Pryor iba a ganar. Su expresión reflejaba ira, desdén, júbilo cuando Pryor se anotaba un tanto, pero muy poco miedo.

Las preguntas y respuestas, los ataques y evasivas continuaron toda la tarde y buena parte del día siguiente, primero con Monk, después con otros testigos.

Pryor estuvo dispuesto, a regañadientes, a conceder que se habían cometido errores de identificación, pero insistió en que se habían producido honestamente. Personas corrientes y decentes estaban destrozadas y ansiosas por identificar a los culpables.

—Por supuesto que no eran infalibles —dijo con vehemencia—. ¿Quién de nosotros lo sería, en tales circunstancias? Dios quiera que nunca tengamos que averiguarlo. ¿Es preciso que les describa la escena otra vez?

Se volvió de repente hacia la galería, implorando la comprensión del público, haciendo cuanto podía para obligarlo a recordar todo lo que habían oído e imaginado. Tenía claro que no se atrevería a referir el suceso otra vez. De hacerlo, los perdería.

—Son buenos hombres —insistió—. Buscaban no solo alguna forma de justicia sino, tal vez incluso más importante, atrapar a los responsables de esta monstruosidad y asegurarse de que nunca pudieran volver a hacer algo semejante. —Se dirigió concretamente al jurado—. ¿No harían ustedes lo mismo? ¿Y pueden jurar que no cometerían errores?

Hester observó los rostros de los miembros del jurado y tuvo el terrible presentimiento de que Pryor iba a ganar.

Necesitaban más tiempo. ¿Se le ocurriría a Rathbone alguna estratagema para que Brancaster prolongara sus repreguntas a los testigos de Pryor? En el peor de los casos, si Pryor se percataba de lo que estaba haciendo Brancaster, podía declarar su caso cerrado sin más, y entonces nadie podría hacer nada. El jurado deliberaría, y ese sería el final.

¿A qué conclusión llegarían, tal como estaban las cosas? A la que Pryor había dado a entender: unos buenos hombres habían sido falibles y pecado de exceso de celo, pero no eran corruptos. Se habían servido de medios desesperados, a veces incorrectos, pero siempre con vistas a condenar al culpable de un crimen repulsivo. Si Sabri también era culpable, también debían castigarlo. A pesar de las equivocaciones, se había alcanzado un fin correcto y justo.

La ley era segura, después de todo.

Y Pryor se vería recompensado el resto de su vida. El lustre de la victoria ya brillaba en su semblante.

Brancaster todavía no había establecido el motivo de Sabri, así como Camborne tampoco descubrió el de Beshara. ¿Realmente bastaba con sugerir una venganza inconcreta y sin corroborar? Si el miedo era cerval y la confusión profunda, tal vez sí.

¿Venganza de qué? Brancaster no había sugerido nada. Sin duda era muy consciente de que ningún jurado vería una justificación, fuera cual fuese el crimen. Ahora era probable que simplemente se negaran a creerlo. Suponía un ataque contra sus paisanos y, por consiguiente, contra su propia identidad. Exigirían pruebas que no suscitaran dudas razonables, y no había prueba alguna.

Al defender a Sabri, Pryor también defendía Inglaterra y la justicia que creían que ya se había administrado. ¿Cómo se le decía a la gente algo que no quería saber? ¿Qué debías decir para lograr que cuestionaran los cimientos sobre los que habían construido sus creencias?

¿Por qué el *Princess Mary*? Y, quizá más importante aún, ¿por qué esa noche? ¿Fue por casualidad? ¿Oportunidad? ¿O por una razón más concreta?

En el receso siguiente, Hester se levantó y salió como buenamente pudo de la fila de asientos donde había estado sentada. Otros asistentes suspiraron de alivio al poder acomodarse un poco mejor, ocupando unos centímetros más, cosa que algunas mujeres aprovecharon para alisarse la falda.

En cuanto salió al pasillo se dirigió hacia el vestíbulo para salir a la calle. Le estaba dando vueltas a la idea que Monk había comentado de pasada la noche en que embistieron el transbordador, faltando poco para que muriera ahogado. Ahora bien, ¿en verdad era posible que hubiesen hundido el barco entero para asegurarse de matar a una persona en concreto?

¿Por qué haría alguien algo semejante? Era peligroso y terrible. No cabían excusas. El motivo tenía que ser muy poderoso. Sobre todo si nadie sabía quién lo había hecho ni por qué.

A bordo del barco nadie tenía conexiones con el transporte marítimo, el canal o Egipto... ¿O sí?

¿Dónde estaba la lista de pasajeros que Monk había conseguido? Seguro que la había repasado, buscando cualquier conexión, por remota que fuese. ¿Pero qué había buscado? Había un montón de personas acaudaladas celebrando un acontecimiento particular, o simplemente pasando una velada de lo más agradable con amigos, buena comida y buen vino.

¿A quién debía recurrir?

Subió al bordillo y paró el primer coche de punto que pasó. Dio al conductor la dirección de la comisaría de la Policía Fluvial en Wapping. Orme tendría la lista, y sabía que la situación era desesperada.

19

Hester encontró a Orme más que dispuesto a mostrarle la lista de los invitados a la fiesta a bordo del *Princess Mary*, así como del resto de pasajeros. Había sido una excursión bastante larga, desde Westminster Bridge hasta Gravesend y regreso, todas las plazas se habían reservado con antelación, tomándose nota de los nombres correspondientes.

Ya se había llevado a cabo buena parte de la tarea de identificar a casi todos los pasajeros y librarlos de sospecha.

—¿Qué es lo que busca exactamente, señora? —preguntó Orme, cuando se sentaron en el despacho de Monk. Él todavía estaba en el tribunal, tal como Hester había previsto, de modo que, al menos por el momento, no los interrumpirían.

—No estoy segura —admitió Hester—. Creo que es posible que no hundieran el *Princess Mary* por venganza o para sembrar confusión política, sino para matar a una persona...

Orme no logró disimular la expresión de incredulidad de su rostro.

—¿Quién haría algo semejante? —preguntó, negando con la cabeza.

—No lo sé. Solo es una idea que tuvo William, después de que el barco de Sabri embistiera el transbordador. Es posible, ¿no?

—Supongo que sí —concedió Orme a regañadientes—.

¿Pero cómo encontramos a esa persona? Podría ser cualquiera.

Hester lo había estado pensando en el ómnibus, camino de la comisaría.

—Si tuviera que librarse de alguien, escogería la mejor manera de hacerlo. Una que fuese certera y que no lo señalara como sospechoso. Una que pareciese un accidente sería la mejor, pero si eso no fuese posible, al menos una que ocultara su participación en el crimen.

Orme frunció los labios pero asintió.

—No fue un accidente, pero entiendo lo que quiere decir. Con casi doscientos muertos, no indagamos quién es más importante que los demás.

—Exactamente. Buscamos un motivo realmente poderoso, probablemente político o con un montón de dinero de por medio, fortunas que amasar o perder.

—¿Y cómo buscamos a una en concreto? —dijo Orme con gravedad.

Hester también había reflexionado sobre aquel aspecto.

—Será alguien que tenía que morir de esta manera porque no era posible hacerlo de otra mejor. Y tal vez alguien a quien había que matar con urgencia y era vulnerable justo allí y entonces.

Orme esbozó una sonrisa.

—Ya veo por dónde va. No sé si podremos hacerlo, pero sería un comienzo.

—Y tiene que ser incuestionable —agregó Hester—. Tenían que saber que alguien iba a asistir a la fiesta bajo cubierta. Eso debería excluir a un montón de gente.

—También a cualquiera que tomara la decisión de subir a bordo en el último momento —dijo Orme, asintiendo de nuevo con la cabeza—. El hundimiento sin duda requirió planificación. Esa dinamita no se consigue así como así.

—¿De dónde procedía? —preguntó Hester con apremio.

—Creemos que la robaron de una cantera que está a unos treinta kilómetros de aquí.

—¿Creen?

—Es difícil distinguir entre un lote de dinamita y otro, pero tampoco hay tanta en circulación.

—Tiene razón. Podemos reducir el abanico de posibilidades, descartando a todos los que no estaban en la fiesta bajo cubierta puesto que no era seguro que fallecieran.

Torció un poco el gesto al pensarlo. Estaba procediendo con lógica, deduciendo quién era la víctima deseada como si estuviera hablando de alguna trivialidad, no de una masacre indiscriminada. Sin embargo, ahora los sentimientos de nada le servían a la justicia.

—Hay que pensar quién era vulnerables solo de esta manera —prosiguió Hester—. Fue peligroso. Quien lo hizo también arriesgó su vida. O Sabri cobró una buena suma, o le importaba lo suficiente para correr ese riesgo por sus propios motivos.

—Eso ya lo investigamos —le dijo Orme—. No conseguimos encontrar ninguna conexión de Sabri con alguien que estuviera en el *Princess Mary*. Indagamos en política, transporte marítimo y demás cosas que se nos ocurrieron.

—Lo sé —dijo Hester en voz baja—. Solo hago esto porque si no encontramos un motivo, creo que Pryor va a ganar. Sabri saldrá en libertad y el veredicto contra Beshara seguirá vigente. Y, quizás aún peor, cualquier corrupción o incompetencia quedará encubierta y, según lo que sabemos, podría suceder otra vez. Quizá lo peor de todo sea que se enterará casi todo el mundo. Y cuando se le pierde el respeto a la ley, no sabemos qué otras cosas en las que confiamos también podrían fallar.

El rostro curtido de Orme palideció bajo su bronceado.

—Pues más vale que nos pongamos manos a la obra —dijo en voz baja—. Estamos buscando una víctima a la que no podían matar de otra manera sin que resultara evidente la autoría del delito. De hecho, alguien a quien tenían que matar allí y en aquel momento. Quizás alguien que si hubiese muerto de cualquier otra manera nos habría conducido derechos a su asesino. Eso reduce mucho las posibilidades. Repasemos esa lista otra vez.

Una hora después la habían reducido a una docena de personas, excluyendo a cualquiera que hubiese reservado el pasaje después de que hubiesen robado la dinamita, o que habrían sido igual de vulnerables en una situación menos dramática y peligrosa.

—Militares —dijo Orme—. Soldados de permiso, camino de su casa, celebrándolo con una fiesta en el río. Y casi todos estaban aquí, de todos modos. Podrían haberlos atacado en otro momento.

—Cierto. Ahora tengo seis nombres que investigar. Muchas gracias, señor Orme. —Se puso de pie y no se dio cuenta del tiempo que llevaba allí hasta que notó que tenía la espalda agarrotada—. Empezaré por la mañana.

Orme también se levantó.

—No hay de qué, señora. Si puedo hacer algo más, no dude en decírmelo.

—Lo haré —prometió Hester, luego dio media vuelta y salió al muelle, dirigiéndose hacia la escalera para tomar un transbordador que la llevara a casa.

No refirió a Monk sus intenciones, llegó a casa tarde, pero él no se enteró porque le ocurrió lo mismo, y Scuff tuvo la prudencia de no hacer comentarios. Se sentaron a conversar en el salón. Procuró ser positiva mientras Monk le contaba el resto de la jornada en los tribunales. Quería mostrarse alentadora, pero le constaba que un consuelo sin sentido era peor que ninguno. En vista de lo que le refirió, y de la extraordinaria confianza de Pryor en sí mismo, sus propias ideas parecían estúpidas y se abstuvo de mentarlas.

Al día siguiente comenzó por visitar a un comandante retirado al que había atendido en el campo de batalla de Crimea. Ahora tenía una apariencia frágil, envejecido antes de tiempo a causa de sus padecimientos. Estuvo encantado de verla, le agradó rememorar el pasado aunque contuviera tantos episodios tristes. Incluso la idea misma de una guerra en un lugar tan lejano como el mar Negro parecía, en retrospectiva, carente de lógica y propósito. Muchos hombres habían muerto o quedado lisiados, otros tantos perdieron la salud para siempre; el recuerdo que compartían estaba preñado de tristeza.

Hester no disponía de tiempo para recordar el frío y los viajes interminables con la carreta rebosante de heridos, el ruido de la artillería a lo lejos, los hospitales de campo improvisados en los que había trabajado hasta el agotamiento. Pero le faltó valor para decirle que tenía que marcharse. Cada vez que tomaba aire para decírselo, la soledad que reflejaban sus ojos se lo impedía. Otro recuerdo le acudía a la mente, otra cara llena de coraje, de sentido del humor, de sufrimiento. Eran tantos los que habían muerto que parecía que todo aquello hubiese ocurrido en otra vida.

—¿Egipto? —dijo por fin, retomando el tema que Hester había sacado al principio—. Debería ir a ver al joven Kittering. Un buen hombre. De permiso, ahora mismo. Herido. Nada crítico, pero lo bastante para que necesite varios meses para recuperarse. Podrá hablarle de las fuerzas desplegadas en Egipto. Sirvió una temporada allí. Vive justo a la vuelta de la esquina. Lo veo de vez en cuando, si hace buen tiempo y salgo a sentarme fuera. —Sonrió—. Le daré su dirección. Dígale que he preguntado por él, por favor.

Hester vio a Kittering a la hora de almorzar, después de no encontrarlo en su casa y teniendo que hacer varias averiguaciones. Caminaba despacio regresando de la taberna del barrio, cojeando mucho y deteniéndose de tanto en tanto para recobrar el aliento. Era bien parecido, con un bigote recortado y ancho de espalda, aunque ahora mismo la tuviera un poco torcida.

—¿Mayor Kittering? —preguntó, mirándolo a los ojos.

—Sí, señora —contestó Kittering sorprendido. Resultó obvio que lo avergonzaba no poder ubicarla, pensando que debería hacerlo.

—Soy la señora Monk —se presentó Hester—. Acabo de visitar al coronel Haydon, y me ha comentado que usted quizá podría ayudarme.

—Ah..., sí. Tengo intención de ir a verlo cuando... tenga más movilidad. —Fue una excusa y no le gustó ponerla—. Es muy atento.

Hester sonrió.

—Lo mismo ha dicho de usted.

—¿Lo conoce... bien? ¿Son parientes, tal vez?

—No. Antes de casarme fui enfermera en Crimea —comenzó, y vio que de pronto se le iluminaba el semblante. Calculó que, por su edad, debía estar iniciando su carrera en aquellos tiempos—. Necesito que me ayude, mayor Kittering. ¿Me permite caminar a su lado? —preguntó, por mera cortesía. No tenía la menor intención de aceptar una negativa.

Kittering se desconcertó pero reanudó la marcha, como si lo hiciera para complacerla. Hester supuso que en realidad no deseaba estar de pie más tiempo del necesario.

—Por supuesto. ¿En qué puedo ayudarla? —preguntó.

Probablemente pensaba que sería en algo relacionado con la enfermería. Debía decirle la verdad enseguida.

—Mi marido es el comandante Monk de la Policía Fluvial del Támesis —explicó. Entonces pasó a hablarle primero sobre Beshara y después sobre Gamal Sabri, haciéndole ver por qué era tan importante que la policía descubriera la verdad. Cuando por fin terminó estaban sentados al sol en su pequeño salón. Su hermana, que cuidaba de él, les había preparado el té aun siendo una hora más temprana de la habitual. Kittering le había presentado orgullosamente a Hester como una de las enfermeras de la señorita Nightingale. Era algo de lo que Hester nunca alardeaba, pero era verdad, y no podía rechazar la ayuda que Kittering pudiera prestarle.

—¿Y está segura de que este hombre, Gamal Sabri, es culpable? —preguntó Kittering en voz muy baja, como si no quisiera que su hermana, que estaba en la cocina, lo oyera.

—Sí.

—¿Puedo preguntarle por qué ahora no tienen dudas cuando antes estuvieron igualmente seguros de que lo era Beshara?

No quiero ser ofensivo, pero es mucho lo que pende de un hilo.

Hester reparó en el miedo y la aflicción que traslucía su rostro, más intensos que el cansancio del dolor físico permanente.

Le expuso tan bien como supo las pruebas que había, insistiendo en que ninguna se fundamentaba en la exactitud de testigos presenciales asustados, confundidos y con demasiadas ganas de colaborar con la policía, de que se hiciera justicia, pasar página y olvidar el suceso.

—¿Por qué opina que Sabri no será condenado? —preguntó Kittering.

—Pryor es muy habilidoso. No queremos aceptar que pudiéramos equivocarnos al condenar a Beshara y sentenciarlo a muerte. Si pudimos cometer ese terrible error tan fácilmente, ¿quién será el siguiente? ¿Dónde estuvo el error? Parece ineludible que incluyó no solo mal trabajo policial y mal manejo de la ley, sino también corrupción deliberada. Si es así, ¿hay alguien a salvo?

—Pero a Beshara lo asesinaron en la cárcel —señaló Kittering—. Si era inocente y no sabía nada, ¿no fue mera coincidencia?

—No lo sé —admitió Hester—. Según parece era un hombre muy desagradable, aun sin tener en cuenta el hundimiento del *Princess Mary*. Pero se actuó mal, fuera como fuese su carácter. Y no digo que no tuviera nada que ver con el hundimiento. Quizá colaboró, pero no puso la dinamita a bordo ni encendió la mecha. Es imposible.

Kittering se sumió en profundas reflexiones, debatiéndose con un conflicto espantoso en su fuero interno.

—Y no logramos hallar un motivo que condujera a Sabri a hacer algo tan atroz —agregó Hester—. Murieron casi doscientas personas completamente inocentes. ¿Por qué haría nadie algo semejante?

Kittering permaneció callado tanto rato que Hester pensó que tal vez no contestaría. Estaba a punto de reforzar sus argumentos cuando por fin habló.

—Venganza —dijo Kittering con la voz ronca y una mirada de sufrimiento—. Por la destrucción de Shaluf el Terrabeh. Era una aldea que fue asolada en una incursión de mercenarios, hace cosa de un año. —Su tez avejentada estaba pálida, como si no le llegara una gota de sangre—. Una pequeña horda de mercenarios, cuatro docenas o así, atacó por la noche. No era más que una aldea, unos doscientos hombres, mujeres y niños. Y si tenían centinelas, los liquidaron primero, sin que pudieran dar la voz de alarma.

Hester no lo interrumpió. No había nada sensato que decir sobre tamaño horror mientras él seguía explicándoselo con frases vacilantes, cortas, palabras sencillas entrecortadas al esforzarse en respirar. Pensó en el terror, la oscuridad, las mujeres desesperadas por proteger a sus hijos, los ancianos tropezando unos con otros, los gritos, el olor a sangre.

—Se contabilizaron más de doscientos cadáveres —dijo quedamente, con la voz un poco cascada—. Incluidos los bebés en brazos de sus madres.

—Por los doscientos del *Princess Mary* —contestó Hester—. Igualmente inocentes. ¿Sabri procede de esa aldea? ¿O le pagaron para que lo hiciera? ¿Qué opina? —Intentó contener la aflicción que prácticamente la estaba asfixiando—. ¿Por qué nadie dijo nada? —Encogió ligeramente los hombros—. A mi marido se le ocurrió que tal vez fue para matar a una persona que iba a bordo. El resto solo eran... parte del plan. Prescindibles. Si usted está en lo cierto, mi marido se equivocó. Tal vez eso no sea tan terrible, tan espantosamente demencial. —Entonces hizo la pregunta que tenía que hacer por más que le doliera—. ¿Eran mercenarios británicos?

—Específicamente, no —contestó el mayor, con la voz rasposa por el esfuerzo de controlarla—. Había un poco de todo. Pero el comandante era británico. Eso es lo que cuenta.

—¿Quién era?

—No lo sé. No me mire así, señora Monk. De verdad que no lo sé.

—¿Cómo se enteró de este episodio?

—Por un hombre que estaba allí e intentó evitarlo.

—Obviamente no lo consiguió...

—Cayó mal herido al intentar impedirlo, y el comandante lo dio por muerto. —Bajó un poco más la voz, pero sus ojos no se apartaron de los de Hester—. Lo rescató con gran valentía uno de sus hombres, un egipcio que lo vio todo.

—¿Y nunca testificó?

Hubiese preferido no haberlo dicho, pero flotaba en el aire como algo tangible.

—No sé por qué —admitió Kittering—. Pero me imagino que quería proteger a su familia. Si lo hubiese hecho, la venganza contra ellos habría sido fulminante. ¿Usted lo habría hecho?

Hester pensó en Monk y en Scuff.

—No.

Sacó de un bolsillo el papel con los seis nombres y se lo pasó.

—¿Es uno de estos?

—Sí —contestó el mayor—. ¿Quiénes son?

—Algunos de los muertos —respondió Hester.

—Pues entonces su marido llevaba razón —dijo Kittering en voz baja—. El *Princess Mary* fue hundido para asegurar el silencio de un hombre.

20

Aquella misma tarde Rathbone esparció sobre la mesa del comedor todos los documentos que tenía relativos al juicio de Habib Beshara. Fue lo mejor que se le ocurrió para ayudar a Brancaster. Se estaban acercando a la fase final de la batalla, y las fuerzas estaban mucho más equilibradas de lo que deseaba. Había que tomar una delicada decisión a conciencia. Si permitían que el jurado fuese complaciente, que creyera que todo iba bien en el sistema judicial, Brancaster perdería. Siempre era más difícil desacatar o revocar un veredicto que obtener uno de buenas a primeras.

Y sin embargo, si utilizaban el miedo, bien a que la atrocidad ocurriera de nuevo porque el culpable hubiese salido impune, bien a que un hombre inocente fuese condenado y ahorcado en el futuro, podían sembrar el pánico entre el jurado, inclinando así la balanza en su contra.

Todavía no sabía por qué había ido tan desastrosamente mal el juicio de Beshara. Carecían de un motivo claro para Sabri, pero tampoco lo habían tenido para Beshara, aparte de un odio absoluto.

Ese era el problema: todo el caso dependía de factores emocionales.

Por consiguiente, no cabía fiarse de las reglas habituales.

Rathbone comenzó a leer la transcripción del juicio contra

Habib Beshara, presidido por Ingram York. Sonrió para sus adentros. Ahí estaba él, buscando un sesgo emocional en las resoluciones de York, y él mismo estaba tan implicado emocionalmente que le costó lo suyo relegar al olvido sus sentimientos para intentar ser imparcial. No debería ser él quien estuviera haciendo aquello, pero lo que se necesitaba eran su experiencia y su habilidad.

Entendía la ley y casi todas las idiosincrasias, particularmente las que abrían trampas u oportunidades a hombres que ganaban dinero y prestigio en el ejercicio de la abogacía.

Brancaster tenía que dedicar el breve fin de semana a idear una estrategia para impedir que Pryor cerrara el caso sin más, confiando en que el jurado hallaría a Sabri no culpable más allá de toda duda razonable.

Rathbone llevaba casi dos horas leyendo, sin ser consciente de que estaba anocheciendo, cuando encontró el primer error grave. York había confirmado una objeción sin el debido fundamento. Una y otra vez, Camborne había interrumpido innecesariamente, jugando con sentimientos como la aflicción, llegando incluso a insinuar que no condenar a Beshara era una blasfemia contra la memoria de los fallecidos. En dos ocasiones Juniver había discutido con vehemencia y sus objeciones no se admitieron porque cuestionaban las decisiones de York. Había tenido la sensatez de abstenerse de intentarlo una tercera vez, pero Rathbone se imaginó bien su frustración. De haber estado en el lugar de Juniver, lo habría tomado como una advertencia de que se enfrentaba a un juez sumamente antipático, quizás incluso con prejuicios.

Por descontado, siempre era posible que el horror del caso hubiese afectado a York. Las autoridades competentes se habrían asegurado de que no tuviera a un pariente directo consternado por la atrocidad, pero probablemente sería harto complicado encontrar a alguien que no tuviera un amigo, un socio, un empleado o un vecino que hubiese perdido a un allegado.

Y luego estaba el aspecto económico. Casi todas las familias adineradas tenían conexiones con el transporte marítimo, los viajes o la importación y exportación de artículos diversos. El canal de Suez cambiaría el mundo, y pocos pensaban lo contrario. ¿York tenía inversiones que temía se vieran afectadas? ¿O amigos?

Rathbone pidió que le prepararan té y siguió leyendo. Camborne era bueno: de hecho, era excelente. Pero, además, había tenido al público de su lado y había sabido aprovecharlo. Las resoluciones inclinaron progresivamente la balanza a su favor.

¿Rathbone habría hecho lo mismo, de haber estado en su lugar? No conseguía apartar aquella pregunta de la mente. Si era sincero, estaba obligado a reconocer que probablemente sí. Saber a posteriori que Beshara no era culpable del crimen que se le imputaba no habría cambiado su opinión en aquel momento.

Dover trajo el té y Rathbone le dio las gracias. No se había dado cuenta de lo sediento que estaba.

Retomó la transcripción y siguió estudiándola. Muy pocas de las decisiones de York eran a favor de la defensa. ¿Tantas veces se había equivocado Juniver? ¿Había estado tan desesperado que se agarraba a un clavo ardiendo que no sostendría el peso de sus argumentos?

¿O Camborne simplemente era mejor abogado? El hecho de que en realidad estuviera equivocado se desconocía en su momento.

Rathbone llegó al final y volvió a comenzar desde el principio. Para entonces era medianoche; el reloj de la repisa de la chimenea dio la hora. Hizo caso omiso. Anotó cada una de las decisiones de York y poco a poco fue apareciendo un patrón. York había apoyado a la acusación, y luego había vuelto a apoyarla para impedir que se revocara la decisión anterior, agravando el error.

¿O acaso Rathbone estaba haciendo lo mismo que le echaba en cara a York, a saber, tergiversar los hechos para apoyar un veredicto que ya daba por bueno? Por separado, todas sus decisiones eran aceptables. Solo cuando se veían en conjunto, y

prescindiendo de la carga emotiva del caso, indicaban un prejuicio.

Finalmente guardó los papeles y fue a acostarse, poco después de las dos de la madrugada. Había resuelto ir a ver a Alan
Juniver al día siguiente, por más que fuese sábado. No había
tiempo que perder. En realidad, ya era tarde.

Juniver se sorprendió al verlo. Estaba sentado en su casa,
hojeando los periódicos matutinos antes de prepararse para ir a
pasar el día con la familia de su prometida.

—Lo siento —dijo Rathbone—. No me presentaría ahora si
pudiera hacerlo en otro momento. De hecho, me preocupa que
ya sea demasiado tarde.

Juniver estaba inquieto.

—Será mal visto que no me presente a la hora convenida
—dijo—. El señor Barrymore ya opina que no soy la mejor
elección que podría hacer su hija.

Rathbone sonrió con arrepentimiento.

—No estoy en posición de discutir este particular —admitió—. Si ella desea tenerlo a su entera disposición para asistir a
acontecimientos sociales, quizá le iría mejor con un banquero o
un agente de bolsa de la City. Claro que entonces quizá se abu-
rra a morir, pero uno debe elegir las virtudes o ventajas a las que
otorga más importancia.

En cuanto lo hubo dicho se habría tragado sus palabras, pero
era demasiado tarde. Disculparse solo empeoraría las cosas.

—Supongo que no está de más que mi suegro se vaya haciendo una idea. —Juniver apretó los labios—. Me figuro que se
trata del caso Beshara. Seguro que normalmente tiene cosas mejores que hacer en un espléndido sábado de verano...

—Lo siento —repitió Rathbone—. Reanudamos el juicio el
lunes, y no se me ocurre cómo prolongarlo mucho más. Si yo
estuviera en el lugar de Pryor, lo cerraría lo antes posible, mientras los sentimientos aún están encendidos y sigue habiendo

dudas razonables. Todavía nos falta el motivo. Es un desastre...

—¿Qué puedo hacer por usted? Yo no salvé a Beshara.

En ese instante Rathbone se percató de cuánto le dolía a Juniver todavía. No era su propio fracaso lo que le dolía, ningún abogado gana siempre, era el hecho de que ahora sabía que su cliente había sido inocente y ya estaba muerto, por más o menos tiempo que de lo contrario hubiese vivido. Era poco aconsejable emplear esa culpabilidad contra Juniver, pero si se hacía bien sería eficaz, y Rathbone no se atrevía a perder.

Dejó su maletín de cuero en el suelo.

—Aquí tengo las transcripciones del juicio. He pasado buena parte de la noche revisándolas varias veces. Me gustaría mucho revisarlas de nuevo con usted porque hay cuestiones que me preocupan. Quisiera contar con su memoria, por si estoy viendo errores que, de haber estado presente, habría comprendido que no eran lo que parecen.

Juniver frunció el ceño.

—El juez rechazó sistemáticamente mis objeciones, pero me constaba que mi situación era desesperada. Si le soy sincero, pensaba que Beshara era culpable.

—Creo que todo el mundo pensaba lo mismo —concedió Rathbone.

—¿Usted no?

—Estaba fuera del país. No tenía opinión alguna. Pero al mirarlo en retrospectiva, así es como se ve. Siento mucho estropearle la jornada, pero hay mucho en juego. Es endiabladamente más complejo que demostrar que Sabri es culpable.

—Me consta. Discúlpeme mientras envío aviso de que no puedo acudir.

—Por supuesto. Y Juniver... ¡Lo siento!

Juniver sonrió.

—Yo haría lo mismo..., espero.

Minutos después estaba de vuelta. Revisaron la transcripción completa, y Rathbone tomó nota de los puntos en que las resoluciones de York podrían haber ido en un sentido u otro.

Algunas eran incuestionables, otras habían favorecido a Juniver, aunque eran escasísimas.

Con creciente inquietud, Rathbone preguntó a Juniver acerca de todas y cada una de las resoluciones tomadas contra él. Le pidió que revisara la transcripción para ver si era del todo exacta y si podía recordar algo más acerca de las circunstancias.

Juniver tenía una memoria excelente. Muy a menudo fue capaz de recitar sus objeciones literalmente, palabra por palabra, así como las resoluciones de York. También recordó algunas protestas de Camborne, que en su mayoría habían sido admitidas.

—Hay un patrón —dijo Rathbone finalmente, restregándose los ojos—. Tomadas por separado, todas parecen razonables excepto las dos últimas. Pero en conjunto, y añadiendo los comentarios que usted recuerda pero que no constan, expresiones y silencios, delatan como mínimo parcialidad.

—Solo son mis recuerdos —señaló Juniver tristemente—. Y viéndolo ahora, la verdad, no luché tanto como debía, o como lo habría hecho si no hubiese creído que Beshara era culpable. No me siento nada orgulloso.

—A nadie enorgullece perder —dijo Rathbone con tacto—. Sea cual sea la razón.

Juniver estaba pálido.

—La razón fue que no luché con todo lo que se me ocurrió. Creí que no lo merecía. Era un hombre muy desagradable y me repugnó desde el principio. Me era imposible apartar de mi mente la visión de aquella gente en el agua, por más que yo no la hubiese visto...

—Me figuro que los jurados tampoco —convino Rathbone—. Y es posible que Beshara estuviera implicado, aunque marginalmente. Ahora la cuestión es la ley, así como las presiones a las que se vio sometida.

Sonrió, pero no apartó los ojos de los de Juniver, y fue el joven quien bajó la vista primero.

Juniver respiró profunda y lentamente.

—¿Se está refiriendo a York? —preguntó.

—¿Sabe si llevo razón? —respondió Rathbone.

—Lo sospecho —dijo Juniver de inmediato. Acto seguido fue evidente que lamentaba no haber sido más evasivo—. Al menos..., me lo pregunté. Puede ser que solo se debiera a la repulsa moral que me suscitaba el crimen. Era normal estar indignado. De hecho, ¿cómo iba a no estarlo?

—A todos nos ofende el crimen —contestó Rathbone—. A unos más que a otros, por supuesto. La violencia da miedo; la violencia extrema es aterradora. Todos la tememos de distintas maneras cuando es ciega e incomprensible, como en este caso, y más si las víctimas son ancianos y mujeres indefensos. Designamos a jueces porque creemos que tienen la fortaleza y la sensatez necesarias para separar sus miedos o debilidades personales de los hechos que atañen a un caso. Los abogados que acusan o defienden están autorizados a ser tan apasionados como gusten. Los jueces, no..., como bien sé a mi costa.

Reparó en el semblante de Juniver y de inmediato se preguntó si había sido un comentario inteligente. A lo mejor había olvidado que Rathbone estaba inhabilitado. Resultaría muy inoportuno habérselo recordado.

—Todos somos vulnerables —dijo Juniver a modo de respuesta, bajando los ojos—. Queremos justicia y la procuramos. Queremos ser héroes. Queremos estar del lado del bien. Y unos cuantos también quieren ascender en la escala social... —Se calló. Después agregó, como si acabara de ocurrírsele—: Y algunos de nosotros queremos ganarnos el favor de ciertas personas.

Aquello era lo que había estado queriendo decir. Rathbone lo tuvo tan claro como si no hubiese dicho otra cosa. No fue preciso que le preguntara si se refería a York. ¿Qué quería York? ¿Ascender al Tribunal Supremo, a la Cámara de los Lores? Sería demasiado que aspirase a ser el próximo *Lord Chief Justice*,*

---

* En la época victoriana, el *Lord Chief Justice* era el jefe del poder judicial y el presidente de los tribunales de Inglaterra y Gales.

¿no? Carecía de la brillantez y reputación necesarias entre sus pares.

Miró a Juniver otra vez. ¿La importancia del caso Beshara le había bastado para forjarse una reputación que le permitiera dar aquel salto? ¿O York se engañaba a sí mismo? Tal vez Rathbone tendría que haber leído más periódicos en las fechas del hundimiento; entonces habría comprendido mejor la atmósfera reinante.

—¿York está a la espera de un ascenso importante? —preguntó a Juniver. Las respuestas revoloteaban en su cabeza: York como *Lord Chief Justice*, sonriente con su peluca blanca, asintiendo al hablar con el primer ministro, haciendo una reverencia ante la reina. Veía a Beata detrás de él, observando. Si solo fingiera estar orgullosa de ser su esposa, mostrándose valiente pero falsa, el corazón de Rathbone sufriría por ella. Si en verdad estuviera orgullosa porque no sabía el precio que York había pagado, padecería como si tuviera una herida en carne viva. Si lo supiera y no le importara, si no la hiciera enfermar y sublevarse, el sufrimiento de Rathbone sería insoportable.

¿Tanto había alterado su fe en el prójimo la tragedia vivida con Margaret, que ya no confiaba en nada? ¡No debía permitir que Margaret le hiciera aquello! No, eso no era del todo justo: se lo estaba haciendo él mismo. Culpar a los demás fue lo que condujo a su separación, la negativa a aceptar la verdad porque era dolorosa.

Se obligó a concentrarse de nuevo.

—Comenzó como un error menor —dijo a Juniver—. Pero en mi opinión lo fue agravando hasta convertirlo en algo que sería causa de revocación en un juicio ordinario por robo o asalto. Nadie va a revocar la condena de Beshara debido al horror de su crimen. York sin duda lo sabía, igual que Camborne. Ahora bien, ¿hay algo aquí, analizándolo sabiendo que Beshara era inocente, que pueda considerarse corrupción?

Juniver abrió los ojos como platos.

—¿Acusaría a York de corrupción?

—Si existen fundamentos —contestó Rathbone—. ¿Usted no lo haría? —Acto seguido cambió de parecer. Había sido tozudamente desconsiderado—. Si fuese necesario, lo haría. De todos modos no tengo nada que perder, y sí en cambio la oportunidad de presentar cargos con éxito. Llegado el caso.

—¿Derribar a York? —dijo Juniver, casi susurrando—. ¿Debido al juicio de Beshara?

Había algo más que duda en su voz; había el peso de todo lo que debía saber sobre el juicio del propio Rathbone, presidido por York, y quizás incluso adivinara qué más había entre ambos.

—¿Considera que debería pasarlo por alto? —preguntó Rathbone en voz baja. No era lo que quería decir, y le desagradó oírlo de sus labios—. ¿O dar la información a otro para que la use? ¿A usted le gustaría hacerlo?

—Tendría que haberlo hecho durante el juico contra Beshara —contestó Juniver con abatimiento—. Tendría que haberlo revisado todo y, si había fundamentos, tendría que haber apelado entonces. Tampoco es que crea que hubiese servido de mucho. —Se mordió el labio—. Pero no fue el miedo lo que me detuvo, se lo juro. Pensaba que el acusado era culpable y que cuanto antes lo ahorcaran, mejor.

—¿Y ahora?

—Le ayudaré a preparar una exposición exacta de los hechos, con todas las resoluciones de York en el caso Beshara. Si detectamos indicios de corrupción, haré lo que esté en mi mano para ayudarle a poner al tanto a quien corresponda. Un juez corrupto perjudica a todos los ciudadanos de Inglaterra.

De regreso en su casa, Rathbone estuvo reflexionando el resto del día y hasta muy entrada la noche. Una vez que Juniver y él hubieron recopilado todas sus notas y referencias no quedó duda alguna. El sesgo de York se manifestaba en sus resoluciones y en su recapitulación final. Lo más probable era que nadie se hubiese dado cuenta debido a lo encendidos que estaban los ánimos, y la conclusión se recibió con gran alivio.

Después de eso, ¿quién habría deseado examinar las pruebas o las decisiones tomadas? Todo el mundo estaba más que contento de relegar el asunto al pasado y pensar en otras cosas.

Rathbone le estuvo dando vueltas en la cabeza, releyendo las conclusiones a las que había llegado con Juniver. La respuesta era inevitable. O hacía que Brancaster sacara el tema ante el tribunal, con referencia al juicio de Sabri, o se enfrentaba él mismo con York.

Ambas posibilidades eran en extremo desagradables pero también ineludibles. ¿Qué era más correcto? Su primer instinto fue pedir consejo a Henry, pero entonces se dio cuenta de que era una muestra de debilidad, un acto egoísta. Por descontado, Henry le daría consejo con gusto. Ahora bien, ¿no se preguntaría también cuándo iba Rathbone a ser lo bastante maduro para confiar en su propio juicio y asumir su propia responsabilidad? En el ámbito profesional siempre lo había hecho así, en ocasiones con excesiva confianza en sí mismo. Pero en las cuestiones morales, y en las que conllevaban sentimientos profundos y la posibilidad de sufrir, había buscado el respaldo de Henry.

Durante su gira por Europa y Oriente Medio habían actuado como iguales. Oliver se había empeñado en acarrear el equipaje adicional, ocupándose de los pormenores del viaje para eximir a su padre, pero lo había hecho con tanta mano izquierda que apenas se había notado. ¡Al menos eso creía!

Ahora debía tomar la decisión de enfrentarse o no a York sin que nadie analizara los pormenores con él ni se llevara la peor parte del sufrimiento que pudiera traer consigo.

Enfrentarse a York sería humillante pero mucho menos deshonroso que denunciarlo por la espalda. Tenía que hacerlo, preparar con exactitud los hechos que mencionaría, junto con las pruebas, y hacerlo aquella misma tarde. El juicio de Gamal Sabri se reanudaba a la mañana siguiente.

Ni siquiera había sopesado qué motivos podía haber tenido

York para ser tan sesgado. Podía ser algo tan simple como la repulsa que le suscitaba el crimen. Cualquiera lo comprendería.

Sin embargo, también existía la posibilidad mucho más siniestra de que alguien lo hubiese presionado, con amenazas o promesas, para proteger sus propios intereses. O, peor todavía, para ocultar su culpabilidad.

¿Quiénes se habían confabulado para condenar a Beshara con el fin de ocultar su codicia o incluso una traición? ¿El camino que estaba tomando conducía inevitablemente a sacar también eso a la luz?

Tal vez. Pero era demasiado tarde para recuperar la ignorancia que lo excusaría de seguir adelante.

Tomó un coche de punto hasta la casa de York. Era imposible saber de antemano si estaría en su casa. Durante el trayecto a buen ritmo por las calles donde ya oscurecía, pues los atardeceres veraniegos eran notablemente más cortos, medio deseó que York hubiese salido y que no se esperase su regreso hasta al cabo de varias horas.

Y sin embargo era como ir a que le arrancaran una muela. Si estaba infectada no habría otro remedio. Mejor hacerlo sin más demora.

Se apeó al final de la manzana donde vivía York y pagó al conductor. Buscaría otro coche para la vuelta. No sabía cuánto iba a tardar. ¡Quizá le negarían la entrada!

¿Realmente iba a ser una reunión tan desagradable?

Sí, por supuesto que lo sería.

Torció a la derecha y recorrió el breve sendero de acceso hasta la puerta de York, y antes de que su pensamiento le hiciera dudar, agarró el tirador de la campanilla.

Acudieron a abrir enseguida.

—Buenas tardes, señor —dijo el criado con suma cortesía; su rostro impasible invitaba a explicarse.

Rathbone dejó su tarjeta en la bandeja de plata que le tendió el criado.

—Oliver Rathbone —se presentó sin mencionar su título—.

Quisiera disculparme por presentarme a estas horas sin aviso previo, pero me trae un asunto que tendrá lugar mañana y, por consiguiente, no puede esperar.

El criado pestañeó.

—Entre, sir Oliver, iré a ver si sir Ingram puede recibirlo. ¿Tendría la bondad de decirme de qué tipo de asunto se trata?

—Guarda relación con un juicio de importancia nacional —respondió Rathbone, siguiendo al criado por el vestíbulo hasta el recibidor. La tarde era demasiado calurosa para llevar abrigo, pero entregó el sombrero al criado.

—¿Querrá aguardar en el salón de día, señor? —sugirió el criado.

Rathbone sonrió.

—Preferiría aguardar aquí, gracias.

El criado no discutió, se dirigió hacia el salón principal y cerró la puerta a sus espaldas. Regresó momentos después e hizo pasar a Rathbone.

York estaba sentado en el sillón más cercano a la chimenea. Quizás estaba un poco más gordo que la última vez que Rathbone lo viera, pero su pelo cano seguía siendo tan reluciente y abundante como siempre. Tenía la tez colorada como si la mera expectativa de ver a Rathbone lo irritara.

Rathbone miró un instante a Beata, que estaba sentada en un sofá a su derecha. No saludarla habría sido sumamente grosero, y sin embargo sintió de nuevo una descarga eléctrica como si tocara algo metálico durante una tormenta. Estaba más que guapa. Su rostro reflejaba pasión por la vida, sentido del humor y ternura. Rathbone apartó la vista enseguida, incluso antes de hablar, temeroso de que sus ojos lo delataran.

—Buenas tardes, señora York. Lamento importunarlos...

—¿Qué es lo que quiere, Rathbone? —interrumpió York—. Si viene a suplicarme indulgencia por su inhabilitación, ahórrese el bochorno. No tengo poder ni voluntad de hacer algo en ese sentido. Tuvo merecido su castigo. ¡Por Dios, deje de quejarse y encájelo como un hombre!

—¡Ingram! —dijo Beata bruscamente, horrorizada ante su aspereza. Se volvió hacia Rathbone, pero antes de que pudiera hablar, York atajó.

—¡Beata! Esto no te concierne. Tu compasión te honra, pero te ruego que no te inmiscuyas. Solo empeorarás las cosas. —Miró de nuevo a Rathbone, inclinándose un poco hacia delante en el sillón—. Estoy bastante bien informado sobre el absurdo juicio que se está celebrando contra Gamal Sabri, por un crimen por el que ya fue condenado Habib Beshara. También estoy enterado de su participación, y me imagino la desesperación que debe sentir al verse obligado a guardar silencio y observar cómo se desmorona. Si su amigo William Monk no fuese un idiota tan ambicioso, no se vería sometido a tan refinada tortura. Pero yo no puedo ni debo hacer nada al respecto. Ahora le ruego que salga de mi casa sin imponerme la necesidad de llamar al servicio para que lo echen por la fuerza. Buenas noches, señor.

Aquel era el momento. Curiosamente, Rathbone no montó en cólera. Más bien sintió lástima, lamentaba que aquello no pudiera evitarse, solo posponerse inútilmente.

—Tiene toda la razón, señor —dijo con serenidad—. Es un castigo bien merecido. Quienes transgreden la ley deben ser apartados del ejercicio del derecho, por el bien común.

Movió un poco su maletín para que se viera mejor.

—¿Pues por qué demonios viene a importunarme en mi casa? —inquirió York.

—¿No preferiría hablarlo en privado, señor? —preguntó Rathbone.

—¡No, ni hablar! ¡Si quiere ponerse en ridículo en mi casa, tendrá que hacerlo delante de mi esposa! —replicó York.

No había escapatoria.

Rathbone permaneció de pie.

—He estudiado las transcripciones del juicio de Beshara con mucha atención, y con colegas de profesión por si malinterpretaba algún aspecto —comenzó—. He revisado a conciencia sus resoluciones y su recapitulación.

—¿Con qué propósito? —le espetó York.

—Para ver si hay fundamentos para revocar...

York se puso de pie de un salto, agarrando con la mano izquierda el bastón que tenía apoyado contra el sillón.

—¿Cómo se atreve, señor?

Beata también se levantó, con el rostro transido de inquietud.

—¡Ingram!

—¡No te atrevas a defenderlo! —gruñó York, y se volvió de nuevo hacia Rathbone—. ¡Me consta que quiere dar un espectáculo de una u otra manera, pero esto es ignominioso! ¿Osa cuestionar las resoluciones de un juez de Su Majestad y un veredicto que todo hombre cuerdo de Inglaterra sabe que fue justo y certero?

—Sí, en efecto —le contestó Rathbone—. Algunas de sus resoluciones fueron arbitrarias y equivocadas. Al menos dos de ellas en grado sumo, y si el caso no hubiese conllevado tanta carga emocional ni se hubiese deseado tanto aquel veredicto, habrían sido cuestionadas en su momento. Su recapitulación fue sesgada hasta tal punto que, cortésmente, constituyó un craso error; con menos cortesía, indica corrupción.

York se tambaleó. Primero apoyó el peso en el bastón y luego, con el rostro ceniciento, lo alzó en el aire.

—¿Cómo se atreve, usted precisamente, a cuestionar la ley? —dijo en voz alta y chillona—. Usted agarró la ley con sus manos y la hizo pedazos cuando era magistrado. ¡Tuvo mi respaldo! Yo mismo lo recomendé, y me lo agradeció pervirtiendo el curso de la justicia, chantajeando a un testigo con fotografías obscenas y consiguiendo que lo inhabilitaran con toda la razón. Y ahora se presenta en mi casa, con falsas pretensiones, y delante de mi mujer me acosa de corrupción en un caso que ni siquiera presenció porque estaba fuera del país.

—Y pagué por mi error —respondió Rathbone sin alterarse—. Ya no ejerzo la abogacía. Lo único que hago es aconsejar a Brancaster...

York soltó una carcajada burlona y desdeñosa.

—¡El muy idiota!

—Sus resoluciones fueron sesgadas a favor de la acusación contra Habib Beshara —prosiguió Rathbone—. Se va a revocar...

—¡Y una mierda! —gritó York, con el rostro crispado de ira y baba en los labios—. Ese hombre era tan culpable como un pecado. Si Sabri también lo es, será porque los dos andaban metidos en lo mismo.

Tenía los nudillos blancos de agarrar el bastón. Le temblaba todo el cuerpo.

—Ingram... —intentó decir de nuevo Beata, dando un paso hacia él.

—¡Cállate! —le espetó York enfurecido, apartándola de un empujón tan fuerte que le hizo perder el equilibrio. La proximidad al sillón la salvó de caer.

De pronto cambió el ambiente en el salón. Rathbone hizo lo posible por recuperar el control de la situación, y entonces se fijó en los ojos de York y supo que ya no había nada que hacer.

—Beshara está muerto, tal como debía ser... —prosiguió York—. Si consiguen ahorcar también a Sabri, que así sea. Pero usted no cuestionará mis resoluciones ni mi manera de conducir uno de los casos más importantes de la jurisprudencia británica. Fue mi último gran caso, y no permitiré que un picapleitos inhabilitado como usted mancille mi legado con sus patéticas quejas. ¿Estamos?

Hablaba en voz tan alta que debían oírlo desde la cocina.

—Solo un hombre puso la dinamita en el *Princess Mary*, encendió la mecha y saltó por la borda —dijo Rathbone con tanta calma como pudo, pero la voz le tembló—. Según su resolución fue Beshara, y ahora está muerto. No fue Beshara, fue Gamal Sabri, y él está vivo y coleando. No podemos condenar a dos hombres por un mismo delito. Y aparte de eso, Beshara quizá sea culpable de muchas cosas, pero no fue culpable de esta.

York levantó el bastón y lo blandió en alto.

Beata dio un paso atrás.

—¡No se atreva a decirme cómo se juzga la ley, gilipollas pavero! —gritó York—. ¡Está inhabilitado! —Volvió a blandir el

bastón con un agudo siseo—. ¡Es un sobornador y un perjuro!
—Blandió el bastón otra vez—. ¡Un traficante de imágenes indecentes, un chantajista... un sátiro!

—¡Ingram! —le gritó Beata—. ¡Basta! ¡Eso no es verdad!

York no le hizo caso. Estaba avanzando hacia Rathbone con el bastón en alto. Tenía el semblante escarlata.

—¡He visto cómo mira a mi esposa! Olisqueando en torno a ella como un perro... —Atacó con el bastón, blandiéndolo de lado hasta que alcanzó a Rathbone en el hombro, tirándolo al suelo con la fuerza del golpe.

York dio otro paso al frente, con el bastón en alto para atizarle otra vez.

Beata cogió la cafetera de la mesa auxiliar y se la estampó en el cogote. York se bamboleó un momento, mientras la sangre y el café le corrían por la cara hasta los hombros. Entonces se dobló, dio un paso al frente y cayó redondo delante del sofá.

Rathbone se puso de pie aturdido, magullado, sintiéndose horrorizado y ridículo, pero sobre todo preocupado por Beata.

Ella estaba temblando, con el rostro ceniciento y los ojos como platos.

—Lo siento mucho —dijo con voz ronca—. Me... me parece que no está en sus cabales. Tengo que avisar a su ayuda de cámara... y al médico. ¿Usted... está herido? —preguntó afligida.

Rathbone respiró profundamente. Su bienestar y las equivocaciones de York en el juicio de Beshara parecían insignificantes, ahora. Aquello era el final de la vida de Beata tal como la había conocido hasta entonces. Sin duda era un desastroso final para la carrera de su marido.

Las ideas se agolpaban en la mente de Rathbone.

—Sí —respondió—. Debe llamar al médico de inmediato. Ha ocurrido un accidente muy desafortunado y temo que el señor York haya sufrido algún tipo de ataque.

—Lo ha agredido...

Tenía lágrimas en los ojos; Rathbone pensó que eran de vergüenza.

—No, que yo recuerde —contestó—. Ha tropezado y se ha caído, agarrándose al bastón para apoyarse y, lamentablemente, me ha dado un golpe sin querer. ¿Puedo quedarme con usted hasta que alguien lo socorra? Quizá debería sentarse mientras voy a buscar al mayordomo...

Beata enderezó la espalda.

—Iré yo misma a buscarlo, gracias, Oliver. Tal... tal como dice, mi marido está enfermo. Pienso que quizá lleve así algún tiempo, sin que me diera cuenta de lo grave que estaba.

—Exactamente —convino Rathbone—. A nadie le gusta admitir esas cosas. Me parece que las cuestiones que debo tratar a propósito del juicio de Beshara, vistas en retrospectiva, pueden atribuirse a su mala salud, no a una malicia intencionada.

El mayordomo estaba en la puerta. Sin duda había oído el estrépito de la caída de York. Contempló a su amo, que seguía inconsciente en el suelo, con cierta lástima, pero su mayor preocupación era Beata.

—Enviaré a Duggan en busca del doctor Melrose, señora —le dijo—. Inmediatamente. Sir Oliver, ¿tal vez tendría la bondad de quedarse hasta que consigamos la ayuda necesaria, y ofrecer a la señora York el consuelo que pueda? No creo que podamos reanudar... las cosas tal como eran.

York seguía tendido inconsciente en el suelo, con café y sangre en la cabeza y la cara, y baba en los labios.

Rathbone no contestó y se agachó para estirar las piernas de York, antes de llevar a Beata hasta otro sillón. Entonces se sentó en silencio delante de ella hasta que regresaron los criados.

21

Rathbone llegó al bufete de Brancaster a las ocho en punto de la mañana siguiente, llevando consigo los papeles que tenía relativos a la manera en que York había conducido el juicio de Beshara. Estaba tan cansado y confundido en el terreno emocional que no le proporcionaba la menor sensación de triunfo el hecho de que casi con toda certeza disponía de material suficiente para conseguir un nuevo juicio para Beshara, si estuviera vivo, o, puesto que no lo estaba, para revocar un veredicto sumamente cuestionable. Y es que la victoria sobre Ingram York había sido muy amarga. York había abusado de su cargo. Tal vez Rathbone nunca averiguaría las pequeñas razones que lo habían ocasionado, pero hubiese preferido que Beata no padeciera la angustia de verlo desmoronarse de semejante manera, despojado de toda dignidad y cordura.

Beata había avisado a su médico, que acudió de inmediato. En cuanto vio a York todavía tendido en el suelo del salón, aparentemente en una especie de coma, el médico aconsejó que lo llevaran con sumo cuidado a su habitación. Una vez que le hubieron referido el incidente, trasladaron a York a una clínica privada.

Rathbone se había quedado para prestar la ayuda que buenamente pudiera. Se sentía estúpido, incluso entrometido, pero no podía dejar sola a Beata ante lo que bien podría ser el último viaje de York desde su casa hasta un lugar donde lo podrían atender, y del que tal vez nunca volvería a salir.

El doctor Melrose no pudo darles un pronóstico. Estaba perdido, y tuvo la dignidad de no mentir al respecto. Beata le manifestó su agradecimiento. A insistencia de ella, el médico también examinó los verdugones que Rathbone tenía en el hombro y la mejilla. Echó un vistazo al bastón, que todavía estaba en el suelo, pero no preguntó a Rathbone qué había sucedido. Tal vez York ya había perdido los estribos otras veces y Melrose ya estaba al corriente.

Rathbone se quedó helado al pensar en lo que Beata tal vez había soportado, y apartó tales imaginaciones de su mente; no por su propio bien sino por el de Beata. Si York en efecto la había pegado, Beata merecía poder creer que Rathbone no tenía la menor idea.

No había mucho más que decir aparte de las formalidades que rompían el incómodo silencio. La miró a los ojos una vez y advirtió que ella entendía, al menos en parte, sus sentimientos.

Beata correspondió esbozando una sonrisa. Todavía no era momento para más.

Rathbone se marchó después de medianoche. Deseaba hacer algo útil pero tuvo claro que, por el momento, lo único que cabía hacer era ser discreto. No contaría a nadie, ni siquiera a Hester y Monk, que York lo había golpeado, como tampoco el arrebato de ira que había presenciado. Pero no podría borrar de la memoria de York, ni de la de Beata, la mala praxis de York en el juicio de Beshara. Había sido un abuso de autoridad, y había que afrontarlo.

Por consiguiente, se encontraba en el bufete de Brancaster antes que él, y lo estaba aguardando cuando llegó. La mañana era cálida, con aquella calima levemente polvorienta de finales de verano, cuando el aire ansía la pureza del otoño, las primeras escarchas, las hojas crujientes bajo los pies y el olor penetrante del humo de leña en la brisa. Los jardines volverían a resplandecer con el púrpura de las *aster amellus* y el dorado de los crisantemos de floración tardía.

Brancaster miró el rostro de Rathbone, comenzó a decir algo y entonces se percató de su seriedad y aguardó.

Rathbone lo siguió hasta su despacho y dejó el maletín con los documentos en el suelo.

—Tenemos suficiente para una revocación, creo —dijo en voz muy baja—. Si no podemos estar seguros de conseguir una condena quizá tengamos que utilizarlo. Si perdemos, no se puede acusar a Sabri otra vez.

Una expresión de alivio asomó al semblante de Brancaster pero, sin embargo, la tirantez de su cuerpo no disminuyó en absoluto. Siguió teniendo los hombros tensos como si le costara respirar profundamente, y sus ojos no se apartaron del rostro de Rathbone.

—York batallará con denuedo —dijo muy serio.

—No batallará en absoluto —contestó Rathbone, y sus palabras le sonaron raras—. Ha sufrido un ataque epiléptico y no estoy seguro de que se vaya a recuperar. Desde luego no estará en condiciones de defenderse a sí mismo.

Refirió sucintamente a Brancaster los detalles de los errores que había encontrado en las resoluciones. Citó solo los hechos, como si estuviera exponiendo un caso ante un jurado. No mencionó la clemencia, el honor profesional ni la reputación de la justicia o la ley. Confió en que Brancaster lo comprendiera todo sin que fuese preciso decirlo en voz alta. Ninguna sanción legal podía igualar en lobreguez, confusión y deshonra lo que la propia mente de York ya le había hecho.

Brancaster permaneció callado un momento. Su rostro moreno reflejaba demasiadas emociones. Finalmente, la ira y la compasión dieron paso a una especie de desesperación.

—Aunque revoquemos el veredicto contra Beshara, todavía tenemos que demostrar que Sabri es culpable —señaló—. ¿Cómo puedo conseguir que el jurado confíe en que sabemos lo que estamos haciendo?

Cerró el puño como si quisiera golpear algo, pero no había nada que mereciera su ira, nada contra lo que dirigirla, de modo que se quedó plantado, sintiéndose impotente.

—¿Por qué? —inquirió.

—¿Por qué York? —preguntó Rathbone.

—¿Por qué cualquiera de ellos? —contestó Brancaster con aspereza—. ¿Por qué fue tan diligente Camborne procesando un caso que, sin duda, sabía que estaba viciado? Es un abogado muy bueno. Es imposible que pasara por alto los puntos débiles, aunque Juniver lo hiciera.

Sus ojos escrutaron los de Rathbone, como si él tuviera que saber la respuesta.

Rathbone había sabido por Hester lo apasionado que se había mostrado Camborne. A la sazón consideró que el horror del caso alimentaba una indignación lógica. Ahora se preguntaba, tras leer las decisiones de York y lo duro que había sido con Juniver, si había habido algo más que eso. ¿Era concebible que Camborne hubiese tenido algún interés personal en ello, una ganancia o una pérdida?

—¿Por qué se empeña tanto Pryor en mantener el primer veredicto? —dijo a Brancaster—. ¿Qué se juega? Aquí hay algo más que una mera defensa de la reputación de la ley. ¿Obtener un cargo más alto? ¿Cuál? ¿Ser juez? Le gusta demasiado la batalla para limitarse a presidir, pese al aparente poder de esa posición.

—¿Aparente? —preguntó Brancaster irónicamente.

Rathbone se encogió de hombros, cediéndole el tanto.

—¿Pues entonces qué?

Brancaster soltó el aire lentamente.

—Odio.

Rathbone se quedó perplejo, y luego tuvo un escalofrío.

—¿Contra quién?

—Contra usted —contestó Brancaster—. Tal vez existan otros incentivos. Sigo sin saber qué hay detrás de todo esto realmente. Estoy seguro de que Sabri es culpable, ¡pero no sé por qué! Solo puedo deducir que alguien le pagó, y hay algunas pruebas que lo demuestran, aunque no se trata de una fortuna. Pero no sé ni por qué ni quién lo hizo.

—No debería ser necesario demostrarlo para conseguir un veredicto —contestó Rathbone, aunque hubiese preferido estar más convencido. En aquel caso aún había demasiadas cosas afectadas por el sentimiento de pérdida, la confusión, sobre todo por el miedo a que la propia ley fuese corrupta y que hombres inocentes acabaran en la horca. No discutió que Pryor pudiera odiarlo. Simplemente no se había dado cuenta de que su odio fuese tan intenso. Su vanidad era más vulnerable de lo que Rathbone creía, su visión de la gloria, demasiado prometedora.

—Y Lydiate —prosiguió Brancaster—. Se vio obligado a asumir la investigación desde el principio, y tal vez también a llevarla de determinada manera. Pero desde entonces ha habido demasiados descuidos y omisiones para que su conclusión haya sido fortuita. No es tan estúpido como para que se le escaparan tantas cosas.

Rathbone tuvo la sensación de que el peso de aquel caso recaía más pesadamente sobre sus hombros, como si estuviera acorralado por todos lados. Miró a Brancaster, y también en él percibió signos de fatiga, miedo, incluso de rendición.

Brancaster sonrió desoladamente, como si Rathbone lo hubiese dicho en voz alta.

—Puede costarnos caro —dijo en voz baja.

—Costarle a usted —señaló Rathbone—. Ahora no ejerzo, y le aseguro que no sé qué posibilidades tengo de que me readmitan en el futuro. Ojalá pudiera correr ese riesgo por usted, pero yo mismo me lo he negado.

Brancaster soltó una carcajada.

—Siempre lo he admirado. Incluso quería ser como usted. Más bien debería decirlo en presente. Voy a llevar esto hasta el final. Deme los papeles sobre York. Tengo una idea...

Alargó la mano.

Rathbone le pasó el maletín, cediéndoselo a regañadientes,

aunque eso era precisamente lo que había ido a hacer allí. Estaba dando el control a un tercero, con lo que quedaba de la reputación de York, y el silencio que quizá salvaría al menos parte de ella, por Beata.

Cuando el juicio se reanudó al cabo de un par de horas, Brancaster se puso de pie. Estaba nervioso. Parecía un hombre completamente distinto del que Rathbone había dejado en su bufete poco después de las ocho.

—Señoría —comenzó Brancaster antes de que Pryor tuviera ocasión de llamar a su primer testigo del día.

Rathbone se puso tenso, se le cortó la respiración. ¿Por qué hablaba Brancaster? Era muy poco apropiado presentar las pruebas contra York de aquella manera. Primero tendría que haber hablado con Antrobus en privado. ¿Qué demonios le pasaba?

Antrobus enarcó las cejas y levantó la mano para acallar a Pryor, que ya estaba de pie, indignado.

—Más vale que esto sea importante, señor Brancaster —le advirtió Antrobus.

Rathbone incluso consideró la posibilidad de levantarse también, pero entonces se dio cuenta, con un nudo en el estómago, de que no tenía más derecho o facultad que cualquier persona sentada en la galería. Aquel era el amargo coste de su actuación en el caso Taft, y se lo había buscado él mismo. Ahora lo único que podía hacer era permanecer callado y observar cómo Brancaster perdía el caso más importante de su vida. Había revelado sus armas, desperdiciando la oportunidad de hacer todo el bien que podría haber hecho.

—Lo es, señoría —dijo Brancaster en voz baja—. Y pido disculpas por hacer esto avisando con tan poca antelación, pero esta misma mañana he recibido novedades de vital importancia. De no haber sido así, se las hubiese transmitido a su señoría, y a la defensa, en un momento más oportuno.

—¡Señoría —protestó Pryor—, esto es ridículo! La acusación está desesperada y está presentando una poco meditada...

—¡Señor Pryor! —interrumpió Antrobus bruscamente—. ¿Acaso soy el único que no sabe lo que el señor Brancaster va a decir?

Pilló a Pryor con el paso cambiado.

—No, señoría... Me... Me refiero a su melodramática...

Se calló. La mirada de Antrobus podría haber congelado un vaso de agua.

Rathbone se tapó la cara con las manos, aunque nadie le prestó la menor atención.

—¿Señor Brancaster?

La voz de Antrobus fue a un tiempo cortés y afilada como una cuchilla.

Brancaster tragó saliva.

—Sí, señoría. Tengo un nuevo testigo que acaba de darse a conocer. Lamentablemente, su estado de salud le impidió ser consciente del valor de la información de que dispone, pero su testimonio explica todos aquellos aspectos del trágico hundimiento del *Princess Mary* que han embrollado el caso hasta ahora.

Pryor levantó las manos, manifestando su indignación.

—¡Cielo santo! ¡Esta exhibición de..., de prácticas poco ortodoxas para ganar es absurda y ofensiva! Doscientas personas murieron en el...

—¡Cuatrocientas personas fueron asesinadas! —replicó Brancaster—. ¡Y la justicia británica fue puesta en ridículo, como hombres ciegos dándose caza a oscuras!

—¡Doscientas! —espetó Pryor—. ¡Por Dios, hombre, espabile! ¡Se está comportando como un personaje de farsa!

Antrobus lo fulminó con la mirada.

—Me consta que es un hombre ambicioso, señor Pryor, pero todavía no va a usurpar mi puesto en este tribunal. Soy yo quien decide lo que constituye una prueba y lo que no.

El rostro de Pryor perdió todo su color, pero esta vez tuvo el atino de no discutir.

Antrobus miró muy serio a Brancaster.

—¿Eso ha sido un patinazo, señor? ¿O está enterado de algo que los demás desconocemos?

—Señoría, sé una cosa que el resto del tribunal ignora —contestó Brancaster respetuosamente—. Y quisiera llamar al mayor Richard Kittering al estrado para que testifique a ese respecto. Tengo sus datos aquí y, con su permiso, se los pasaré a su señoría. Y una copia para el señor Pryor. Si su señoría prefiere suspender la sesión mientras...

Antrobus levantó la mano.

Brancaster cogió los papeles de la mesa y se los entregó al ujier que ya aguardaba a su lado.

Rathbone contuvo la respiración. ¿A qué demonios estaba jugando Brancaster? ¿Quién era Kittering? ¿Y por qué ahora? Se volvió para echar un vistazo a la galería. No vio a Monk, pero Hester atrajo su atención casi de inmediato. Estaba sentada en un asiento junto al pasillo y miraba a Brancaster como si fuese el único hombre presente en la sala.

Reinó un silencio absoluto mientras Antrobus leía los papeles; luego levantó la vista.

—¿Dice que este testigo no estaba disponible antes, mientras usted presentaba el caso contra el acusado?

—Sí, señoría. Resultó herido en Oriente Medio, y permanecía inválido en su casa. Hoy ha podido venir, no sin esfuerzo, y con la ayuda de una exenfermera del ejército que sirvió en Crimea con la señorita Nightingale. Fue ella quien lo buscó y le hizo ver la importancia de lo que sabe. Su testimonio explicará esta terrible tragedia. Me cuesta creer que en esta sala haya una persona honrada que no desee escucharlo, señoría.

—Levantaremos la sesión durante una hora, y daremos al señor Pryor ocasión de preparar la refutación que considere oportuna —decidió Antrobus.

—No será suficiente —dijo Pryor en el acto—. No sé quién es este tal Kittering ni qué va a decir. Objeto que este testigo preste testimonio. —Dio media vuelta para enfrentarse a Brancaster, enseñando los dientes—. Pero puedo hacer una hipótesis fundamentada sobre quién es la enfermera que fue en su busca y que ahora lo presenta inopinadamente ante el tribunal, y sin previo aviso. Será la señora Monk, esposa del comandante Monk, a quien apartaron del caso desde el principio. ¡Sir Oliver Rathbone la conoce bien, muy bien, de hecho!

Dejó la frase flotando en el aire como si fuese un veneno fulminante que solo precisara ser mencionado para que resultara mortal.

Rathbone tenía los puños cerrados con tanta fuerza que todo él temblaba. Respiraba con dificultad. Pryor tenía que estar en lo cierto: aquello no era una mera coincidencia. ¿Hester había llevado a Kittering al bufete de Brancaster aquella misma mañana, entre el momento en que Rathbone se había marchado y el comienzo de la sesión?

—¿Señor Brancaster? —A Antrobus se le estaba agotando la paciencia—. Al señor Pryor no le falta parte de razón.

Brancaster tomó aire, lo retuvo un instante y lo soltó lentamente.

—Sí, señoría. La señora Monk ha sido quien me ha comentado la información de la que dispone el mayor Kittering. La he comprobado hasta donde he podido, y creo que es correcta y en extremo relevante. Y, por descontado, también he comprobado que el mayor Kittering fuese quien sostiene ser, así como su rango y su ejemplar historial.

Rathbone lo miraba fijamente sin dar crédito. ¿Qué demonios creía poder conseguir, a aquellas alturas?

—Señoría, el mayor Kittering sirvió en Egipto —prosiguió Brancaster—. En la zona del nuevo canal que unirá Suez con el Mediterráneo. Está enterado de un incidente que quizá sea el principio de esta historia. Dudo de que el señor Pryor encuentre algo que quiera refutar. —Tomó aire—. Por supuesto, tal vez conozca a un testigo que lo relataría de manera distinta, pero no es relevante para lo que la gente creía que era la verdad.

Cayó en la cuenta de que estaba dando más explicaciones de las necesarias y se calló de golpe.

Pryor volvía a estar de pie, con el rostro crispado de ira.

—¡Señoría, esto es un truco de última hora de sir Oliver Rathbone y el comandante Monk para intentar tomar el control del caso y convertir la ley en objeto de mofa y desprestigio! Un tribunal ya declaró culpable de este crimen monstruoso a otro hombre, y lo sentenció a muerte. Se decidió que la dirección de la investigación del caso no la llevaran el comandante Monk y la Policía Fluvial debido a su magnitud y, por pura vanidad, ahora busca venganza, aun a costa del honor de la ley.

El rostro de Antrobus se ensombreció, pero Pryor no estaba dispuesto a que lo interrumpieran.

—Puedo llamar a muchos testigos, señoría, que testificarán acerca de la fama que el comandante se granjeó de ser arrogante y no respetar a sus superiores. Lo despidieron de la Policía Metropolitana y ahora quiere vengarse de ellos. No tiene reparo en intentar arruinar la reputación de sir John Lydiate porque es rencoroso y envidia una categoría y un cargo que no puede alcanzar.

—Abrir esa puerta podría ser muy desacertado, señor Pryor —dijo Antrobus de manera cortante—. Es lo bastante ancha para que todo pase por ella, incluso usted mismo. El privilegio de buscar la mejor defensa no le permite difamar a agentes de la ley. ¿Es preciso que le recuerde que sus pruebas deben ser no solo demostrables sino también relevantes? ¿Desea llamar a la señora Monk para interrogarla acerca de su relación con el mayor Kittering?

—No tengo constancia de ello —dijo Pryor con amargura—. ¡Podría ser cualquier cosa! —Abrió las manos con un gesto de impotencia—. Fue enfermera del ejército, según parece. ¡Por el amor de Dios, eso puede significar cualquier cosa! Sin duda conoce a un montón de soldados, ¡incluso a cientos!

Rathbone se puso de pie de un salto. Brancaster lo obligó a sentarse otra vez antes de volverse hacia Antrobus.

—Señoría, si el señor Pryor desea llamar a la señora Monk, yo también lo haré. Aunque haría bien en hacer caso de la advertencia de su señoría. La difamación es una puerta muy ancha, en efecto, pero no lo suficiente para mancillar la reputación y el honor, incluso la gratitud de la nación, de las mujeres que sirvieron con la señorita Nightingale en Crimea, compartiendo las terribles penalidades de nuestros soldados y cuidando de los enfermos y heridos...

Pryor hizo un ruido como si se atragantara y se calló su protesta. Los miembros del jurado lo miraban fijamente con los ojos muy abiertos, y el renovado interés del público se tradujo en un frufrú de vestidos y un crujido de asientos al cambiar de postura los espectadores.

—Muy bien. Llame a su testigo ahora mismo, señor Brancaster —ordenó Antrobus—. Pero si abusa de su privilegio, resolveré en su contra.

—Sí, señoría. Gracias.

Brancaster se relajó visiblemente, adoptando una expresión de gran alivio.

Pryor regresó a su sitio con desgana, tomándose su tiempo.

Hubo un rumor de excitación cuando Brancaster llamó al mayor Richard Kittering. Las puertas se abrieron y Kittering, flaco, demacrado, caminando despacio con la ayuda de unas muletas, se dirigió al estrado.

Antrobus se inclinó hacia delante.

—Mayor Kittering, ¿prefiere prestar declaración desde el entarimado, señor? No hay necesidad de que suba al estrado. Los peldaños son un tanto incómodos. Si va a estar mejor sentado, le traerán una silla.

—Gracias, señoría —contestó Kittering—. Mientras pueda, me quedaré de pie.

Antrobus asintió con la cabeza.

—Señor Brancaster, tal vez pueda abreviar su interrogatorio en la medida de lo posible, y aun así servir a su propósito.

—Señoría.

Kittering prestó juramento y Brancaster se situó en medio del entarimado y habló respetuosamente, como si se dirigiera a un hombre que hubiese ganado ese derecho. Expuso el historial militar de Kittering, concretó el regimiento en el que había servido y explicó que había resultado herido y que había regresado a Inglaterra hacía unos meses.

—¿Conoce al acusado, Gamal Sabri? —preguntó Brancaster.

—No, señor. Personalmente, no.

—¿Y a su familia? —inquirió Brancaster.

Kittering tenía el semblante crispado, como si le costara controlar el dolor.

—No, señor. Solo de oídas.

—¿De oídas?

El silencio reinante en la sala solo lo rompió la tos de una mujer que enseguida la sofocó.

—Sí, señor. Mi amigo el capitán John Stanley conocía a la familia Sabri...

A Kittering se le quebró la voz y se esforzó en mantener la compostura. Su emoción era palpable en la sala.

—Habla en pasado, mayor Kittering —dijo Brancaster con delicadeza—. ¿Acaso ya no la conoce?

Kittering levantó el mentón y tragó saliva con dificultad.

—Lamento decir que toda la familia del señor Sabri pereció en la masacre de Shaluf el Terrabeh.

—¿Toda?

—Sí, señor. Aquella noche murieron doscientas personas. Todos los hombres, mujeres y niños del pueblo.

Se le quebró la voz. Tenía el rostro ceniciento.

La pregunta de Brancaster fue poco más que un susurro, pero todos los presentes en la sala estaban inmóviles; se oyeron todas y cada una de sus palabras.

—Ha empleado la palabra «masacre». ¿Debo deducir que fueron asesinados... los doscientos?

Kittering, con la espalda erguida, se balanceó un poco.

—Sí, señor. A manos de saqueadores mercenarios que malinterpretaron dónde estaban.

Brancaster dio un paso al frente, como si temiera que Kittering fuera a caerse.

—¿Usted estaba allí, mayor?

—No, señor. No estaba. Me lo contó el capitán Stanley.

—¿Él estuvo allí?

—Sí, señor. Intentó impedirlo, pero el oficial al mando no le hizo caso. Mercenarios de todas las nacionalidades... —Se le apagó la voz. Su palidez era extrema—. Pero el responsable era británico...

—¿Esto se lo contó el capitán Stanley?

—Sí, señor. El responsable era arrogante, valiente, un buen soldado víctima de su propia soberbia.

Kittering parecía tan frágil que Brancaster comenzó una frase y cambió de parecer, temeroso de prolongar el interrogatorio más de lo estrictamente necesario.

—¿Stanley estaba allí y lo vio todo?

—Sí, señor, casi todo. Al intentar detener a Wilbraham lo golpearon y perdió el conocimiento. Tal vez eso le salvó la vida.

—¿Y por qué está testificando usted y no Stanley? —preguntó Brancaster, dando otro paso al frente.

—Lo hirieron y acababa de regresar a Inglaterra, señor, y murió en el hundimiento del *Princess Mary*.

Todos los presentes en la sala dieron un suspiro como un solo hombre. Una mujer sollozó.

Antrobus se inclinó hacia delante y ordenó a un ujier que fuese a buscar una silla para Kittering. Brancaster le ayudó a sentarse, apoyando las muletas a su lado, donde pudiera alcanzarlas.

—Gracias, mayor Kittering —dijo Brancaster con gravedad—. Lamentamos la pérdida del capitán Stanley, y de los otros doscientos hombres y mujeres que se ahogaron en el Támesis aquella noche. También lloramos a los doscientos inocentes que perdieron la vida en Egipto por culpa de la arrogancia y el mal carácter de un oficial británico renegado que no se dejó aconsejar. —Se volvió hacia Pryor—. Su testigo, señor.

Pryor se levantó. Tal vez por primera vez, fue consciente de que la sala entera estaba contra él. Todos los presentes estaban pasmados por el horror de aquella tragedia y su maldad sin sentido. Miraban a Kittering y veían su dolor y la vergüenza por sus compañeros de armas escritos indeleblemente en su semblante. Aguardaban a que Pryor lo atacara.

Pryor era demasiado listo y, en opinión de Rathbone, también demasiado interesado para cometer semejante error.

—No lo entretendré mucho rato, mayor Kittering. De hecho, lamento tener que importunarlo.

Kittering asintió.

—¿Cuándo y dónde le contó el capitán Stanley este terrible suceso?

—Cuando vino a verme, tras su regreso a la patria —contestó Kittering—. A principios de mayo. Dos días antes del hundimiento del *Princess Mary*.

—¿Y creyó su relato, palabra por palabra? —preguntó Pryor, sin el menor dejo de duda en su voz; sabía que no le convenía.

—Sí. Conocía a Stanley, y conozco la reputación de Wilbraham; en una ocasión lo vi en persona. Sabía que la masacre había ocurrido porque conocía a varios hombres que vieron el lugar dos o tres días después. Había muchos cuerpos sin enterrar y el hedor de la sangre todavía flotaba en el aire.

—Tal vez fue una suerte que usted no pudiera estar en el *Princess Mary* —dijo Pryor, insinuando apenas su incredulidad.

—¿Por qué? —respondió Kittering, torciendo los labios en una mueca de sufrimiento—. No vi nada. No podía testificar.

—Por supuesto que no —convino Pryor—. Según parece, usted tiene un conocimiento muy parcial de un incidente espantoso, y demuestra una gran lealtad a un amigo fallecido que bien podría haber sido culpado de él.

Kittering estaba tan pálido que Brancaster se puso de pie, no para protestar sino para ayudarlo si se desvanecía en la silla y caía de lado al suelo. Incluso Rathbone adoptó una postura para correr en su ayuda si se diera el caso.

Todos los demás presentes en la sala permanecían inmóviles. Pryor rompió el hechizo.

—Según se desprende de su declaración, mayor Kittering, usted cree que Gamal Sabri se vengó de un modo espantoso del hombre que arrasó su pueblo y asesinó a unos doscientos paisanos suyos. Un acto atroz, pero me atrevería a decir que muchos de los aquí presentes podríamos como mínimo comprenderlo. Si alguien matara a machetazos a todos los hombres, mujeres y niños del pueblo donde me crie, no puedo jurar que los perdonara, ni que confiara en un sistema legal incapaz de vengar semejante acto. Lo que no comprendo es por qué da usted la impresión de defender a Stanley. Si su relato es cierto, ¿tal vez nos lo podría explicar?

Adoptó una expresión de impotencia y confusión, aguardando a que Kittering respondiera.

Kittering respiró profundamente varias veces. Saltaba a la vista que estaba agotado y que padecía un considerable dolor físico.

Brancaster permaneció de pie.

Antrobus miraba a Kittering con cierta preocupación, pero no intervino.

Rathbone tenía la impresión de que los segundos transcurrían con exasperante lentitud, pero nada podía hacer para ayudar.

—Me ha entendido mal, señor —dijo Kittering por fin—. Tal vez en eso consista su trabajo. Al menos, lo parece. Stanley no participó en la masacre de Shaluf el Terrabeh. Intentó impedirla y faltó poco para que lo mataran debido a su empeño.

Se calló, tratando de mantener la compostura.

Pryor aprovechó la oportunidad para interrumpir.

—Eso carece de sentido, señor. Si Stanley no era culpable, ¿por qué demonios iba Gamal Sabri a hundir un barco lleno de gente, solo para asegurarse matarlo? ¡Es absurdo! No puede esperar que este tribunal se lo crea. Tal vez sus propias heridas le han... afectado la memoria. —Lo dijo en tono conciliador, pero no disimuló su desdén—. ¿No será, mayor Kittering, que fue

Stanley quien dirigió la atrocidad contra el pueblo, y que usted mismo fue quien resultó gravemente herido al intentar impedirla?

Hubo cierta agitación en la galería pero fue imposible discernir a qué sentimientos respondía; compasión, disgusto o ira.

—Eran mercenarios —dijo Kittering con suma paciencia, como si hablara con alguien corto de entendederas—. No figurarán en los archivos militares. Pero yo soy soldado regular. Sería muy sencillo comprobar que no me encontraba en la zona de Shaluf el Terrabeh en aquel momento, si le interesa la verdad. Y no he dicho que Sabri hundiera el *Princess Mary* para matar a alguien por venganza, aunque me figuro que estaría dispuesto a hacerlo. Dios sabe lo que le hemos hecho a su pueblo. Por supuesto que no tiene sentido matar a Stanley. Dudo de que él supiera que Stanley estaba a bordo...

Pryor puso los ojos en blanco.

Kittering hizo un esfuerzo para no perder la paciencia.

—Le pagaron para que hundiera el barco —prosiguió quedamente; la voz se le debilitaba porque le empezaban a flaquear las fuerzas—. Stanley era el único que podría haber testificado contra Wilbraham, y lo habría hecho si lo hubiesen enjuiciado.

El tribunal guardaba silencio. Nadie se movía en la tribuna del jurado. Incluso Antrobus parecía haber enmudecido ante semejante horror.

Pryor se volvió hacia un lado, luego hacia el otro, pero ni siquiera a él se le ocurría algo prudente o inteligente que decir.

Brancaster miró a su alrededor, luego se adelantó y le ofreció el brazo a Kittering.

—Gracias, señor. Permítame acompañarlo a un sitio más cómodo y ofrecerle un vaso de agua.

Kittering se levantó con dificultad y aceptó el brazo de Brancaster.

Antrobus asintió lentamente con la cabeza. Miró a Pryor, y luego la espalda de Brancaster mientras se dirigía hacia las puertas con Kittering. Echó un vistazo a Rathbone y esbozó una sonrisa antes de levantar la sesión. Comprobarían los archivos militares que Brancaster les había entregado, tal vez consultarían con la embajada egipcia para corroborar que la masacre en Shaluf el Terrabeh había sido tal como se había contado, aunque nadie lo dudara. Provocaría un pequeño retraso en las recapitulaciones, pero cambiaría el veredicto.

En el vestíbulo, Monk se reunió con Hester.

—Dios, qué crimen tan espantoso —dijo, con la voz tomada por la emoción. La rodeó con el brazo, arrimándola hacia él—. Tengo que decirle a Ossett que todo ha terminado. Al menos la parte legal. Que Pryor pierda algo más que el caso, el tiempo lo dirá. York está acabado. El veredicto de Beshara sin duda se revocará, de modo que Camborne perderá, y quizás algo más que esa decisión. Espero que Lydiate no pierda su trabajo, aunque es posible.

Se guardó de decir que posiblemente él también lo merecía. No estaba seguro de que no se hubiese dejado manipular de haber corrido peligro la vida de su familia.

—Ven conmigo —agregó—. Puedes hablarle acerca de Kittering mejor que yo. Y fuiste tú quien lo encontró. Lo aliviará saber que por fin hayamos descubierto la verdad.

Hester asintió en silencio, entrelazando su brazo con el suyo mientras bajaban la escalinata hacia el ajetreo de la calle.

Ossett los recibió casi de inmediato, dejando a un lado todos sus demás asuntos. Los hicieron pasar a su elegante y confortable despacho con su llamativo retrato encima de la repisa de la chimenea.

—Todo ha terminado, señor —dijo Monk sin más preámbulos. Ossett estaba desencajado, como si no hubiese comido ni dormido bien en días, quizás en semanas, y Monk sintió lástima de él. Tal vez era culpable de haber presionado a Lydiate para que actuara precipitadamente en lo concerniente a Beshara, pero aun siendo así, después había hecho todo lo posible para apoyar a Monk en su búsqueda de la verdad, así como en el juicio de Gamal Sabri.

—Es incuestionable que Gamal Sabri es culpable —dijo Monk con absoluta certidumbre—. La declaración de Kittering hace que todo tenga sentido.

Ossett estaba muy pálido, pero estaba tan tenso que parecía incapaz de permanecer sentado.

—¿Cómo dio con él, señora Monk? —preguntó.

¿Hacía que se sintiera incluida por mera cortesía o realmente quería saber la verdad? El propio Monk estaba inseguro a ese respecto. Pero ahora que todo había terminado, consideró que Ossett merecía cualquier información que pidiera. Era él quien tendría que lidiar con las consecuencias políticas y aconsejar en las legales, suponiendo que las hubiera.

Sucintamente, Hester le habló de sus años de servicio en Crimea, señalando que todavía conocía a varios militares de carrera. Al hacerlo, echó un vistazo al cuadro y sonrió.

—Entiendo —dijo Ossett con la voz ronca—. ¿Y qué tiene que decir el mayor Kittering a propósito del hundimiento del *Princess Mary*?

Con serenidad y sencillez, Monk le refirió la atrocidad cometida en el pueblo de Shaluf el Terrabeh, y por qué había sido un error debido a la arrogancia de un comandante de mercenarios. Un hombre le había plantado cara y faltó poco para que perdiera la vida por su temeridad.

Fue como si Ossett hubiese recibido un golpe. Estaba temblando, y tan blanco como el papel que tenía encima del escritorio.

—¿Está..., está seguro? —preguntó titubeante—. ¿Ese hombre, Kittering, lo sabe a ciencia cierta?

—Creo que sí —contestó Monk—. Su amigo Stanley estuvo allí y casi perdió la vida al intentar impedirlo.

—¿Stanley? —Ossett repitió el nombre como si tuviera un significado terrible para él—. ¿El capitán John Stanley?

Monk se quedó perplejo.

—Sí, señor. ¿Lo conoce?

—¿No pudo ser él quien dirigió esta... abominación?

—Kittering sostiene que no —contestó Monk, recordando la vehemente negación de Kittering—. Dijo que fue obra de un hombre llamado Wilbraham, al parecer conocido por su temperamento violento. No se trata de un caso aislado.

Monk de repente notó que Hester le clavaba los dedos en el brazo con inusitada fuerza, como si quisiera hacerle daño. Dio un grito ahogado, confundido por la violencia de su gesto.

Hester estaba sonriendo a Ossett, no a él.

—Eso es lo que ha dicho Kittering, señor —dijo a Ossett, sin hacer caso a Monk—. Pero claro, también parecía tener en alta estima a Stanley. Habían sido amigos durante años, compañeros de armas, por así decir.

—Pero... —comenzó a decir Monk. Aquello no era en absoluto lo que había dicho Kittering. Entonces notó que Hester volvía a clavarle los dedos, como si quisiera marcarle la piel con las uñas.

Hester seguía sonriendo a Ossett, con los ojos brillantes, la respiración un poco agitada.

—Lo importante es que Sabri es incuestionablemente culpable de hundir el *Princess Mary* y, por consiguiente, de la muerte de todos los que iban a bordo. El señor Pryor pareció tomar un interés personal en su acérrima defensa. Según lo que se ha dicho, no ha sido consecuencia de presiones de alguien en instancias superiores, sino más bien por una rivalidad con sir Oliver Rathbone que se le fue de las manos. Diría que su reputación quizá se verá perjudicada, pero en ningún momento ha faltado a la ley.

Ossett la miraba fijamente, buscando qué decir.

La sonrisa de Hester empezó a desvanecerse.

—El señor Justice York ha caído gravemente enfermo, de modo que cabe comprender fácilmente sus excéntricas resoluciones. Sir John Lydiate quizás haya perdido parte de la confianza de sus superiores, pero sin duda actuarán como consideren oportuno. En conjunto, es un final mejor del que cabía esperar. —Se volvió hacia Monk—. Seguro que enviarás un informe escrito cuando corresponda. Entretanto esto es todo lo que tenemos que decir a su señoría.

Volvió a clavarle los dedos en el brazo.

—Gracias —dijo Ossett. Se le quebró la voz al ponerse de pie, inclinándose un poco hacia delante como para mantener el equilibrio—. Les quedo muy agradecido por el tiempo que se han tomado para informarme tan pronto del resultado. Ahora debo informar a otras personas. Gracias de nuevo; gracias, señora Monk.

En cuanto salieron a la calle Monk se detuvo y agarró a Hester del hombro, dándole la vuelta hacia él.

—¿A qué demonios ha venido eso? ¡Stanley no era el culpable! ¡Lo era Wilbraham, y lo sabes tan bien como yo!

—El retrato —dijo Hester casi para sus adentros—. Encima de la chimenea.

—Sí. Es él de joven. ¿Y qué?

—No, William. ¡No lo es!

—Claro que lo es. ¡Tampoco es que haya cambiado tanto! Además, ¿qué más da?

—No es él —insistió Hester—. Es actual, no tiene más de un par de años.

—¡Hester, tiene más de cincuenta!

—Las medallas de campaña, William. Son de hace tres años.

—¡Imposible! ¿Estás segura?

Comenzó a entrever con espanto lo que Hester daba a entender.

—Sí. Todavía tengo amigos militares. Son egipcias, igual que el grupo que aparece en el fondo del cuadro. Y sus ojos no acaban de ser del mismo color.

—Un error del artista... —dijo Monk, pero sabía que no era verdad—. ¿Estás segura sobre lo de las medallas?

—Sí. Tiene que ser su hijo... —Respiró profunda y entrecortadamente—. ¿Cómo se llama de apellido?

—¿De apellido? —Monk comenzó a caminar por la acera para alejarse de la puerta de Ossett—. No lo sé...

—En la cigarrera que tiene encima de la mesa hay un monograma. RW. ¿Estás seguro de que no parece un hombre que haya pasado por un infierno por culpa de Robert Wilbraham, el hombre que dirigió la masacre en Shaluf el Terrabeh y que luego pagó a Sabri para que hundiera el *Princess Mary* a fin de librarse del único testigo, y de que ese hombre no es su hijo?

Monk cerró los ojos, como si negándose a ver la ajetreada calle londinense pudiera borrar aquello a lo que Ossett se enfrentaba final e incontestablemente.

Todo tenía sentido. Las piezas encajaban.

Hester le tocó la mano con delicadeza.

—Creemos de las personas lo que necesitamos creer —dijo—. En la medida de lo posible.

—Tú creíste que yo no había matado a Joscelyn Grey —dijo Monk, rememorando los tiempos en que se conocieron, poco después de que Hester hubiese regresado de Crimea y los horrores de aquella guerra atroz—. ¡Y no me conocías!

—Y también te creería ahora —respondió Hester con firmeza—. Tal vez yo te conozca mejor a ti que él a su hijo. A veces es más difícil aceptar el pecado cuando quien lo comete es alguien a quien has conocido toda la vida, de cuyo nacimiento eres responsable. Todo el mundo es hijo de alguien.

—Lo sé... —Tomó las manos de Hester entre las suyas—. Lo sé.

Hester no contestó. Miraba fijamente por encima del hombro de Monk hacia algo que estaba más allá, algo que ocurría en la acera.

—¿Qué pasa?

—¡No! —dijo Hester con urgencia—. No te vuelvas todavía. Es lord Ossett. Ha salido del despacho y se dirige a la calle principal. ¿Supones que sabe dónde está Wilbraham?

Monk no se molestó en contestar. No había tiempo para avisar a alguien más. Estaban a kilómetros de Wapping y de sus hombres. Tampoco podía parar a un agente, aun si viera a alguno, y ordenarle que siguiera a un secretario del gobierno de la talla de Ossett. Lo más probable sería que acabara arrestándolo a él.

Dio media vuelta y echó a caminar detrás de Ossett, con Hester a su lado. Tenía el ánimo por los suelos pero se sentía obligado a actuar. Lo más probable era que Ossett quisiera intentar salvar a su hijo. Monk iba a arrestar al hombre responsable de la muerte de cuatrocientos inocentes, hombres, mujeres y niños que al morir habían servido a su propósito.

Tras un largo trayecto en coche de punto que duró más de una hora, Monk por fin supo adónde se dirigía Ossett.

—Wilbraham estará en el embarcadero donde se encuentra el barco que embistió al transbordador —dijo. Él y Hester estaban en el muelle, a unos veinte metros de Ossett, medio escondidos tras una pila de tablones. El sol de la tarde era deslumbrante. Un obrero pasó junto a ellos con una carreta, levantando una nube de polvo.

»Voy tras él —dijo Monk en voz baja—. Tengo que hacerlo.

—Lo sé —respondió Hester—. Ten cuidado.

Monk asintió con la cabeza.

—Regresa a la calle principal. Hemos pasado por una parada de ómnibus. Allí habrá mucha gente. Tengo que bajar a la planicie lodosa y, si Wilbraham está ahí, detenerlo. Una vez en el agua podría escapar en cualquier carguero que esté zarpando. Podría llegar a Francia esta misma noche.

Hester no se movió.

—No puedes ir solo. Son dos; Ossett se enfrentará a ti.

—Ya lo sé —admitió Monk—. No puede soportar que su hijo sea como es, pero tampoco puede entregarlo. No sé qué haría yo, si fuese alguien a quien amara. —Se calló porque aquel pensamiento era demasiado siniestro para darle forma—. Regresa a la calle, por favor, para que sepa que estás a salvo.

Hester vaciló, la decisión de abandonarlo, de marcharse, era demasiado difícil de tomar.

—Hester... Te lo ruego...

Pálida, con lágrimas en las mejillas, dio media vuelta para obedecer.

Monk se quedó observándola apenas un momento antes de ser consciente de que había alguien detrás de él. Se volvió de golpe y por un instante pensó que Ossett había vuelto sobre sus pasos, y acto seguido cayó en la cuenta de que era un hombre más joven. Tenía las mismas facciones, el mismo pelo rubio cayéndole un poco hacia delante, pero en su rostro había una fealdad, un rictus de los labios, que era diferente.

Durante un segundo, dos, tres, se miraron de hito en hito. Monk tuvo claro que carecía de sentido tratar de suplicarle. Había dirigido una masacre, y luego pagado para que alguien ahogara a doscientas personas inocentes a fin de asegurarse de matar al único testigo que podía declarar en su contra.

Wilbraham arremetió, apartando a Monk hacia un lado, pero no se detuvo ni lo atacó con la navaja que empuñaba. Siguió corriendo hacia Hester, y la hoja de la navaja brilló un instante al sol.

Sonó un disparo.

Wilbraham paró en seco.

Monk se volvió y vio a Ossett con una pistola en la mano, apuntando al pecho de Monk. Estaba de espaldas al sol y al lodo bruñido de la bajamar. Wilbraham estaba en la orilla de la playa de guijarros, a pocos metros de Hester.

No había más ruido que el del ligero oleaje.

Wilbraham dio un paso hacia Hester, con la navaja de nuevo en alto.

—Atrápalo —dijo a su padre—. Yo me encargo de ella.

Con un gesto lento y seguro, Ossett levantó el cañón de la pistola como si su peso fuese inmenso, y dejó de apuntar a Monk para dirigirlo hacia Wilbraham.

Wilbraham estaba sonriendo; su rostro era una máscara dorada. Apenas tuvo tiempo de manifestar sorpresa cuando la bala le dio entre los ojos. Se desmoronó en el pegajoso y reluciente lodo, que casi de inmediato, como si lo hubiese estado aguardando, comenzó a engullirlo.

Monk se abalanzó sobre Ossett y le quitó la pistola de las manos. Luego titubeó, abrumado de lástima, sin saber qué hacer. ¿Cómo iba a atacar a un hombre inmerso en semejante sufrimiento?

Hester corría hacia él. Lágrimas de alivio le resbalaban por las mejillas.

Ossett negó con la cabeza.

—No hace falta que me espose. Tengo una deuda que pagar. No la eludiré. Me he estado mintiendo demasiado tiempo. Esto es el fin.

Echó a caminar a ciegas por los guijarros, subiendo hacia la calle.

Monk permanecía en la orilla a la luz del ocaso y estrechó a Hester con tal fuerza que en cualquier otra ocasión hubiese temido hacerle daño. No obstante, en aquel momento, ningún abrazo podía ser demasiado estrecho.